甄嬛傳

陆

流潋紫——著

作家出版社

目次

朝云暮雨心去来，
千里相思共明月。

壹

瓊枝作煙蘿

日子过得极清闲。晨起喂过了三个孩子吃饭，便陪着他们一同玩耍取乐。约摸到了辰时三刻，我照例要去向太后请安，才要唤槿汐为我更衣，却不见她人影。雕花长窗蒙了湖蓝色冰绡窗纱，望出去有些影影绰绰，繁盛花枝底下，仿佛是李长在槿汐耳边悄悄说着什么，槿汐只蹙了眉心一语不发。

我心中一沉，唤道："槿汐——"

槿汐带着笑颜应声而来，我仔细留神，她眉心尚有未曾化去的忧虑，我温言问道："可是李长来了？"

"是。"槿汐微微迟疑，李长已经垂手进来，低声道："皇上请娘娘到仪元殿一趟。"

我含笑直视他："皇上要我去仪元殿请安罢了，何以这样说不出口？是什么事呢？"

李长一怔，跪下道："此事关系重大，奴才不敢妄言。皇上只吩咐，让奴才请娘娘去，其他一句不需多言。”

这是极蹊跷的事，我心中一沉，立刻更衣梳洗，往仪元殿去。正值仲春，柳荫深碧、鸟鸣花熟，一缕缕清风也柔酥酥、温柔柔地拨人心弦。而我，只觉得永巷这样漫长，左右红墙绵延得无穷无尽，倒映着幽光细细，遥远的天光彼端，隐约可见仪元殿花影幽深的一角，在湛蓝如璧的天空下沉默而诡谲。

我走进仪元殿暖阁，只见玄凌斜靠在御座之上，书案上的奏折凌乱地堆着，玄凌惯常所用的青玉镇纸被砸得粉碎散落一地，也无人去收拾。皇后一脸阴郁，似有极难言的愤怒之事，连素日的从容温和也维持得勉为其难。蕴蓉却颇有得色，缓缓地摇着孔雀牡丹泥金小扇，陪坐在下首。这也罢了，一向甚得玄凌宠爱的瑛嫔此刻却跪在地上，哭得花容失色，如一池被风雨打击得翻乱狼藉的青蘋，气氛十分古怪。

我一时不知发生了什么事，便如常请安：“皇上皇后万福金安。”我看着可怜兮兮的瑛嫔，赔笑道，“这是怎么啦？好好的一个美人儿，怎么哭成了泪西施。”

皇后的目光在我面上似钢刀厉厉一刮，她霍然站起，一手指我，厉声道：“你还有脸问，你妹妹挑来的人，干出这种不知廉耻的事！”

我登时大惊，道：“皇后娘娘的话不明不白，臣妾不敢妄答。”

蕴蓉卷着鬓边赤金牡丹压发上垂下的细细芙蓉晶流苏，似笑非笑道：“也吃不准是谁不知廉耻。到底信也不是瑛嫔写的。皇后，您说是不是？”

心蓦然收紧，我问道：“什么信？”

蕴蓉微微一笑，扬起好看的眉眼：“昨晚我打发琼脂去御膳房拿宵夜，谁知遇见了予漓身边的小乐子，鬼鬼祟祟地在永巷里。琼脂疑心，所以问了几声，谁知那小乐子越问越怕，琼脂以为他偷了东西，结果扭去了暴室一瞧，却发现了咱们的皇长子啊，真是有心。不仅孝顺父皇，连父皇的女人也孝敬上了！”

她说得刻毒，皇后实在难忍，喝道："事情尚未定论，你身为予漓的长辈，怎可如此指责？"

蕴蓉的目光落在暖阁一角，我这才发觉，那里散落着一张雪白绵软的信纸，像一条软趴趴的白蛇，随时便能吐着芯子绕上你的脖子。她从容道："这样的千古奇文，不枉了皇后请的师父日夜苦心教导，才能让皇长子写出这样惊天动地的好文章呢。淑妃，你也算有文采的，不如自己看看。"

我示意槿汐拾起地上的那封信，只见雪白纸上，一个个黑色的字迹钻进眼里，咬得人如被蚁噬一般又疼又酸，不知所措。

瑛妹见字如晤：面言不便，唯以鱼雁两相传递。《上邪》之歌夜夜响彻宫苑，虽借献寿淑妃之名，但汝心聪慧，闻歌必知我心，欲与汝相知，长命无绝衰。父皇已老，我虽不慧，却值盛年。宫中森寒，多年苟延，唯有汝诚心关爱。故今日真心相待之意，盼瑛妹相知相惜。切切，切切。

我看了一遍又一遍，只觉得五雷轰顶，万分震惊，犹不信是予漓所写，但一字一句，却真真切切是予漓所书。我惊惧难言，只看见自己拿着信笺的手微微发抖，不可抑制。

皇后一手夺过信笺，高高扬起，打断道："予漓一向稳重，不是那样的人！"

蕴蓉笑得沉着："一向稳重，可见是表象而已。皇后娘娘，恕臣妾说句实话——您，教子不善啊。"

皇后额上的青筋突地一跳，真红石青福纹的精致立领愈加衬得她颇威严而阴沉："皇长子年轻，尚且不懂人事，一定是贱婢勾引！"

瑛嫔哭得更厉害，哽咽得喘不过气来："皇上，臣妾没有，臣妾没有！齐王殿下曾在上林苑纠缠，说他把臣妾所弹的《上邪》改成了唱曲，臣妾提醒他，说皇上不喜欢他不务正业，可他还是说个不休。臣妾畏惧，告诫殿下身份有别，臣妾是他庶母。臣妾已经再三回避……”

“这就是了，连欣妃都曾看见，予漓有纠缠玹嫔的样子。如今可就对得上了！”蕴蓉轻嗤，“可惜啊！你是回避了，人家却不死心啊，巴巴儿地写了信给你倾诉衷肠。也是，玹嫔年轻貌美，皇长子‘色’字当头，色迷心窍，果然连人伦纲常都不顾了。”

皇后愠怒，凌厉目光直刺向我：“予漓自幼熟识诗书礼仪，玹嫔却是清河王府挑上来的，粗使的贱婢能有什么好的？臣妾以为，这件事予漓是被无辜牵连的。”

蕴蓉闲闲地弹一弹指甲：“人赃俱在，信可是予漓的亲笔！谁也冤不了他！”

皇后毫不示弱：“那也一定是贱婢勾引在先！皇上，玹嫔这个贱婢引诱皇子，罪不容诛。一定要五马分尸，才能以正宫闱！”

玄凌大怒，喝道：“好了。别吵了！”

皇后情急，立刻跪下求道：“皇上，您再怎么生气也好，但万万别冤枉了您的亲生儿子！予漓年轻不经事，万一是人蓄意引诱，谋害皇子……”

蕴蓉轻轻扬起唇角，温柔道：“皇后，您真是糊涂了。谁蓄意引诱，能引诱出予漓排唱了玹嫔最擅长的箜篌曲《上邪》？谁蓄意引诱，能引诱出予漓自己写出‘父皇已老’这句话？‘欲与汝相知，长命无绝衰’，做儿子的自己盼着和玹嫔长命，却盼着父亲……”蕴蓉再大胆，后头的话也不敢再说下去。

玄凌目光一扫，皇后也不敢再申诉。殿中出奇地宁静，静得久了，仿佛所有人的呼吸也停止，连玹嫔都不敢再啜泣一声。良久，玄凌默默走近，伸手怜惜地抚了抚玹嫔柔美的满是泪水的面颊，玹嫔的身体轻微地颤抖着，像一片飘零在风中的碎叶。玄凌直起身体，看了玹嫔一眼，一字一句冷然道：“你行事不检，引诱皇子，朕赐你一个了断吧。”

玹嫔浑身一颤，整个人都定在了那里，她凄厉喊道：“皇上，臣妾真的没有勾引皇长子……”

玄凌背转身，缓步走向龙椅：“前因后果你都讲了一遍，朕不想再听了。李长，带下去，赐白绫。还有，那些传唱《上邪》的歌伎，全部发落去暴室，非死不得出！”

瑛嫔还欲哭喊，却被李长手下的内监捂住了嘴，硬生生拉了出去。蕴蓉不服，气恼道：“皇上……”

玄凌挥手：“好了。予漓已经在奉先殿跪了大半夜了。今日的事到此为止，朕不想在宫里听见一句闲话。皇后，你和蕴蓉先退下。朕有话问淑妃。”

蕴蓉畏惧，只得答了“是”，与皇后离开。

玄凌看着我，语气听不出任何情绪：“方才皇后说起，瑛嫔是隐妃挑的人？”

我愈加感觉不安，只好如实答了“是”。

皇帝沉吟片刻，盯着我道：“会不会有人教唆瑛嫔勾引朕的皇子，意图皇位？”

他的目光越来越森厉，仿佛长针，直刺入心，我从未见过他如此神情，不免惊怖，脸上却极力忍着，仰面问道：“皇上为何这样说？”

玄凌脸上肌肉一搐，阴沉道：“予漓是朕的长子。朝中立长立幼之争此起彼伏。败坏了予漓的名声，也是败坏了朕的名声。”

我直直跪下，俯首三次，正色道：“皇上，玉隐万万不敢。”

玄凌微微一笑，幽幽道：“她不敢，清河王呢？”

我心头轰然一恸，有根神经被敏感地挑动，即刻肃然道：“臣妾也敢担保。”

玄凌微眯了眼：“你凭什么担保？”

我怔住，无言以对。是啊，我凭什么呢？凭他是我义妹的夫君么？我与他的关系，本就是那样遥远而柔弱。

玄凌靠在坚硬的金灿夺目的龙椅上，轻轻地抚摩着上面奇巧精致的花纹："这宫里每一个人都经历过先帝在时的太子之争，皇子们对这把龙椅的渴望是多么可怕，你是个女人，完全不能明白。清河王……也曾是先帝属意的太子人选！"

我说不出任何劝阻的话，只得再拜："皇上英明，清河王真的不敢。"

玄凌摇了摇头，疲倦道："朕怕就怕他不敢对朕如何，所以借着隐妃的手，打朕的皇子们的主意。"

我竭力分辩："这些年来，清河王一直对皇上忠心耿耿。"

玄凌轻嗤一声，冷冷道："忠心耿耿？谁能挖出心来看一看。"

殿中静了一瞬，可那一瞬，几乎能教我绝望。玄凌对玄清的疑心，原来，从不曾放下。而无辜如玄清，他的命数，或许有一天，会因为这疑心，下场连瑛嫔都不如。我这样想着，只觉得全身的血液都冷凝了起来，仿佛冻在了经脉之中，无法动弹。直到外头李长的声音响起："皇上，皇长子跪得晕了过去，现下已经救醒了，请旨如何处置？"

玄凌定了定神，喝道："把这个逆子带进来！"

殿门"吱呀"一响，即刻有两个小内监扶了予漓进来。他大约晕去后是被掐人中救醒，所以人中上犹有极深的一条血痕，深深掐在肉里。他满身的衣衫长袍都被冷汗湿透了，如同在水里捞起来一般，虽然整个人犹自混沌无力，和虚脱并无两样，他还是挣扎着跪了下来，伏在地上不敢动弹。

玄凌慢慢踱到他跟前，予漓畏惧地看着玄凌，身体缩了又缩，一直缩到了门边。

玄凌一言不发，盯了他片刻，劈面就是两个耳光。

予漓被打得唇角流血，带了哭腔怯怯道："父皇……"

玄凌的目光冷得没有任何温度："这两个耳光，一个是打你敢觊觎父亲的女人，一个是打你敢觊觎天子的女人。"

予漓哭求道："父皇，都是儿子的错。求父皇宽恕！求父皇宽恕！"

"宽恕？你不是觉得朕已经老了，天下你即将唾手可得了？所以你敢打这样大逆不道的主意！你昏了你的头了！”玄凌情绪激动，“朕就要告诉你，不要说朕此时盛年，哪怕将来老了，只要朕一句话，哪怕你是一人之下，万人之上，朕也能立刻要了你的性命，断了你的一切！”

予漓哭得满脸是泪，哀哀道：“父皇啊父皇，是儿臣糊涂了。可儿臣真的不是觊觎父妾啊，儿臣只是觉得暖和。儿臣知道自己没用，整个宫里，除了过世的母妃，只有瑛嫔关心过儿臣一句两句。儿臣，儿臣实在是感动……”

“感动……朕给了你这条命，给了你锦衣玉食，富贵尊荣，你怎么不感动？反而敢为区区一个贱婢，盼着朕老了，盼着朕早死！”玄凌抬起腿欲踹，又生生忍住，“要不是因为你身上流着朕的骨血，朕一定将你碎尸万段！”

予漓又惊又痛，拼命叩首：“求父皇宽恕！求父皇宽恕！父皇啊！”

皇帝扬了扬如利剑一般的眉毛：“朕会宽恕你。不仅因为你是朕的长子，还是大周皇家的子孙，不能丢了皇室的颜面。”

予漓拼命点头：“是。儿子知错了。”

“你知错，这个错会有人替你背起来。朕已经处死了瑛嫔。”

予漓闻言大震，脸色顿时雪白，整个人委顿在地，喃喃道：“她……她……”

玄凌冷然出声：“她当然是无辜的，错在你。可是你是朕的儿子，朕再不喜欢，也不能为了一个女人而不保全你。”

予漓震惊得张大了嘴，想要叫却叫不出声，痛哭流涕道：“父皇，是我害了她，是我害了她啊！”

玄凌毫不留情道：“对。就是你害了她！因为你不知天高地厚，不知人伦纲纪。”

予漓伏地大哭：“父皇……父皇……是我错了呀！瑛嫔，瑛嫔，她是无辜的！”

玄凌厌弃地皱了皱眉头：“从今日起，你好好去上京的太庙跪着，跪在列祖列宗面前忏悔你的过错。没有朕的旨意，不许回京。若再有错失，朕也保全不了你。”他扬声：“来人！拖走！”

有小内监入内，七手八脚拖着予漓像破布袋一样的身体出去。唯有他身体流下的冷汗，似一道长长的惶败的痕迹，晶亮地留下痕迹。我心知，皇帝的长子，他的前程，便如这道水痕，过不多久，便会彻底消逝……

殿门再度关上，他漠然瞥我一眼：“好了。这件事，哪怕你和蕴蓉都觉得朕冤了瑛嫔，朕要保全自己的名声，也要保全自己的皇子，所以不能让任何人有可乘之机。”

我哀伤地流下眼泪：“皇上，瑛嫔着实冤屈。”

玄凌的语调虽然倦怠，目光却炯然有神，含着警惕的幽光，斩钉截铁道：“为了大周，冤了她一个，不算冤！既然玉隐是你义妹，你总得要避一避嫌。最近宫中琐事太多，或者你也累了，有事放手让皇后打理吧，蕴蓉也帮得上忙。”

我的力气逐渐消失，跪坐在自己的小腿上，问道：“皇上这样说，是怀疑臣妾么？”

玄凌由着我跪着，慢慢走进内殿。他的身影慢慢消失在暗沉的光影里，只有语声传来：“皇后说得有理，你既有皇子，又有义妹。这事你的确脱不了干系。”

最后，连这冷酷而不容辩驳的话语也四散消亡，我的心慢慢地冷下去，一分一分地似浸在寒水里一般。我似在坠进一张精心织就的网中，像蛛丝网一样，兜头兜脸粘住我，网得我无从逃脱。

也不知过了多久，我才扶着酸痛的双膝缓缓走了出去。外头春光明媚，有风微微蕴凉，卷着四月的甜美花香连绵送来，似一卷浪潮轻轻拍上身，又四散退开。我恍惚是走进了另外一个世界，与殿内阴冷绝望毫不相同。槿汐吃力地将我扶上轿辇，一直走到上林苑的小径，却见蕴蓉带着十数宫娥赏花冶游，见我轿辇到来，盈盈向我福了一福：“方才仪元殿扰乱，忘了向淑妃娘娘贺寿。明日是淑妃生辰，妹妹我先祝您福寿万全，事事如意。”

我这才想起，原来明日，竟是我的生辰了。

她抿嘴一笑，容光姿艳：“今日妹妹这份大礼，狠狠挫了她的锐气，断了她的指望，实在不错吧？”

我喉头发紧，哑声道：“这样的大礼，即使遂了你的心愿，可断送了无辜的瑛嫔，又有什么意思！”

蕴蓉瞳孔缩紧，剜了我一眼，扬了扬如蝶的织金广袖，嗤笑道：“一直以为淑妃敏慧有决断，原来是我高看了你。予漓是皇后最大的指望，只要断了他踏上太子之位的前程，皇后的日子才是真正不安生了。所以哪怕今日的事枉送了瑛嫔，那也不算什么！”她轻蔑地扫我一眼，“今日的事，我意在皇长子，并不想拖死瑛嫔和你。可如果赔上一个瑛嫔，能断送了予漓，那也是千合算万合算！做大事者，不拘小节，若是淑妃连小小一个瑛嫔也不舍得，那趁早便别在后宫里了。这里谁的手里没几条枉死的人命呢，我却是个不怕报应的！”

我冷笑：“你不怕报应，我却不能不在乎！咱们都是有孩子的人，哪怕咱们斗得再狠，予漓他们都是不该被牵连进来的！”

“怎么没有牵连进来？我们还没有害别人的孩子，别人先来害我们的孩子。”她一指燕禧殿方向，沉声道，“我的和睦，还未生下来就差点遭人暗算。如果她不是帝姬，而是皇子，恐怕更遭了几多暗害。这些孩子，他们投胎到皇宫，别人看着鲜花锦簇，金枝玉叶。其实他们自己就该知道，如果争不过别人，只有死路一条。”她逼视我，嘴角却笑意沉着，“淑妃所作所为，难道不也是为了自己的孩子么？”

我的手指一定在发抖，她说得没错，她的狠心也没错。可是为了“没错”这两个字，就要牵连上那么多人，我实在做不到。须臾，我长叹：“夫人心思决绝，雷厉风行，我自愧不如。要压制皇后，妹妹没有错。可要为此付上那么多人的性命，我也无法认同。”

蕴蓉皱了皱眉，含了一缕凌蔑的神色：“所以，你也只能是淑妃，只能是被皇后压制。”她轻轻摇头，“今日的事连累了你的义妹，也拖累了你，算是我的不是。不过也不要紧，皇上冷落你，你自然有的是办法复宠。做人啊，没有这点玉石俱焚、不惜一切的勇气，凡事也不会这么顺利。好了，我恭送淑妃静养吧。往后，淑妃力所不能及的事，我都会一一做到，免得淑妃再自愧无计。”她的话语铮铮落地，“反正我想做到的事，就一定会做到。神挡杀神，佛挡杀佛，便是如此。”

瑛嫔的事之后，玄凌便很少来我的柔仪殿了，自然地，随着他的少来，柔仪殿也逐渐冷清下来，鲜少闲人拜访。与之相随的，卫临也被调离了我的身边，转去服侍一些地位低下的永巷妃嫔。对于一向心比天高的卫临，这样转变带来的落差无疑是让他难受的，何况他又是无辜被牵连。

然而再不平，时光如绸缓缓展开，也到了盛夏时节。

七月凤凰花开，殿里一片寂静，午后懒洋洋的风掠过窗外的凤凰花树，绵绵的花朵落地，发出轻微的“扑嗒”“扑嗒”的声响。

失宠后的寂静，大约如是。

连胧月跟着德妃来看我时亦晓得说：“淑母妃这里难得有这样的安静，连花落的声音也听得清。”

德妃怕我听见伤怀，急忙捂住胧月的口，想一想又撤了手，叹息道：“当年生你时，你母妃的境遇更可怜。”

提起昔日伤心事，我只是微微一笑，依旧伏在朱红窗下看着红河日落。天光这样长，这样长，仿佛是被声声蝉鸣拉长了一般无休无止。

长日寂寂，贞妃来看望我时生了许多感慨：“没想到，连姐姐都会有这样的境地。”

彼时我心平气和，轻柔地拍着怀中熟睡的予润，轻轻吻一吻他的额头，微笑道：“比起昔年的失宠，这一次已经好了许多，至少衣食周全，未曾被禁足失去自由，也未曾失去抚育几个孩子的权利。至于恩宠，君恩似水向东流，迟早会有失去的一天，不值得忧惧。”

茜纱窗滤下明澈如水的霞光，金兽熏炉的口中徐徐飘出几缕淡色轻烟，是苏合香清甜甘郁的芬芳。霞光稀薄的光影里，贞妃微微垂首，坐在我的面前，专注绣几针“鸳鸯戏水”的花样，侧影柔美。她静静道：“我入宫晚，有时见姐姐这样盛宠，我偶尔也会想，姐姐也会有失宠的时候么？那么寂寞的辰光，姐姐是怎样熬过来的？”她悄悄看我，“姐姐会不会怪我，会想得这样恶毒？”

“不会。”我伸手掐了几朵新鲜的黄月季，插入她轻薄如蝉翼的鬓边。她的发丝那样柔软，叫人的心也生出温软的意味，“宫中的人，不会专宠一辈子。想明白了，便也不怕了。失宠，你若觉得煎熬，那么这日子也过得煎熬。你若坦然，这日子也过得坦然。一切只在乎心境，无关其他。妹妹有空陪我为瑛嫔上炷香，她也是可怜人。”

贞妃幽幽一叹：“听说皇长子在上京也过得很不好，虽然还是养尊处优的皇子，可他一直觉得愧对瑛嫔，抱病许久。而皇后，竟也不曾派人去看过他。母子之间，也是恩断义绝了。这次的事，姐姐与皇后两败俱伤，胡蕴蓉渔翁得利。她行事狠辣过激，不惜一切，实在太不留余地了。”

“既可打压皇后与我，又除去了瑛嫔这个新宠，这不是一箭三雕的如意美事么？胡蕴蓉的确聪明得紧。”我望着案上观音像前缥缈缭绕的香烟，“予漓对瑛嫔钟情，只是因为他自小太缺乏关爱，才会一时情迷。情之所钟，芳魂消散，瑛嫔的确无辜，可是清河王无端被疑，更无辜。”

“对了，清河王府最近有什么动静，隐妃还好吧？王爷有没有怪她？”

我郁郁：“王爷怪玉隐，并非为累及清河王府，而是被静妃告知，当初玉隐为一己之私逼迫，嫉妒瑛嫔美貌执意要送她进宫，又以保护王府的名义劝她侍奉皇上，瑛嫔才会被冠上勾引皇子的罪名，横死宫中。而玉隐情急之下说瑛嫔入宫之后毫不检点，自招横祸，还拖累我拖累王府，所有一切，只是她咎由自取。这话也罢了，采葛悄悄告诉过槿汐，玉隐说得最重的一句话是，不该有的情就该断得一干二净，何必累人累己。王爷心软，怜惜瑛嫔枉死，所以也不太理会玉隐了。”

贞妃道:“瑛嫔与皇长子年貌相当，皇长子情难自禁也是情有可原。隐妃与静妃同侍王爷，静妃又有了身孕，她争宠吃醋也是有的，但这样重的话，怎会说得出口!”

我默然，因为这话，本就是玉隐的心里话。我勉强振作精神，道:“皇上这些日子一直冷落清河王，很少见他，但为保皇家颜面，面上始终还过得去。幸好清河王闲散惯了，皇上疑心一阵，也会好的。”贞妃微微出神:“我只是没想到皇上一向不喜欢予漓，见了面除了训斥还是训斥，总没个好脸色。这次竟这么维护，反而杀了瑛嫔以绝悠悠之口。倒是你大意了，最后让皇后趁机反咬一口，占了上风，现在百口莫辩。”

“皇上爱面子，自然要顾及皇家颜面。哪怕儿子再不好，都是自己的儿子。何况此事牵扯到国本立嗣之事，皇上自然特别多心。”我忧心忡忡，“何况是清河王，皇上与他，到底是有一层心病。”

贞妃望我一眼:“你在这里困坐愁城，还有心思担心别人。哪怕皇上对清河王有了忌讳，一时半会儿也难为不了你的二妹，你放心吧。”

她为我整理好小筐中的各色丝线，一截浅杏子轻罗袖子滑下来，腕上的缠臂金碰着赤金手镯叮咚有声，连那声回声在空荡的宫殿里绵绵悠长，也是那样地寂寞。

远远有喜乐声绵绵传来，我侧耳片刻:“是什么声音呢?”

贞妃亦好奇，扶窗静静而笑:“不知道，这会子难道又有什么喜事?”她伸手招来品儿:“你去瞧瞧，是什么事呢?”

品儿噘着嘴赌气道:“能什么事呢，大清早的闹也闹死了。”她顿一顿，终究不敢不讲，“是瑃嫔有孕了。”

贞妃停下手中针线，看了我一眼，轻轻“哦”了一声。我接口道:“瑛嫔死后，她倒是得宠，也是个有福气的人，正得宠的头上，又有了身孕，以后更前途无量了。”

品儿不敢接嘴，端过几色甜点，缕金香药、紫苏柰香、松子穰、茯苓糕、朱砂圆子并两盏莲子汤，皆是我与贞妃素日常吃的点心。贞妃拣喜欢的吃了几样，疑惑道：“姐姐怎么不吃呢？”

我细细看了一遍，实在没什么胃口，只好笑道：“许是平时吃絮了，没什么胃口。”我唤品儿：“去制碗酸梅汤来吧。”

贞妃道：“姐姐不太爱吃酸的。”

“倒不是爱吃，只是夏天喝了解暑气罢了。”

我沉吟片刻，唤过槿汐：“瑃嫔那边怀孕了，又这样热闹，咱们不能装作不知道，你把上次氐州都督送来的《观音送子图》送去给她，聊表心意吧。”

槿汐答应着去了，贞妃用过点心，便也告辞离去。

贰 一任珠簾閑

天气炎热似流火，然而我却很喜欢那一抹艳阳灿烂，闲暇时便和贞妃在偏殿的藏书阁里整理发黄的书卷，将它们放置到烈日下暴晒，以免被霉气侵染了幽雅的墨香。

这一日我正埋头于书卷间，却听槿汐轻轻唤我：“娘娘。”

我踱步出去，问道：“怎么了？”

她蹙着眉头道：“琦嫔午后一直嚷着腹痛，闹了好半天，结果小产了。”

“小产？”我扬一扬眉，问。

“是。”槿汐答道，“琦嫔也真是没福气的，才两个月大的孩子，太医疑心是麝香所害，所以皇上动怒了，下令严查。”

“是该严查。”我用清水浣手，“宫中不明不白死了那么多孩子，早该严查了。”

“可是……”

黄昏的暮色落在她清秀的面庞上，无端添了一层焦虑，槿汐的话尚未说完，剪秋已踏进门来，她似笑非笑道："又要劳烦娘娘走一回了。"

贞妃在里间闻得动静，急忙出来道："什么事？"

剪秋笑吟吟请了个安："贞妃娘娘也在呢。淑妃娘娘流年不利，总和些不大吉祥的事扯在一起，奴婢也是奉命行事，带淑妃娘娘去问一问。"

贞妃眸中有忧虑的光芒一转，略整一整衣衫："正好本宫得空，烦请剪秋姑姑略等一等，本宫陪淑妃一起去。"说罢伸手挽过我的手："黄昏路难行，我与娘娘同去。"

我心中并不知是何关节又起风波，然而因着心中坦荡，照旧是备下轿辇，梳洗后盛装前往。

再失宠，我终究还是淑妃。

琫嫔居住的绮望轩在上林苑南边，这里地气冬暖夏凉，到了盛夏时节依旧花木扶疏，一蓬蓬雪白橙花如白茫茫星子装点于绿玉藤萝之间，映着向南墙架上的火红凌霄，一冷一热，滤去不少暑气，也愈加显得绮望轩绮色无边。花叶葱茏间有太湖奇石突起，流水蜿蜒潺潺，不似宫中富丽景象，倒颇富江南庭院风雅韵致。

一进宫苑，贞妃倒是很合意，微微颔首道："这屋子倒是收拾得挺雅致，可见琫嫔倒不俗。"

我笑："若俗，未必能这样得皇上宠爱。"

贞妃唇角的弧度微微收敛："所以赤芍总像是个例外，听说她的拥翠阁里只用金玉堆砌，十分艳俗。"

我暗暗叹息，这样喜欢富贵，未必真是从未拥有所致，恐怕更多的，是害怕失去，所以贪恋。

李长闻声出来，打起了湘妃竹帘道："淑妃娘娘来了，皇上已经在等娘娘了。"

数月之间，李长脸上也多了些愁苦之意，虽然他依旧是风光无比的皇帝近身内监，紫奥城大总管，可是因着与柔仪殿的关系，这些日子来，明里暗里的零碎委屈也不会少。他迎我进去，悄悄比了个"珍重"的手势，便执了拂尘垂手立到了玄凌身边。

屋子里的气氛有些沉闷，许是这个时节黄昏特有的带给人的窒息感觉。瑃嫔缩在卧榻的角落里，两颊蜡黄，双眼通红，不施粉黛，如云的发丝乱蓬蓬散落在肩头，身上只披一件家常的月白绣花寝衣，很是楚楚可怜的样子。她狭长妩媚的眼帘小心翼翼地垂着，唇边哀伤受惊的委屈还未褪去。玄凌正坐在榻前，与她嘤嘤私语，好生安慰。

我屈膝请了一安："皇上万福金安。"

玄凌随口唤了我起来，问道："往常年月到了夏天你便疰夏吃不下东西，人也消瘦，今年还是这样么？"

我不想他劳师动众唤我前来，却是这样温情的言语，意外之余只好如实回答："还是照常吃不下东西，不过习惯了也便好了。"

玄凌点点头："朕见你也是瘦了。"

贞妃行礼过后，微微笑道："臣妾日日见着淑妃倒也不是很觉得，许是皇上许久没见淑妃了，所以便觉得她显瘦。"

玄凌不置可否，倒是缩在榻上的瑃嫔"哇"的一声哭了起来："皇上，臣妾的孩子就这样没了，臣妾不甘心，不甘心！"

这样凄厉的哭声在小小的阁子里左冲右突，撕心裂肺，我只觉得头疼和闷热，背脊上沁出层层的汗来，我怔怔地想，这样苦热的日子，什么时候才算完呢？

玄凌神色痛惜，安抚地拍着她的背心，柔声道："朕一定还你个公道就是。"

瑃嫔止了撕心裂肺的痛哭，只是小声地啜泣着，啜泣着，那绵绵的抽泣似一根缓缓推进肌理骨髓的针，连我亦心酸起来。我正色道："瑃嫔这样伤心，看来孩子的确失去得意外，皇上不能不还瑃嫔一个公道。"

"既然淑妃也这样说，"玄凌收敛了方才的温情脉脉，他冷冷唤过剪秋，"你给淑妃娘娘看吧。"

剪秋答了声"是"，将放在黄梨木桌上的一卷画轴徐徐打开。两端紫檀卷轴，画卷笔法精妙，面容栩栩如生，衣褶纹理无不纤毫毕见，正是我送给瑃嫔的《观音送子图》。

“此画有何不妥么？”我问。

水蓝色缀珠帐帘后徐徐站起一个女子的身影：“这画一看就出自名家之手，仿佛是前朝画院画师沈苹之作，沈苹最擅画观音图像，自然不会有什么不妥。”帘后的女子巧笑倩兮，正是荣嫔赤芍。她安慰似的拍一拍瑃嫔的手，打量我几眼：“瑃嫔失子之痛，娘娘还盛装前来，不怕人见了刺心么。”

我淡淡一笑：“原来穿衣打扮，被不同的人见到真的会生出不同的见解来，果真有心人又心生嫌隙了。本宫盛装前来，正是不想瑃嫔见了刺心，难道荣嫔觉得本宫素服前来才算是安慰瑃嫔了么？倒不怕瑃嫔更触景伤情。”

荣嫔一时语塞，只好道：“淑妃机变过人，心思深沉，臣妾如何能比呢！”

“既然自叹不如就要服管教。赤芍，当年你在本宫身边时本宫是如何教导你的？”烛影摇红，贞妃坐在窗前横榻上，罗扇轻摇，窗外流萤点点飞舞雪白橙花之间，愈加显得临窗而坐的贞妃意态娴静，“与尊上应对，不可挑衅，不可轻浮，不可出言无状，尤忌口出轻狂言语，你可还记得？”

赤芍本是贞妃的侍女，如今旧主问话，她一时不敢抗辩，只气鼓鼓站着不说话。然而贞妃素来文静少宠，赤芍又是心高之人，更兼在得宠的风头上，到底按捺不住说了一句：“臣妾如今已非奉人巾栉者，不必再按贞妃娘娘教训说话做事了。”

贞妃轻轻摇头，紫白二色并蒂玉兰花步摇上垂下的银线流苏晃出点点柔和的光晕：“如今你已不是侍奉洒扫的宫人，得宠而成上位，这是你的福分。然而无论如何身居高位，礼数教养都不可或缺，否则你位分再高，别人都不会心悦诚服。”

荣嫔平生最恨被人指点是贞妃身边伺候的旧人，如今被贞妃当着众人一言一语教导，她一时发作不得，不由得气得满面通红，狠狠绞着手中的绢子。

阁中有浓重的草药气息，阁子太小，人又多，难免有些窒闷的气息，有小宫女上来往角落的八珍兽角的镂空小铜炉里添了一勺百和香屑，香料才燃起来，已有年长的姑姑三步并作两步赶上来，朝着后脑勺便是一掌：“不要命了么？什么时候了还敢用香料，也不怕伤了小主贵体。”她犹不解恨，虽不敢朝着我，可口中依旧碎碎骂道，“狠心短命的东西，不怕再有人混了麝香进去害小主么？”

我不说话，只瞟了李长一眼，李长会意，一把握了那宫女的手腕出去，口中呵斥道：“虽然荷香你是小主的陪嫁侍女，但宫里规矩怎能疏忽，即便你要管教那些不懂事的，也不能当着皇上和娘娘的面管教，成什么样子，嘴里还不干不净的。”他推了荷香出去，吩咐小厦子：“掌嘴三十，好好叫她记着教训。”

瑃嫔一直未曾出声，直听到要掌荷香的嘴才露出惶急的神色，才要开口求情，见玄凌只是毫不动容，只好无可奈何地把话咽了下去。

荣嫔冷哼一声，指着画卷道：“这画是淑妃娘娘所送无疑吧？”

我瞥了一眼，从容道：“是。”

“那么，娘娘好机巧的心思，好狠毒的心思！”她掩不住眼底冷毒而得意的锋芒，“瑃嫔缘何会小产？正是麝香熏然之故。而太医已经查过，瑃嫔所用香料、所食食物皆无沾染麝香。而瑃嫔失子，正是因为她太过看重娘娘所送的这幅画。”

瑃嫔掩面，伏在玄凌胸口痛哭不已，她小小的肩膀大力地瑟缩着，抖动的起伏像海浪一样一涨一落：“臣妾感念淑妃娘娘心意，送来这幅《观音送子图》，臣妾又求子心切，想早日为皇上诞下一子半女，便日日在画像前诚心祈福，谁知……”她指尖发颤，抖索着用力扯开画卷两端的紫檀木画轴，“谁知这里头竟塞满了麝香。”

她手指一松，空心的紫檀木卷轴内滚落许多褐色的麝香，那样浓郁的气味，我嫌恶地屏住呼吸，别过头去。

“这画是淑妃遣人送来的，送来之后便悬在那里没人动过。除了淑妃还会有谁能动手脚？”瑃嫔恨得死死咬住了唇，目光几欲噬人，她痛哭失声，“皇上，皇上，臣妾好害怕。臣妾已经很尊敬淑妃了，从不敢得罪她，凡事小心翼翼，为什么她还要害了臣妾腹中的孩子？难道就因为臣妾出身岐山王府，而不是淑妃义妹亲自挑选的出自清河王府的人，她就要这样排除异己，容不得臣妾么？”她猛地抬起头来，眼睛迸得血红，几乎要纵身扑到我的身上，“淑妃，你若不喜欢臣妾，臣妾大可退居冷宫，但你不能害我的孩子，你不能！”

我后退一步，欲避开她失子后形如疯癫的情状。然而玄凌上前一步，紧紧捉住了我的手腕，他的手心有黏腻的冷汗，那种湿冷的触感有发滑的虚弱。他逼视着我，吐出喉底的喑哑：“淑妃，你有没有？”

“不会！淑妃断断不会！”贞妃上前两步，婉声劝道，“皇上忘记了，臣妾当年有孕被禁足，是淑妃想尽办法照拂臣妾，她既然肯与臣妾为善，又怎会去害死瑃嫔的孩子？淑妃不是这样的人！”

“娘娘，时移世易，您和瑃嫔是不一样的！”荣嫔笑吟吟吐出冰冷的话语，像小蛇的芯子“咝咝”地钻向贞妃，“您是无宠而有孕，对盛宠回宫的淑妃能有什么威胁？而瑃嫔是盛宠而有孕，又有岐山王府的背景出身，万一将来生下位皇子，可是前途无量，对失宠而有子的淑妃而言，能不防患于未然么？”

所谓情势，荣嫔已经一针见血，宫中诸人，大约也都是这样想的吧。

贞妃一时无言，只是反复道：“淑妃不会这样做。”

玄凌看她一眼：“燕宜，或许是赤芍想得太多，但的确，有时你看人看事未免太简单了。”

贞妃闻言讷讷，复又低下了头：“皇上这样看臣妾么？”她苦笑，终于沉默，“但臣妾始终相信，淑妃不会这样做。”

玄凌不再理会她，只看着我道：“朕只要你回答，做过或者没做过？”

宫内静极了，遥遥却只听见远处青蝉在杨柳间声声知了知了，风动月移，紫铜烛台上的蜡烛燃得正旺，化下的滴滴红蜡，当真似红泪一般，静静地垂落无声。

“臣妾回答了皇上就会相信么？还是皇上心中其实早已认定是臣妾所为，那么臣妾回答与否其实真的无关紧要。”

玄凌伸手以二指轻轻托起我的下巴，目光直欲探到我眼眸深处。他的手指薄而修长，触在我下颌的皮肤上有森森的凉意漫出：“淑妃，朕只要你一句话。”

如此冷然相对被他逼问，是我与他都想不到的，眼角的余光望见依墙而立的贞妃，暗红的烛光散落她眉间眼角，神色悲悯，是怜我，也是怜她自己。

“臣妾以为皇上和臣妾相知至此，皇上是绝不会来问臣妾这句话的，终究是臣妾看人看事太过乐观。”我的眼中不可抑制地漫上泪光，酸涩之味亦哽上了喉头。

树影透过轻薄如烟的蝉翼纱映入室内，枝叶纵横交错，似迷茫诡谲而不可知的人生。他眸中有炽热一点弥漫上眼底深不见底的寒潭。

荣嫔急切道：“皇上断断不可再心软了。上次瑛嫔的事已经不明不白饶过淑妃了，若再不狠下心肠，只怕宫中以后是非更多。”

我转头望着瑃嫔：“这画是本宫半月前让槿汐亲手送到的吧？”

瑃嫔哭红了眼，瞪着我哽咽道：“是。若非这半月来我日日对着这幅画，我的孩子也不至于是这样下场。”

“这幅画是氐州都督赠予本宫，在送给瑃嫔前本宫自己已挂在宫中数月，所以断断不会有问题。”

荣嫔连连冷笑：“有无问题并非你说了算，瑃嫔小产，你无可辩驳。”

风吹过千叶修竹发出沙沙的声响，好似无数的雨点落下。我转首，窗外，却是满天星光，银河千里。我忽而笑出来，望着玄凌深深的眼眸：“因为臣妾已经怀孕两个月，如果此画有麝香，首先受害的人会是臣妾。”

我望着来不及掩藏好震惊神色的荣嫔："自然荣嫔也会怀疑此画本无麝香，是本宫专门为琫嫔所加，可是本宫又如何得知这画琫嫔会是朝夕相对还是放入库房置之不理，本宫没有神机妙算，更不曾在琫嫔有孕后踏足半步，若真行此招，实在是险之又险。"

我的话未完，玄凌眼里顿时如倒映进满天银河繁星，盛满闪闪晶莹，他喜道："真的？真是有了孩子？"他伸手便要扶住我坐下。

我不经意地一避，站直的那一瞬眼波冷淡地拂过他的脸，旋即安静地垂目："臣妾没有卫太医在旁照拂，所以一直不敢张扬此事。"

他欢喜道："嬛嬛，那你先坐下，不要动了胎气。"

我依旧垂眸："臣妾已经被冤两次，实在不想再有下次。皇上是否该就此事给臣妾一个交代？"

荣嫔犹不肯死心，挣扎道："不是淑妃亲手所为，也有可能是旁人，那画不是崔槿汐送来的么？或者是淑妃指使崔槿汐也未可知。"

"槿汐？"我含着渺漫如烟云的笑意，逼近了看她，"如果不是槿汐，会不会是与她交好的李长？不是李长，会不会是李长的主子皇上？如你这般，何时才能善罢甘休，岂非宫中大乱，人心思变？不当其位，乱生是非，本宫不会罚你，只看皇上的旨意。"

"皇上……"荣嫔极委屈，扭了绢子看着玄凌娇声唤。

"赤芍，这一晚你咬着淑妃不放，已经闹腾得够厉害了。淑妃说得不错，少生是非，你该学学你的主子贞妃，学人家是如何贞静有礼。"

贞妃清幽眼波缓缓漾入玄凌眸心："皇上该叫赤芍静静心思，当初臣妾没有教导好她，终究是臣妾的过错。"

玄凌思忖片刻："小厦子，你送荣嫔回去，叫她每日抄写三十遍《女训》，不学会静心安分，朕不会放她出来。"

荣嫔还要再说，终于被玄凌眼神吓住，恨恨看我一眼，掀了帘子出去。

我眸光微转，一一扫视阁中诸人，琫嫔早被惊得不敢再哭，只有一声没一声地啜泣着，低低地压抑着声音。

我唤过方才伺香的小宫女：“你过来。”

那小宫女怯怯地靠着墙蹭过来，倏地腿一软跪在我跟前，我看也不看她：“瑃嫔宫中的香料可都是你伺候的？”

“是。”她吓得头也不敢抬，怯生生答。

“你把手伸出来吧。”

她的手瑟缩在背后，久久不敢动，瑃嫔狐疑地看我：“淑妃要做什么？”

我淡淡道：“麝香气味浓厚，用手触摸后容易被察觉，所以要害瑃嫔的人很有心，借紫檀的气味来掩盖麝香。但是那个人肯定会用手触摸到麝香，瑃嫔的阁子不大，人也不少，想要不被察觉，除非那个人的手本就经常会沾染各种香味。”我唤过李长：“你细细闻她的手，可有麝香的气味？若无，那么是本宫多心；若有，就细细审她，是谁背后主使。”

李长抓住小宫女的手用力掰开细细一嗅，已经变了脸色：“回禀娘娘，果然有麝香的气味。”

瑃嫔凄厉地喊了一声，已经猱身扑上去，随手抓起一把尺子没头没脸地打上去，绮望轩里闹作一团。

哭笑啼闹皆是戏，平白作了他人嫁衣。我只觉倦怠，携过贞妃的手：“我倦了，妹妹陪我回去吧。”

贞妃似是庆幸似是欣慰：“果真是姐姐福气好，有了这个孩子，眼下的困境也算解了。”

我望着庭院中绚色的花，红朵翠荫，明艳得让人眼前微微发晕，心底有万重的忧心：“我的困境不难解，我是担心清河王和玉隐。皇上对清河王起了疑心，唉！”

我说不下去，这样的心情，如何能言说叫人明白呢？我垂首看着自己平坦如旧的小腹，只觉心上的荫翳更浓了一重。

鳳嚣 叁

次日清晨醒来，澄澈日光莹透深绿窗纱，卫临已在殿外垂手侍立，我梳洗完毕，见他笑道："本宫知道你很快会回来，只是没想到这么快。"

他请了个安道："昨天半夜就奉了圣旨专伺候娘娘的胎，所以今日一早就来向娘娘请安。"

我点点头，临镜戴上一副金丝圈垂珠耳环："永巷的日子委屈你了。"

他笑："微臣不怕，微臣知道娘娘有足够的本事翻转世事，福泽微臣。"

"不是本宫有本事，而是温实初已经自顾不暇，本宫需要你在身边。"

家常在宫中并不梳宝髻，委地长发一半用一只玲珑点翠垂珠扣松松绾在一侧，一半梳得油光水滑，结成一条辫子用一支白玉簪子紧紧绾起，再用金嵌宝插梳拢起脑后碎发。梳头的槿汐托起簪花小镜，前后相映，衬得镜中人明眸流转、神采奕奕。

我披一件家常玉色绣暗金竹叶纹的长衣，卫临把了脉道："娘娘气色真好，无论失意得意，总是风采不减。"

我淡淡一笑："何来风采，不过是人活一口气罢了。"

槿汐抿嘴笑道："娘娘这样打扮，大约是不见客了。"

"今日大约是宾客满门吧。"

"热闹如初，各宫都来向娘娘请安贺喜，连太后那边也派孙姑姑来慰问。"

"槿汐，你自然知道该怎么应付。"

槿汐旋身出去，我看卫临道："胎气还妥当吗？"

"还妥当，只是娘娘体虚时有孕，得多进温补之药，微臣自会去安排。"

我抚着腹部道："这孩子来得及时，是本宫的救星。没有他，也没有此刻的你我。你自己也当心，经历此事你该知道，在本宫身边做事，位高，自然也愈险，愈容易被人算计。"

他浅浅含了笑意："富贵险中求，古来如此。"

我轻轻一嗤："本宫最欣赏你心思坦白。"

向晚时分贞妃来看望我，我闲来无事，与她执了棋子黑白相对。北窗下凉风如玉，吹起殿中湘妃竹帘青青，传来莲台下瓣瓣荷香清远。远处数声蝉音，稍噪复静，我执了白子沉吟不决，揉着额头道："也不是第一次有身孕了，不知为何，此次总觉得特别烦躁难言，神思昏聩。"

贞妃一袭玉白绡衣，清雅宜人："姐姐有孕以来接二连三受了许多委屈，难免分心伤神，损了元气。"她眉心微蹙，"姐姐可知道瑃嫔身边那个伺香小宫女死了？"

我随手落了一子，问："怎么死的？"

"皇上下旨用了重刑，那宫女说是瑃嫔平时苛待她，与荷香两人对她动辄打骂呵斥，她才发了狠下麝香害瑃嫔。"

"那是胡话！"我一嗤，"我还是那句话，小小宫女，哪里来这样贵重的麝香？又是谁给了她这样的胆子？敢谋害圣上宠妃，她真的活腻了么？"

"皇上也是不信，再审时更用了重刑要问谁指使的，连钻手指的竹扦子也扎断了好几根。那小宫女熬不过刑，咬舌自尽了。结果再查下去，在和瑃嫔住得近的采女刘氏那里找到了一模一样的麝香，刘氏一向对瑃嫔得宠最有怨言，家中本也有些财势，内务府的人便抓了她去应付差事。”

贞妃心软，不觉微露悯色。我低首弹一弹指甲：“妹妹也不相信是刘氏做的么？”

“以假乱真，混淆黑白，素来是宫中之人最擅长的。”

“可怜了刘氏，一进暴室的刑房，便是出来也成个废人了。”她眸中深显不忍之色，悄悄靠近我，“我心里揣测了半日，那一位是皇后自己举荐入宫的，会不会是她……她可有这样狠心么？”

我怡然一笑，赞道：“妹妹素来聪明。”

槿汐手中握着尺把长的翠绿蕉叶扇，一下一下地扇着风，槿汐悄悄道：“祺嫔跟了她半辈子，到死还是没有过孩子，娘娘可曾记得皇后赏她的那串红麝串，是人戴着都不会有孩子。”

贞妃面色一变，指尖一松，一枚黑子便乍然落了下去。我一笑：“妹妹错子儿了。”

她郁然一叹：“这些年我冷眼旁观，总以为自己是猜错了。”她转了话头道，“姐姐还不肯理皇上么？午后皇上在我那儿愁眉苦脸得很，其实这些事也怪不得皇上。”

“是怪不得皇上，可人在其中，自己亲临了这些事，做不到不怪皇上。”我莞尔一笑，“妹妹别舍不得，一纵一收，我自有分寸。”

目送了贞妃回去，我拾起一把团扇轻摇，道：“槿汐，陪我去给皇后请安吧。”

槿汐望一望星子明亮的夜色，笑道：“娘娘不要劳动了，这个时辰皇后怕是已经睡下了呢。”

“你以为她会睡得着么？”我凝望夜色下重重殿宇宫阙，轻声喟叹。

至凤仪宫时依旧有灯光数点自昭阳殿内殿的窗格漏出，仿佛不经意露出的一星半点心思，让人探寻。

迎出来的是绘春，她扬眉惊诧："是淑妃娘娘，这么晚了。"

我一笑："皇后娘娘不也还没睡么？夏夜热得难熬，本宫来陪娘娘说说话。"

绘春知我是有身子的人，并不敢拦，只得毕恭毕敬引了我进去，一路仔细为我看路，生怕我借机在昭阳殿生出什么事故来。

昭阳殿大气开阔，南北长窗对开，凉风徐来，纱幔轻拂，清凉飘逸宛如仙境。皇后穿着家常香色衣裳在北窗下纳凉，她面朝里倚在紫檀木折枝梅花贵妃榻上，剪秋一壁为她打扇，一壁喁喁向她低语着什么。

闻得我来，皇后尚未转身，剪秋先是一震，忙立起身来向我行礼问安。我吩咐了剪秋起来，笑道："连着两日见了剪秋姑姑，才晓得什么叫前倨后恭，判若两人。"

剪秋略略尴尬，旋即一笑，不卑不亢："奴婢也是对什么人做什么事，那日淑妃身在嫌隙之中，奴婢也身不由己，还望淑妃宽宏大量不与奴婢计较。"

她恭恭敬敬扶着皇后坐起来，皇后也不看她，只缓缓拢着头发向我道："对什么人做什么事说什么话，淑妃言传身教也教了剪秋不少，难得有机会，她也该学以致用，才不枉费淑妃素日的教导。"

"皇后娘娘客气了。"我盈盈笑，"剪秋每日伺候在皇后身边，自然受皇后耳濡目染最多，怎会有臣妾的教益，臣妾不敢妄自居功。"

即便是夜来独自纳凉，皇后也是服饰整齐，头上虽未用任何钗环，却依旧把一个最简单的平髻梳得油光水滑，纹丝不乱。

皇后的目光徐徐打量着我的小腹："淑妃有身孕了，怎么还深夜出来走动，小心身子为上。"

"有劳皇后关心，臣妾想起有身孕后还未向皇后请安，所以即便夜深露重也要赶来。皇后是中宫之主，臣妾不能失了礼数叫宫中嫔妃群起效仿。"我平视皇后，浅浅笑道，"何况皇后爱子远离，臣妾也怕皇后心痛到难以入眠，所以特来安慰。"

皇后半倚在榻上，靠着一个塞满了菊叶和粟米的蚕丝靠垫，微微一动，便有“沙沙”的声响。她温然微笑：“淑妃说话越来越有禅机，大约是心机深沉之人才能说出这样的话来，本宫竟不明白。可别是淑妃有了身孕欢喜得说胡话了。”

“皇后圣明。既然皇后要把臣妾的话当作胡话来听，臣妾就当是说胡话给皇后听罢了。”我拣了玛瑙盘中剥好的石榴子吃了几颗，“皇后娘娘膝下无子，一直视皇长子为唯一的指望，所以费尽心机成为他唯一的母亲，还要为他安排您娘家的女孩子为正室。为的就是有朝一日皇长子有了登基的指望，您也成了唯一的太后，连未来的皇后之位，也还是您朱家的，永不落空。这样好的指望，一旦落空，哪怕是保住了皇长子的性命，但乱伦罔上，觊觎父妾，这辈子太子的命数怕是绝了。期望如此之高，突然失去又怎会不勃然大怒，痛心失落呢。可是这样巨变之中，娘娘还能记得反咬臣妾一口，咬得又狠又准，臣妾实在很佩服娘娘如此善于探知人心，自愧不如。”

“淑妃客气了。本宫也自愧没有淑妃这般机巧百变，又福泽深厚。那日妹妹如何在皇上面前将瑃嫔小产之事与自己推脱得一干二净，本宫虽没有亲眼目睹，然而剪秋回来告诉本宫，本宫也想见见淑妃巧舌如簧的本事。”

“皇后能这样想就是臣妾的福气了，原来臣妾巧舌如簧可以安慰娘娘，也无须娘娘为瑃嫔失子一事费尽心思。只是折损了娘娘多年的苦心经营，臣妾也万幸没有被奸人暗算，思来想去，除了感谢皇后福泽庇佑之外竟是无人可谢。倒也为娘娘心疼，谋划了这么多年，这笔买卖，只怕是娘娘亏损了呢。”我缓缓舒一口气，“不过话说回来，到底娘娘与皇长子不是血缘一脉，不能母子连心，所以娘娘这般严格有余，慈爱不足，一切都为皇长子安排周到，只要他步步遵照不得逾越，才生生将他推了出去。瑛嫔偶尔一两句客气，都被皇长子如获至宝，以致情不自禁，铸成大错。”

皇后淡然一笑，理一理衣襟上攒珠流苏：“本宫不是生意人，不懂得做买卖，所以也不知何谓亏损何谓赚取。只是淑妃应该明白，做人做事不要因一时之事得意万分，宫中之事恰如天气万变。譬如昨夜一场风雨，侥幸云开月明，只是并非日日都有如此好天气，如此好运气。”她意味深长地一笑，牢牢支撑住身体，气势丝毫不弱，“何况，皇长子也不是本宫亲生的，教而不善，只好弃绝。幸好皇上多子多福，皇二子，皇三子，皇四子，一个一个都落了地，一个一个都是本宫的孩子，本宫一视同仁，都会好好教导。淑妃，你说是不是？”

我听在耳中，生生打了一个激灵，面上却嫣然而笑，盈盈一礼：“皇后教导的是，所以不见皇后一面，本宫又如何心安好睡呢。恰如娘娘所言，来日方长。那么臣妾今日先告退，以后再来向娘娘请安。”我福了一福，欠身离去。

才走几步，忽然听得身后沉沉一句——“莞莞”。那声音极冷毒，似有无限怨恨，全凝在这两个字上。

虽然是夏夜，我仍被这语气中的森冷激得一个激灵，明知她唤的未必是我，却忍不住停下脚步，驻足踌躇。

皇后的笑影如同锋锐的剑气寒气煞人，一字一字道：“这么多年，你以为他那一声声‘莞莞’叫的是你？”我纹丝不动，只垂下眼睑看着裙脚上密密匝匝的团花刺绣，那么密的针脚，直缠得心也透不过气来，一丝一线地勒上去，勒到心底麻木，麻木得泛起凉意。

我转身，忽地抬起头逼视着皇后，嘴角凝聚成一个无比甜美柔和的笑颜，缓缓道：“我知道。”

她微微冷笑：“你果然知道。”

“那不是我，也不是你。这个后宫里，从来没有别人，只有她一个。他心里，也是如此，永远只是如此。”我的声音不大，却足以在这个花香薰然的庭院里让皇后听清我所有的言语，皇后激灵灵地打了个冷战，强自镇定道：“本宫和你们不同，本宫是皇后，是天下之母！”

“皇后又怎样？天下之母又如何？这个宫里所有的女人都在斗，拿心计斗、拿时间斗甚至拿命斗，谁也不例外。你以为我们会赢？错了，所有的人永远都只会输，半分赢面也没有。任凭你死我活，斗得过活人却斗不过死人，我们一生一世也斗不过死了的纯元。这后宫里唯一的敌手，从来就只有纯元。”嘴角凄婉的笑凝结得僵硬，像开在秋风中颓败的花朵，“其实这个道理皇后比我更明白，何苦又再自欺欺人。”

皇后像是全身的力气都被抽尽了，身子一软，重重跌坐在座上。

我盯着皇后道：“我很像她么？”

她目光中如同凝结了寒霜冰雪，仿佛要把我整个人都冻住。我和她，整个大周后宫最显赫的两个女人，这样对视了许久，她才摇一摇头：“你们长得并不像，只是你站在那里，无端端就会让人觉得是她。”

我戚然一笑：“可是，我并不是她。”

皇后轻轻颔首，手腕上一串素金绞丝镯子在月光下闪烁着清冷的寒意，她微露倦怠之色，复又睡下，背对着我：“本宫也要歇息了，不睡好每夜的觉，哪有精神日日看淑妃的如花笑靥呢。”

连着数日，玄凌连连赏下无数奇珍异宝，又一日七八回地遣了李长来问我安好。我只淡淡应对，也不甚理睬他。累得李长捶着腰向我打躬作揖：“娘娘就当是心疼奴才吧！奴才还有旁的差事，这一日七八回地被皇上当磨心使，奴才自个儿这身子也受不了了。”

我舀了燕窝慢慢吃完，方道：“这话，你自己回皇上去。本宫也不乐意一日七八回地见你这愁眉苦脸。”

“奴才哪里敢呢！”李长讨饶道，“娘娘避着皇上不肯见，皇上每回见了奴才都要问上许多话来。”

“那你便去回皇上，不必费心赏下那么多东西来，本宫都不喜欢，全退回去吧。”说罢，我也不肯再多言语。

肆 鶯啼驚夢魂

进了八月后，连月的艳阳天也有些疲乏了。淅淅沥沥几场凉雨过后，空气里到处都飘浮着清爽的潮湿气息。秋意，竟这样缓缓来了。

彼时我斜卧在庭院中，与前来探视我的德妃和端贵妃闲话家常，槿汐则为我在外含笑推拒一切无关紧要的喧扰和探视："淑妃娘娘倦得很，正在内殿小憩，怕一时半会儿不能与各位娘娘小主相见了。"

品儿半坐在小凳子上用小银锤子敲着核桃，德妃笑着拈过一枚吃了，道："你可自在了，只辛苦了槿汐在外头替你应付。"

我靠在十香浣花软枕上，懒洋洋道："我是真怕见她们那些脸，明明对你腹中的孩子忌妒得要死，偏偏凑了一张笑脸来问东问西，多少厌烦。"

德妃伸手为我掖一掖身上的红锦团丝薄被，柔声道："也难怪你心里不自在，前些日子那些事，搁谁心里也是一万分地不舒服。皇上，也的确叫你委屈了。"

我按住她为我掖被子的手，笑道："哪里就这样娇贵了，倒劳烦姐姐。"

端贵妃笑道："不是德妃要格外娇贵你，而是你的确有福，你已是三子之母，腹中这一胎产下的即便不是皇子，哪怕是位帝姬，你在宫中的地位业已如日中天，不可轻易撼动。你细想想，两位宫嫔的事接二连三扑上你身，若非你为皇上育有三子，这事焉能轻轻放过？"她的语气有微不可觉的哀伤，"果然有自己的孩子，万事可依靠些。也难怪皇后要恨煞了你。"

有轻灵的笑语声在不远处传来，我目光所及之处，温宜帝姬带着胧月在搭七巧板玩，予涵好奇，亦半蹲着看两位姐姐摆弄，只有灵犀安静坐在德妃膝头，似懂非懂地听着我们说话。

有疏落的风吹过，林花谢尽，唯余一大片连绵不绝的枫叶烧得秋红如火如荼漫上云际。我含笑看着孩子们取乐欢愉的情景，心中亦觉舒畅。胸口有难言的烦恶感觉涌起，我忙取了一枚海棠果腌渍的蜜饯含在口中，微微蹙眉道："品儿的手艺到底不如浣碧，这海棠果子腌得一点也不酸。"

品儿停下手，抬头委屈道："哪里不酸了？为了娘娘嫌不酸，这已是第三回腌的了，奴婢都觉酸得下不了口。"

德妃笑吟吟道："有了身孕的女人口重些也寻常。"说罢拈了一枚吃了，才入口，德妃眉头大皱，忙不迭吐了出来，又取了茶水漱口，连声道，"好酸，好酸！"德妃素来是稳重的人，她这样失态，可见这海棠果子有多酸了。我忙唤了宫女取绵糖韵果儿来给德妃，歉然道："是我口重了，倒错怪了品儿，也叫姐姐嘴里不好受。"

德妃犹自蹙着眉头说不出话来，连连摆手不言，端贵妃"扑哧"笑道："听说怀着皇子的人口味才这样重，你却比旁人还厉害，已经有了一对龙凤双生，还要再生一对双龙戏珠么？"

端贵妃是鲜有笑容的人，如今一笑之下竟鲜妍若春晓，叫人不觉痴住。我按着心口道："此番有孕倒奇怪些，尤其容易反胃恶心，心口总闷闷的不痛快，口味也格外重。当年生养胧月时也不曾这样。"

端贵妃细心道："如此，也该叫卫临来看看。虽然你生育过，凡事还是当心些好。”

德妃此时缓过神来，闻言便道：“我记得当年安鹂容有孕的时候，她也是这样。不过妹妹福多寿长，怎是她这样薄命人可以比的！”

端贵妃若有所思，低低道：“当初纯元皇后怀着第一胎的时候也是百般不适。女人生孩子如同在鬼门关上走了一遭，纯元皇后当时这样精心养着终究还是母子俱亡，宫中伤阴骘的事太多，孩子难将养。你前些日子又这样伤神，还是多多保养为宜。”

我正欲问端贵妃纯元皇后当年如何养胎，却见灵犀一溜从德妃膝上滑了下来，拉着我的手笑音如铃道：“姐姐，姐姐追着姐姐！”

众人顺着她手指的方向看去，只见胧月抢了一块红色七巧板满脸得意地跑在前面，口中笑道：“没了这一块，温宜姐姐的兔子便缺只耳朵了。”

温宜既心急要抢七巧板，又怕胧月摔了，提着裙角在后面追：“绾绾慢些跑。”

灵犀见姐姐追逐打闹，亦觉热闹，口中不断笑着：“姐姐追着姐姐，姐姐追着姐姐。”

我听得灵犀笑语，脑海中似有一道炫亮霹雳赫然闪过，照得我目眩神迷。哥哥曾向我转述安鹂容生前最后一句话，“皇后，杀了皇后”。是安鹂容真恨毒了皇后，还是她借着哥哥之口在转述一个石破天惊的秘密？

我一时难以分明，口中低声喃喃道：“皇后，杀了皇后。”

此刻近旁只有端贵妃与德妃在侧，德妃忙来捂我的嘴，低声道：“即便你恨毒了皇后也好，这些话岂能宣之于口，不要命了么？”

端贵妃稍稍隔得远了些，听得不甚分明，转首疑惑道：“你说谁杀了谁？”

端贵妃如此一问，我心头疑惑的浓雾似又散去几分，低低道：“皇后杀了皇后。”

端贵妃在宫中资历最深，一向喜怒不形于色，城府之深十分了得。此刻她乍听之下双颊立时变得雪白，霍然站起道：“皇后？”端贵妃起身太急，发髻上的瑞珠赤金寿字步摇簌簌作响，“你知道了什么，是不是？”

夜色逐渐低迷下来，我披衣起身，端贵妃并肩走在我身边一同走进内殿。德妃甚少见我与端贵妃如此怪异的神情，忙嘱咐好平娘与钟娘看顾几个孩子，随即一言不发跟了进来。我半倚着花梨木雕花圆桌，点燃了一支河阳花烛，小小一团橘色的光晕映照在我与端贵妃相对而视的面庞上。良久，我轻叹一声：“并非我胡言乱语，这句话，是安鹂容生前最后一句话。”我有意掩去哥哥与鹂容最后的相见，“安鹂容自裁前，她托人将这句话转告于我。我总以为是她恨毒了皇后想要我为她杀了皇后。”

端贵妃目光灼灼，呼吸绵长：“以她的心机，若是真恨，大可自己动手，不必临死才来托付你。”

“我从未细想她这句话，直到今天听灵犀偶然一句话才想起其中关窍，原来，还有另一层意思。”我注视着端贵妃，“看姐姐方才神情，仿佛早有此猜想。”

我虽然不知端贵妃昔日与纯元皇后的情谊，然而端贵妃一手琵琶尽得纯元皇后真传，想必情分不浅。端贵妃似是沉浸于往事之中，并未听到我的问话，只低柔道：“当时我还年轻，总是不明白。我十岁时便被太后养在身边，虽然出身将门，但我心里也明白，这一辈子，我也只能是皇上的妃嫔，绝不会有登上后位的机会。所以，我心无旁骛，被册为端贵嫔后只是专心侍奉皇上与太后。太后母家有两位适龄的女子，嫡出的纯元皇后朱柔则与庶出的朱宜修。纯元皇后入宫前便已芳名动天下，更早早被许配了抚远将军之子，只待成亲罢了。太后自己是庶出，也怕嫡出之女未免娇气，所以属意虽是庶出但心思沉稳的朱宜修入宫。因为皇上还年幼，朱宜修又是庶女，不宜即刻册封为皇后，所以先立为娴妃，只待生下皇子便可册封为后。其实朱宜修一入宫，这便是众人皆知之事。而皇上也对她不错，彼时宫中只有我与她，日子也还顺遂。不久，朱宜修便怀孕了。一切都在众人的期望之中，直到那一日……”端贵妃微微唏嘘，似是不堪回首，“那一日，纯元皇后奉旨入宫陪伴初有身孕的妹妹，谁知，在太液池边遇上皇上。也合该是缘分，皇上竟对纯元皇后一见钟情，立时去求太后迎她入宫为后。皇上执意如此，太后也不能违拗其心意。纯元皇后当年被许给抚远将军之子亦是为皇上登基多一分助力罢了，彼时摄政王已死，太后铁腕任谁也不敢违背，抚远将军只好以‘幼子不肖’之名提出退婚，太后又好意抚慰，嫁了一位翁主出去，才保住了皇家颜面。”

德妃问道：“皇上之前没有见过纯元皇后么？”

端贵妃道：“纯元皇后早已许配人家，待嫁之女是不宜面圣的，所以一直都未见过。”她又道，“皇上与太后如此，朱宜修亦不敢有异议，到底是她自己提出嫡庶尊卑有别，长姐入宫应居后位，皇上和太后也松了一口气。朱柔则为中宫之主，朱宜修为四妃之首。如此这般，她生子而封后的话也成了一纸空文了。不久，朱宜修产下皇子，可皇子胎里不足，未满三岁就去世了。而那时，纯元皇后也有了身孕。纯元皇后入宫后宠冠六宫，与皇上琴瑟和谐，比她晚一日入宫的先德妃与先贤妃早已满腹怨气，常常寻衅，只不过皇后不计较而已。那一日许是有孕易动气，先贤妃说了几句极冒犯的话，皇后一时动气，罚了她两人跪在殿外思过，结果先贤妃的孩子便没有了。其实当时谁也不知先贤妃已经怀有身孕，皇后也是无心之失。结果皇后为此自悔不已，常常心内郁结。朱宜修略通医术，又一向对皇后礼敬有加，皇上不放心别人照顾，就让她侍奉左右，朱宜修也帮着太医一同看方子。皇后有孕的时候总有不适之状，末了临盆之时惨痛异常，生下一个死胎便撒手人寰。临死前仍伏在皇上膝上哀求不要迁怒太医，更要好好照顾自己唯一的妹妹朱宜修。不要说皇上哀痛欲绝，连我们也不忍心，皇后一直善待宫中诸人，谁知这般可怜。那孩子，我悄悄看过一眼，那孩子身上带着好几块青斑，一出生便没了气息。”

“青斑？为何会身带青斑，皇上知道吗？”

“知道。太医说是胎中受惊不足，才会如此。”

“因有皇后遗言，太后也不愿皇上娶别门女子为后，便也同意立朱宜修为中宫。再后来的事，你们也知道了。”端贵妃寸把长的指甲狠狠掐在软绒福字珊瑚红桌布上，“纯元皇后去时朱宜修几度哭晕过去，姐妹之情何等感人。我当时年幼不明白，这些年冷眼旁观，朱宜修极重皇后之位，难道当年被人横刀夺去，她竟一丝也不恨么？于是我暗中留神，越想越是害怕，只是苦无证据罢了。”

端贵妃素来少言寡语，说到此节已属肺腑之语，乃是平生大大破例。德妃凝神倾听，呼吸渐渐急促起来：“纯元皇后怀孕之时是她陪在身边，要收买太医和皇后身边之人也未尝不可。依她的性子，我当年对她恭敬有加她尚能毫不顾惜，何况是夺走她后位之人？而她丧子之时皇后正好有孕，岂不更要叫人发狂！”德妃说到末节已有惊惧之色，然而这惊惧里慢慢透出一些暗红的狂热，“如果这件事真是她做的，是她害死了纯元皇后与皇子……”

端贵妃截住她的话，冷静道：“咱们没有证据。”

德妃紧紧握住拳头，斩钉截铁：“一定会有。安鹂容在皇后身边多年，心思又最细密，她一定发觉了什么，否则她断断不敢说这样的话。”

我垂首沉思，慢慢道：“未必。或许是我们多心也未可知。”

端贵妃抚一抚德妃的肩头，温言道：“我晓得你恨，恨她害你再没有孩子。然而再恨，不能一击就将敌人击倒时一定要心平气和，极力忍耐。”她微微自嘲，眸中闪过一丝晶莹的亮色：“其实我们，与戏子又有什么分别。”

我转首，却见软帘下的阴影里站着小小一个人儿，我一惊之下不觉低呼：“胧月，你怎么来了！”

不知何时，胧月已悄悄进来。我不晓得她听了多少，也不晓得她明不明白，只看她静静走到德妃身边，倚着她的臂膀小声道：“母妃，我困了。”

德妃看一眼窗外乌沉沉天色，捧着她的脸柔声哄道：“好。我们这就回去。”

端贵妃面色沉静如水：“彼此先回去吧，此事还须从长计议，谁也不得大意。”

我静静颔首，忍住心下渐生的寒意和自小腹深处漫起的一缕冰凉酸楚。

夜深人静，整个紫奥城终于沉寂于无声无息的夜黑之中，梦境朦胧的辗转间，恍惚听得披香殿远远有琵琶声整整一夜低续不停，恍若帘外细雨潺潺。

许是动的心思太多，或是怀这个孩子时我本就气虚，偶尔晨起或临睡前，呕吐的次数总是特别多，伴随着的，更有小腹中难以忍耐的凉滑感受。

每每问及卫临，只是见他越来越深锁的两道浓眉和郑重的请求：“娘娘只宜静养，实在不能再费任何心思了。”

“可以静养么？”我喃喃自问。

已经发生过的事，心思已经费尽。还未完结的事，连自己不愿去想都难以忘记。我夜夜梦见陵容临终前的情状，气息渐微，她口中仍旧喃喃低语：“皇后，杀了皇后。”

梦中的事难以解决，采葛亦在来看望我时难掩忧心神色：“自从静妃有了身孕，沛国公府无比托大，国公夫人常居王府照顾爱女，即便王爷不忘照顾隐妃，但难免权柄另移，隐妃的地位大不如前。”

这样的话，玉隐自己是万万不肯告诉我的，她每每来看我，依旧是妆饰华丽，笑容清淡，不露丝毫近况的窘迫。

我若以话试探，她却极敏感，笑吟吟道：“如今长姐自己也有着身孕，多宁神静气才好。静娴也是如此，我能体谅长姐，自然也能体谅她一些。”她轻轻沉吟，“毕竟，她腹中的孩子是王爷的。”

我愕然于她深明大义的转变，不免更心疼她：“你若有什么委屈，不要憋在心里，告诉长姐就是。”

她笑得温婉而柔顺，似九月含露而开的小小雏菊：“王爷并没有顾此失彼薄待于我，我已经很安心了。”

玉隐如此安分而柔顺，太后在病中听闻，亦不觉赞叹："能这样体谅，的确是好孩子。"

我被腹中越来越频繁的凉意折腾得寝食不安，再要管玉隐的事也有心无力，只能婉转请采葛转告玄清，一定，一定要善待玉隐。

卫临一日五六次来柔仪殿请平安脉，我却越来越不敢接受他略显无力的说辞"安心静养即可"。甚至在每日所服的安胎药中，当阿胶的甜香被越来越浓重的苦涩药味所掩盖时，我也能明白无误地感受到这一点：我的胎并不安好。

清露覆地的一个夜晚，我终于不得不请来了在为眉庄守陵的温实初。不到万不得已，我是不会去打扰他对眉庄的思念的。

一别良久，他似乎比上次所见又苍老憔悴了一些。其实细细算去，他也不过才三十许人而已。在我感叹于他的憔悴支离时，实初亦为我的面色和虚弱惊愕不已。

"娘娘的面色怎如此青白？"

"是么？"我在小小的手镜里窥探自己被脂粉掩盖的容颜，的确如他所言，那种青白交错的衰弱气息，连上好的玫瑰胭脂也遮盖不住，脂粉扑在脸上，似无所依靠的孤魂野鬼，凄艳地浮着。

我无奈叹息："不到万不得已，我实在不敢劳烦你。"

他说："你我之间，何需这样客气。"他的手指轻轻搭在我的手腕，我在一沉一浮的脉息上感受他指尖微微温热的沉稳。良久，温实初低低叹息一句，抬起的眼眸沾染上无法褪去的忧伤与无奈："我相信卫临已经尽力了。从你的脉象上看，卫临一早就察觉你的胎气比常人虚弱，所以一直用黄芪、白术等温厚补药为你补养身体。只可惜……"

"只可惜什么？"我追问。

"嬛儿你刚刚有孕后便心气躁动，五内郁结，恐怕深受某些人与事的滋扰，以致胎象不安。再往深里说，你怀孕之时，当年产下双生子时的虚亏尚未完全补回来，说实话并非怀孕的好时机。所以即便有卫临尽心补救，以大量温补之药续力养胎，但容我说句实话，我与卫临都已经回天无力，只能养得住龙胎多久是多久。”

心似一块被冻结的冰，倏然裂出崩碎的裂痕，再无从弥合。仿佛有无数针尖从五脏六腑中深深刺入，我不自觉地伸手紧紧抱住肚腹，感受着身体里无比微弱的胎动，凄然流下泪来。

他不忍，温然道：“嬛儿，自己身子要紧。”

我死死忍住指尖的颤抖，轻轻道：“你告诉我一句实话，这孩子还能保得住多久？”

他沉吟片刻，答我：“你已经怀胎四月，这个孩子，即便我与卫临拼尽一身医术也不能保他超过五个月，否则孩子即便生下来也是个死胎，只怕连你也要深受其害，性命不保。”

“五个月？那么我们母子情分岂非只剩下一个月了？”

“是。”温实初满目悯色，温言劝慰，“你还年轻，嬛儿。以后还会有孩子的，不要过于伤心。”

茜纱窗下翠色竹影沉沉，有夜风肆意穿行而过，满院花树被风携过，轻触声激荡如雨。世事身不由己，我伤心又能如何呢？颊边泪痕渐干，若非依旧有绷涩的触觉，谁能看得出我曾泪流满面？我伸手，极力拭去泪痕留下的苦涩触觉，沉声道：“这件事，不许对任何人说，连玉隐和玉娆也不可以。你和卫临只需尽力保住这个孩子，能保多久便是多久。我怀孕后的药方，卫临一向是做两份的。一份给太医院存档，一份在我这里。你那里也是一样。但你要提前准备好一服送孩子走的药，或许有一天这孩子会帮我个大忙。”

他默然颔首：“在不伤害你身体的前提下，我一定会尽力做到。”

我点点头：“我乏了，不想再送你，你自己出去小心。”

温实初悲悯地看着我，只身离去。

次日玄凌来看我时，我正在喝槿汐炖了许久的燕窝薏米甜汤，绵甜的滋味让郁结的心胸稍稍得以纾解。玄凌怜惜地抚摩我的面颊：“朕忙于政务，怎么两日不见，嬛嬛你便这样憔悴？”

“回禀皇上，”温实初自殿外踏进，手中端着一碗热气腾腾的汤药，笑着道，“皇上无须多虑，娘娘腹中胎儿一切安好。”

我拉着玄凌的手按在自己微微隆起的小腹上：“臣妾憔悴都是被这个调皮鬼儿折腾的，皇上不知道，昨夜他在臣妾的肚子里闹腾了一夜，臣妾都不得好睡。”

玄凌喜滋滋地把脸贴在我的腹部：“这个孩子这样好动活泼，必定是个身子强健的皇子。”

他以温柔而爱护的姿势伏着，隔着我的肚子和孩子说着话：“你好好安分些，再过六个月便能见到父皇和母妃了，现在这样闹，你母妃也被你闹得没了力气。等你出世了，父皇一定天天陪着你玩，比陪你几个皇兄都多，好不好？”

我趁他不注意，轻轻别过脸去，悄悄拭去眼角的泪珠。温实初见机道：“皇上，娘娘该服安胎药了。”

玄凌笑道：“难得你肯来照顾淑妃这一胎，朕也放心了。方才朕看你在这里还唬了一跳，还以为淑妃的胎有什么不妥当。”

温实初笑道：“正是因为小皇子太强健了，微臣才不能不来，否则娘娘从此便不必安睡了。”

玄凌接过他手中乌黑的汤药，一勺一勺小心喂到我唇边，柔声叮嘱了许多。我婉转求恳道：“臣妾有孕后便少走动，太医也叫静心养着，实在闷得慌。”

玄凌笑道：“这有什么难的，如果朕没有空闲，你大可请德妃她们多来陪你。即便你要请皇后，朕也让她来就是了。”

自我有身孕，皇后十分避忌，恰如我当年不欲见到怀孕的陵容一般，怕她借孕生事。如今皇后待我，也是如此。要她入我宫中，更是难上加难。我沉吟片刻，笑着睨他一眼：“皇后是什么身份，怎能臣妾一请就来？皇上说笑也太轻易了。”

玄凌为我仔细拭去嘴角药汁："只要你喜欢，没有什么不可以。"

十月秋风渐起的时候，我下腹的坠胀感愈加严重。温实初早已为我配好了我要的那服汤药，他嘱咐，只要掺在安胎药里喝下，药性就会发作。而为了掩饰我的虚弱气色，槿汐每日必须得花上两三个时辰为我妆饰容颜，才能显现出太医一贯所言的"身子强健，胎气无恙"。

这一日金风送爽，恰巧西越进贡来一株三十余尺高的珊瑚，玄凌高兴之下便送到了柔仪殿给我把玩。我也不觉纳罕："宫中珊瑚并不稀罕，但大多是五六尺高的，十尺以上已经罕见，何况是这样高大完整的珊瑚呢。"

玄凌很是得意："正因为罕见，所以想来想去只有放在你的柔仪殿最合适。红色珊瑚是如来佛的化身，朕想着给你安胎最好。"

我笑吟吟依着他："这样好的珊瑚臣妾一个人观赏也可惜了。不如请阖宫嫔妃一同来永寿宫观赏。"

他吻一吻我冰凉的额头，笑道："你喜欢就好。"

我抚摩着赤色珊瑚流光溢彩的枝丫，笑道："正好通明殿的法师为臣妾腹中的孩子做了平安符祈求安康和顺。法师说，要宫中位分最高的人亲手放入福袋之中系在臣妾床头四角，才算功德圆满。臣妾正想着，最合适的人，不外乎皇后娘娘、端贵妃和德妃，再由臣妾亲手系一个，也算四角齐全。"

玄凌颔首道："这是积德积福的事，她们自然不会拒绝。"

我想一想，还是摆手道："皇后如今不爱出门，旁人请她都要推托。若皇后不来呢，终究也是不合适。"

玄凌拥过我道："你若喜欢，朕请她们来就是，朕在这里，皇后必定也会来，便再无不妥了。"

我笑，一壁也轻轻叹息："要皇上费心了。其实臣妾回宫之后，与皇后娘娘一直频有误会，臣妾不想六宫揣测后妃不和，再起事端。皇后娘娘肯赏脸来就最好不过了。”

他道：“皇后是六宫之主，这样的和睦六宫的事本该她先做，反而叫你有孕在身的人操心。”

“皇上不要这样说，皇后娘娘身份高贵，臣妾是该卑屈己身，为皇上、皇后分忧的。”我伸出双手环住他的脖子，指尖殷红的蔻丹如一簇簇跳跃的火苗，即便闭上眼，那抹殷红亦闪烁在眼前，无可逃避。

伍 東宫败

三日后暮色深沉之时，玄凌在柔仪殿大宴后妃，同赏珊瑚。皇后之下，这两年来颇有宠幸的嫔妃一一到场，连被玄凌要求静心思过的荣嫔也精心打扮，着了一身清新的粉蓝团绣烟霞紫芍药宫装前来。

我是东道主，自然也是盛装出席。一袭瑶红色攒心海棠吉服深浅重叠，月白“蝶舞双菊”抹胸，底下深红底色繁复华丽的蹙金线长摆凤尾裙拖曳于地，灿色宛若眼前无数女子艳丽笑靥。远山眉仿似水墨轻烟画意盎然，眉心中一点金箔剪成的金菊花钿上缀着赤红宝石更是闪耀夺目，映着两腮的磨夷花胭脂扑成鲜妍的“桃花妆”，宛若春日桃花一瓣一瓣盛开在面上，如此盛装打扮，再也无人可看出我妆容底下的虚弱失色。

庭院中秋菊深浅丛丛，开在宫灯如星里晕染开无限春色，火红、粉白、淡黄、橙橘、瑰紫，各擅其美。柔仪殿外青松与红枫交映成辉，苍翠与嫣红交错林立，似一卷斑斓锦缎华丽铺陈，无比壮美，比之春花烂漫的景色更加动人心弦。

一众妃嫔围着珊瑚评头论足，啧啧称趣。宫人们鱼贯而入布好菜色，玄凌看看天色，便问："怎么这个时候了，皇后还没过来？"

槿汐回道："回皇上的话，方才皇后娘娘差人来过，说身子有些不爽，所以不过来了。"

玄凌神色冷淡："怎么朕请她，她就身子不爽了？平日倒见她好好的。"

胡蕴蓉道："或许柔仪殿有皇后不愿见的人也未可知，一看见才会身子不爽。"

皇帝蹙眉："李长，你亲自去请皇后。她是六宫之主，这样的时候她不在，不合适。"

李长答应了退下。

欣妃艳羡道："这株珊瑚深赤通透，世所罕见。到底淑妃荣宠深重。"

端贵妃亦点头："还是皇上想得周到。珊瑚在深夜中看来，格外光彩熠熠。"

贞妃似有触动，感慨道："珊瑚难得也终究是凡品，皇上看重淑妃，以珊瑚为淑妃安胎祈福，这份心意才让臣妾觉得感动。"

我有些惴惴，问："皇上，皇后娘娘不会是生臣妾的气吧？"

玄凌不以为然："怎么会？她是皇后，应该宽容大度。"

等了半炷香时间，皇后终于进来，众人不自觉便停了说笑，看着皇后仪态庄重地走进来。

皇后略带倦色地请过安，玄凌打量她几眼，慢慢道："皇后身体不适，朕要皇后来，是勉强皇后了。皇后不怪朕吧？"

皇后勉力一笑："怎会？臣妾本来不适，不打算来。可皇上关心淑妃，臣妾与皇上夫妻一体，怎会不关心？方才来迟，是臣妾亲自去库房找了一尊送子观音送给淑妃，希望淑妃能为皇上平安产下龙子。剪秋。"

剪秋捧着一尊精雕细琢的送子观音上前，献到我面前。我见观音眉目慈祥，栩栩如生，便也点头，由着槿汐接过，我才起身相谢："多谢皇后娘娘关怀。臣妾一定将这座观音放在寝殿里，日夜敬香。"我郑重吩咐：

“槿汐，还不送进寝殿去。”

槿汐接了进去。玄凌看皇后一眼，微微带了笑色：“皇后贤惠。有心了。”

蕴蓉托腮道：“皇后贤惠起来可真贤惠，从前不喜欢淑妃，这会儿又跟亲姐妹没什么两样了。”

玄凌横她一眼：“不许议论皇后。”脸色却冷了下来。

我忙道：“皇上，臣妾有个不情之请。这珊瑚虽好，但臣妾却不敢擅专。皇后娘娘垂爱六宫，这株珊瑚臣妾想借花献佛，送与皇后娘娘。”

端贵妃道：“淑妃敬爱皇后之心，真是难得。只是这珊瑚是皇上赐给淑妃安胎的……”

皇后目光扫过珊瑚，微微一笑道：“本宫什么也不缺，珊瑚淑妃自己留着赏玩就是，可别辜负了皇上和本宫的一片心。”

皇后入座，安然坐于玄凌身边。胡蕴蓉亦不由得笑言：“这珊瑚可不是难得的好东西？从前随父亲去看东海渔民进贡的珊瑚，枝丫光洁完整，颜色通体均匀，虽然只有十余尺高，亦是人人称奇，夹道观看。”

皇后执了一杯“竹青”缓缓饮下，笑道：“那是二十年前的事了吧，彼时蕴蓉的父亲还是先帝的宠臣呢。”

胡蕴蓉原本满面含笑，闻言不觉放沉了面色。家门之变，父亲的官途陨落，彼时年幼的胡蕴蓉未必不知。所谓世态炎凉，即便身份高贵如她，想必也曾经饱尝。她微微冷笑，矜持地抬起下巴：“这样华美的珊瑚，匀称完整更胜我当年所见那株，更何况高三十余尺，颜色深赤通透，世所罕见。到底淑妃荣宠深重，不是旁人所能比的。”

她的目光冷冷自皇后面上横过，复又在玄凌身边坐下同饮。这一夜所饮的酒大多出自皇后珍藏，她得玄凌所邀，不欲坏了他兴致，更拿出两坛珍藏多年的“水仙陈”，颜色清澈如奉养水仙的清水，气味清甜如盛开的水仙，入口绵甜，后劲却极大，与我所制的“梅子酿”一同入口，更是酒力惊人。

端贵妃体质不宜饮酒，德妃饮了几口，问起皇后配制酒石的事，又是当作趣话连篇累牍。荣嫔甫被解了禁足，更依在玄凌身边连连劝酒不已。

今夜月色浅淡，缥缥缈缈如乳似烟。歌台舞榭，一片笙歌曼舞，月色亦就此醉去，何况人哉！

腹中的痛楚隐隐顶上胸臆，再难忍耐。留意过去，满目霓裳羽衣，一派笙歌管弦，我目光飘然渐移，直到，触到那一双寒潭深水似的沉静双眸。那道幽深目光，似蕴了戾气的冷箭，缓缓抵达我面前。

我悄然无声地对上那双眼睛的主人，衔了一缕笑意看住。德妃在我近旁，留神片刻笑道："皇后娘娘慈爱。今日臣妾与端贵妃来，不就为了淑妃腹中龙子平安出生么。"

玄凌问我："淑妃，法师的平安符都送来了么？"

"都送来了。"我唤道，"小允子，拿进来。"小允子从外头进来，手里捧着一个盘子，里头放了四个平安符和四个福袋。

我起身回禀："启禀皇后娘娘，法师说了，这平安符和福袋都是吉祥之物，可祈祷腹中胎儿平安康健。只是要有劳皇后娘娘和两位姐姐与臣妾一同将平安符放入福袋悬挂床头。"

端贵妃端然起身："举手之劳，应当的。"

皇后和颜悦色笑道："皇上，淑妃有孕，寝殿自然有胎神镇守。臣妾身体不适，又怕是生人进寝殿，冲撞了胎神就不好了。"

玄凌酒劲上来，也懒得再掩饰神色，道："端贵妃与德妃为了朕的皇嗣不在乎区区之劳，皇后又何必百般推诿。"他语气加重，"皇后，你执掌凤印，应该和睦六宫，为嫔妃之表率才是。"

蕴蓉斜着她美丽的丹凤眼道："淑妃有孕后，皇后一直少来柔仪殿，难怪要自认生人，要是常常走动不就好了。"

玄凌对她的言语并无不满，反而微微颔首。皇后无奈，只得起身答允。

四人起身往里走，小允子和槿汐站着不动，并不跟上伺候。槿汐道："奴才们身份低微，既不能碰这些吉物，也不能由奴才们送进娘娘寝殿，怕冲撞了神灵。”

端贵妃点头，伸手接过盘子：“也对。这些事总是谨慎些好。”

我回首向玄凌笑：“皇上稍等片刻，臣妾与皇后和姐姐们很快出来。”

我正欲入内，槿汐忙唤道：“娘娘且等等，今夜的安胎药还没喝呢。方才娘娘嫌药太烫，现已经凉好了。”

槿汐招手，旁边的小宫女端了药上前。我与槿汐对视一眼，接过药喝了。

小宫女接过药碗退下。我摸着肚子笑：“良药苦口，若不是这一日三次的安胎药，臣妾腹中的孩子怎会如此壮健好动。”

玄凌微笑看着我：“去吧。”

胧月和温宜本逗着乳母怀中的予涵和灵犀玩，胧月见我和德妃进去，也跟着跑过来，一声声唤道：“母妃，等等我，等等我。”

德妃忙弯腰拦住，柔声道：“好孩子，你在外头等母妃，母妃就出来。”

胧月乖乖听话等在外头，端贵妃先入寝殿，将盘子小心搁在床上凤栖梧桐红缎被正中。我先伸手在床角金帐钩上挂好福袋，然后是德妃与端贵妃。皇后正取过福袋，德妃听见外头胧月又唤了两声，有些放心不下，忙道：“皇后娘娘，胧月还在门外等着臣妾呢，臣妾先告退。”

端贵妃含笑道：“胧月今儿是跟温宜玩疯了，孩子们顽皮，我和你一起去瞧瞧。”

我见二人退出，殿中只剩下我与皇后。我强忍着腹中下坠的冰凉疼痛，懒懒道：“多谢皇后娘娘成全臣妾，肯为臣妾亲手挂上福袋。”

皇后系好福袋最后一个红结，淡淡道：“本宫身为皇后，理应如此。”

我扶着腰肢，感受着汤药游走在身体中带来的渐渐强烈的痛楚，尽量保持着如常的神色和声音：“论理应当如此，可是论情，皇后心中一定很恨臣妾吧？”

皇后回转头，看着案上她方才送来的观音，语气冷淡：“本宫送你送子观音，就是望你能在菩萨面前平心静气，安分守己，不要乱了心神影响龙胎。”

我垂下眼皮，慢慢道：“龙胎是否有影响，全在皇后，不在臣妾。”

皇后挑起精心画过的秀眉：“此话怎讲？”

“难道不是么？顺娘娘心意，龙胎得保；逆娘娘心意，母子俱损。多年来皇后娘娘一直如此统御后宫，臣妾实在很害怕，哪天得罪了娘娘，娘娘就容不下臣妾腹中的孩子，就像当初百般陷害臣妾一般。”

皇后愠怒：“放肆！你居然敢污蔑本宫。”

腹中痛得如万箭穿心一般，那种寒凉的感觉，似冬夜寒霜自足底慢慢浸润上身体。我拉住皇后，对着床边案上供奉的观音，凄厉道：“污蔑？皇后娘娘敢不敢对着神明发誓，发誓从未毒害过皇嗣，从未谋害过嫔妃，更未谋害过臣妾！”

“本宫是六宫之主，怎会与你发誓做无稽之谈！”

我死死抓住皇后的手腕：“皇后娘娘不敢了么？悫妃是怎么死的，庄敏夫人为何再生不出孩子，恬嫔小产，还有臣妾的第一个孩子！一桩桩，一件件，数不胜数。您做下的亏心事，只有自己最清楚！”

皇后恼怒地甩开手，我的手全是冷腻的汗水，手心一滑，便脱出了她的手。我身子一仰，脚下一个不稳，趔趄着往后退了两步，肚子不偏不倚撞在了紫檀香案的角上。只听“哐啷”一声，普度众生的观音随着我惊惶而痛楚的尖叫声，碎裂成无数……血气尽往我头上冲来，巨大的疼痛似滔天巨浪吞没了我。

悠悠醒转时，已不知人世几许，只觉得身体里那种空落落的痛楚无处不在——好像身心肺腑都空了一般。手无力垂落一边，似被温暖的手心紧紧地握住。我勉力想睁开眼来动一动身子，身体却好像不是自己的，沉重得动也动不了。

眼皮微微一动，人影幢幢，有人欢喜地叫：“淑妃娘娘醒了。”

有参汤的温热从口中缓缓流入漫至喉管、胸腔，仿佛为我注入了一星半点力气。我极力睁开眼，双眸却似闭合了太久，只觉得日光刺眼，几乎要刺穿我的眼睛。已是一个秋日的午后了，晴光寂寂，慵懒散落。玄凌的声音在耳边惊喜响起："嬛嬛，你终于醒了。"

我终于醒了么？我看到玄凌焦虑而疲惫的脸，槿汐哭得如核桃一般的眼，乌压压的人守候在床边。空气里有未曾散去的血腥气，腹中的空虚逼得我喑哑出声："皇上，孩子还在么？"

玄凌的面孔焦灼而失神，他尚未答话，德妃已悄悄背转身去拭泪。我愈加惊恐，声色凄厉："皇上，孩子呢？"

玄凌痛苦地垂下脸去，低声道："嬛嬛，我们还会有孩子的。"

我挣扎着撑起身子来，奋力地在小腹上摸索："孩子呢？孩子呢？昨夜他还在我腹中踢足伸腿，他睡着了是不是？他怎么不动了呢？"我几近疯狂地摸索着，泪流满面。

玄凌紧紧抱住我不让我再动弹，德妃紧紧按住我的手："淑妃！淑妃！孩子已经没有了，你要节哀。"德妃极力安慰着我，把灵犀、予涵抱到我面前："你瞧，你还有韫欢和涵儿，你别怕！"

予涵不知发生了什么事，吓得睁大了眼睛，一径往我怀里缩。灵犀大约从未见过我如此失态，吓得放声大哭。德妃抱了这个哄了那个，柔仪殿内乱作一团。

皇后穿着真红金罗大袖宫装，在我榻边坐下，她看着痛哭流涕的我，语气温和："人醒了就好。淑妃，你要节哀。养好了身体，孩子总会再有的。"她看着玄凌，似有几分怯意，神色却更柔和，体贴道："皇上一直守在这儿等淑妃醒来，也劳累了，赶紧回仪元殿歇息吧。"

玄凌眼神冰冷，瞥了皇后一眼，便依旧抱着我轻声安抚。他抱得那么紧，似乎连我的骨头都要被硌碎了。他似要凭此来发泄他与我一样失去孩子的伤心，他低低在我耳边忏悔："嬛嬛，是朕不好。"

我蓦地停止啜泣，死死盯着皇后，厉声道："孩子总会再有？皇后娘娘轻描淡写一句话，就当臣妾的孩子命如草芥么？"我的声音如同在发狂，

“皇后娘娘，就算您厌恶臣妾，为什么要害臣妾的孩子！”

皇后又惊又怒，声线也尖锐起来：“荒谬！本宫怎会害你的孩子！”

我用力抓住玄凌的衣襟，哭道：“皇上，臣妾没了这个孩子，并非臣妾自己不当心，而是……是皇后娘娘与臣妾争执，推了臣妾！”

我放声大悲。艳阳秋暖，却似有无限的凄楚荒凉迫人而来，无穷无尽的伤心哽在喉间，恨不能尽情一吐。

温实初端着一碗汤药越众上前：“皇上，娘娘的腹部的确有撞伤的迹象，太医皆可查证，应该是有人大力推过娘娘。而且娘娘腹中的孩子一向健康，皇上也经常听见孩子胎动，若非遭此意外，孩子怎会滑胎？”

玄凌一语不发，他的脸色越来越难看，似山雨欲来前阴沉的天色。他的手紧紧地握在身后，握成一个发白的拳头：“皇后，朕和宫人们闻声赶到时，寝殿里只有你和淑妃两人。”玄凌的目光转向德妃和端贵妃：“当时你们两个就在寝殿门外，可有看见什么？”

德妃面色青白交加，十分不安：“臣妾当时正与贵妃姐姐陪胧月玩耍，并未看见什么。只是……只是臣妾与端贵妃，都听见寝殿内皇后娘娘与淑妃起了争执。”

皇帝看着端贵妃道：“你说。”

端贵妃脸上依旧是那种不干世事的神色，从容道：“是。因是皇后与淑妃争执，臣妾们不敢闯进去，只听见淑妃说‘害怕’‘得罪’，而皇后娘娘要淑妃‘安分守己’，其余的臣妾也没看见。”

玄凌咬了咬牙，一字一字道：“皇后，朕与这么多双眼睛，倒是都看见，淑妃受伤晕倒，只有你在侧。”

我悲痛不已，申诉道：“皇上，皇后怨恨臣妾得您钟爱，总以为臣妾有不臣之心，出言责怪，盛怒之下推倒臣妾！”

皇后镇定下神色，朗声道：“当时淑妃胡搅蛮缠，拉着臣妾的手，臣妾只是要脱开手离开，并未推淑妃。”

玄凌口中问询，目光却在皇后面上阴晴不定地逡巡：“如皇后所言，难道是淑妃自己推倒自己？”

德妃眼中都是泪，忍不住侧头拿绢子拭了拭，方道：“淑妃若有言语不慎得罪皇后娘娘，也还请娘娘恕罪，总得顾念淑妃腹中皇嗣。只是臣妾不明白，淑妃重视胎儿，一碗安胎药都按太医嘱咐，一次不落地喝。又一向侍奉皇后谨慎，怎会突然对皇后娘娘胡搅蛮缠？”

玄凌脸上的疑色越来越重：“你既说淑妃胡搅蛮缠，那她到底如何冲撞了你？”

皇后面上的血色渐渐褪去，紫金凤冠晶光闪耀，越发照得她面如白纸：“当时寝殿中只有臣妾与淑妃，臣妾自知百口莫辩，但无论如何，若此事涉及臣妾，都是有人蓄意陷害臣妾！”

玄凌的语气失去了应有的温度：“皇后觉得百口莫辩，朕何尝不是百思不得其解。殿中只有你俩，又起了争执。皇后你不喜淑妃，这些日子，朕都看在眼里，还是淑妃百般求全，为皇后着想。”

玄凌的目光如剑，并不肯从她面上撤去，皇后踉跄了一步，笑得悲苦而自矜，她沉吟片刻，思索着道：“或许淑妃的胎象本就有异，只是碰巧与臣妾争执，才惊动了胎气。”

“朕日日陪着淑妃，时常感觉淑妃腹中胎动，胎象怎会有异？”玄凌连声冷笑，面庞上满是勃然怒意，“温实初，你把素日给淑妃开的药方拿来。”

温实初从药箱中取出一沓药方：“皇后请过目。”

玄凌蹙眉道：“皇后亦懂得医术，不必劳烦太医就能看懂。”

药方上，黄芪、白术、阿胶、党参、鹿角霜，每一味都是安胎补气的药材，并无异样。

皇后嘴唇微微发颤，面色却清冷而刚毅：“臣妾有何理由要害淑妃？这些年臣妾调度后宫，皇上可曾见臣妾蓄意害过谁？”

端贵妃轻轻屏息，声音似碎冰冷冽：“此刻并未说皇后害过别人，皇后勿要多心。”

皇后神色稍稍松弛:“多谢端贵妃直言。”

“皇后夸奖。”不过一瞬，端贵妃的话已追到耳边，“可是淑妃已有一子二女，又有义子四殿下，已经宠冠后宫，手执协理六宫大权。若淑妃再产下一子，谁会最受威胁，权柄动摇?”

玄凌深深吸一口气，呼出无尽失望与鄙夷:“果然！你做过的事，你自己心里有数！”

听得此言，皇后霍然而起，神色冷峻，发上别着的一支金镶玉凤凰展翅步摇震颤不已:“端贵妃，你向来与世无争，为何要害本宫?”

“不是端贵妃要害你。”玄凌冷然道，“皇后不解释清楚，这就是所有人的疑惑。”

皇后紧握的手指关节因为用力而狰狞泛白，玉翠如云的高髻上珠光宝气华影流彩，掩盖不了她此时失去血色的面庞:“臣妾有一言，不得不进。”皇后霍然抬头，看着一味低声饮泣的我，语意森森，“唐高宗年间，昭仪武媚娘得宠，为除王皇后，武媚娘亲手扼杀尚在襁褓中的女婴然后离去，随后王皇后到来看望孩子，却未发现女婴已死便离开。武媚娘向唐高宗哭诉女儿被王皇后扼死，当时看望女婴时只有王皇后一人，王皇后百口莫辩，终于被废。臣妾今日情状，恰如当年王皇后！”

我并未动怒，只森森地笑着，寂静中听来，极像悲哭:“臣妾是武媚娘，亲手杀子?”我冷笑中悲泣，“皇上，皇后责怪，臣妾死不足惜。只是这个孩子，他还未来得及睁开眼睛到世上看一眼，他死得好无辜！”

有须臾的沉静，我与她怒目相对，彼此眼中皆是噬人的恨意与狠辣。对峙多年，彼此刀光锋刃俱已施尽。我与她之间，今朝必得有个了断。

“哇”的一声，有孩子的大哭打破死寂的沉默。众人循声望去，是一直躲在德妃身后的胧月，小小的胧月，缩在紫檀高架的花架子底下，死死抓住德妃的裙角，哭喊着道:“我什么也没看见！什么也没看见！”

玄凌素来最疼胧月，见她哭得扯心撕肺，忙一把把她抱在怀中，柔声哄道:“绾绾，你看见了什么？快告诉父皇！父皇在这里，别怕别怕！”

胧月只是一径地大哭，泪眼迷蒙中，有无限凄惶与冷清从我与皇后面上刮过。玄凌再三询问，她只是拼命腻在玄凌身上，往他臂弯里躲。

皇后听得一线生机，伸着手极力哄道："胧月，告诉母后，你看见什么？"

记忆千疮百孔的缝隙间，我猛然忆起，那一日，殿门未完全关上——小小的胧月就站在门外！

她看见了什么？

胧月自小在德妃膝下长成，与皇后相处的时日比我多得多！而且，这孩子自小不与我亲近。

宛若在腊月被人从头顶塞入无数冰屑，那蚀骨寒意细碎而迅疾地蔓延到四肢百骸之中。

所有人都怔怔地看着胧月，她似受了极大的惊吓，猛地推开皇后伸出欲抱的手臂，厉声尖叫起来："母后推了淑母妃！她推了淑母妃！"

德妃吓得花容失色，赶紧抱住厉声喊叫满头大汗的胧月，一径跺足喊："快拿安神汤来！快拿安神汤来！"

皇后厉声冷笑，指着我道："是你教她的！是不是？还是你？德妃！"

德妃膝下一软，立刻跪倒，哭诉道："皇上！臣妾冤枉啊！事出突然，臣妾不能未卜先知，又怎会教胧月这些？"

玄凌盛怒之下抬手将皇后的手一推，又反手一挥，生生将她推开尺许："胧月只是八岁的孩子，她能撒谎么！何况她自那夜起便没和淑妃说过话，她自小又不是淑妃抚养，谁能教她！"玄凌眉心愈紧，眼眸暗沉，极是动怒，"皇后，举头三尺有神明，你还有何话说！"

皇后面如死灰："此事臣妾便如王皇后，为人陷害百口莫辩！"

"荒谬！"玄凌太阳穴上几欲迸出的青筋显示了他难以抑制的怒气，"你以为朕是唐高宗，轻易被人蒙蔽？还是你心中早已视嬛嬛如死敌，必欲除之而后快！"

皇后骤然跪下，厉声道："臣妾以朱氏先祖发誓，臣妾并未做过伤害淑妃腹中胎儿之事。”

玄凌转过身，留给皇后一个冰凉的背脊，冷然道：“这样的毒誓，你去说给太后听吧。”他吩咐：“皇后心肠歹毒，残害皇嗣，即日起不许踏出凤仪宫一步。太后那边，朕自会去回。”皇后还欲再说，玄凌嫌恶不已：“李长，带她走。”

我再忍不住，伏倒在玄凌怀中哀哀恸哭。

数日后，我已能起身下地。太后闻及此事大惊不已，然而细细查问下去，皇后自然难以洗去嫌疑。而胧月，并无被人调教说那番话的机会。

太后无可反驳，只好由得玄凌禁足皇后，由我执掌六宫事。

宫中流言四起，原本许多孩子，都是死在皇后手中。

但是废后的旨意，迟迟没有下来。玄凌对朱宜修，也没有更多的惩罚。

通明殿诵声如雷，在为我夭折腹中的孩子祈福超度。

槿汐体贴地递上水：“娘娘喝口水，歇歇吧。”

我喟叹：“念得再多，也不能抵消对我那孩儿心头的愧悔。”

槿汐正色道：“娘娘无须愧悔，皇上认定是皇后做的，那就是皇后做的。”

有泪从唇边冰凉滑落：“我是个狠毒的母亲！我作下的孽，还要连累胧月！”

“母女连心，胧月帝姬当然帮娘娘。自然，也亏得德妃与娘娘一心，教导帝姬，随机应变。”

我苦笑：“深宫里的孩子，都与稚淳无关了。是我害了我的胧月。”

槿汐温言道：“覆巢之下，安有完卵，娘娘也是不得已。事前为了做出腹部被撞的伤痕，娘娘吃了很多苦。孩儿没了，那是他和娘娘命中缘分还不够。如今要紧的是，皇上虽拘禁了皇后，却未有惩罚。若等来日皇后借机东山再起，今日的心思和牺牲可都白费了。”

我默然不语。夜深人静，连云朵也停止了移动，静静遮住一轮明月。我独自跪坐在佛前，观音慈悲，端居莲座之上，慈眉善目，俯瞰人间苍生。

幽幽的一炷檀香袅袅升起在观音像前，如一缕缥缈的幽灵四处游荡，宫灯都已经熄灭，月光都照不进这幽静深宫，秋夜更深露重的夜晚，露水打湿我冰冷坚硬的心。

我静静地念着《往生咒》，一遍又一遍，亦不能抵消我心头的愧悔与内疚。永生永世，我不能忘记那梦魇般真实的一幕：

我的手全是冷腻的汗水，手心一滑，只听“哐啷”一声，无数血气尽往我头上冲来，巨大的疼痛似滔天巨浪吞没了我。

门并未完全关上，恰巧胧月在门边立着，玩着手中的香橼。

所有的事情，不过是在那一瞬间。可是，她一定是看见了！我是故意，故意撞向了香案的角上。然后人事不知。我完全被疼痛淹没。

所有残存的记忆，仿佛是在前世就被碾碎一般。是我亲手杀了自己的孩子！皇后说得不错，我与武曌杀女相比有何不同之处？这孩子即便本就不能活到这世上，也无法否认——确是我亲手扼杀了他的到来。

我是个狠毒的母亲！

我转脸，蓦然在记忆的缝隙处觅见胧月清澈而惊惶的双眼，像坠入陷阱的小鹿，惊慌失措。

这孩子，她看见了。所有的罪孽，都没有逃过她的眼睛。

这是对我的罚。

她也救了我！胧月！我心中更愧疚，是我，拉她坠入后宫纷争的无尽旋涡。我曾在起身后去看望她，彼时她在自己的宫室中，静静伏在窗上望着落叶发呆。我悄悄问她：“月儿，是谁教你那些话？”

她怔怔摇头，一语不发。的确，我百思不得其解，没有人会教她。可是小小稚子，怎懂得要帮她甚少亲近的生母。

良久，她手中拿着一个装着殷红相思豆的赤金笼子摇晃，她神色迷离，却又极认真：“母妃教我，无论母后与谁争执，都不要帮母后。”

我恍然大悟，深深感激德妃，也深深失落，我的女儿，或许已失去纯真的心。

是我害了她，还是旁人？或者，她只是一个在寂寂深宫长大的孩子，与任何一个宫中女子一样，没有逃出生天的机会。

有晶莹的液体漾得眼前模糊一片，我紧紧抱住胧月。

秋叶寂寂，坠落尘埃。是冬天要来了。

陆 佳期難再同

这一年的秋冬，逐渐冷寂的寒风被如沸如腾的流言沾染得带上了窃窃的温意，那是含着脂粉香气的口舌之间的刀光剑影，仿佛每一阵风过，都能听见遥遥被风吹来的关于后位的种种揣测与猜度。出身高贵备受恩宠的胡蕴蓉亦被众人推向云端，暗自揣度她飞凤凌云的预兆。

为平息众人对后位的揣测，胡蕴蓉也曾将玉璧拿出来给众人观赏，希望借此平息流言："此璧上所雕绘的图案乃是东方发明神鸟，意指本宫此生福气至多登临贵妃之位，实在与后位无干。"

瑃嫔捧在手心细细欣赏，极是虔诚："娘娘说笑了，嫔妾所看到的的确是凤凰，而非发明神鸟，凤主女中极贵，娘娘的福分怎会只是贵妃之位？"

瑃嫔一语惊人，韵贵嫔忙忙凑上去看，惊异道："果真呢。谁说是发明神鸟，的的确确的凤凰。"她问，"娘娘听谁说这玉璧上的是发明神鸟？"

蕴蓉亦吃惊，忙道："是本宫幼时所识的一位道士，他言此是东方发明神鸟，是人间极贵。”

“老道士糊涂了吧，既是人间极贵，又怎会只是一只发明神鸟可比，必定是他老眼昏花看错了，是凤凰无疑。”韵贵嫔似有不屑。

瑃嫔忙去捂她的嘴，啐道：“道家仙风道骨，说话极有深意，怎会老眼昏花满口胡言。夫人幼时那是纯元皇后位主中宫之时，中宫凤凰有主，夫人的玉璧上只能是被说成发明神鸟，可是那位仙师定然十分灵验，晓得娘娘来日富贵，所以也说主人间极贵，至于前言后语自相矛盾，那是不可乱泄天象之意。等纯元皇后仙逝，贵妃继位中宫，如今中宫动摇，只怕废后之后，娘娘便主人间极贵，那发明神鸟便也成为凤凰一般尊贵了。”

众人半信半疑，然而那玉璧上的图案却是越看越像凤凰无疑，不由得凑趣：“瑃嫔出身王府，的确有些见识。”

蕴蓉含笑不语，瑃嫔微微得意：“嫔妾在王府时，也曾见岐山王常与道家仙师说话，那些仙师有时说话前言不搭后语，可等时日久了，竟确确实实都有应验，可见是咱们凡俗之人见识浅薄罢了，那些话原都是有道行的人才懂得的。”

小允子将这番言论一五一十告知我时，我正在佛前虔诚地燃上一缕青烟，祭悼我腹中未能见世的胎儿。纤长的手指点燃一卷檀香，手腕上珊瑚钏顺势滑落袖中，我用清水浣净双手，方才出声道：“小允子，你未曾听说过麻雀飞上枝头变凤凰么？麻雀都能变，何况是发明神鸟，轻而易举之事。”

小允子道：“奴才只是不服韵贵嫔罢了，皇后得势时跟着皇后，如今皇后一失势她便马不停蹄地去奉承庄敏夫人。”

槿汐恰巧换了奉在香台上的时新水果，闻言不觉笑出声来，指着窗外凛凛寒风中随风摆动的墙头衰草道：“没有这样的人，何来墙头草两边倒之说？”

皇后被禁足之后，一向往昭阳殿往来勤快的荣嫔也安静了不少。这一日德妃笑言："当年瞧她策马闯入明苑也是个有胆量的人，如今皇后被禁足，她也一声不吭起来。到底，皇上也不喜欢惹是生非的人。"

我微微含笑，双手覆在压裙的双耳同心白玉莲花佩上，温然道："得意也好失意也好，不骄不矜安分度日才能恩宠长远。"

槿汐温然含笑："可不是，日子就这么过着吧。对了，今晚的阖宫夜宴，听闻几位王爷也要入宫呢。"

今夜，是新年后的元宵家宴呢。我转首向窗外，看着铅云低垂的暗沉天空，轻轻道："好像要下雪了呢，若静妃进宫可要格外当心些。"

德妃闻言轻笑："是啊，算起来静妃也快到产期了呢。"

元宵之夜，紫奥城内一片热闹欢腾，飞檐卷翘，宝瓦琉璃，深宫重苑，金环玉珰，无数明灯闪耀如星子璀璨，重重宫苑灯火通明，似银河倒灌，熠熠生辉，再加上触目皆是的红缎锦绸，连空气里都飘浮着氤氲温热的喜庆之气。

一年一度的元宵佳节，为求吉祥圆满，宫中妃嫔上至贵妃，下至更衣宫人，无不精心打扮，花团锦簇，锦绣绫罗堆积如云霞虹彩，金玉珠翠光芒辉闪，盛世浮华，倾人欲醉。歌舞升平，喜乐如海，整个重华殿被繁华浸染得淋漓尽致。

殿内奉养着数盆凌波水仙与宝珠山茶，白似春雪，红若艳阳，被暖气一熏，欣欣向荣的花朵愈加香气扑鼻，沁人心肺。殿中开得最盛的一盆宝珠山茶之下，正坐着清河王。玉隐与静娴一左一右分坐在玄清两侧，他是太平盛世下风采出众的男子，她们是陪伴在他身边温柔美貌的侧妃，远远望去，恰如一花两枝，无比娇娆。彼时静娴已近临产之期，肚腹隆然，一袭茜素红牡丹晓月宫装衬得肤白胜雪的她略见丰腴，而一边着寒烟紫蝴蝶穿花锦绣长衣的玉隐则不免显得有些清瘦寥落。每每有侍女奉上佳肴美酒，在两妃之间都先恭敬地奉与有孕的静娴。我微微心凉，玉隐与静娴在清河王府中的地位可想而知，以玉隐的心性，日子必定过得不好。

我正凝神，怀中的予涵已经悄悄在我耳边道："静娴婶母更漂亮了呢。"

得意与失意，连孩子都能分辨，何况宫中惯会跟红顶白之人呢。我轻轻抚摩着予涵脸颊，道：“二姨母今日也很漂亮。”

予涵满是稚气道：“婶母笑得好看，姨母很少笑呢。”他倏地一下从我膝上滑下，笑着跑到静娴身边，拉着她的手笑个不停，又伸手好奇地去摸静娴的肚子。

玄凌看得有趣，笑着附在我耳边悄悄道：“予涵还小就这样喜欢孟氏的孩子，怕是有缘呢。”

步摇上垂下的珠络凉凉地打在滚烫的耳后，我淡淡笑道：“堂兄弟，自然是有缘的。”

语音未落，只听“铮铮”箜篌之声乱响，循声望去，却见予涵好奇地拨弄着乐师手中一把箜篌，自得其乐。

“小心伤了手。”玄清抱过予涵在怀中，仔细去察看他细嫩的手指，但见无恙，方微笑道，“你若喜欢箜篌，可让乐师弹给你听。”

静娴含着恬静的笑容，伸手把予涵小小的手合在自己柔软温暖的掌心：“涵儿若喜欢，婶母奏箜篌与你听好不好？”

予涵孩子心性，更兼喜欢静娴，连连拍手称好。

静娴翩然起身，茜素红长裙被身形带动，轻扬如彤云翩翩，映着她如十五明月一般圆润皎洁的面庞，别有一种明澈澄净之美。

她左手托着二十五弦黑漆镂金花箜篌，手指轻拢慢捻，她舒广袖，低眉擘弦，弦歌初起，只觉清绵绵一派皓月当空柔辉千里的静谧景象。一弦低低，宛若夜风下徐徐开出一枝玉兰，花萼轻张，夜露微凉，独秀于明净月色之下。时而众弦齐拨，仿佛春风暖洋洋拂面，一夜东风急，催开无数姹紫嫣红满园春色，似还能听见鸟鸣啾啾，莺歌燕舞。奏了良久，声韵渐沉，疾疾有肃杀之意，冷雨潇潇，寒凉刺骨，百花杀尽，春残颜色老。如此低回数次，连听者之心亦无限寥落。待到众弦次第响起之时，春日的暖阳再度清冽起来，那一枝玉兰独秀阳光之下，风姿嫣然。一席之人如深嗅香炉中淡淡逸出的甜净百合香，皆心驰神醉，不意春残后还有此花开不败之景。一缕宝珠山茶的暖香幽幽荡进心扉间，呼吸时只觉甘甜宁静，箜篌声何时停顿竟无知无觉，唯听得回声柔靡，方知一曲已毕，而心神犹自飘浮在云端。

静娴费力欠身，花烛光焰被歌女翻飞的衣风带得忽明忽暗，唯见如水光艳下她神态安宁而满足，双眸盈盈望向玄清，容颜柔美，胜于往昔所见。

玄清轻轻颔首："比之从前又精进了少许，我已叮嘱过你，平时多养胎，勿要只惦记着箜篌技艺。"

静娴双颊微红："妾身知道王爷喜欢听，练习几曲不算费力。"她低头抚一抚高高隆起的腹部，婉约而笑，"孩子似乎也喜欢听呢。"

玄清目光柔和地看着她的腹部，温和道："你也累了，先坐下歇息吧。"

静娴温柔一笑，看着一旁的玉隐道："姐姐让一让吧。"

玉隐一直握着白璧酒杯发怔，蓦然惊觉自己的位子挡住了静娴的路，只得起身相让："静妃小心。"玉隐的声音低而无力，旋即被歌舞乐声淹没，丝毫不闻。

酒食饱腹，宫人们一一奉上甜点，皆是妃嫔素日各自所爱，端贵妃的金丝燕窝，德妃的樱桃酒酿，蕴蓉的红枣血燕，我与予涵则是平素养身所饮的旋覆花汤。

旋覆花汤以旋覆花、蜜糖、新绛煮成，主治肝脏气血郁滞，不唯香味清，亦有所益。眉庄在世时，温实初亦常用此汤为她调理身体。德妃一见，不觉轻轻叹道："一见这汤，不觉想起惠仪贵妃在世时的情景，淑妃真是有心。"

我轻轻舀动花汤，抚摩着予润头顶柔软的头发："润儿还小些，等他长大我也会叮嘱他多吃些生母喜爱的东西。"我停一停笑道，"姐姐不习惯这个味道，否则吃惯了，养身是极好的。"

我正要饮下，忽见予涵躲在盘龙金柱后头不肯出来，连忙招手唤他："涵儿，怎么躲在那里？"

平娘急得鼻尖沁出汗来，苦笑道："殿下调皮，不肯喝汤呢。"

予涵从柱子后探出半个头来，吐着舌头道：“儿臣不喝，那汤喝絮了，儿臣不喜欢。”

平娘哄着道：“殿下快喝吧，凉了喝伤胃呢。”

予涵一径摇着头不肯，在柱子后绕圈儿，平娘急得手忙脚乱，一迭声地唤着“小祖宗”。予涵淘气，予润看得欢喜，也瞪大了乌溜溜的眼珠目不转睛，嘴里“咯咯”直笑。妃嫔们亦看得有趣，唯独一直坐在琫嫔身边一语不发的荣嫔亦和予润一般目不转睛，面色青白如她身上一袭深青色缀石榴红芍药暗纹宫装。

予涵一径调皮，殿中温暖，不觉额头沁出晶亮汗珠。静娴遥遥向他招手笑：“涵儿，婶母喂你可好？”

予涵今日最喜欢静娴，一下飞扑到她身边，嚷着道：“我要婶母喂，我要婶母喂。”

静娴握着绢子轻柔为予涵拭去汗珠，一壁柔声叮嘱道：“跑那么快摔着了可怎么好？快坐婶母旁边吧。”

予涵极听话，忙端端正正坐好了，牵住静娴的裙裾笑容满面看着她。静娴从平娘手中接过白玉盏，用赤金小勺舀起微微金黄的汤汁，轻轻吹了又吹。她神色柔和，似还有些不放心的样子，舀了一勺含在口中试着温度，觉得不甚满意，又舀起一勺细细吹了才喂到予涵唇边。“涵儿，可以喝了。”她含笑说出，话未完，她眉心一蹙，似是极痛楚的样子，唇角一径流下暗红色的血沫，一滴滴融进她茜素红的宫装之中，转瞬不见。

太医院诸位原是守在殿外的，听得动静飞身便赶进来。玄清来不及将静娴送往安静些的地方，只好暂时安置在重华殿后殿。事出突然，一应嫔妃宫人都被我要求留在重华殿中不许乱动，为避嫌疑，我与贵妃留在重华殿中照应事宜，德妃入内看顾静娴。

玄凌面色阴沉不定坐在御座之上，嫔妃们面面相觑，更是一动也不敢动。原本歌舞繁华的大殿中瞬时鸦雀无声，直如死寂一般阴沉。

卫临转身出来，面色忧惧，回禀道："回禀皇上，静妃是因为服食含有鹤顶红剧毒的食物才会毒发惊动胎气破了羊水见红，幸好她食入不多，诸位太医一齐救治，尚有力气产子。"

"鹤顶红！"玄凌神色一变，厉声问道，"宫宴之上何来鹤顶红？"

话音刚落，已有内监取过银针探试静娴方才所食的种种食物。银针依旧雪亮，可见她的食物并无异样。卫临问道："静妃最后所食是什么？"

有宫女指着一盘熏肘花小肚怯怯道："是这个。"

我心中惊动，举目一扫她案上饮食，已然明白过来，指着撒落在地的白玉盏道："静妃服食过涵儿的旋覆花汤。"

卫临不敢怠慢，径自取过银针往已经洒去半碗的旋覆花汤中一探，雪亮的银针才探入汤汁，顷刻之间变得乌黑，那如漆如墨的颜色刺得我心头发痛，我指一指自己桌上尚未喝过的旋覆花汤，齿根微微发冷："再探这碗。"

卫临深知我意，换过一根银针再度探入，银针亦在顷刻间变得漆黑如夜空。我神色大变，望向玄凌："皇上，有人要杀臣妾和涵儿，连累了静妃。"

惊魂未定的涵儿被我牢牢抱在怀中，玄凌用力搂过我与涵儿，沉声道："朕在这里。"

未止歇地，静娴撕心裂肺的痛呼断续地一声接着一声，似撕裂了黑暗不见五指的夜色。玄清面色苍白如纸，倏然仰起头来，目色如电："是谁？谁要害她？"

玉隐紧紧攥住玄清双手，安抚住他泛白暴起的指节："王爷，太医还在救治静妃和孩子，您别过于担心。"她目光冰凉凉从众人面上刮过，"谁要害人，皇上都不会轻饶！有皇上在呢。"

玄凌的声音听来寒冷如冰："给朕立即查，这些脏东西怎么会进淑妃和涵儿的饮食里！"

暴室最擅查这些事，因有玄凌的严令，所以格外雷厉风行。殿中静静的，过于寂静的等待格外悠长，簌簌的，竟能听见殿外有雪扑落的声音，是下雪了呢。

众人皆束手茫然，或立或坐，连大气也不敢出。大约两盏茶的时间，李长已经执了拂尘来禀报："皇上，饭后甜食皆由御膳房做了由宫人送来，送淑妃和三殿下甜汤的宫女说，只在路上遇见出去更衣的荣嫔小主，荣嫔小主还打开盖子问过是什么东西，除此之外再无旁人。"

玄凌的面庞隐隐透出铁青色，似秋日衰败的草叶。"赤芍！"他低低喝道，"你过来。"

众人目光所及之处，荣嫔一袭青色华裳，端起面前一盏酒杯，盈盈然漫步上前，她三寸多长的指甲涂着明红的蔻丹，映在琥珀酒杯上美得夺目惊心。她笑盈盈捧了酒盏款步至玄凌面前，指甲不经意在金黄的酒液中划过："皇上不要动气，臣妾先敬皇上一杯，再作解释如何？"

玄凌冷眼看着她妩媚神色，只是默不作声。荣嫔举起酒杯良久，神色渐渐僵硬，眼中闪过一丝无奈与绝望，终于收回伸出许久的手。她纤细手指覆于杯口之上，手指微微一颤，举袖便要将酒往口中送去。

"她想自尽！"电光石火间，滟嫔忽地大呼，玄清眼疾手快，一掌拍下她正到唇边的酒杯，"哐啷"一声脆响，酒杯落在墁地金砖上粉身碎骨。玄清反手抓住荣嫔的手，滟嫔上前几步，用力掰开她蜷曲的手掌，蔻丹指甲之下，赫然尚有没有化去的褐色粉末。

玄凌勃然大怒，狠狠一掌劈在荣嫔面上："为什么要害淑妃？"

"为什么？"她挣扎不得，冷笑道，"皇上不是一向很清楚么？"

玄凌神色冷峻，只一双眼底似燃着两簇幽暗火苗，突突地跳着："朕容你至今宠渥有加，你还放不下么？"

满腔满壁的怒火烧得要灰飞烟灭一般，我唤过小允子，声音清冷如罡风："她要畏罪自尽由得她，你去给本宫掘了慕容世兰的墓，将慕容氏族人鞭尸焚骨。"

"甄嬛，你敢！"额上青筋几欲迸裂，她无法遏制住怒气，向我厉声呼喝。

“本宫为什么不敢！”我停一停，“本宫唤你赤芍好还是慕容世芍好？”

她愕然抬眼：“你早就知道了？”

“慕容家四女，慕容世兰入宫，一姐一妹都已出阁嫁与官宦子弟。唯有四小姐年幼尚未出阁。四女之中，慕容世兰与幼妹世芍一母同胞，怜之甚笃，因小妹名字中有个‘芍’字，所以她爱极芍药。慕容家败落之时，这位四小姐还年幼，不必随家中成年女眷充为官妓，依例没入永巷终身为奴。算算年纪，这位四小姐若还活着，和荣嫔你的年纪倒也相仿。不知你昔日在宫中服侍时可曾见过她？可怜豪门千金，一朝沦落为奴，供人驱役，想想也很是可怜。”

“你不必假惺惺！”她恨恨道。

“本宫从来就不愿假惺惺！所以本宫一直不想迁怒于你，可你为了他们要本宫和涵儿的命，本宫就要掘墓鞭尸，无须惺惺作态！”我转眸看着玄凌，“皇上优宠赤芍到今日，就是为了要置臣妾与涵儿于死地么？狼子野心，便是如此！”

“她是慕容氏的人？”贞妃似玉容颜惊得毫无颜色，惊惧不定道，“今日赤芍只是为慕容氏迁怒淑妃，若是来日迁怒到皇上身上该如何是好？皇上，赤芍断断留不得了！”

物伤其类，唇亡齿寒，贞妃不由得紧紧搂住自己的予沛，以护雏的姿态对抗着赤芍冷漠的容颜。

赤芍盈盈拾裙拜倒：“臣妾知道二姐对皇上的心意，所以不愿伤了皇上。多年来多谢皇上眷顾。可二姐被甄嬛逼死，慕容氏败于甄氏之手，臣妾不能不报家仇！”

我冷笑：“你被人假手多年，真以为慕容世兰是死于我手么？”

玄凌转过脸去，阴晴未定的神色照映着无数流年美眷在他脑海中浮荡的波澜。须臾，他又恢复冷寂的神情，紧紧拥住我与涵儿，吩咐道：“赐死荣嫔。”

她低低一笑，神色凄艳，若绽放的一朵艳色芍药：“臣妾早知有这一日，只是不知道是皇上亲口赐死臣妾。”

“赤芍，当年也是朕亲自下旨赐死世兰。”玄凌缓缓吸一口气，“朕一直想，如果你可以这样陪着朕，代替世兰陪着朕，真的，也很好。”

赤芍怒目向我，神色凄厉而狰狞，似凌乱在疾风中一缕花魂：“臣妾知道，是甄嬛挑唆皇上杀了二姐。”

“顽固不化！”端贵妃冷然道，“即便你已钟情皇上，也无须如此迁怒淑妃！”端贵妃扬一扬脸，李长会意，示意侍卫将赤芍拖走。

似乎有什么“咔嗒”响了一声，低头看去，原来四只折断了的染了鲜红蔻丹的指甲从荣嫔掌心落下，她拼尽了全身的力气，似一头凶猛困兽，向我张牙舞爪道：“甄嬛，你一定会有报应！”

这无法消弭的恨意，是荣嫔留在世间唯一的东西。

会有报应么？我无心理会。我只紧紧抱住怀中身体温热的予涵，他是我的性命骨血，也是他的，拼尽此身，我也不能让我的孩子受到一点点伤害。

我的心恰像是这冰冷的数九寒天，凄冷萧瑟。转眸，正对上他关怀而悲悯的目光，些许沧桑之意便如流水一般，从心间漫生而出。

我要护着我们的孩子，而从不知情的他，从此也要守护着他与静娴的孩子。

只是我庆幸，今日的一番惊心动魄，杀机毕见，他，是陪在我身边的。

宝鼎香烟，轻缓吐出百和香乳白的烟雾，随着扑入室的几缕寒风，袅娜如絮弥漫在华殿之中。

人的性命，何尝不是如这轻烟一般，说散，便散了。

心思的迷茫散失间，隐隐听得极细极细一缕儿啼之声响起，似一缕阳光豁然照开满心迷雾深重。玄凌扶住我肩膀的手微微一紧，转首道：“可是生了？”

产婆手上尚有未曾洗净的血腥，抱出襁褓中一个孩儿来，欢天喜地道：“恭喜王爷，是位小王子呢。”

我抬头，正对上他初为人父的欢喜笑容，我满心酸涩，如生吞了一枚未曾成熟的橘子一般，连舌底也麻木了。麻木之余，不觉也有一缕碎裂般的欢喜，我撑出得体的笑容，静静道：“恭喜王爷！”

他欣慰的笑意里漫出一丝苦涩与怅然，注视我道：“多谢淑妃。”他抱着孩子的姿势小心翼翼的，带着些手足无措。

我忽然想起，涵儿和灵犀在襁褓中时，竟没有福气得他抱一抱。

玄清转首问道：“静妃还好么？”

“还好，只是累得慌，人都脱力了。”产婆笑呵呵道，“王爷以后可要好好疼王妃，王妃生得很辛苦呢。”

玄清微微颔首：“我知道。”他停一停又纠正，“静妃不是王妃。”

产婆赔笑道：“都是一样的，是小王子的生母呢。”

孩子初到人间，只是一味啼哭，哭得低低的，像幽幽抵上心间的一脉细针，教人心疼而慌乱。玉隐一手扶在玄清臂弯旁边，贪婪地看着孩子的相貌，不由自主地露出艳羡之色，格外凄楚。

恰好有宫人往后殿端了参汤去，一直插不上手的玉隐伸手接过，道：“静妃怕是睡着，闲杂人等不要进去，我端进去就是了。”

玫瑰紫的裙裾一旋，似开出的一朵荼蘼花，极尽靡艳。她翩然转进内殿，过了一盏茶时分，端了空了的碗盏出来，交予宫人：“静妃都喝完了。”她向玄清盈盈一笑，“参汤可以吊气安神，静妃很快就会好的。”

玄清颔首，低头又去哄孩子，神情专注。玉隐一个失神，手中一滑，碗盏已经落在地上砸得粉碎。玄凌似是觉得不祥，不悦地“嗯”了一声，接盏的宫人吓得魂飞魄散，即刻跪下哀求道：“皇上饶命，隐妃饶命，奴婢不是故意的。”

好容易殿中才有喜庆之气，李长何等机警，笑容满面道：“碎碎平安，岁岁平安！这么一摔，小王子定会福泽绵延，岁岁平安如意呢。”

玄清素来温和，亦不以为意，只含笑接纳了李长的祝福。李长见玄凌也未过问，忙使了个眼色，那宫人赶紧将残渣扫走。玉隐微微松了口气，面色恢复红润，行至玄清身边，熟稔地抱起孩子，笑吟吟道："王爷抱得不妥当，所以孩子一直哭呢，应当将他的头稍稍抬起才是。"

产婆笑着奉承道："隐妃尚未生下贵子，可是很有做母亲的样子了呢。"

我摘下护甲，小心翼翼伸手抚摩新生儿柔软的胎发，道："玉隐，孩子在你怀中便不哭了呢。"

玄清亦赞："你帮淑妃抚育过孩子，静娴以后带着孩子，也要你多照拂才是。"

玉隐微微一怔，很快笑道："那是自然的。"

众人正围着孩子，我听见内殿低低一声惊呼，很快又如淹没水中一般无声无息，不觉转头。帘帷一扬，正见卫临神色慌张从内殿走出，不觉问："好端端的，可是怎么了？"

卫临"扑通"一声跪下，颓然道："静妃产后毒发，刚刚过世了。"

夜空有新雪飘下，洁白的雪花被凛冽的风吹得身不由己，当空乱舞，偶尔有飞落进窗内的，不过一瞬，便瑟瑟地化为一粒粒冰凉的水珠。生死无常，亦不过是一瞬间的事。仿佛有雪珠融进玄清温润的眼眸，渐渐湿润，漫成冰凉泪意。玉隐抱着怀中幼子，亦低低哭出声来。

柒 玉隱

雪连绵无尽地下着，自元宵夜宴到今日，绵延半月，日日都有雪子纷纷，潮湿而黏腻。

因在新年的喜庆中，孟静娴的丧事便在这样的阴寒天气办得简单而极尽哀悼之情。新丧的白色融在漫天素色冰雪之中，尤叫人觉得心凉伤感。

我心生感叹，亦不免怜惜，长久的等待与仰慕之后，嫁入清河王府不足两年的静娴撒手而去，生命脆弱得仿佛被阳光一蒸便即刻化去的一片春雪。

窗外纷纷扬扬的雪花旋舞着轻盈落下，漫下无穷无尽的寒冷与阴沉。我伸手用黄铜挑子拨一拨暖炉的火势大小，顺手扔了几片青翠竹叶进去，叶片触到暗红的炉火发出“嗞嗞”的轻声，随即焚出一缕竹叶的清馨。

秋香色团福锦帘垂得严严实实，忽然被掀起半边，外头小允子的声音跟着冷风一同灌入：“隐妃来了。”

我依旧端坐着，披了一件常春藤雪萝长衣在肩上，头发松松地用银链坠蝴蝶抹额勒了，只怀抱紫金浮雕手炉慢慢拨弄着，等着玉隐进来。

雪路难行，她裹着一件厚实的猞猁皮暗红大氅，银灰的毛尖端还有融化的雪珠，亮晶晶的，一颗一颗，水晶珠似的。

槿汐上前服侍她脱下大氅，但见她里头穿着一件素色的银青袄儿，白绫细褶裙，怀中抱着一个蓝青色的织银纹积寿襁褓，襁褓中的孩子露出一张粉白嘟嘟的小脸来，正兀自沉睡。

我也不起身，只淡淡道："方才见你掀了帘子进来，还以为是昭君出塞归来了。"

玉隐明白我语中所指，勉强笑道："昭君出塞是大红披风，我不过是暗红衣裳，终究是新年里来拜见太后，穿得太素，她老人家也忌讳。"

"你很懂得体察人心。"我指着青梨木座儿让她坐了，问道，"太后她老人家怎么说？"

她微微露出一丝笑意，用手整一整孩子的襁褓："太后说，让我先照顾着孩子，定要把他当成亲生孩子疼爱。"她想一想，把孩子抱到我眼前，笑吟吟道，"王爷已经给孩子取了名字，叫予澈。"她喜滋滋道，"父亲名清，孩子名澈，长姐说好不好听？"

"很好听。"我伸手抚摩孩子熟睡中粉嫩的脸庞，"终究他是孟静娴的孩子，以后你抚养这个孩子，每天看着他的脸，想到他流着静娴的血，你便不怕么？"

"怕？怕什么？"玉隐一愣，旋即淡淡笑道，"以后他心里只有我一个母亲，我会好好疼他，他也会孝顺我。我有什么可怕的？"语毕，她疼爱地吻一吻孩子的额头，浑然是一个慈爱的母亲。

红罗炭"毕剥毕剥"地烧着，偶尔扬起一星半点火星，那微弱的声音衬得殿内愈加静如积水，连窗外落雪着地的绵绵声响亦清晰可闻。

我的声音虽轻，却一字一字清晰如雪地碾痕："人人皆知孟静娴死于鹤顶红，也道是为慕容赤芍所害，可是我百思不得其解，静娴既有力气生下孩子，怎会毒性复发死去？想起来静娴不过饮下一口汤水，按理不会中毒如此之深。”

玉隐容色不变，只慢条斯理啜饮着盏中热茶，红茶滟滟如血的汤色似胭脂一般倒映上浣碧白净无血色的面颊，为她添上一抹虚浮的艳色。她的声音清凌凌的，宛若坚冰相触：“长姐是生过孩子的人，应当明白女人生孩子就如在鬼门关前游走，长姐又哪一次不是险象环生？静娴已经中了鹤顶红剧毒，生孩子难免耗尽体力，身子虚弱，再度毒发也不足为奇。”她双目一眨也不眨，只看着我静静道，“皇后被禁足，赤芍才迫不得已狗急跳墙谋害长姐，连累了无辜的静娴。人人都这样以为的，不是么？”

“人人都以为的事未必是真相。究竟是身子虚弱，还是有人故意加害才引起的再度毒发，唯有当时当事的人才能明白。”我看着玉隐幽深的双眸，直欲看到她无穷无尽的心底去，“只要你自己良心过得去。”

“良心？”玉隐轻笑一声，险险打翻手中茶盏，“我一直记得槿汐告诉长姐的至理名言——活在宫中必须没有心。”她面颊浮艳的笑容缓缓隐去，只留下深深的苍白与凛冽的决绝，“自从静娴有孕，在王府中凌驾于我之上时，我便已经没有心了。”

银装素裹的冰雪琉璃天地，殿内却是暖意融融，宛如春天，唯有人心，阴冷胜雪。我轻轻呼出一口气：“那日赤芍为了毒杀我与涵儿，在指甲里藏了鹤顶红下毒。后来她恨极，折断了自己的指甲，我清楚看见有四枚落地。那么玉隐，你现在数数，我这里有几枚？”

我摊开手，素白的掌心赫然有三枚寸长的殷红指甲，仿佛凝在手心的三道血痕，艳丽夺目。我的声音清晰而分明，不容她伪饰与避闪：“你来，好好数一数！”

玉隐的神色依旧平静，如冰封的湖面，只余微微发紫的嘴唇出卖她此刻心中的惧意，她的声音低微得如喘息一般，一浪逼着一浪。她唤我：“长姐……”

我迫视玉隐，冷然道：“你自己告诉我，还有一枚含有鹤顶红毒粉的指甲去了哪里？”

玉隐面色大变，霍然站起，低喝道：“长姐，你疯了！”

“疯了的那个人不是我，而是你！”我盯着她姣好的面庞，实在难以相信如此柔婉的面庞下藏着一颗阴毒冷酷的心，“杀母夺子，你做得干净利落，毫无嫌疑！谁也想不到是你做的！”

她颓然跌坐在座椅中，紧紧抓住孩子的襁褓扣在怀中：“长姐，这一切本该是我的，是孟静娴夺了我的，我不过要回来而已。”玉隐眸中神色平静得如冰冻三尺，不见丝毫波澜，唯有转眸的一瞬闪烁芒刺似的寒光，她喉底的语音晃出无数涟漪与波折，“长姐，我百般容忍，才容下静娴与我平起平坐，同为侧妃。我等了那么多年，我明知王爷心中只有你，可是我已经能够忍耐，我只希望清河王府中只有我与王爷，谁知我成婚之前，横刺里插出个孟静娴！我凭着对王爷多年情意，才有今时今日在他身边的位置。孟静娴凭什么？凭她吐几口血生几次病，还是制造流言逼王爷娶她入府？贱人心机深沉，不知廉耻！在王府中，只要我一想到我与王爷共同生活的地方还有别的女人的气息，还有别的女人看向他无比深情的目光，我就作呕！”玉隐紧紧握住拳头，她的指节寸寸发白，“多少次，我忍得牙根都发酸了，才忍得住她与我共同分享王爷的事实，可是她竟敢偷偷勾引了王爷，怀了王爷的孩子。”玉隐的手狠狠一哆嗦，手腕上一对雕龙琢凤缠丝嵌八宝滚珠黄金手镯碰在紫檀桌上“铛铛”乱响，“眼看着王爷因为孩子对她越来越怜惜，眼看着她日渐凌驾于我之上，想到以后她会凭着这个孩子彻底得到王爷所有的关爱，彻底踩下我千辛万苦得来的一切，我如何能够忍耐！”

“玉隐。”我冷冷唤她，“我知道你与静娴共侍一夫十分辛苦，但无论如何，你不能要她性命。静娴，她也很无辜。”

“她无辜？”玉隐森森冷笑，露出一口雪白的贝齿，如能噬人一般，“我何尝不无辜？长姐，我嫁给六王，注定是嫁给一个心有旁属的男子。那也罢了，你是我的亲姐姐，我没有办法。我只剩他一个躯壳，你还要我与旁人分享，还要眼睁睁看他与旁人有了孩子，我如何能忍耐！”她凄恻恻看着我，幽怨含毒，“长姐，我的婚姻已经不公平了，你为何还要我继续忍受其他的不公平？”

我心下恻然：“这样的婚姻，是你自己选择的，并无人逼迫你。”

“长姐！”她凄厉地呼了一声，尖声道，“如果你实在看不过眼，大可拿了那一枚断甲去禀告皇上，顶多一命赔一命，我去陪我娘亲就是！我早知长姐不满于我嫁与王爷，恨我夺你所爱，如此大好时机，长姐千万别错过！”

她的声音太过凄厉尖锐，怀中的孩子被惊醒，不觉大哭。玉隐身子一震，忙抱稳孩子，口中“哦哦”地柔声哄着，低低垂下一滴泪来。

我恨极她暗算静娴，又强词夺理，怒道：“我若恨你，大可去告诉王爷你算计的种种！”

她并不看我，只垂首低低啜泣：“我不怕长姐去告诉皇上，我早该去陪着我娘亲，她孤苦多年，死后才得到她应有的名分。能与王爷名正言顺地相伴，我已经比她幸运许多。我只求长姐不要告诉王爷，静娴因产子而死，王爷为此日夜愧疚不已，若再知道我所行种种，大约真会伤心气极。长姐若真顾虑王爷，万万勿要叫他伤心难过。玉隐犯下大错，实在不配叫王爷为我难过。”她眸光一抬，无限凄苦，“长姐若不顾惜我，也请一定要顾惜王爷，更求长姐在我去后好好照拂澈儿，以后，他便没有母亲了。”她深深一拜，“也请长姐为我多向爹爹尽孝，爹爹年迈，不该知道我这些错事为我老怀伤心。”

她神情哀苦，只是怜惜地吻着孩子的额头，一壁向隅悲泣。她哭得如此哀伤，仿佛还是她十一岁那年，她知晓了自己的身世，在何姨娘的忌日那夜哀哀哭泣。我还清楚地记得，那是一个月圆之夜，月光如白色的羽缎覆在她小小的身躯上，窗外开着凝霜堆雪般的梨花，偶尔被风吹落数片，她只是一味哀哭，不肯背转脸来。

她自小便是没有母亲疼爱的孩子。哪怕娘亲在不知情的情况下给予她许多关爱与照拂，但那从不是她所企望得到的母爱。

或者，玉隐是真心疼爱她怀中这个孩子，我心中不忍。幼年时，玉隐便陪伴在我身边，也是这样的冬日，滴水成冰的日子，她守在暖炉旁拨着火，却依旧有些缩手缩脚。我悄悄唤了她上床来焐着，用自己温暖的手足去暖她微凉的手足。名为侍婢，她却实实在在是我的同胞姐妹。这么多年，我亏欠她的，爹爹亏欠何绵绵的，的确太多。

她是我的亲妹妹，难道我真要亲手置她于死地？死在我手上的人已经不少，难道还要沾染我亲妹妹的血？爹爹年事已高，我若这样做，岂非伤他老人家的心！

种种念头在脑中如雷电疾转，我问她："你真的会把予澈视如己出？"

"为何不会？"她泪眼迷蒙，抬首反问我，"我此生大约不会有自己的孩子了，澈儿会是我唯一的孩子，他只会认我这个母亲，我们一家三口会过得很好。"她目光幽幽，深深地望着我，"这个秘密，只有你知道，是不是？"

窗外寒雪如飞絮扯棉，或许，我该让这样的秘密随着大雪一起被掩埋。若真正揭破真相，玄清会失去一位爱他的妻子，年幼的澈儿会失去一位疼爱他的养母。我心中沉沉钝痛，不觉伸出手拥抱澈儿，沉声道："这个罪名，人人以为是赤芍做的，就当是她做的吧。"

玉隐凝着泪眼看我，稍见释然之色，亦觉愧悔。襁褓中的孩子哭得声嘶力竭，我伸手探到襁褓内，触手温热潮湿。我忙道："别一味抱着，孩子尿出来了呢。"

玉隐忙拭了泪，急急忙忙唤了乳母进来，熟练地为孩子解开襁褓，换好尿布。我在旁帮忙料理，一眼瞥见孩子背上有两三块颜色极浅的青斑，不由得问道："这是胎记么？"

乳母是位年长稳重的女子，见我疑问，摇头道："娘娘，这不是胎记。小王子的生母在生产前服食过剧毒，所以孩子生下来会身带青斑。"

我心中霍然一亮，似有无数雪亮闪电劈开乌墨似的天空，顿时清明。我有一个极大的疑问在胸腔中翻腾，忙问道："听说孩子在母腹中受惊，生下来会成死胎并身带青斑？”

乳母点头道：“这也是有的。但奴婢也曾听说有些大户人家妻妾争宠，有用毒谋害怀孕的妻妾的，孩子生下来不是死胎也会心智受损，而且身上会带青斑。”她笑笑，“这种事污秽得很，入不得娘娘的耳朵的。”

玉隐面色不豫，沉声催促道：“勿要多嘴，快给小王子换好衣裳，别冻着了。”乳母唯唯诺诺，手上敏捷，再不敢多话。

有无数个念头在脑海中滚雷一般翻涌而过，我唤进槿汐：“听闻今日晋康翁主入宫来了，你去请庄敏夫人和翁主过来叙话，说隐妃带了小王子过来了。”我沉声吩咐乳母：“庄敏夫人素来喜欢听这些故事，你将方才与本宫说的故事再一五一十说一遍给夫人和翁主听，她们必定喜欢。”

捌 塵煙綺年事

这一年天气寒冷，到了二月初五方渐渐有些雪止之意，只是每日早晚仍有些淅淅沥沥之意，阴寒亦未退去半分。

内务府总管梁多瑞向我禀报皇后宫中一月的用度，虽在禁足中，然而一应供应都未缺失，优渥如故。皇后，依旧是皇后。

我细细翻阅，偶尔问几句，他都对答如流。待翻了大半，我指着账本问："皇后宫里每月的月银统共是一千六百两，都是谁管着的？"

"宫人的份例都是绘春姑姑领了，皇后那一份是剪秋姑姑保管的，记录开支的是绣夏姑姑。"

我笑吟吟道："这么说本宫问你也是白问。昨儿个和端贵妃说起宫中用度一月比一月大，你瞧是怎么说？"

梁多瑞赔笑道："奴才想着，快到年关的缘故，所以主子们要赏赐打点的地方多，手头难免松些。"

我微微一笑："那也罢了，只是皇后既然被禁足，大用项也出不了凤仪宫，怎还会说银钱不足要向内务府多支了一千两？”

梁多瑞一时语塞，支吾着说不上来，只好悄悄拿袖子去擦冷汗：“奴才也实在不知情。”

我拿眼角瞟了他两眼，霍地将账本往桌上一掼，笑吟吟道：“本宫也不知道原来这内务府总管这样好当，只要会做人情就是了。这个月这个宫里多支五百两，下个月那个宫里多支一千两，你倒是个满手撒钱的活菩萨，然后跟本宫来哭穷，倒教本宫难做人！”

梁多瑞吓得赶紧跪下了，求道：“奴才实在不敢呀！只因着皇后娘娘宫里的，又每常是皇后跟前的红人绘春姑姑她们来领，奴才哪里敢不支！”

槿汐在旁笑了一声，拿了黄杨木小锤子为我捶着膝盖，口中慢悠悠道：“不敢也都敢了，梁公公还好意思在娘娘面前说嘴！谁不晓得梁公公是皇后八竿子打得着的亲戚，难免对着凤仪宫里手头松些。到底我们娘娘吃亏在没有这些个好亲戚，否则月尾那些日子也不用领着头紧巴巴地过了。”

梁多瑞面色发青，忙磕了两个头道：“都怪奴才照应不周……”

我挥一挥手，慢条斯理截下他的话头：“也不敢要公公你照顾周全，昨日皇上刚与本宫说起后宫用度该节俭些，本宫还怕惹这些嫌隙。既然皇后宫里的钱你只管给不管用，我也不来问你。你先回去就是。”

梁多瑞不意我肯轻轻放过，连忙千恩万谢走了。我示意槿汐捡起账本，慵然闭上双眼：“把这件事回了皇上，皇上若说要查，就回我最近身子不大好，请端贵妃主持就是。”槿汐忙答应了，往仪元殿去。

这日傍晚，天暗得早，我便携了卫临到玄凌宫中为他请平安脉，顺道也将宫中日常事宜，拣了要紧的说与他听。玄凌方批阅完奏章，一手搁于药枕上由卫临诊脉，一壁闭着眼听我说。

春寒寂寂无声，比之晴冬天气，愈加寒冷阴湿，连向晚的宁静时光都似被湿冷的空气凝结住，凝神看去，窗外冻雨缓慢洒落，似漫天飞舞着无数细小冰珠一般。有冰冷的雨丝打在窗棂上，“沙沙”的声音如春蚕吞食着碧色桑叶一般。

玄凌侧耳半晌，轻轻道：“三月的亲蚕嘉礼，就由你来主持吧。”

我欠身道：“臣妾只是嫔妃而已，亲蚕嘉礼素来由皇后主持，臣妾不敢僭越。”玄凌轻轻一哼，并不多言，我思忖着道，“或者庄敏夫人亦可代劳，毕竟她出身高贵。”

玄凌正欲说话，忽听得廊下有丝履薄薄的响声涌起，伴着珠翠玲珑之声渐渐靠近仪元殿。玄凌轻轻蹙眉：“是谁？”

我打起灵兽呈祥的珠绫帘子，正见蕴蓉牵着雪里金遍地锦滚花镶狸毛长裙在垂花长廊下行来，步履沉沉，似乎比平日凝重，可以听见地面上细碎的水珠在她足下瑟瑟地溅迸起。她素来娇艳的面庞沉如寒水，并无一丝温和的表情。两梢丹凤眼骄然扬起，眼角淡紫含金的胭脂敷得薄薄的，似孔雀打开的华丽的尾扇，随着她的行走，那扇便似在水凝般的空气中划出了两道无形的锋芒，一路慌得立在廊下阶前的宫人们纷纷跪下。

我将帘子递给宫女掀着，回首抿唇笑道：“可见不能背后说人，说曹操曹操就到呢。”

蕴蓉扶了侍女的手进来请了安，似有些不乐意的样子，玄凌不由得问道：“什么事这样气鼓鼓的？谁惹着你了？”

蕴蓉“嗐”了一声，埋怨道：“也没什么，只是怪奴才们不济事，臣妾想要点什么都要不来。”

玄凌不由得好奇，笑道：“还有你要什么能要不来的东西？但凡好些的，朕都先给了燕禧殿了，连淑妃那里都未必比得上你。”

蕴蓉“哧”地一笑，复又板了脸道：“也不是什么新鲜玩意儿，是臣妾得了一个新方子。皇上知道，臣妾身边的琼脂原是外祖舞阳大长公主的陪侍，她的妹妹琼萝厨艺极好，曾经伺候过纯元皇后的身孕，纯元皇后过世后便被遣出宫了。前两日琼脂回去探亲，听琼萝说起纯元皇后在世时，吃东西十分讲究天然气韵，凡是蒸煮食物，皆用竹叶、箬叶或芭蕉叶搁在蒸笼底上，臣妾觉得极风雅，所以也想学着做。”

玄凌原本懒懒地听着，闻得“纯元”二字，不知不觉便含了一缕温煦的笑意，连脸庞的弧度亦柔和了不少：“朕也不知她喜欢用些什么叶子，只是觉得她宫里小厨房所制食物皆有草木清馨，的确气味良佳，与众不同。”

“是了。”蕴蓉闻得玄凌亦这样说，不觉笑起来，“臣妾想竹叶太细碎，箬叶总用在粽子上，气味闻惯了，便想新鲜些，用芭蕉叶子垫着蒸一笼桂花糖新栗粉糕。谁知奴才们非说今年天气冷，连芭蕉芯都冻坏了，所以没得好的。臣妾好容易有些别致心思，却不能得偿所愿，故而生气。”

玄凌笑着道：“那有什么难的，一时口腹之欲而已。等天气暖和了，朕把上林苑的芭蕉都赐给你，你想摘多少便是多少。只别忘了蒸上什么也给朕留一份。”

蕴蓉这才欢喜起来，笑生两靥：“这是纯元皇后的心思，蓉儿不敢忘了表哥的。”

卫临为玄凌把完脉，回道：“皇上一切都好，只是别劳累着了，今年时气不好，皇上熬夜多了亦伤身，微臣会给皇上开一些调理的方子，皇上按时吃着就好。”

玄凌点点头：“温实初不常在，你的医术倒也过得去。”

卫临躬身道：“多谢皇上夸赞。”他转首，笑吟吟向胡蕴蓉道：“微臣有句话要多嘴，不知娘娘肯听一句否？”

蕴蓉满面含笑，把玩着小指护甲上一粒明光烁烁的鸽血红宝石，打量他两眼道：“表哥既夸你好，你说就是。”

卫临垂手道：“方才娘娘说起用芭蕉叶蒸煮食物，人人都以为芭蕉只可观赏，其实入药也是极好的。芭蕉味甘，淡，性寒，《本草》上说可治心火作烧，肝热生风，除烦解暑，对热病、水肿、脚气、痈疽、烫伤皆有效。”

玄凌若有所思：“纯元体质燥热，可见她的别致心思亦可养生，是极好的。”

卫临赔笑道：“皇上说得是。只是芭蕉性寒，平时少吃些是无妨的，只是有孕之人便不可轻易碰了，因为芭蕉与桃仁、红花等药一样，有破瘀消肿之效，虽不及红花药效明显，但若蒸食，其药力会缓缓渗入食物，天长日久，亦会伤身。”

蕴蓉微微一惊，即刻板了脸斥道：“皇上夸你一句罢了，你莫要危言耸听。芭蕉而已，若真有毒，纯元皇后怎还敢食？”

卫临忙恭声道：“夫人勿要动气，微臣所言不过是说孕妇慎用罢了。京师地寒，京人少用芭蕉入食，所以往往连医者也不知芭蕉药理。而微臣年轻时曾游历南方苦热之地，当地山民便懂得这些，实在不是危言耸听。”

蕴蓉微微一怔，神色间生出掩饰不住的惶然，低呼一声：“表哥，卫太医说孕妇慎用，可是琼萝是伺候纯元皇后有孕时饮食的，那么她所见皇后用芭蕉入食蒸煮，那必定是皇后身怀六甲之时。这……”她的脸色越来越苍白，逐渐变得和窗外残雪一般冰冷而仓皇，“臣妾听闻母亲说起宫中传闻，说纯元皇后产下的皇子并未活下来，而且身带青紫瘢痕，当年端贵妃侍奉在侧，连她亦是见过的。”

春寒料峭，加之夜雨寒凉，玄凌早已披上了家常墨绒遍底银滚白风毛直身锦袍，九支花烛参差而燃，花烛外笼着鲜红宫纱灯罩，烛光透着温暖明亮的橘色，如温泉般汩汩流在他墨色的衣裳上，无端带出一抹凄绝的艳色。他的眉心紧锁成“川”字，似有无法负荷的痛苦记忆在眉心纠结，他轻轻的声音如梦呓一般：“那个孩子，生下来就没有了气息，全身冰凉冰凉，而且带着青紫瘢痕，十分可怜。他在朕的怀中，一点气息也没有，冷得似块冰一样，朕心里也冷得似块冰一样，朕怎么抱着他都暖不过来。太医告诉朕，孩子在母腹中体虚，又兼之受了惊吓，所以在母腹中夭折，身带青斑。他受的那些惊吓，皆是因为废德妃甘氏与废贤妃苗氏觊觎后位，百般折辱，才致使纯元不能静心养胎。那孩子，太无辜……”

“皇上节哀。”我柔声安慰，“过去的伤心事，皇上勿要总放在心里，于龙体不安。”我使一个眼色，槿汐会意，端上一碗早已准备好的杏仁茶奉上。我温言道：“甜食能宽心舒怀，皇上吃一口吧。”

玄凌一见那杏仁茶，面色愈加沉郁而哀伤：“这杏仁茶，亦是纯元在世时所喜。”槿汐怕引得玄凌伤心，忙道：“这杏仁茶凉了，奴婢再去换别的点心来。”

玄凌轻轻接过，只望着那微微冒着热气的乳白色发怔，氤氲的热气扑在他脸上，有深入骨髓的哀恸与思念：“昔日在昭阳殿中，纯元最喜晴好天气坐在长窗下饮这一碗杏仁茶，她生性不喜奢华，连甜点亦喜欢这道常见又普通的。昭阳殿里用的是浅浅明蓝色的软烟罗，薄得如蝉翼一般，日光落在靠窗而坐的她身上，仿佛衣袂里处处都有阳光流出。”他一手端着杏仁茶，一手轻轻抚上仪元殿的软烟罗窗纱，痴惘道，“就是这样的颜色。”众人不敢出声相劝，良久，玄凌轻轻啜饮一口，徐徐道，“连味道都与当年一模一样，略带苦味，回味清甜。”

“甜杏仁用热水泡，加炉灰一撮，入水，候冷，即捏去皮，用清水漂净，再量入清水，如磨豆腐法带水磨碎。用绢袋榨汁去渣，以汁入调、煮熟，如白糖霜热啖，或兑牛乳亦可，配以芝麻、玫瑰、桂花、枸杞子、樱桃等佐料。先皇后不喜过甜食物，除甜杏仁外，亦加少许去皮苦杏仁，因而入口略苦，回味清甜。”①

这声音沉重而略带涩意，如数家珍一般缓缓道出。众人转首，正见端贵妃立在门边，锦绣帘帷前的她身形单薄如一缕剪影，仿佛禁不住风一般轻轻颤动，眸底盈盈含泪。不知何时，她亦来到。

玄凌颔首，招手示意她近前，道：“是了。当年纯元曾把杏仁茶的制法教给你，宜修亦曾学过。”

端贵妃声音清冷中透出一丝怅然：“是。后来纯元皇后有孕，一切饮食皆由她亲妹妹，当时的贵妃检点过才能入口。”端贵妃漫步进殿，端过

---

① 参考清初朱彝尊《食宪鸿秘》中记载的“杏酪”的做法。

杏仁茶轻轻一嗅，举袖掩住口鼻，静静道，“皇上，这杏仁茶是滋补益寿的佳品，可若用得不好也是杀人的利器。”

玄凌不觉失色：“什么？”

我轻轻颔首：“鹂妃是死于服食杏仁过多，纯元皇后有孕，怎可服食杏仁茶？”

端贵妃摇头道：“鹂妃自裁所食的杏仁毒性颇大。而杏仁茶所用是京师附近特产的甜杏仁，反复炮制，断无毒性，只是孕妇不过分多食便好。”窗外雨疏风骤，春寒刺骨，恰如端贵妃此时言语，亦如长针深深刺入骨髓般疼痛。贵妃言语安静：“庄敏夫人，你可还记得六王的小王子予澈生下来时身带青斑？”

蕴蓉颔首：“是。那日我在柔仪殿陪隐妃和淑妃说话，曾与淑妃亲眼见到小王子身带青色瘢痕，乳母说过，是因为静妃产子前服食鹤顶红，剧毒侵体，孩子身上也会有痕迹留下，所幸静妃动了胎气很快生下孩子，所以孩子身体无碍。”

端贵妃转首瞥见卫临：“正好你在，本宫问你，胎儿身带青斑有何原因？”

卫临甚少见端贵妃如此端肃郑重，不敢马虎，忙道：“胎儿在母腹中受惊，或是被些寒凉药物缓缓侵入，便会身带青斑，若此性寒药物用得久了，孩子长期受寒，便会胎死腹中。医者皆知，死胎比小产更伤身，胎毒会慢慢反噬母体，母体本就为寒毒所侵，又遭胎毒反噬，极是伤身，殒命者也甚多。”

端贵妃面色沉重：“既是服食寒凉药物，身怀六甲之人自己会不会知道？”

“孕妇自己会觉得腹中发凉，手足无力，腰肢酸软，但这些症状与孕中多思受惊极为相似，并非如山楂、红花等物侵体后较为明显，若非细察，不容易发现。”

端贵妃点点头，也不多言，只唤道：“吉祥！”

吉祥闻声上殿，手中朱漆螺钿盘上托着小小一个八仙莲花白瓷碗，碗中热气袅袅，芳香扑鼻，正是一碗杏仁茶。吉祥端至玄凌面前，端贵妃低低道："皇上尝一尝，这碗杏仁茶和方才崔尚仪那碗有何不同？"

玄凌不知就里，然而端贵妃素来稳妥凝重，玄凌也不多问，举起银匙各喝了一口，仔细品味，然后摇一摇头，表示并无差别。端贵妃又道："卫太医试试。"

卫临推辞不过，只得各舀了一勺喝下，他蹙眉品味良久，似是不能确定，又品了一次。须臾，大约是有了十足把握，卫临道："回禀皇上，崔尚仪所制是加了苦杏仁的，而端贵妃娘娘端来的一碗则是加了少许桃仁，两者苦味相近，若非细辨，断断分不出来。"

端贵妃搁开碗盏，端然肃穆道："皇上惯常吃杏仁茶都不能分辨，若非医者，如何能辨？"她一指吉祥盘中的杏仁茶，问卫临道，"若有孕妇不知，每日所食的杏仁茶都是加了少许桃仁粉，便会如何？"

卫临大惊失色，忙跪下道："若真孕妇天长日久服食少量桃仁，孩子纵然在腹中长大，也会胎死腹中，生下的死胎会身带青紫瘢痕。"

空气里是死水一般的沉默，所有人像是寒冬腊月被冻在了结了厚厚冰凌的湖水里，只觉寒意从骨缝间无声无息渗入。玄凌额上青筋暴涨，原本清癯的面容微微有些扭曲，只唇角衔着一抹冰冷如利剑的笑，叫人不寒而栗。

蕴蓉似想起一事，问道："若是偶尔还用芭蕉叶蒸煮食物呢？"

卫临冷汗涔涔，忍不住举袖去擦："若与桃仁双管齐下，胎儿必不能保。但若此间常有让孕妇惊悸忧思之事发生，那么极难察觉是桃仁与芭蕉之效。"

青铜麒麟熏炉卧在地上，熏炉孔内散着龙涎香的袅袅淡烟，那若有若无的青烟弥漫在空气里，似张开了一张无形的大网，兜头兜脸将人蒙住。玄凌的眼神飘忽不定，静默无语站了片刻："甘氏与苗氏屡屡生事，纯元因愧疚致使苗氏小产之事，常常惊悸夜不能寐，又要对两位废妃言行百般隐忍，其实非常辛苦。”

蕴蓉轻轻傍在玄凌身边，声线绵绵，如寒针深刺：“表哥，那些只是外因，真正原因乃是这些桃仁和芭蕉，寒性日积月累，才害死了纯元皇后和嫡皇子。”

玄凌半边面孔被光线遮住，唯听见远处永巷传来阵阵更鼓声，大殿深处铜漏水滴的声音越发清晰可闻，一滴又一滴，似是要在心上砸出一个又一个坑，他的神色看不出任何异常，只静静问：“月宾，你从哪里知道这些事？”

“皇后被禁足，可是皇后殿中用度所费银资不减，与内务府呈报之数有出入，臣妾忝居四妃之首，协理六宫，皇上命臣妾查处，臣妾不敢不用心，因而夜审皇后身边绘春、绣夏、剪秋三人，不承想审出银钱数目不对之外，严刑之下，绘春为求活命，吐出当日有人指使她以桃仁代替苦杏仁，谋害纯元皇后。”她停一停，似要平息胸臆激荡的气息，“臣妾为防有失，再审剪秋与绣夏，剪秋受不过刑，咬舌自尽，绣夏也已吐露实情。”

时间像是被寒气所凝，格外缓慢。玄凌一字一字吐出：“是谁？”

烛火燃得久了，殿中有些暗，只有长窗里透进一缕琉璃瓦上的雪光，笼在端贵妃沉静似水的面庞上：“纯元皇后亲妹，当今皇后朱宜修。”

大殿内恍若沉溺海底般寂寂无声，端贵妃侧目看我：“被朱宜修所害失子之人，淑妃不是第一个，也未必会是最后一个。”

声音若能噬人，大约也如玄凌此刻一般：“朕记得，为保纯元饮食周全，一应细节皆是宜修经手照顾。朕以为，姐妹情深……”

玄凌目眦欲裂，胸口起伏如海浪潮汐，蕴蓉眉梢眼角皆是雪亮如刀刃的恨意：“纯元皇后如何登上后位，皇上心知肚明，朱宜修焉能不恨？焉能不报仇夺位？别看她素日恭谨，其实心肠阴毒，连亲姐姐亦忍心杀害！”

玄凌一把推开她，大步流星出去，一壁吩咐李长：“随朕去暴室！”

殿中复又寂静下来，唯余我与蕴蓉和贵妃。蕴蓉按一按鬓上串珠花翠，懒洋洋坐下，轻笑道：“淑妃，你猜皇上亲审的结果会是怎样？”

我立在窗下，向她会心一笑：“蕴蓉妹妹会心想事成，不费今日这番功夫。”

她睨我一眼：“淑妃倒是坐享其成，让我与端贵妃费尽口舌。”

“我与皇后结怨已深，皇上心知肚明，若我开口，反而不妙。”

蕴蓉笑吟吟看着面容依旧沉静的端贵妃：“想来除了端贵妃，无人说话能让皇上这样信服。”蕴蓉拍着手道，“也亏了淑妃的心思筹谋，借口月例用度之数不足，才顺藤摸瓜查出这些事。”

“举手之劳而已。”我淡淡道，“放眼宫里，哪怕是你我三人也好，谁宫里没有些个银钱上的亏空，不过借个由头而已。若非皇后已被禁足，咱们也是一点办法也没有的。”

“只是……”蕴蓉按着心口，似是受了惊吓一般，“百足之虫死而不僵，我还是很怕呢。”

端贵妃半晌无言，顷刻，静静道：“事涉纯元皇后，如同在皇上心上插了一把刀一般，皇上断不能忍。”她瞥我一眼，“真要谢，咱们得谢谢死了的安氏，没她留下那句话，咱们至死都不能明白。”她扬一扬脸，吉祥上来扶住端贵妃，端贵妃披上竹叶青镶金丝飞凤大氅，轻轻道，“陪我去通明殿祈福吧。皇后欠下的债，还得了你的，还得了我的，也还得了蕴蓉的，唯独还不了纯元皇后的。咱们走吧。”

我应声起身，缓步出去。蕴蓉清凌凌的声音直逼上我的耳后，语不传六耳：“瑛嫔的死算我的，所以我今日当回报淑妃，鼎力相助。那么淑妃答允我的，不会不算话吧？”

我的话虽轻，却落地有声：“我说过，我无意于皇后宝座。”

她满意：“但愿淑妃说话算话！”

夜色浓稠如墨，寒夜冷雨潇潇，远远望下去是紫奥城连绵沉寂的深宫重重，无数灯火浮荡其间，似星海万里，绵绵无尽，我紧一紧身上暗紫妆缎狐腋大氅，依旧觉得阴冷寒气渗人心肺，终究是高处不胜寒罢了。

玖 憶昔年

玄凌在暴室整整一日一夜才出来，我与端贵妃长跪于通明殿内亦足足一日一夜，端贵妃日夜祝祷，每隔三个时辰便要拨起泠泠琵琶，寄托无限哀思，直到唇色发紫亦不愿离去。我不知道她是在祭悼亲手传授她琵琶的纯元皇后，还是未曾能见到的她腹中的孩子，她深沉如海的忧思，并非我所能感同身受。最后，是温宜帝姬前来陪伴长跪，她才肯回宫歇息。

玄凌自暴室出来后并未到我宫中，长夜寂寂，星冷无光，我合眼欲寐去，然而头痛隐隐相随，似眠非眠中，恍惚听得更漏一声长似一声，久悬的心终究未能放下。

垂银流苏溢彩帐帷外有人影伫立，是槿汐轻声道："娘娘，皇上召您前往仪元殿。"

我问道："几更了？"

"戌时三刻。"她停一停，"庄敏夫人已奉旨前去了。"

并非侍寝的旨意，我霍然睁开眼，吩咐道："更衣。"

去往仪元殿的路极熟了，夜行的内监步伐又快又稳，只听得夜风细碎入鬓，轿辇直奔仪元殿而去。

二月初九的夜，依旧有些微侵上肌肤的冷意，晚风从窗棂间无孔不入地吹了进来，皇后鬓边发丝微微浮动，不施脂粉的面庞在一对红烛的光照下细纹毕见，无处逃遁。因是戴罪之身，一应首饰珠翠皆被摘去了，唯有皓腕上一对翠色沉沉的碧玉镯子安静地伏卧着。皇后的头发被绾成一个低垂的平髻，以银色丝带牢牢束住。她穿着通身镶黑色万字曲水纹织金缎边真红宫装跪在地上，精致而不张扬的花纹疏密有致地铺陈于领口，露出一抹因消瘦而毕见的锁骨。

蕴蓉沉静侍立于玄凌身侧，含着一抹快意的冷笑，一言不发。

玄凌双眸微合，指着跪在皇后身后的绣夏与绘春道："她们都已招认，你还有什么话可说？"

皇后看一眼饱受苦刑的二人，伸手握起绘春被长针刺透的指甲，沉声道："皇上，绘春与绣夏受刑深苦，这样的供词算不算屈打成招？"

玄凌冷冷瞥一眼满身鞭痕的二人："她指上伤痕是招供后朕所惩罚，罚她们为虎作伥，助纣为虐。她们两个的供词也很清楚，若是屈打成招，招不出那么前后一致的供词。"他深重的怒气从唇角漫出一丝半缕，"你放心，若非朕亲自审问，朕也不敢相信陪朕多年贤惠有加的皇后连自己亲姐姐也能狠心毒害。"

皇后冷淡道："皇上既然已经相信，何必再来问臣妾？"

玄凌闭上双眸，嫌恶道："若非等你一句亲口认罪，你以为朕还愿意见到你这张脸么？"

"臣妾年老色衰，自然惹皇上嫌恶。臣妾只是想，若姐姐还在，皇上是否依旧真心喜爱她逐渐老去的容颜？我真后悔，或许应该让皇上见到姐姐如今与我一样衰败的容貌，或许皇上就不会这样恨臣妾。"

"心慈则貌美，宛宛再如何老迈，也一定胜过你万千。"

皇后轻轻一笑，露出雨洗桃花的一点清淡容颜，她低首轻轻抚摩着腕上如碧水般澄澈通透的玉镯："这对玉镯，是臣妾入宫那日皇上亲手为臣妾戴上——愿如此环，朝夕相见。可如今若非皇上以为臣妾犯错，大约不愿意再见臣妾了吧？"她停一停，语气愈加低微，"当年，皇上同样执着此环，告诉臣妾，若生下皇子，后位便是臣妾的。可是当臣妾生下皇子时，您却已经娶了我的姐姐为皇后，连我的孩子也要被迫成为庶出之子，和我一样永远有摆脱不了的庶出身份。"

玄凌眉心曲折成川："你知道朕并不在意嫡庶，其实母后也不在意，母后是庶出，朕也是庶出。"

"皇上，你可明白女子庶出的痛苦？臣妾自幼在家中受尽委屈，爹爹眼中只有嫡出的姐姐，因为臣妾是庶出，臣妾与臣妾的娘亲很少受到重视。你如何能够明白？"

"朕明白。"玄凌霍然睁眼，迫视着她，"正因为朕明白，朕才会在你入宫后厚待于你，即便朕立宛宛为唯一的皇后，你也是仅次于她的娴贵妃。可是你永不知足！"

皇后的声音如浮在水面泠泠相触的碎冰："本该属于臣妾的后位被姐姐一朝夺去，本该属于臣妾儿子的太子之位也要另属他人。臣妾自小就生活在姐姐的光环之下，入宫后也要永远屈居于她之下，连自己夫君所有的宠爱都归属于她，臣妾很想知足，却实在难以做到。"

玄凌轻轻嘘出一口气："但你的确不如宛宛。"

"所以，臣妾就要承受失败，永远屈居人下么？"

玄凌赫然一掌重重拍在案上，惊得青釉茶盏砰地一震，翠色茶叶和着绿润茶水泼洒出来，冒着氤氲的热气流泻下宜人茶香。玄凌的面庞微微扭曲："宛宛是你亲姐姐！"

蕴蓉一把握住玄凌的手轻轻吹着，柔声道："表哥，朱氏蛇蝎心肠，不值得您动气！您若生气，废了她就是了。"

皇后两眼明亮至极，隐隐有傲然不群之气，看向蕴蓉的眼神鄙夷而不屑："胡蕴蓉，你再想多嘴也等你坐上皇后宝座之后！皇上未曾废后前，本宫还是皇后，帝后说话，怎容你小小嫔妃插嘴！”

蕴蓉轻嗤一声，笑靥妩媚：“我是有样学样，有人都敢谋害皇后取人性命了，我不过插句嘴而已，不算十恶不赦吧！”

皇后轻轻一笑，冷然道：“你要本宫的后位也不必太心急，半分稳重自持也没有，给了你后位，你也坐不上几天！”她眸光一转，冷笑连连，“现放着端贵妃和淑妃呢，你倒先眼热起来了。”

我欠身行礼如仪：“皇后娘娘高看臣妾了，臣妾不敢眼热后位。”

“不敢？”她沉下脸色，轻蔑一嗤，“敢与不敢，你都已经做了，还有什么可说？你敢赌咒今日本宫式微，不是你一手造成？”

“不是。”我坦然相望，“臣妾相信，是天道轮回，报应不爽。冤有头，债有主，欠了的终究要还。”

窗棂开合的瞬间，有冷风肆意闯入，横冲直撞，重重云锦帷幕沉沉坠落，风终是拂面而来，不着痕迹地带了入骨清寒，摇动满室烛焰纷乱。玄凌既怒且哀：“你难道不怕报应么？午夜梦回可曾梦见宛宛与孩子向你追魂索命！”

“她若索得去，便尽管来取！省得昭阳殿长夜漫漫，我总梦见我早夭的孩子向我啼哭不已。”晃动的烛光幽幽暗暗，皇后的脸在烛光里模糊不清，像沾水化了的墨迹一般，隐隐有热泪从她干涸而空洞的眼窝中缓缓流出，似烛泪一般滚烫滚烫连珠落下，烫穿她早已千疮百孔的身心，“臣妾的儿子因病夭亡时，姐姐已经有了身孕。皇上，你只顾着姐姐有孕之喜，何曾还记得你还有个长子！皇上，臣妾的孩子死得好可怜！臣妾抱着他雨中走了一整夜，想走到阎罗殿求满天神佛拿臣妾的命换孩子的命！他还不满三岁，就被高烧烧得浑身滚烫，不治而死！而姐姐却有了孩子，不是她的儿子索了我儿子的命么！我怎能容她生下皇子坐上臣妾孩子的太子之位！臣妾是他的母亲，臣妾怎能忍受？！”

我从未见过皇后如此失态的情景，她也有她的锥心之痛，永不能愈合！

“你疯了！”玄凌的面孔被深深的哀痛浸透，不能自拔，“是朕执意要娶宛宛，是朕执意要立她为后，是朕与她有了孩子！”他疾步至皇后身前，一把狠狠揪住她的衣领，“你为什么不恨朕？”

他与她的脸近在咫尺，皇后温热的呼吸拂在玄凌面孔上，她的气息渐渐变得急促而激烈，目光似贪婪一般游离在他面上：“皇上以为臣妾不想么？”她盯着玄凌，似要把他的脸、他的身体嵌进自己的双眼一般，“臣妾多想恨您，如果做得到，臣妾怎会不做！”有滚烫的泪滑下她冰凉的脸颊，“皇上眼中只有姐姐，可曾知道臣妾对您的爱意不比您对姐姐的少！”

“表哥！”蕴蓉低呼一声，娇俏的面庞被强烈的憎恶所覆盖，“不要再与她多话，恶心死人了！”

玄凌冷冷撤开抓住她衣领的手，随手扯过一幅帷帐擦了擦手，然后嫌恶地掷开。他唤我：“嬛嬛，为朕起草一道废后旨意。”

我冷眼旁观，只是为了这一刻。所有的争吵对质，都不如一道废后诏书了却得干净利落！

我铺开金黄蟠龙圣旨，饱蘸的朱笔如一箭朱红新荷，逶迤写下：

“皇后朱氏，天命不佑，华而不实。造起狱讼，朋扇朝廷，见无将之心，有可讳之恶。焉得敬承宗庙，母仪天下？可废为庶人，冷宫安置。刑于家室，有愧昔王，为国大计，盖非获已。”

我写完，搁笔，朗朗念与玄凌，一字一字，是从我凌厉伤口上开出的灼艳的花，皆是我满心痛恨浇灌而成，心中微微一动，却有更大快意倾覆了我的痛恨。

皇后以冷漠的容颜相对，仿佛那一道废后诏书写的并不是她，只喃喃呼唤她早夭的儿子：“孩子，我的孩子！”

玄凌静静听完：“可以了。”他低首欲取朱印。我抬头，正对上蕴蓉狂喜而快意的眼神，不觉悄悄别转头去。

废后，只差一枚朱印而已。

深广的殿宇中有清冷的寒香，似乎是远远廊下的玉蕊檀心梅开了，疏冷的香气被冷风冷雨一浸，愈加有冷艳的气息。

怔忡的瞬间，“吱呀——”一声悠长，殿门被缓缓推开，龙头拐杖一步一拄，落地声闷如惊雷。太后便带着那种疏冷的香气拄着镏金龙头拐杖缓步踏进。

夜深而来，太后不过是家常石青缎大袖常服，绣着金丝柳叶湖蓝紫葳大团花，颜色沉稳淡雅，秋香色云缎长裙无声委曳于地，压裙的两带碧玺锦心流苏下垂的线条平缓而笔直，和简单的如意高寰髻间簪住的嵌珠双龙点翠簪一般，连龙口的南珠流苏亦纹丝不动，行动间并未生出一丝多余的褶皱波澜，衬得她姿态越发高远沉着。我暗暗叹息，若非数十年深宫历练波澜加身，怎会有这种玉堂高贵稳如泰山之气度。真正的高贵气韵，须得有历经风霜后看淡世事的清远才撑得住。

玄凌见太后亲临，忙起身相迎，我与蕴蓉亦不敢怠慢，叩身请安。

太后扶着玄凌的手在正中宝座上坐下，轻咳两声，缓缓问道：“废后的诏书下了么？”

玄凌一怔，毕恭毕敬道：“只差一枚朱印。”

太后“嗯”了一声，道：“哀家眼神不好，蕴蓉，你来读给哀家听听。”

蕴蓉微微生了些许惧色，看我一眼，终究拿起诏书颤颤读了一遍。

太后瞥她一眼：“声音挺好，读得也清楚，只是不要发抖就是了。”太后转首看我：“言简意赅，应当是淑妃的手笔。”

我轻轻垂首：“是。”

太后满面沉痛，看向皇后的眼神难掩厌弃痛心之色：“淑妃倒是没有夸大你的罪过！”她眉心一震，眸底有沉重的哀痛一闪而过，举起拐杖便要往皇后身上打去！

龙头拐杖乃赤金铸龙首，金丝楠木为柄，质地坚硬沉重，一杖下去，皇后不死也成残废！

这变故来得太突然，蕴蓉惊得险险失手掉了诏书。皇后大惊之下面无血色，却也不肯躲避，挺直了脊梁打算生生受这一杖。

然而，拐杖终究只停在了半空中，太后用力往地上一拄，只听沉沉的一声“咚——”回声重重不绝于耳，似太后此时满心的愤怒与痛心。太后再不看她，只冷冷道：“当初要你入宫，是哀家错了。”

皇后缓缓抬起头，呼吸渐渐沉重而急促起来，那声音如一击接着一击的鼓拍，绝望地敲打在耳边，她含着一缕无望的笑意：“母后错的不是迎我入宫，而是不该同意迎姐姐入宫。既生瑜，何生亮，母后何等睿智，怎会不明白？”

许是殿内太空阔，太后的呼吸都带着清冷而漫长的意味：“是哀家太看重了你们的姐妹之情。”

“姐妹之情？”皇后微微冷笑，那笑像是从胸腔底处蔓延上来的，带着一丝窒闷的凄厉，“连肌肤之亲的人都可以下手，姐妹之情也未必有多深厚！何况论起如何对待姐妹，我对母后的手段心悦诚服！”

太后衰老的面颊苍白得如太液池凋尽的残荷，玄凌一眼瞧见，厉声喝道：“你怎可对母后放肆！”

皇后向着玄凌微微一笑，漆黑的瞳仁中已经失散往日的凝重光辉，仿佛是无穷无尽的空洞与绝望，缓缓念道：“夫惟乾始必赖乎坤成，健顺之功以备，外治恒资于内职，家邦之化斯隆。惟中阃之久虚，宜鸿仪之肇举，爰稽茂典，用协彝章。咨尔摄六宫事娴贵妃朱氏，秀毓名门，祥钟世德。敬上小心恭谨，驭下宽厚平和。事朕年久，含章而懋著芳型；晋锡荣封，受祉而克娴内则。嗆躬淑慎，洵堪继美于兰帷；秉德温恭，信可嗣音于椒殿。往者统六宫而摄职，从宜一准前规；今兹阅三载而届期，成礼式遵慈谕。恭奉皇太后命，以金册金宝立尔为皇后。尔其祗承懿训，表正掖庭。虔修温凊之仪，洽观心于长乐；勉效蘋蘩之职，端礼法于深宫。逮螽斯樛木之仁恩，永绥后福；覃茧馆鞠衣之德教，敬绍前徽，显命有光，鸿庥滋至。钦哉。”①

这是她当年的立后诏书，每一字都是她以心血、鲜血、性命换来，背诵如流。

---

① 引用自乾隆册封皇贵妃那拉氏为皇后的诏书，略作修改。

太后置若罔闻，只平心静气看向玄凌：“皇帝，差一枚朱印，那就是还没有废后。”

玄凌面色一沉，态度愈加恭顺：“母后，朱氏之罪无可饶恕，儿臣不能不废了她，以慰宛宛九泉之灵。还望母后不要劝阻。”

太后微微一笑：“你的话倒是说在了前头。也好，你要哀家不要劝阻，哀家也无意劝阻。漏夜前来见皇上，只是梦到了宛宛昔年之事，想来说给皇帝听。”

玄凌神色一凛，道：“是。”

太后慈爱地抚一抚玄凌的肩膀：“你对阿柔的心，哀家一清二楚，想必她说过的话，你都还记得的。所以，哀家只是提醒你。”太后咳了一声，又低沉道，“阿柔临死之前，伏在你的膝上告诉你的话，你还记得么？”

玄凌身子一震，又惊又愕，他面色很快平静下来，清晰道：“儿臣无有一日敢忘，只是朱氏罪大恶极。”

铜台上的烛火燃得久了，一簇簇焰火在绯红笼纱的灯罩中虚弱地跳动着。

太后淡淡道：“哀家只是问你。”

玄凌费力地咽下喉中压抑的怨与怒，沉声道：“当时宛宛气息奄奄，伏在朕膝头请求。”他闭上双眸，一字一句皆分明道来，“我命薄，无法与四郎白首偕老，连咱们的孩子也不能保住。我唯有宜修一个妹妹，请四郎日后无论如何善待于她，不要废弃她！”

四郎！四郎！当年她便是如此依依唤他！

太后绵长的叹息冷冷击中我的肺腑，她道：“你亲口答允了阿柔的，绝不废弃宜修！”

玄凌愤声唤道：“母后！”

“皇上！”太后生生压制住玄凌的悲愤，“你若罔顾对阿柔的承诺，连她遗言也不听从，来日黄泉相见，你还有何面目去见她？”

玄凌面目哀恸，不可自已。太后怜悯地看着他，口中严厉却分毫不退:“你如今厌弃宜修,连名字也不愿称呼,口口声声称她为朱氏。可你别忘了,阿柔何尝不是朱氏,你母后何尝不是朱氏?哀家只告诉你一句话——朱门不可出废后!”

太后眼角余光向我与蕴蓉身上冷冷一扫:“你们两个最好也记得。”

我轻轻垂首,坦然答了声:“是。”

太后再不顾我,柔声劝玄凌道:“阿柔素性聪慧,人道临死心智最清明,宜修的所作所为,她未必不晓得,所以才这样苦苦哀求于你。宜修所为,哀家也容不下她!哀家劝你,只是为日后与阿柔泉下相见留下余地,不要教她魂魄不安。宜修的朱家也是阿柔的朱家,你别枉费她一番苦心!”

玄凌只是以深深的沉默相对,太后温言道:“母后是行将就木之人,我的话你大可不听。只是你要记得,你的母亲是朱氏,你的发妻是朱氏,你身上也流着朱氏的血!”言毕,她扶住孙姑姑的手,吩咐道:“竹息,带皇后回去。”

殿中极安静,连沉香屑在香炉中熔化的声音亦清晰无碍,仿佛太后从未来过一般。蕴蓉犹自不甘心,握住他的衣襟苦苦哀求:“皇上,太后病糊涂了,您可不能糊涂!宫里那么多枉死的孩子,都是您的孩子!”

玄凌静静地坐在座椅上,只以沉寂而哀默的眼与我相对。

我的心,一分,一分,冷了下去。

次日,玄凌的旨意遍传六宫:“皇后朱氏,天命不佑,华而不实,不宜母仪天下。念其乃纯元皇后之妹,入宫侍奉日久,特念旧恩,安置于昭阳殿,非死不得出。淑妃摄六宫之事,贵妃、德妃协理六宫。钦此。”

不仅如此,玄凌命人取走当年封妃、封贵妃、立皇后的圣旨与后妃宝印、宝册,吩咐内务府以最末流的更衣份例对待皇后,更晓谕六宫:“与朱宜修死生不复相见。”

恩断义绝,只留她皇后头衔。

宫中纷纷议论——二朱继宠,福极灾生。后位动摇,人心浮动如潮。

而颐宁宫中的太后,在这样纷乱而寒冷的初春,沉疴日重。

壹拾 燕歸来

是年仲春，远嫁凉州的真宁长公主归宁，探望病重的太后。此举亦为玄凌的一点孝心，皇后屡遭贬斥，几乎如被幽禁冷宫，太后难免心情不豫。为了宽慰太后病心，玄凌星夜派人接回真宁长公主。

真宁长公主的驸马陈舜为大周远戍吉州，保定一方安宁。真宁长公主自生育女儿承懿翁主后便落下了病根，不宜长途劳碌，又连着数年边地不靖，如此已有十数年未曾入京了。

二三月的上林苑，春光繁盛，漫天匝地，牡丹含娇，海棠如锦，碧竹盈盈，梧桐风媚。太液池上有三三两两的宫眷迎风荡舟，举目处鬓鬟旖旎，裙裾翩翩。更兼天气晴雨不定，湖上景色淡妆浓抹总相宜。若到烟霭蒙蒙的日子，更添潋滟情味。

庄敏夫人好听曲，照例选了一班善歌的宫女在湖边迎风而唱，宫人们闲话起来总说："若论福气，谁会似庄敏夫人怀玉璧而生这般有福气呢？庄敏夫人才是后福无穷。"

至此，宫中流言愈多。中宫不稳，怀玉璧而生的胡蕴蓉颇得关注。宫中之人多迷信，极相信所谓“红光满室，带香而生”的异象。且红光与奇香都是虚无缥缈之物，怎比一块玉璧那么真实可信。更何况，来日中宫若真是虚悬，出身贵戚的胡蕴蓉是后位的上上之选。于是，宫中一时风向两转，除了柔仪殿之外，胡蕴蓉的燕禧殿亦是往来趋奉之人盈门。

我在某日听小允子说起宫人们关于“怀玉而生，富贵无极”的传言之后，不觉笑问：“小允子你说，什么才叫富贵无极？”

小允子抱着一束粉白花枝插入冻青釉双耳瓶中，随手拿起一把剪刀，利落地剪去多余的枝叶：“朱氏被废，庄敏夫人位临中宫，这便是富贵无极，也是她此刻心中所求。”

槿汐轻轻在他额头一叩：“眼光越来越佳，只是口太快，恰如这把剪刀一样。”

我轻轻一笑，理一理小允子所修剪好的花枝：“下刀利落，枝形清爽。只是一捧花束放在眼前，难免乱花渐欲迷人眼，一时无从下手；快刀斩乱麻自然简单方便，只是也容易下错手。”我捡起被他剪落的数枚花苞，“眼光要准，手势也要轻缓准确，万事一急便会乱，所以，修剪花枝也好，处理任何事也好，心静才能做好。”

小允子侧头沉吟：“娘娘是说奴才剪花太急？”

“剪花急，可以再剪过，但有些事，她一步步推着做了，未必能事半功倍。”我看着槿汐，“若真如小允子所言，胡蕴蓉心中所求得以实现，我们会如何？”

槿汐双手奉上一盏樱桃蜜露，盏中醉颜一般的深红，愈加衬得她双手瓷白：“除非是娘娘自己，否则任何人做了皇后，都容不下娘娘这般会危及后位的宠妃，何况您还有子嗣。胡蕴蓉之前再如何与娘娘井水不犯河水，甚至有同气连枝的默契，待皇后身份已定，她待娘娘，不会比从前朱氏好上三分，以她的心高气傲，恐怕娘娘处境更艰难。”

我淡淡一笑：“我没有胡蕴蓉那样傻。人人都道皇后尊贵无匹，母仪天下，所以千方百计前仆后继。可是谁知道，天下女子至尊之位便是皇后，谁登上这个位子，高处不胜寒，难免成为众矢之的。为保后位，自然也要不择手段。可人人的眼睛都盯着皇后，你今朝不出事，不代表明朝也不出事，往往朝不保夕。所以，我是断断不肯做皇后的。”

“娘娘，此事已经由不得自己了。事态所逼，你再不想做皇后，旁人都会以为你对后位志在必得，你再推诿，旁人都会以为你惺惺作态。旁人若这样想，就不会停了对娘娘的算计。”

我缓缓摩挲着茶盏，饮下一口蜜露：“咱们自己明白了，就不会坐以待毙，事到临头束手无策了。”我起身略略整理妆容，“真宁长公主已到，咱们也该去拜会了。”

颐宁宫中尚安静，大约宫中妃嫔还未得到真宁长公主归宁的消息，一时尚未来拜见。我打了帘子进去，太后正起身坐在榻上拉着一位盛装的中年女子问话，神色极是亲热。

芳若通报了我来，太后笑吟吟抬起头来：“都是一家人，早该见一见了。”

我屈膝向太后请安，满面笑容道：“恭喜长主归来。”

这是我第一次见到真宁长公主——玄凌唯一的同胞姐姐。真宁长公主身量修长挺拔，一袭深红翟纹素色曳地深衣，温婉中有清刚气。仔细望去，倒很能看出几分太后年轻时的姿容。

“这位便是淑妃吧。”真宁凝眸于我，片刻，启唇轻声笑道，“淑妃果然是美人坯子，望之不俗。”

我屈膝：“长主万福。”

她柔软的手掌托住我的手肘，笑语柔和：“淑妃是皇上心尖尖上第一要紧的人，更是孤的弟妹，何须这般客气。”

我见太后神色间并未有留我多言的样子，想是要多和这位多年未归宁的女儿好好说说体己话，寒暄几句，便也告退了。才踏出殿门，身后簌簌的树叶相触声里传来真宁细细私语之声：“的确相像，然而两人的气韵却迥然有异了。”

太后的叹息似轻落的鸟羽：“阿柔温柔心肠，皇后去之甚远；阿宜的心机谋算，阿柔百般不如。”

“母后，先皇后与皇后都是朱家的人。”

太后忧然叹道：“若非皇上还顾念这点，若非母后还一息尚存，阿宜恐怕早已被废了。”

声音越来越小，我逐渐听不清了，风吹树叶沙沙如雨。抬头，有雪白的鸽子在紫奥城上空飞得盎然肆意，渐渐消失在金光同样肆意的天空之中。

真宁长公主自此便在颐宁宫中住下，也几次向玄凌提起要解禁皇后，请皇后侍奉太后病榻前。玄凌只是摇头：“皇姐是顾念旧时情谊，可是朕怕她再侍奉太后一日，朕要多枉死几位皇子，实在不敢拿皇嗣的性命轻率。”于是，这话也不了了之。

四月后的一日，我与蕴蓉、德妃正在太后宫中陪着真宁长公主说话。日色灿烂，在殿前芭蕉阔叶上淌下流金光泽。太后拣了剥好的桂圆干吃着，眯着眼道：“今日好像是状元郎入殿谢恩的日子。”

我微笑道：“太后好记性，可见长主来后，太后的精神越发好了。”

“本也不记得了。昨日皇帝来请安时提过一句，倒叫哀家想起从前的事。”

太后侧头问真宁：“还记得你皇姐乐安长公主么？”

真宁笑吟吟道：“自然记得，这可是宫中一段佳话呢。”

恰巧玉娆也在，不觉好奇道：“什么佳话呢？”

真宁笑容丰艳似桃花：“九王妃新做宫中人，自然不晓得这段佳话，德妃与蕴蓉怕是知道的。”

蕴蓉含笑点头，德妃却是不知就里，便笑道：“我也等着长主告诉呢。”

真宁便笑着道：“素来帝姬出降，不是由圣上指婚，便是凤台选婿自己择选驸马，最不幸的便要出塞和亲。然而乐安长公主却是例外，她的驸马可知是怎么得的？”说着，便笑吟吟喝茶。

玉娆性急，便问：“长主，是怎么得的呢？”

真宁道：“那一日是三年大选的状元郎入宫谢恩。那年的状元不比寻常，是誉满京城的才子张先令，张先令不仅有才，更是丰神俊朗，宫中女眷闻名之后，无一不慕名好奇。先帝仁厚，便允许宫眷去城楼上看状元郎策马入宫谢恩。阖宫妃嫔并各府女眷争相观望，张先令果然气度出群，目不斜视，策马缓缓入宫。”真宁说起往日趣事，亦不觉含笑，“孤当年还小，便跟着皇姐乐安一同站在城楼最前排。状元郎走近时，人群欢动，后面的人一挤，皇姐手中的团扇没拿稳，失手落了下去，结果那团扇无巧不巧落在了状元郎张先令的头上，惊动状元郎抬头去看，便看见了皇姐，状元郎也不恼，抬首行礼，然后离去。先帝回宫之后，听闻这桩趣事，便道‘姻缘难得’，做主将皇姐嫁与了张先令，成就一对恩爱夫妻，可不是佳话么？”

众人听得入神，不觉一起笑道：“果然是难得的佳话呢。”

太后不觉含笑道：“这样好的天气，让人想起以前高兴的事。算来，真宁的女儿也到年纪了。不如，你们也一起去看状元郎吧。真宁，哀家是有心无力起不了身了，你跟着去看看，回来好告诉哀家，今年的状元郎是如何一位美郎君呢。”

真宁笑着欠身起行：“那儿臣就领命了。”

一行人迤逦随着长主往城楼上去，春光无限沉醉，恰如众人花靥耀耀，翠华摇摇，踏芳而去。德妃与我走在后头，笑着掩唇悄悄向我道：“太后哪里是要长主去看状元郎？长主的女儿承懿翁主还未有相宜的人家，太后分明是要长主为翁主相看一位郡马爷呢！”

蕴蓉娇小的下颌轻轻一点，似是赞同德妃的说法。我笑道：“太后费尽心思搭了花架子，咱们能不众人抬轿么？这样的美事咱们也是乐见其成的。”

不过片刻就到了城楼上。四周静谧，天色碧蓝，日色如金，城楼下汉白玉大道笔直贯向数百米外的城门，只听得马蹄声声清脆落在汉白玉路上，历历可数。夹道种着无数青奈，风吹过，淡白的花瓣乱落如雨，满地都卧着温柔得能发出叹息的落花，绚烂似一匹锦毯华丽展开，吸引住城楼上众人期待而好奇的目光。

有内监低低喊了声：“来了！来了！”众人极目望去，那马蹄声的源头，一位红袍少年踏着落花策白马缓缓行来，状元袍带使他在澄澄碧天之下格外引人注目，蕴蓉悄悄推了长主到最前面：“长主眼神好，看得清楚些，状元郎是什么模样？”

状元郎渐渐走得近了，可以清楚地看见衣冠艳丽的少年郎面如冠玉，眉眼缱绻，唇角绽出春风得意的笑容。

小厦子在旁袖着手道：“这位状元郎才十九岁，青州人，听说尚未娶亲呢。”

“春风得意马蹄疾，一日看尽长安花。”真宁微微颔首，“少年得意，当真气宇轩昂。”她闲闲握着手中团扇，唇角扬起一缕讥色，“只是这状元面孔比孤还白，唇色比咱们点了胭脂还红，若脱下状元袍褂换上红装，与咱们有什么区别？一点男子的沉稳气性也没有。”

德妃温和笑道：“长主不喜欢这样清秀文气的男子呢。不怕不怕，我们再看榜眼和探花。”

榜眼是一位五十余岁的男子，想是苦读了数十年，读得两鬓斑白，身躯伛偻，众人自然不加注目。探花倒也只有二十上下，朗朗青年身姿宛若夏日骄阳。真宁道：“是位好儿郎，虽然只有探花，但只要勤勉为官，前途同样无可限量。只是才中探花就如此得意，给他中了状元还不飞上天去，太轻浮了。”

状元、榜眼、探花入宫后是一众文臣，赤、紫、青、赭、乌五色官袍，华彩斐然。众人看得倦了，已是意兴阑珊。我走在后面，远远见蕴蓉一人缓步走在最后，似有停步之意，便走到她身边：“还不回去么？”

蕴蓉望着真宁长公主一行人赫赫在前，神情寂寥："当初我爹爹中了金榜状元，太宗赐婚，娶得我的母亲晋康翁主为妻，又被赐予正六品上朝议郎官职，平步青云至从三品银青光禄大夫。家声显赫，何等光耀。若非隆庆十年博陵侯谋反时，爹爹被人告发与博陵侯过从甚密，我家也不会中道没落，要依赖母亲维持家声。真宁长公主这般富贵，我家虽未享过，然而十中三四，晋康翁主府也经历些。权势繁华如浮云苍狗，朝来暮散。"她停一停，似是凝聚了全身所有的力气，使足了劲道，"可是愈是如浮云不可掌握，我愈要掌握，当我成了呼风唤雨之人时，还怕什么朝来暮散呢？"

我微微含笑："好好的，妹妹怎么生了这些感触？妹妹已是无上荣光了。"

"是么？"她凤眼中艳光轻漾，似笑非笑看着我，"只要淑妃有心，便不会挡住我的荣光了。"

我假作不知："各人有各人的路，我不会阻拦妹妹的。"

她轻笑一声："但愿如此。"忽然停一停，"润儿还好么？"

我惊异于她突然对予润的关心，却也含笑答道："一切都好，妹妹放心。"

蕴蓉 壹壹

春风拂栏时际，传太后口谕："赏庄敏夫人协理六宫之权，以安后宫。"又嘱咐，"庄敏年轻，凡事要多遵循淑妃的意思，淑妃亦要让庄敏多历练历练。"

我收起太后懿旨，倦倚美人靠上，轻轻叹了一口气，品儿十分不解，问道："太后这话好费解，既说要庄敏夫人听娘娘的，又有叫娘娘多放权于庄敏夫人的意思，到底怎么说呢？"

槿汐苦笑道："太后亲自下旨定了人协理六宫，除了朱宜修为贵妃时，便是庄敏夫人了。"她停一停，低声道，"燕禧殿那边，此刻热闹得很，宫中除了端贵妃和贞妃，人人都去贺喜了呢，连德妃娘娘也却不过情面。"

"也难怪人心跟红顶白，朱宜修得太后眷顾而成继后，现在后位不稳，太后又病重，为着怕朱家在后宫权势旁落，显然对蕴蓉青睐有加，难保她不成为下一任皇后，她又是那样的脾气，宫中谁敢不趋奉？"我低头看着手指上寸许长的指甲，因没有涂染蔻丹，指甲只是淡淡的粉红色，偶尔流光一转，便有浅浅的珠色光晕泛起，“端贵妃位分最尊，不去道贺也就罢了，怎的贞妃也没有去？”

槿汐忙道：“贞妃产后身子虚，不太起得来，她素性又不太与人来往，与燕禧殿交情更不深，所以只赠了一份贺礼，未曾亲自前去。”

品儿忙插嘴道：“为了这个事儿，庄敏夫人不乐意了。她也没在人前生气，只道贞妃身子虚弱要安心养着，这两个月不宜再侍奉皇上了，便叫人摘了贞妃的绿头牌，两个月不许侍寝。”她吐了吐舌头道，“新官上任三把火，庄敏夫人这火可烧得够大的，也不知皇上生不生气？”

我瞥她一眼：“不许胡说。”不觉又叹，“皇上一向对贞妃不太上心，想必也无异议。”

品儿忙掩了掩口，不敢作声。

我叮嘱槿汐与小允子道：“如今燕禧殿得势，你们万万不要上去与那边争锋芒，凡事能避多远，就避多远，实在避不开，就一定要让着，万不能有一句驳回的话，更不能露半分不满的神色。上上下下都嘱咐到了，绝不可出差错。”

小允子忙答应了，觑着我的神色道：“话说回来，燕禧殿再如何，也不能与咱们柔仪殿相比，连太后也说了，要那边听娘娘的……”他见我只是寂寂无声，再不敢说下去。

我望着窗外，花树葱茏，随风幻动，乱影无数，心下坠坠，我一字一字清晰道：“谨记一句话，只要碰到与燕禧殿相关之事，必得忍耐退让。”

槿汐轻声劝慰我道：“娘娘不必烦心。”

我浅浅牵起唇角，露出一抹淡淡笑意：“我不烦心，咱们安静一阵子，也好让我学学太后的权谋。”

槿汐安静微笑，颔首不语。

胡蕴蓉正得玄凌盛宠，又得太后爱护，连我也在人前人后十分谦恭，一时间，她风头无两，在紫奥城呼风唤雨，十分得意。

傍晚时分，我正在窗下对着余晖整理一束狐尾百合。槿汐进来道：

“庄敏夫人吩咐了内务府，说前方与赫赫有战事，为节省开支，要将柔仪殿和空翠殿上下月例各削去半数，娘娘的削去三分之二，唯有四殿下的月例不少半分。”

我点点头：“如今她要立威，我是首当其冲，削我的月例是意料之中，委屈了你们的，我会另补给你们，当着人前不必委屈。倒是贞妃，一则她生有皇子，二则怕也是上回的事，胡蕴蓉心里还未放下。”

槿汐垂着手道：“奴婢倒不是在意这个，只是心里揣度着，既然柔仪殿上下都削了月例，为何独独留着四殿下那一份？”

我伸手挥开指尖沾染的花粉，道：“眉姐姐曾经对她有恩，她顾念情分，是该对润儿另眼相待些。”槿汐嘴唇微微一动，似有犹疑，我道，“你想到什么，说就是。”

槿汐沉吟道：“奴婢也只是揣测，庄敏夫人肯定知道自己已不能生育，她若想登后位，家世与权势都胜过娘娘，唯独一桩，在子嗣上是万万不能与娘娘相比的。但是朱氏曾抚养皇长子为养子……”

“你觉得胡蕴蓉会效法朱宜修？”

“皇长子也年长成婚，名义上终究还是朱氏的养子，二殿下与三殿下的生母都在，唯有四殿下……”她看着我，不再说下去。

我了然，随手掬起一握清水洒在花瓣上，沉声道：“润儿是眉姐姐唯一一点骨血，我绝不会让他成了别人登上后位的棋子，更不会让他任人摆布。”

夏日时分，午后玉帘轻卷，窗内只有滴漏寂寞的响声慢慢晕染着时光。

说起回到朝中后种种琐事，哥哥道：“皇上说起与赫赫又起战事，想让我督边，我也想……”

“哥哥，如今咱们不要兵权，连沾染也不要沾染一分，先前的教训断断不能忘了。”我的手指叩在桌上“嗒嗒”作响，清晰的声音似我此时分明的思绪，“皇上多么忌讳手握兵权的人，咱们这些吃足了亏的人最明白不过。所以，远离兵权，多与风雅之士来往吧。”

哥哥微微疑惑：“与风雅之士来往？我原本是不擅长此道的。”

窗外风荷正举，唯有蜻蜓栖息荷蕊之上，似在感知夏日炎炎中一抹难言的风露清愁。我淡然微笑：“不擅长又有什么要紧，哥哥只请往细处想去。”

哥哥本就聪明，这几年来大起大落，饱受苦楚，越发通达明练，稍稍一想，便明白了。

本朝向来重文。玄凌明里不说，但自汝南王起，又经甄氏一族的变故，多少明眼人明白，皇帝是多么忌讳武将了。朝中重文轻武的风气日甚一日，文人士子来往唱和，一则避了皇帝的猜疑和防范；二则文人手执笔墨，代表了天下言论所向。

我对哥哥说：“哥哥向来好武，那是极好的。只是文武兼修就更好了。再者说，与士子们一同唱吟把酒，结社作文，再有修编文史出集子的，那就再好不过了，也容易。只需哥哥出个由头，把才子们聚起来就好了，这是再风雅不过的事了。”我抿嘴一笑，“哥哥迟早要再娶，多些风雅也是好的。”

哥哥的目光倏然黯淡了下去，似乎望着遥远的天际出神。良久，静静道：“若茜桃还在，不晓得她会不会喜欢？”

哥哥的话，几乎在瞬间击中了我，我的心思遽然飞出老远，恍惚地想起，玄凌喜欢什么东西什么事物的时候，我也常常想着，清他会不会喜欢？

心思晃荡得更远些，再远些，几乎连自己也要羁绊不住了。若我做了什么事，玄凌是不是也会想：这件事，宛宛会不会喜欢？

心底深处隆隆地响着，泛出一丝又一丝钻心的酸楚来，无孔不入地又钻进心里去，像一条条小蛇一样，咝咝地抽着冰凉的芯子，肆虐在心里。原来我们，都是这样的可怜人，这样可怜！

槿汐看我愣愣出神，哥哥也是默默，这样相对无言坐着，各怀心事不已。忙招呼小宫女换了新茶上来，含笑送到我手中，道："方才那茶凉了，才换了新的，娘娘和公子趁热喝一口吧。"

茶水滚热的温度透过薄薄的玉胎传上我冰凉的指间，有些麻麻的刺痛，痛意不甚，只觉得痒。

我缓缓喝一口茶，知道槿汐是在提醒我，于是勉强压制下摇曳的心神，轻声细语道："哥哥没想过再娶么？致宁早夭，甄家的香火也就断了。"

哥哥神色一凝，转神回来，道："不必了。我这一世，辜负了陵容和佳仪，也没有对茜桃很好很好。至于香火一事，我也不是那样无知执着的人，这一世，我总不会再娶了。"

我的纯金嵌珊瑚护甲映着手中雪白的刚玉杯，溅开无数细碎耀目的金红光点，我下意识地转过头去，声音渐渐沉痛下去："我知道哥哥是伤心与嫂嫂的夫妻之情，嫂嫂又为哥哥吃了这许多苦楚，最后连自己的性命也保不住。咱们苟延残喘下来的人，不能不为她报仇——还有哥哥襁褓中的亲儿子致远，他还是个孩子，他什么也不懂。他们竟也能下得去手？"我见哥哥眼中大起悲痛之意，也不敢再说下去，又道，"如今，哥哥的心思，总是哥哥自己定吧。"

哥哥微微颔首，只是惘然地沉静着，窗外花叶的影子疏疏地落在他身上，似一幅淡淡的水墨山水图，映得哥哥的身影也是这样暗沉沉的。

良久，哥哥的目光定定地落在我身上，意味深长："你这次回宫，仿佛多了许多的心事了。"

我见哥哥目光如炬，关怀之意颇浓，强笑道："人长大了，心事总是多些。何况是三个孩子的母亲了，还如未出阁的少女般懵懂无知么？"

哥哥目光怜惜，轻轻道："你出宫又入宫，地位本就尴尬，幸而皇上比从前更宠爱你，又有了皇子，才能在这后宫中立稳了脚。只是位愈高，宠愈多，就更加如履薄冰——多少人对你虎视眈眈呢，你再也不是从前人人都能保护你的甄门千金了。"

我心下安慰，笑道："哥哥不用担心我。从前在家中事事都由哥哥为我担当着，如今我能和哥哥一同进退担当了。我一定好好的，不叫哥哥担心。”

皇后被禁，形同废入冷宫。虽无废后的旨意下来，然而太后日渐垂危，人人都心知肚明，一旦山陵崩[①]，皇后便会被废除后位，迁出紫奥城别居。中宫之位动摇，嫔妃间一时流言纷乱，蠢蠢欲动。虽然明面上尚未见后宫有什么举动，可是关于隆庆帝废后的旧事倒是在宫中愈传愈烈，一时间甚嚣尘上。

这一日，德妃在我宫里闲坐，一壁看着端贵妃调校烧槽琵琶的弦，一壁闲闲道：“这几日，宫中常说起一些旧事，昔年先帝独宠舒贵妃，冷落六宫，废后夏氏因妒生恨，在舒贵妃日常饮用的红枣蜜中下了鹤顶红，事败后被昭宪太后袒护着才算掩饰了过去。后来废后又意图谋害当今皇上和尚在幼龄的六王，故意趁皇上带着六王玩耍时弄松了两人常攀玩的地方的石头，想借皇上之手摔死六王，一箭双雕。先帝忍无可忍，不顾昭宪太后养育之恩，终究还是废了夏氏，迁出紫奥城别居。三月后，废后幽愤难抑，坠井而死。”德妃淡淡一笑，拨弄着指上内务府新贡的一套通水玉琉璃护甲，“其实论起狠毒，废后哪里及朱宜修万一？如今太后还能袒护着她，一旦太后驾崩，她这后位非废不可。”

端贵妃抱着琵琶坐在莲台畔，手指校着弦丝，徐徐落下散乱如珠的音符。她闻言连头也不抬，一如既往地神色和静：“后位不废就罢，一旦废后，后宫也要跟着大乱。你看眼前就知，多少人在暗地里谋算着了。”

德妃笑吟吟道：“端贵妃姐姐是最看得开的人。我也罢了，终究是上不得台盘的人，不必跟着乱。其实话说回来，有什么好乱的？论资历、论位分、论皇嗣，淑妃妹妹一枝独秀。”

端贵妃校好弦，淡淡笼烟眉扬起：“咱们倒是想不乱，可内乱一起，

① 山陵崩：对太后或帝后薨逝较为婉转的说法。

哪里还有我们明哲保身的份儿？暗潮汹涌，难免不被弄潮其中。”说罢看我一眼，微微叹息，“正是因为淑妃一枝独秀，所以更易在风口浪尖被拍打了。”

端贵妃望着远远的天际，漫不经心道：“人有权势难免得意，一旦得意便会骄纵，骄纵便失了分寸，最易让皇上生气。”

我淡淡一笑，拿着一支玉搔头拨着耳垂：“咱们的皇上是什么性子？生气也未必即刻说出来，何况又是平日最喜欢的表妹。”

桐荫寂寂，蝉声起落。我掬起莲台下一握清水，道：“宫中近日流言甚多，不要说先帝废后的故事，连我昔日离宫修行之事亦被人拿来说三道四。”

原本隐隐作痛的太阳穴愈加酸胀发涩，突突地激烈跳着，仿佛有什么东西要涌出来一样。不论玄凌如何宠爱我，但出宫修行的尴尬依旧是无可争辩的事实。纵使玄凌一笔勾销，且要为我尽力掩饰弥补，可是当年是他亲自下的旨意，时时总会有人翻出来做一番文章。而皇后被幽禁之后，六宫无主，虽然名义上由我执掌后宫，然而有份登上后位的宫中妃嫔，实实不止我一个。在她们眼中，我何尝不是眼中钉、肉中刺！

德妃沉默片刻：“宫中哪一日没有流言？妹妹不必介怀。”

端贵妃轻拢慢拨，流落琴音婉转：“这才是开始呢。”她停一停道，“我已经听见外头的议论，说你不适宜养育皇子，要接了四殿下去旁人那里养着。”

我心中猛地一紧，德妃警觉道：“谁有这样的话出来？”

端贵妃言简意赅：“没有子嗣而登后位，不能叫人服气。”

“气服心不服，又能奈何！”

端贵妃不再说话，只静静地垂首拨着琴弦。栏杆十二曲，垂手明如玉。如斯宁静午后，倦意沉沉，在琴音中缓缓消磨过去了。

于此，宫中关于我离宫修行的流言日日甚嚣尘上，渐渐传得离谱。起初不过是说我性情孤傲，于圣驾前放肆嚣张，被废离宫；渐渐言及我当日离宫是因害死华妃、逼疯恬嫔之事败露；更有甚者，议论起我离宫后如何狐媚惑主，设计勾引皇帝再度回宫。因有鹂妃媚药惑主之事，也被移花接木到我头上，也有说我用五石散迷惑圣心，更甚的是，说我特意安排了与我容貌相仿的傅如吟入宫。

平常总有两三言语漏入我的耳中，我啼笑皆非之余，只是置之不理，依旧专心料理宫中事务，日夜操心，只比素日更多了几分用心。

连着几日劳累，这日晨起梳妆，我便不免有几声咳嗽。自己还未在意，玄凌倒先察觉，披了一件外裳在我肩上。我见镜中自己颜色不好，更着意添了一层胭脂，勉强笑道："臣妾总当自己还年轻，原来这般禁不起劳累。"

玄凌亲手递了杯茶给我，顺手加上几朵清肺去火的杭白菊。他见我喝了几口，又为我化开茉莉花蕾胭脂，轻轻拍在双颊。甜香馥郁中，只闻得他道："你这样憔悴，哪里是劳累？分明是劳心过甚。"

我避开他的殷殷目光："臣妾有皇上眷顾，怎会劳心？"

"外头流言蜚语甚嚣尘上，别说是你日日在后宫，连朕在前朝亦有所耳闻。昨夜，朕听得你翻来覆去，大半夜没有睡好，必定也是为此事烦扰。"他停一停，伸手轻轻抚着我如云堆垂的发，"那些话，实在是过分，你自是没有谋害华妃与恬嫔，怎的连如吟与安氏的事也算在你头上？"他语底隐隐有怒气，"朕早就说过不许宫中再提你修行之事，如今还敢议论，朕就是瞧她们闲得过分了！"

我勉力微笑，伏在他胸前："清者自清，臣妾无须为此辩白，否则越描越黑，更叫她们闲话了。"我语意愈加低柔，"臣妾只是害怕，涵儿和润儿快懂事了，这些话叫他们听在耳朵里，臣妾这个做母亲的实在不知该如何自处。"

玄凌好意抚慰："朕知你为难，又不愿朕为你烦恼，宁可自己心里煎熬。你放心，这事朕自会为你安置好。"

我低低一笑，不胜婉转："终究还是要皇上为臣妾操心了。"

于是这一日嫔妃们来柔仪殿请安，玄凌已早早下了朝陪我坐着。因着朝政繁忙，众人已半月多不见玄凌了，今日不意见他在，不免有些意外惊喜，更兼玄凌抱了予涵与予润在膝，含笑逗弄，愈加笑逐颜开迎上来凑趣。玄凌也不道烦，一一笑着应付了，问了嫔妃们的日常起居，天凉时是否咳嗽，天热时要吃降火温和的食材，变天时添衣减衫。我兀自含笑与端贵妃说话，耳里落进他的温情言语，亦感叹他用心时可如此周到妥帖，叫一众女子为他面红心暖。

待到众人到齐，他愈加和颜悦色："今日晨起，听见淑妃咳嗽了两声，朕心里便不大安乐。淑妃素来为宫中琐事操劳，十分劳累，如果在座嫔妃未能帮衬淑妃，还要叫她添一丝烦恼，便是叫朕心里更不安乐。"他一手抱着一个皇子，"如今三皇子和四皇子逐渐大了，别叫他们听见旁人议论自己的母妃。孩子的耳朵干净，听不得这些，朕也不许他们听见这些。说起来朕的爱妃都出自名门，素习礼教，想来口中是不会有什么秽语流言，庸人自扰的。是不是？"

他容颜端方，嘴角凝着缱绻温和的笑，一双眼却明如寒星，真的叫人望之而生寒意。众人无不凛然，唯唯诺诺允了，思量着话中的深意。他再次以目光逡巡，却蹙了眉："怎么蕴蓉还没来？"

众人面面相觑，一时不敢答话。我含笑坐着，只作不觉，耳边隐隐响起槿汐昨夜的话："朱氏被囚，中宫无主。只怕鏖战即起，娘娘不能不当心。"她又道，"娘娘自然是临位四妃，生育了皇子和两位帝姬，又最得皇上钟爱。然而放眼六宫，并非娘娘一枝独秀，能与娘娘争夺后位者，端贵妃和德妃自然最具资历；贞妃生育了二殿下，自然也不可小觑。只是这几位都不如那一位……"她遥遥望向燕禧殿方向，"那一位是太后的近亲，出身贵戚不说……"她微一沉吟，"娘娘可还记得她出生的传闻，仿钩弋夫人故事，手握书'万世永昌'四字的玉璧。只怕她夺位之意，早在入宫前便有了。"

既然有"万世永昌"的玉璧，她又何必屈膝于我？何况，她一向是自恃尊贵的。

叶澜依轻轻摇着罗扇，望着窗外流云轻浅："庄敏夫人身份尊贵，自然无须随众到来，自降身份。"

玄凌不假辞色，只看着端贵妃："朕记得月宾你是虎贲将军之女。开国太祖为报齐氏浴血沙场之功，特为你祖父画像设于武英阁。"

端贵妃敛衣起身，肃然正色道："臣妾虽出身将门，也知规矩。即便列位淑妃之前，但淑妃协理后宫，臣妾并非只尊重淑妃，更是谨记宫规教诲。"

玄凌颔首，忽而淡淡一笑："朕这位表妹，的确是任性有趣呢！"

此事之后，宫中如沸物议即刻变得风平浪静，嫔妃相见时，诸人亦愈加恭谨。众人本因玄凌那日的话，对胡蕴蓉生了几分敬而远之；然而我与蕴蓉见面时，常常是我更谦和许多，连去服侍病中的太后时，亦是她坐上座指挥东西的时候多，我反而在次座为太后端茶递药——自然，病得昏昏沉沉的太后是不知的，反而是落了宫人们的闲话："淑妃与夫人独处时，反而庄敏夫人像位高者，淑妃娘娘倒像是寻常宫嫔了。自然，庄敏夫人是气度高华的，大约也是贵戚出身的缘故。"

那一日玄凌对自己的评价，胡蕴蓉也不过一笑了之，一同伺候在太后病床前时，还向我笑言："原是我的不是，表哥还道我'有趣'，倒叫我不好见淑妃了。"

我含笑看她："哪里话，皇上偏疼妹妹是应该的。妹妹原是可人疼，我也不忍叫妹妹十分拘泥于规矩。"

她嫣然一笑，曳动鬓间金光闪耀的一支硕大五凤金镶玉步摇："为了太后的玉体，我急得好几夜没合眼了，到天亮才能眠一眠，难免晨起请安晚些，淑妃别见怪才好。"她掩口轻笑，"何况表哥金口玉言道我'任性有趣'，我倒不敢不奉旨任性了。"

也不过是几句笑语罢了，待得另几拨服侍的嫔妃来，她又是人前高贵矜持的庄敏夫人了。

品儿闻言不由得气结，私下向我抱怨道："即便皇上说她有趣，难道那任性不是指责她的话么？她怎么还能这样笑得出来？"

我失笑："为何不能？以她的脾气如何肯低头服软？何况皇上说什么虽要紧，但宫中风向所指亦要紧。这个时候跌了面子，她还如何坐得上皇后宝座？坐上之后又如何服众呢？"

品儿撇嘴："她便以为自己当定了这个皇后么？"

"论家世门阀，论与皇家亲疏，的确再无能出其右者。"

品儿不服气："可论子嗣、论位分，再无人能与娘娘比肩。"

我一笑："你这样想，她何尝不是？"已是近午时分，我四下一看不见润儿踪影，忙问道，"润儿呢？"

小允子听见动静，忙打了帘子进来道："早起时，娘娘去太后处请安，燕禧殿的琼脂姑姑请了四殿下去吃点心了。"他抬头看看日色，"看这时辰，按理也该送回来了。"

我默然片刻："燕禧殿最近很爱来接润儿过去么？"我停一停，吩咐道，"四殿下年幼，以后无论去哪位娘娘宫里玩耍，记得都得你亲自往来接送。"

小允子忙答应着下去了。

我心下明了，无论我肯与不肯，后位一日未定，我与胡蕴蓉便似被逼上一山的二虎，迟早不免恶斗一场。

壹贰 莫愁

数日后，太后病势越发沉重，太医院一众太医守候在颐宁宫内，半步也分不开身。玄凌为尽孝道，除了处理政务之外，总有大半日伺候在太后榻前。如此连续七八日，玄凌也乏得很，每日只歇在我与德妃处。我忙碌宫中事务之外，更要安慰玄凌，为他宽心。

这一日天气尚好，晨风拂来一脉荷香清馨，推窗看去，莲台下风荷亭亭，如满池大朵大朵粉白的云彩。我在妆台前梳妆，一时不觉看住，回眸的瞬间，晨光熹微的时分，恍惚见得是玄清立于我身后，一手抚在我肩上，细赏花开，静候时光翩然。

心中蓦然一软，数年来纷争算计不断的心，便如一卷澄心堂纸软软舒展开，被饱蘸了色彩的柔软的笔触一朵朵画上莲香盈然。

良久的静谧，仿佛还是在凌云峰的时光，岁月静好。坐得久了，膝上微微发酸，我不敢转身，亦不忍去看，生怕一动便失去这一切，只觉得有这样一刻，也是毕生再难求得的温存。

他温然道："嬛嬛，眼下事情太多，朕在你这里才能缓一口气，舒心片刻。"

那声音，像是谁在清晨梦寐的混沌间敲起刺耳的金锣，一瞬间触破了我的美梦。我心底默默叹息了一声，带着还未散尽的温柔心肠，伸手握住他的手："这些日子皇上辛苦了。"

他感念于我这般亲密的体贴，低首吻一吻我的手心。他的气息靠得那样近，带着龙涎香清苦的气味，与他身上的杜若气味截然不同。我不自觉地屏住呼吸，克制着自己不别过头去。

我见玄凌仿佛有些兴致，便提议道："莲台荷花虽美，终究不及太液池极目远望之美，不如臣妾陪皇上同游太液吧。"

玄凌牵着我的手一路行去，游廊曲桥曲折还复，廊下养着数十只红嘴相思鸟。那鸟原是安鹂容所养，如今人虽不在了，鸟却依旧活得好好的，啁啾啼啭，交颈缠绵，好不可人。初夏的浓烈在华光流丽的皇宫中愈显炫目，被水波荡涤后的温馨花香更易让人沉醉。

走得远了，我与他在沉香亭中坐下。这时节，牡丹尽已凋谢，亭畔有应季的蔷薇次第嫣然。看惯了牡丹的雍容天香，这蔷薇却有一份小家碧玉的随和，也是动人的。玄凌道："才至夏初，太液池莲花不多，反不如这蔷薇开得蓬勃。"

我含笑远望："沉香亭中远望可观太液胜景，近观可见蔷薇开，倒是极好的所在。"

玄凌很是惬意的样子，颔首道："此刻若有清歌一曲就更好。"他想一想，"叫滟嫔来，也不必叫乐师跟着，由她清清净净唱一段就好。"

如此良日，云牙檀板轻敲，悠扬之曲娓娓漫出，玄凌端坐着，手里擎一盏青梅子汤，轻轻合着拍子拊掌，淡淡花香只把闲怀来散。

滟嫔的嗓子极清爽，到了尾音处往往带些懒音，慵懒的，无心的，反而风情万种，恰如她这个人一样。她手执轻罗小扇，着一色袅袅淡淡的青萝色落梅瓣的长裙，漫不经心地唱着一曲《庭中有奇树》：

“庭中有奇树，绿叶发华滋。攀条折其荣，将以遗所思。馨香盈怀袖，路远莫致之。此物何足贵，但感别经时。”

那样清雅的歌曲，轻烟薄雾一样弥漫整个庭院，丝竹亦成了多余的点缀。金黄而又透明的日光洒在丛丛花树间，分明只添了些许轻愁似的迷蒙。

唱得久了，滟嫔停下来歇息，玄凌犹自沉醉在歌声中不能自醒，直到德妃和胧月的出现。

请安过后，玄凌赐她们坐下。养在深宫内苑，胧月仿若一颗熠熠明珠，愈见光华。帝姬之中，淑和最长，所以沉稳端容，最有天家帝姬的风范；温宜沉静安宁，似一块深翠玉璧；胧月与和睦最得玄凌疼爱，是大周上林苑中开得最美的一双玫瑰。比之和睦的骄矜华贵，胧月自小不在我身边，更多了一分机警俏皮，知道如何讨父皇欢心。今日她着了一身乳白洒桃红底子长衣，玫色镶金抹裙上是雪白盈润珍珠织成的月季花，瑰紫衬裙外系着郁金花笼裙，用金线满满堆成鲜花艳鸟，愈加显得她肤白胜雪，华美轻艳，活脱脱一个小大人模样。

我爱惜地挽过胧月的手：“这个时候，是和你德母妃去向太后娘娘请安么？”

胧月安静答：“是。”又道，“女儿见皇祖母昏迷难醒，心里一直不安，打算先不回宫，与德母妃同去通明殿为皇祖母祝祷祈福。”

玄凌大有赞叹之意：“胧月的确是帝姬中最懂事的。”我仔细看着胧月，发现胧月双眼微红，似是委屈的模样，神情也恹恹的，不似平时一般活泼，不觉以疑惑的目光探询德妃神色，德妃却似有为难情境，只低了头，安慰似的拍了拍胧月的肩膀。

这一来，连滟嫔也察觉了，便问：“胧月帝姬似乎不高兴？”

胧月眼波一黯，已带了一丝哭腔，依依道：“没有。”

玄凌颇为诧异，把胧月揽到怀里哄了半天，再三追问德妃，德妃却是欲言又止。滟嫔也不追问，只是看着含珠手里的一大盒绣球绒布玩偶和几个小风车，便道：“这样精致的玩意儿，是内务府新给帝姬做的么？”

含珠忙应答：“是呢。这样好的玩意儿，帝姬自己还舍不得玩，都分好了，给几位小皇子小帝姬送去。可是……”

我不经意地道：“可是什么？”

含珠不敢再说，澔嫔往她们来的方向一瞟，已然会意：“可送去给和睦帝姬了么？本宫记得和睦帝姬喜欢这些精致玩意儿。自然了，燕禧殿最不缺的就是这些。”

胧月终于忍不住，抽了抽鼻子道：“就是因为不缺，所以敏母妃根本不许女儿进她的殿中看望和睦妹妹，更不许女儿将东西送进去。”

德妃见玄凌震惊，露出十分赧然之色，愧道：“许是内务府的东西做得不好，连看门的嬷嬷宫女都看不上，说燕禧殿多的是，不劳胧月送进去了。”

玄凌神色一黯，斥道：“宫人仆婢，最下等奸猾不过，欺上瞒下，连帝姬也敢欺辱。”他和言哄道：“不过这样的事，你敏母妃未必知道，等父皇好好去惩治他们就是。”

胧月愈加委屈，终于按捺不住性子道：“本来女儿只是想见和睦妹妹与敏母妃，想着宫人不懂事，也忍气不和他们计较。”

德妃颔首赞许：“胧月做得对，哪有帝姬和宫人奴才拌嘴的？没得失了自己的身份。”

胧月忍了忍泪，委婉陈述：“燕禧殿的侍女回禀说，敏母妃已去皇祖母处侍疾了。其实敏母妃并未去侍疾，因为皇祖母处的宫人说，敏母妃此前才离去不久。其实女儿隔着宫墙还听见敏母妃与和睦妹妹逗笑的声音，但是敏母妃根本未让女儿入燕禧殿请安。”胧月眼中泪光一闪，凄楚地问，“父皇，就因为女儿从小不曾养在母妃身边，所以敏母妃这般瞧不起女儿么？”

我闻言不觉黯然，取过绢子轻轻拭泪：“皇上，终究是臣妾不好，连累了胧月受人轻视。”

玄凌握一握我的手，柔声道："不干你的事，你别多心。"

滟嫔轻哼一声，道："庄敏夫人一向自诩为皇家亲眷，目中无人也惯了，只是如今更托大，连帝姬也不放在眼里罢了。"

玄凌脸上肌肉微微一搐，已然动怒，德妃连忙欠身道："都是臣妾无用，虽然陪着胧月，但庄敏夫人也不肯给臣妾这分薄面。不过幸好胧月懂事，虽然委屈，但是当时未曾哭出来，不然更是难堪了。"

玄凌神情微冷，旋即带了笑色："胧月懂得克制，是朕的乖女儿。"他吩咐李长："去把南诏进贡的赤荔枝手钏赏给胧月帝姬。"

我抱过胧月让她在身边坐下，笑吟吟道："这赤荔枝手钏是南诏的贡品，手钏是赤金绞丝也便罢了，那上面用红宝石雕琢成三颗并蒂荔枝模样，晶莹剔透。前几日你淑和姐姐喜欢，你父皇也没赏下，可见看重你懂事了。"

玄凌亲手把手钏戴上胧月手腕，道："你德母妃善烹茶，今日宫中新到了上好的'青凤髓'，正好坐下来，让她烹茶，也当安慰咱们胧月。"

二人一同谢过，滟嫔择了清淡悦耳的曲子缓缓唱着，胧月平缓了神气，越发多了几分小大人的样子。

"香炷龙涎，茶烹凤髓。青凤髓之难得堪比圣上所用的龙涎香，是极名贵的茶品。"德妃以缠臂金揽起宽大的衣袖，煎水，执杯，洗盏，碾茶，点碗，又以一枚纯银茶筅疾疾搅动，"《茶经》云：煎茶有备器、选水、取火、候汤、习茶五环，其中候汤最为要紧。煎好的茶汤重浊凝其下，精华浮其上，所以宜趁热连饮，茶一旦冷了，则精英随气而竭，沦为凡品了。"

已而水脚渐露，清香盈然。德妃将煎好的茶汤一一倒入盏中，我轻轻品了一口，赞道："好香！茶汤青碧明澈，比臣妾素日所饮的花茶好许多呢。"

玄凌细品片刻，道："好茶贵在味醇，宫中虽也常用梅花、茉莉等花煎茶，能增花香，添清韵，然则那只能用在普通茶叶上。好茶有真香，入盏便馨香四达、沁人心脾。若加了别物，便损茶原味，反而不美。"他停一停，“绾绾，恰如宫中，聪慧端庄如好茶，自然馨香动天下，若有人多了心眼是非，便似多加了别物的茶，折损了原味，反而沦为浊物了。这个，你要谨记。所以，别理会那些浊物就是。”

胧月眉心一动，微笑答了“是”。语罢，众人言笑晏晏，论起茶道，倒是一派天家和睦的景象。

远处，有丝竹管弦的绮靡之声，在风中徐徐萦漫。起初隔得远，只是一丝半缕传入耳际，渐渐是完整的曲子，隔着太液清波，花树葱茏，听得一行女乐清声细细，丝竹婉转，反反复复只唱着一首曲子：

“河中之水向东流，洛阳女儿名莫愁。莫愁十三能织绮，十四采桑南陌头。十五嫁为卢家妇，十六生儿字阿侯。卢家兰室桂为梁，中有郁金苏合香。头上金钗十二行，足下丝履五文章。珊瑚挂镜烂生光，平头奴子提履箱。人生富贵何所望，恨不嫁与东家王。”

玄凌侧耳听了片刻，道：“是谁在听曲？咱们也去瞧瞧。”

于是一众随行，循声而去。越往燕禧殿方向声音越近，我终于停住脚步不愿再走：“皇上，请容臣妾先告退。”

玄凌望住我微微发白的面色，关切道：“身子不舒服么？可要召太医来？”

我匆匆摇头：“请容许臣妾先告退。”

燕禧殿华丽的大门已在百步之外，玄凌道：“你不愿见蕴蓉？她虽小家子脾性……”

“皇上，燕禧殿传来的这首曲子叫《莫愁歌》。”叶澜依冷冷出声。

“是。”德妃看着玄凌的神色，“这首曲子是梁武帝萧衍所作的《莫愁歌》，唱的是一位叫莫愁的女子。燕禧殿反反复复只唱这曲子……”

胧月有些吃惊，握住她的手讶异道：“德母妃，我怎的听不出来？”

“这首歌是歌姬用吴音所唱，胧月你与皇上生长在京都，所以听不出来。臣妾幼时在吴越之地居住，所以能听得明白。宫中妃嫔多吴越人氏，想来是能听懂的。皇上若不信，大可问她们。”

玄凌利落挥手，打断她的话："不要再说了。"

丝竹盈耳，歌台暖响，都抵不过我此刻苍白的面色。燕禧殿中那些美丽动人的歌姬，将一丝丝危险与杀机调和成动听的炫耀与精美的享乐。

玄凌静静地伫立着，听着百步开外的乐声优雅而温柔地重复着，重复着，歌颂着一个女子美好的一生，却也是被断送了的一生。他平静地问李长："朕已命令宫中不许再提淑妃出宫旧事，是不是？"

"是！"李长恭声答。

"胡氏好大的胆子！"

"她爱听便听吧。前尘往事，放不下的人是臣妾。"我泪流满面，"皇上，不要责怪蕴蓉，终究是臣妾当年的错失。"

他拥我入怀，用他象征天子的金色覆盖我的冰凉："谁的错皆已不重要，重要的是谁也不能无视天子权威。朕的话，是一言九鼎。"

"李长，"他平视金碧辉煌的燕禧殿，"传旨六宫，太后垂危，庄敏夫人胡氏对上不思尽孝，对下不恤子女，着降为正二品妃，无旨不得见朕。"

我死死拉住玄凌衣襟，求道："皇上，不能在此时惩处蕴蓉了。太后病重，皇后已被禁足，蕴蓉好歹也是皇室亲族、太后素日钟爱之人。若此时惩治她，太后知道了心里必定不痛快。皇上不能不防着后宫人心动乱。"

玄凌微微屏息，似在平息着胸口暗涌的怒气。胧月亦懂事地劝："父皇，即便敏母妃再不好，父皇也不要动气伤了身子，一切等皇祖母大安后再说吧。"

玄凌拥着我起身，默然望向燕禧殿，眸色沉静。

壹叁 胡風入漢關

时光潺湲而去，到了仲夏时分，蝉鸣鼓噪，天气越来越燥热，玄凌的脾气亦见长，前两日为了些许小事，斥责了随侍的汪芬仪与穆良媛，连性子最温厚的欣妃亦被呵斥了几句，后宫不免人心惶惶。

李长在我面前诉苦时，刚因茶水稍热而被玄凌将茶水都泼在了身上。伴随圣驾数十年，李长大约也是头一回受这样的委屈，我只得好言抚慰。

蝉鸣一声接着一声，仿佛要刺破人的耳膜，品儿轻轻打着扇子，我心口烦恶，起身往后堂去午睡，吩咐道："用粘竿将那些蝉都粘走，仪元殿前也是。"

如何可以不烦忧呢？

暮春时，赫赫的摩格可汗趁着万木复苏、水草肥美之时，自恃粮草充足，率二十万铁蹄自都城藏京直逼距上京只有八十里的雁鸣关。

落铁山是赫赫与大周北疆临界之地，而雁鸣关恰如一道铁锁屏障，一旦被赫赫冲破，旧都上京便如铁齿被断，连如今的京都中京亦会暴露在赫赫骁勇铁蹄之下。

如今赫赫摩格可汗乃英格之子，一向野心勃勃。这些年来，厉兵秣马，不断吞并赫赫周遭的一些弱小部落，壮大自身。而玄凌这些年一直把精力放在西南战事上，力图收复疆土，后又为平定汝南王费了不少精力，难免对赫赫有所放松。因而赫赫大军率狼烟南下之时，雁鸣关将士不由得乱了手脚，抵抗不及。好容易勉强守住了雁鸣关，玄凌一怒之下派大周十五万大军远攻赫赫都城藏京，然而大周将士生长于富庶锦绣之地，不惯沙漠苦热，加之今年天气炎热难当，士兵中暑昏厥之人不少，尚未开战，便已节节败退。

玄凌气急交加，不由得大叹："军中无可用之人，若是齐不迟尚在有多好！"

可惜齐不迟只有一个！大周多年来崇文薄武，朝中将才凋零，已是无可挽回之事。

国势危急，连太后亦跟着忧惧交加，再度牵动沉疴，终于在五月二十七那日崩于颐宁宫西殿，驾鹤仙去。

举国哀痛，太后送入梓宫那一日，孙姑姑触柱而亡，陪着太后一同去了。

玄凌痛不欲生，极尽孝道，为太后上谥号"昭成"，全号为"昭成孝肃和睿徽仁裕圣皇后"。先帝废皇后夏氏之后并未再立后，最后唯有昭成太后相伴同葬"献陵"。又命大臣隆重治丧，自己则着重服为太后戴孝，并辍朝一月不御正殿。

内忧外患，玄凌难免肝火旺盛。

丧仪之后，玄凌整个人瘦了一圈，嘴唇也因旺盛的内火干裂而焦灼。我不免心焦，端着煎了一早晨的莲心薄荷汤往仪元殿送去。

案头奏折堆积如山，玄凌坐在蟠龙雕花大椅上，北窗下凉风带着树叶草木的清新，自他面上拂过，那种郁结之气便如山雨欲来时的重重乌云凝在了他的眉心，久久不肯散去。

他的声音无限疲倦与疏懒，连眼皮亦懒得抬，随口道：“你来了。”

我款款温言道：“炖了些凉茶，与皇上静心平气的。”

他轻轻“嗯”一声，道：“搁在那里吧。”

晌午时分，一缕艳阳从长窗里透进。夏日的暑气如温泉热汤，蓬蓬勃勃洒落下来，更叫人觉得紧闭的殿内窒闷异常。

我索性打开长窗，顿觉视野开阔，所见之处，风动长林，满眼疏朗青碧，顿觉心胸畅然。

玄凌蹙一蹙眉：“关上窗，朕不喜欢听那风声。”

我清淡一笑，伸手在错金小盒子里蘸了些薄荷油为他轻轻揉搓太阳穴：“雁鸣关虽已风声鹤唳，但皇上天纵英明，自可呼风唤雨。”我柔声询问，“将帅的人选，皇上可还要更改么？”

他神色苦恼：“除了朕的姐夫驸马陈舜和抚远将军李成楠，再无他选。”

我试探着道：“皇上何不让六王与九王一试？听闻两位王爷还领着京城骁骑营的差使，还是有些担当的。”

他焦黄的面孔透出暗色的潮红，手指“笃笃”叩在桌上，有沉闷的响声，迟疑道：“老九年轻未见过世面，老六么……”他思量片刻，沉声道，“亲王不可握兵权，你忘了汝南王的旧事了么？”

我只得敛声：“臣妾不敢忘。”

他沉吟着道：“你兄长他……”

我心中一沉，忙道：“哥哥为着昔年之事身子坐下了病，他日夜想着为皇上尽力杀敌，奈何身子大不如前，他也是忧心如焚，眼下只好先在驸马手下历练，实在当不得大任。”

他点点头，颇有愧色：“当年你兄长之事，是朕莽撞了。嬛嬛，你怪不怪朕？”

若有愧意，何必到大敌当前之时才萌生？我蓦然想起哥哥昔日之言：“我即便有心报国，也只敢尽副将之责。若要在皇上手下保全满门平安，谁敢统率万军领将帅之命？前事不敢追，我也只能如此了。”

我转瞬的沉思并未逃脱玄凌的目光，他再次追问，我眸光流转，轻轻道：“臣妾想起了荣嫔，若非皇上宽厚，臣妾一早便容不下这慕容家余孽。”

他不易察觉地松了口气：“这些事莫要再去想它了。”他抛出一卷奏折到我手中，闷声道，“你看看这个。”

我取过奏折展开一看，不觉失色：“摩格要上京拜会皇上？”

玄凌“哼”了一声道：“他敢这样肆无忌惮，还不是因为粮草充足之故。赫赫南下每每败于粮草不足，此次摩格早有准备，他厉兵秣马多年，蓄有不少粮草，又在雁鸣关外大肆抢掠，才敢放出这等狼子野心。”

我心底一沉，急忙问：“他既粮草充足，此刻入京又意在何为？”

“名为拜见，实为向朕夺取幽、云二州，又要朕每年封赏，以金银各三百万两、绸缎百万匹赏赐，而他只以劣马三十匹作为他每年贡礼，岂非可恶至极！”

我愤然道：“摩格这何尝是纳贡求赏，分明是要扫皇上颜面！他所要的赏赐乃是大周每年税供的三分之一，长久下去，大周根基自会动摇，皇上不可轻易答应。”

玄凌目色阴沉，闪烁着幽暗的火苗：“他是狮子大开口！只是封赏也罢了，但幽、云二州向来易守难攻，是何等兵家要地？朕怎会拱手相让！他现在攻至雁鸣关外，如此苛求一是为探大周虚实，二是借此出兵夺地，也好师出有名。胡虏蛮夷，难为他这样心思！”

我满心忧虑，试探着问：“皇上，他既敢如此前来，恐怕已有防范吧。”

“在城外驻守两万精兵，说是扈从。朕原想不许，但京师已报有不少细作混进，一动不如一静，先静观其变。”玄凌冷笑一声，“太后新丧，人心不安，他此刻倒要来了。也好，他既敢来，朕就等着他。”

我不语，只是撩起袖子为他细细研着砚中墨汁：“摩格觊觎大周已久，如今粮草丰足，养着他数十万大军，虎视眈眈，咱们实在不能坐以待毙。”

玄凌长长叹了一口气：“朕何尝不知道，与赫赫铁骑相比，大周兵力并非不及。即便兵士中暑体弱，如有良将也非难事。只是眼下良将难求，戍边大将不过是苦撑局面，而兵士病倒之人又一日多于一日。难道真的是天不佑大周么？”

玄凌忧心的是国事，而我在国事之外又得多思虑一重家事，他只求良将勇兵，而我要如何避免哥哥成为炙手可热的良将，又能免去战祸连年。心中太多的牵绊与顾虑，将一副心肠逼得如此时手底墨汁一般漆黑，我侧首含着如烟笑意：“怎会？皇上是天子，上天不庇佑您还能庇佑谁？譬如那年时疫，皇上正一筹莫展，就有了温实初研习出治时疫的方子。中暑哪里是什么了不得的病，哪像那年的时疫那样难医治？说起来宫里一个接一个，染上了那么多，若无温太医的方子，可不知要赔上多少人的性命了。到底温太医有心，后来把引起时疫的病症和解方都保留了下来……”我絮絮叨叨，似与他聊着家长里短，寒暖温凉。他只静静地听着，手指在案几上浅浅地一画又一画，似是若有所思的样子。

日影在朱壁上渐渐淡了下去，那暗红的颜色浓郁得似要流淌下来，生生倒灌进眼睛里去。我暗暗想，一个人若是杀红了眼，那眼睛可是这样的么？顺着日光的影迹，我的心绪随着蓝天越飞越高，满腹忧虑之余，我亦不免好奇，这位挥师雁鸣关的可汗摩格，会是个怎样的人物呢？

摩格入京是在七月二十，中京最酷热的日子。玄凌不欲在京师与他相见，便借“避暑”之名，在西京太平行宫里召见摩格。

天气一日日热起来，心中也一日烦胜一日。因着摩格入西京之事，宫中更多了几重压抑，即便在日色喷薄如金的日子，也隐隐含着山雨欲来的沉重与阴鸷。德妃来看我时悄悄问我：“听说摩格入住行馆十来日了，皇上好吃好喝招待着，事无巨细周全得不得了，却一直推托着不肯见，是怎么回事？”

她目光颇有探询之意，我连连摆手道：“我一个妇道人家，哪里能知道这些？姐姐别问我！”

德妃含着忧虑道：“你也不知道，我还能问谁呢？”

我笑一笑：“天意难测，谁知道呢。”

德妃双手合十，念了句：“阿弥陀佛。”又道，“皇上也不知怎么个意思，这几天躲在水绿南薰殿不肯出来，说是为太后新丧伤心，又中了暑气。嫔妃们去探望也不肯见，只叫滟嫔陪在里头，也不知是怎么个事。我想着，既是暑气，何不叫太医瞧瞧，今日问起来，说温大人也不在。”

我道：“温大人原是这样，要守着惠仪贵妃忏罪，多少年了都这样子。”

德妃“哦”了一声：“也是，只是这回走得长，好些日子不见他了。皇上这样日夜和滟嫔在一起，也怕伤了身子。”

恰巧这一日玉隐、玉姚、玉娆皆在，玉隐素来是一人默默不出声的，玉娆抱了灵犀在膝头逗弄，玉隐忍不住皱眉道：“没了傅如吟，来了叶澜依，出身微贱不说，一样地狐媚惑主。太后新丧，皇上心里真有不痛快，也该长姐陪着，何时轮到她了！”

我听一句烦一句，忍不住别过头连连皱眉，玉娆递过一杯茶笑道：“二姐润润喉，也不知二姐怎的，仿佛很不待见滟嫔的样子。”

玉隐秀眉轻扬，笑生生道：“我何时不待见她了？她是皇上的宠妾，我怎敢不待见？只是为长姐抱不平罢了。”

我轻轻咳了一声，抬一抬眼道：“这话说着就叫人伤心了。这里除了玉姚未嫁，玉娆是正妃之外，哪一个不是妾室？”

德妃忙笑着打圆场道：“话也不是这么说，妹妹是掌六宫之权的淑妃，从前除了皇后，谁有这等权威？在皇上心里，何曾把妹妹当妾室来看？”

我含着一缕淡淡的笑意，护甲“笃笃”地敲在紫檀桌上：“名分所在，不敢僭越。我有自知之明，姐姐不必安慰我。”

玉隐两颊飞红，大约是不好意思，只好喝了口茶掩饰过去。德妃叹息着道：“不怪隐妃要为你抱不平，六宫里眼下对滟嫔哪个不是怨言甚多。”她压低了声音，“皇上又不肯出来给个说法，摩格的事是一直这样拖着……”

玉娆抬头道："听说那摩格也不急，找人陪着四处欣赏西京风物，悠哉得很。"她难得地愁容满面，托腮道，"难为九郎在王府里气得发狠，国危当头，他自然急着效力沙场，只是递了好几次折子，皇上都是没有半句回话。"

德妃和声劝慰道："九王还年轻，自然有他建功立业的机会。"

玉娆愁道："我何尝不晓得。九郎也罢了，六哥的本事外人不说，咱们是知道的。"

玉隐猛一警醒，忙笑道："你就不必往王爷脸上贴金了，他那三两三的本事不过是用在了骑马射箭上，哪里真能上阵杀敌？皇上知人善用，才不用王爷的。"

玉娆笑一笑，再不多言。众人正闷坐着喝茶，李长悄悄进来一拱手，喜滋滋道："回娘娘的话，天大的好消息，真是天佑我大周，那些雁鸣关外的赫赫蛮夷不知怎的，好些人发了时疫，一片连一片地倒下了，根本没法治住。那赫赫可汗急了，要急着求见皇上呢！"

我唇角扬起淡淡的笑意，他终于急了。

德妃忙问："皇上知道了么？"

李长笑得眯了眼："这样的好消息，自当娘娘在时，奴才才好去回，也好让娘娘帮着讨赏啊！"

我"扑哧"一笑："你就油嘴滑舌的吧。"

德妃忙起身道："妹妹有要事，我便先走了。"

我忙唤："玉娆快替我送送德妃。"

玉娆忙出去了，玉隐跟着我进内更衣，眼见无旁人在，急道："现在赫赫攻势稍退，但无论如何，长姐万不能让王爷去边关。沙场刀枪无眼不说，皇上忌惮王爷才华，这军功上汝南王可是前车之鉴……"

我颔首，沉声道："我明白。"

行至水绿南薰殿外，只闻得四下静悄悄无声，安静得似无人一般。我正欲让守在外头的小内监进去通报，却听"吱呀"一声，一个光艳的影子一闪，却是滟嫔一脸倦容地走了出来。

她抬头见我，微微屈身算是见礼，我忙扶住她："叫你受委屈了。"

她"哧"的一声算是笑："的确，一天一天坐在椅子上不许动，不许说话，看他满心忧烦又发作不得，我的确是累。"

我轻轻颔首："这个时候，皇上哪有心思宠幸嫔妃？叫你白担了罪名。"

她轻笑，眸中却冷冷地殊无笑意："惯了。除了我，谁配担这样的罪名？"

我心中一酸，正欲说话，却听里头玄凌朗声笑道："好！果真得了时疫，那是天大的好消息！"

我忙回头，却见李长也是一脸惊讶与不解。滟嫔淡淡看我一眼，道："方才小厦子进去了。"

李长惊道："奴才也是方才得知的消息，小厦子那小东西怎么知道的？"

滟嫔正一正领子上的蜂花扣，低低道："你小心些，小厦子是胡蕴蓉的人。"

我回过神来，笑一笑道："李长，你赶紧进去伺候着吧。本宫乏了，先回去歇着。"

终于三日后晌午，玄凌设宴于太平行宫，招待远道而来的摩格。一早，小允子便啧啧向我道："听闻摩格可汗进贡了一只熊罴，据说很是凶猛呢。"他摇头道，"旁人进贡的多是金珠宝玉或是奇香绫罗，他倒好，进贡一只熊罴，可见蛮夷就是蛮夷。"

我闻言只是淡淡。

熊罴而已，会比人的杀心更可怕么？

无言间，只是沉默画眉，细细的螺子黛一斛千金，化作如玉双颊上两道柳眉轻扬。数年生杀予夺间多了几许戾气，把双眉画得圆润些，才更显温和沉稳的宫妃气韵。

因太后新丧，即便宴会也不着艳色，披一件雅青广袖长衣，银线芙蓉安静绽放于裙裾上，青翠翟凤自花间婉转探首。树树凤钗步摇横逸高髻间，在宝珠流光的瞬间，蓦然忆起昔年与玄清一同出游，照花前后镜，花面交相映，何等旖旎俏丽，比对着此刻铜镜中华丽的倒影，深觉时光深远，带走无限年华。

窗外夏花如锦，宜芙馆外一捧捧红艳荷花开得密密匝匝，与昔年并无差别，年年岁岁花相似，唯有人，被无法挽住的时光不知不觉侵蚀尽最初的容颜与心境。

今日宫宴，玄清亦要携玉隐出席，每每这样相见，他是否亦觉得我与那年的甄嬛，愈行愈远。

这样一想，不觉自己也感慨，心中萧索，手中比着的一支海水玉缀珠明凤簪亦兴味索然地放落下来，簪身搁在妆台上不过是轻微一响，槿汐已然察觉，她屏退众人，细心拣了一对飞燕垂珠耳坠配在我耳边，柔声道："奴婢知道娘娘每每不愿与王爷在宫中相见，也知隐妃娘娘素日疑心颇重，娘娘如此心怀隐妃未必得知，若让她瞧见娘娘这般神情，恐怕又要生出嫌隙。"她停一停，似是叹息，"自从静妃离世，王爷待隐妃表面依旧如常和气，外人都道王爷夫妇恩爱，可是内里咱们都是知道的，玢儿一回两回说起来，王爷虽然每常在隐妃处过夜，可都是相对无言，表面功夫罢了。奴婢疑心着，王爷素昔聪明，恐怕是已经疑心静妃之死了。"

我沉沉一叹，愁眉深锁："我何尝不知道这个？只是王爷既然隐忍不言，想必也是顾及甄家的颜面，何况玉隐也的确知错，这些年悉心照顾予澈，无微不至。她在王府中貌似风光，可你我皆知她人后孤苦。玉隐自小坎坷，难免言行过于谨慎多心，我也不忍过分苛责。王爷那里，我已让采葛多多劝说，毕竟他们夫妻的日子还长久，难道真要这样过下去么？"

槿汐颔首道："奴婢知道娘娘一番苦心，也知娘娘百般回护隐妃的缘故。隐妃纵有过错，但有句话奴婢深感赞同。自隐妃而观，自然不希望娘娘再牵挂王爷，所以娘娘每有不乐，她难免疑心。而宫中诸人观娘娘，自然觉得娘娘贵为淑妃，深得圣宠，不应有种种憾事。奴婢明白娘娘人前强颜欢笑，心中深觉不忍。但奴婢还是要规劝娘娘一句，既然已经强颜欢笑，那么人后亦不要再露郁郁，宫中耳目众多，觊觎娘娘尊贵之人大有人在，娘娘若能习惯以尊荣欢笑为自己面具，永不摘下，才能得保平安。”

我深深叹息：“槿汐，始终是你最肯明白我，提点我。身在宫闱，我的确不应该再忆起往事，徒添烦恼。”

槿汐温柔笑道：“不是不该忆起，奴婢知道娘娘毕生最欣悦是何时，若无当时，只怕娘娘过得更辛苦。奴婢只是觉得，喜怒皆为合时宜所发才能在宫中过得更安全、更稳当。”她为我整理好衣装，含笑道，“但请您能展颜一笑。”

纵使相逢应陌路，隔着深宫寂寂，这才是我与他最合时宜的归宿吧。对镜回眸，展颜露出最合淑妃姿仪的笑容，雍容温婉，合乎天家风范。只是那一瞬间，却暗暗惊了自己的心，我的如烟笑意，曾几何时，已有几分当年皇后的气韵。

壹肆 魂驚

缓缓步入设宴的翠云嘉荫堂时，玄凌已在，庄敏夫人拈扇半遮容颜，淡淡笑道："果然是淑妃最尊贵，今日的场合也姗姗来迟。"

我只是礼节性地一笑，也不顾她，只朝玄凌娉婷施了一礼："臣妾自知今日之宴甚是要紧，所以不敢草率前来，以免妆容不整，失了天家礼数。"

玄凌细细打量我片刻，颔首笑道："很好。即便你素颜而来，亦不会失礼，只是今日这样打扮，更见雍容华贵。"他沉一沉声，握紧我的手指，"赫赫面前，断不能失了我天朝威仪。"

我轻盈一笑，神色舒展："有皇上天威，赫赫断断不敢放肆。"

贞妃笑容绵软如三月叶尖的雨珠，诚挚道："有皇上在，自然一切顺遂。"玄凌微微一笑，尚不及答话，庄敏夫人已盈然上前，伸手为玄凌拂一拂衣冠，睨一眼贞妃道："有皇上在，本就一切顺遂，贞妃这话多余了，好似眼下有什么不顺遂似的。"

贞妃微微发窘，正欲辩白，庄敏夫人仰首望着玄凌，笑吟吟道：“表哥今日神气，叫蓉儿想起表哥当年接见四夷外臣时威震四海的样子，当时赫赫使臣伏地跪拜，如瞻神人，蓉儿至今还记得他们战战兢兢的样子呢。”她神色傲然，“赫赫蛮夷之人最是无知，表哥今日一定要好好晓以颜色。”

玄凌闻言欣悦，顾不上安慰贞妃，笑着牵过蕴蓉的手：“朕记得，当年你不过八九岁而已……”

蕴蓉俏生生一笑，微红了面颊：“蓉儿当时虽然年幼，却已经深深为皇上气度风仪所折服。”

贞妃望一眼玄凌背影，不觉黯然。我忙看一眼她身边的桔梗，桔梗立时会意，轻轻一推贞妃手肘，贞妃方才回过神来，急忙掩饰好神色。德妃瞧不过眼，轻轻向我耳语道：“她越来越倨傲，他日若成皇后，如何了得？”说罢不免微含忧色，望向端贵妃。自皇后一事，德妃深服端贵妃心胸沉稳，此时深虑蕴蓉骄倨，不免有向端贵妃探询之意。端贵妃恍若未觉，只是含了一缕似笑非笑之意，端坐安之若素。

片刻，乳母们领了帝姬与皇子进殿，各自在嫔妃身边坐了，贞妃看见予沛，神色才稍露欢欣。我望着在玄凌身边一袭浅粉鸾衣、俏语生生的蕴蓉，再看一眼风鬟雨颜、素衣微凉的贞妃，心下亦觉凄恻。端贵妃微微摇首，说身上不耐烦不耐久坐，便告辞离去。

玄凌怜她素日多病，亦肯体恤，道：“淑妃在便可。”便让温宜陪着回宫去。

蕴蓉本立于玄凌身边说话，此时见端贵妃起身，笑着道：“表哥只听我说话，也不管我乏不乏。”说着极自然地便往端贵妃的空席上一坐，侧首吩咐宫女道：“本宫乏了，再换一杯茶来。”

自皇后幽禁，玄凌身边便不再设皇后宝座，宫中地位最尊者乃是端贵妃，一向设座，都以东尊于西之例，端贵妃之座设于御座东侧，而淑妃之座设于御座西侧，以示贵妃为四妃之首。此刻端贵妃尚未出殿，胡蕴蓉便旁若无人一般往贵妃座位上一坐，登时人人色变，只噤口不言而已。

端贵妃行至殿门前，恰巧温宜帝姬闻得动静回首，不由得变了颜色。温宜是几位帝姬中性情最温和安静的，又素得端贵妃调教，性子极沉稳，虽才十余岁年纪，却举止沉静，轻易不露喜怒之色。此时她见胡蕴蓉这般骄嚣，忍不住急道："庄敏夫人，那是母妃之座。"

温宜想是心疼端贵妃，不喜胡蕴蓉，心急之下连"母妃"也忘了称呼，直呼其封号"庄敏夫人"。这一唤，连欣妃亦按捺不住，脱口道："夫人乃从一品，不应坐正一品贵妃之位，以免失了上下之数。"

胡蕴蓉也不理底下议论纷纷，只侧了如花娇颜，衔了天真娇纵的笑意，偏着头道："表哥，我可站得累了，若要坐远些，又怕不能和表哥说话了。"

她的言语极亲密温柔，叫人难以拒绝。玄凌一时踌躇，只望着端贵妃的身影，微露询问之色。众人立时安静下来，只把目光凝在端贵妃身上，看她如何应对这占位之辱。性直如欣妃，早已露出期盼之色，只盼端贵妃以后宫最尊之身份弹压日益骄矜的胡蕴蓉。

端贵妃缓缓转身，只以清冷目光缓缓扫了胡蕴蓉一眼，恍若事不关己一般，牵过温宜之手，温言道："良玉，随母妃回去吧。"温宜到底少年心性，虽然温顺答应，清淡眉宇间仍露出烦忧之色，端贵妃转眼瞧见，语气愈加温和，"良玉，凡事不可急躁轻浮，以免失了分寸。今日你言语毛躁了，母妃要罚你看着炉子用文火炖药三个时辰，以平息你心头浮躁之气。"

温宜思忖片刻，红了脸心悦诚服地答了"是"，母女二人且言且行，渐渐走远了。

殿中极安静，有些年轻的嫔妃揣度着端贵妃言行，不觉对胡蕴蓉露出敬畏的神气，越发不敢多言，我念着端贵妃的几句话，心下释然。大约是天气热，胡蕴蓉已经面红耳赤，向着拿眼觑她的玄凌撇嘴道："表哥你瞧，端贵妃也不说什么呢。"

底下玄清"扑哧"一笑，闲闲摇着一柄水墨折扇道："夫人一言，让清想起昨日玉隐教导幼子时讲的'掩耳盗铃'的故事，不知夫人可听说过？”

胡蕴蓉眉心一蹙，隐有怒气升腾，好容易忍耐住了，只别过脸去不理他，玉隐在旁掩口笑道：“王爷说笑了，夫人博学，怎会不如区区幼童？”

玄清摇一摇头道：“端贵妃为人端方，宫中无有不敬服者，想来夫人也为此敬慕端贵妃，所以喜欢端贵妃之物。”他似与玄凌玩笑，“如此，皇兄大可把披香殿与燕禧殿换一换，让夫人称心如意。”

端贵妃不喜奢华，披香殿十年如一日地简素，而胡蕴蓉擅宠，燕禧殿之物素以奢华名贵见称。胡蕴蓉闻言不由得连连冷笑：“六表哥难得肯这样体贴我，否则我总以为非我族类，其心必异呢。”她柳眉一扬，语气更锐，“更难得六表哥苦心诗书这么多年，想来摆夷这样偏远蛮夷之地，也教不得六表哥‘掩耳盗铃’这样的故事。”

话一出口，玄清尚自微笑，玉隐已被刺痛心结，倏然苍白了脸色。玄凌微微一笑，似是嗔怪幼儿一般，向蕴蓉道：“坐便坐着吧，还未喝酒就先说胡话了。”说罢又向玄清一笑：“你知道蕴蓉一向被晋康翁主宠坏了，难免娇气，你别与她计较。”

玄清一笑置之：“端贵妃娘娘如此大度，清自当效仿，怎会与夫人计较？”

玄凌微微颔首，李长在侧轻声道：“皇上，摩格可汗已在殿外候着了……”

玄凌正色道：“宣他进来吧。”

李长忙行至殿门前，扬声道：“宣摩格可汗觐见——”

话音未落，已听得皮靴声“隆隆”有力不断近前，玄凌微有不快之色，胡蕴蓉蹙眉道：“无人教他面圣之时的行礼举止么？如此大声也不怕惊了圣驾？”

只见一个身量魁梧的男子已然昂首傲然迈进。他着一身枣红色金线密织赫赫王服，虬髯掩映下的面庞极富棱角，剑眉横张飞逸，一双黑沉沉眸子深邃如不见底，整个人浑如一把利剑，寒光迫人。

我轻轻深吸一口凉气，只觉那股凉气如寒冰利锥一般生生破开五脏六腑，切破心肺，那样惊骇。

我至死也不会忘记，即便多了几许虬髯，摩格的这张脸，正与当年辉山上那名男子一模一样，断无二致。

我内心震惊到无以复加，急忙掩饰好神色，目光却不由自主向玄清看去。我惶惑的视线正对上玄清关切的眼神，他微一颔首，伸手握住玉隐之手同置于案上。玉隐即刻会意，微微含笑示意于我，我微一转念，即刻神色如常，稳稳端坐。

摩格阔步入殿，双目直视宝座之上的玄凌，不屑旁顾，更无任何谦卑之色。他身旁一位赫赫使者躬身道："我可汗入周，特来拜会大周皇帝。"

摩格微微一笑，既不行礼，亦不屈膝，只双手抱拳一拱，算是行礼。

纵然玄凌有心忍耐，见摩格如此，亦不由得作色。胡蕴蓉素来心高气傲，怎容得摩格在殿上对玄凌无礼！不觉勃然大怒，登时起身道："赫赫既来觐见，怎不按大周规矩行礼面见圣上？更不出言请安，实在大胆！"

蕴蓉一袭深红色翟凤出云礼服，虽则动怒，但满身金饰摇曳，更见明艳华贵。摩格毫不动气，只含了戏谑的笑意，以赫赫语朗声向蕴蓉说了一句。

在座妃嫔并无人懂得赫赫语，不由得面面相觑。蕴蓉亦不知摩格说了什么话，只见他满脸戏谑，知道不是好话，窘迫之下，更是勃然大怒。

赫赫使者不怀好意地一笑，拱手以汉语道："娘娘无须动怒。方才娘娘责怪我可汗不以中原礼数相见，更无问候之语。其实是我可汗深虑大周皇帝不懂赫赫之语，所以只以行动抱拳相见。"他停一停，嘴角略含讥讽之色，"素闻淑妃娘娘掌后宫之权，因聪慧干练深得大周皇帝宠爱，原来竟不明白这个道理。"

德妃闻言，悄悄掩口而笑，方知赫赫使者见胡蕴蓉衣饰华贵，又坐于玄凌身侧最尊贵之位，误以为蕴蓉便是淑妃。蕴蓉欲辩又觉不屑，只得含怒坐下，一言不发。摩格大约能听懂汉语，见使者称呼蕴蓉为"淑妃"，眉心一动，轻轻摇首，不觉目光渐移向四周打量。须臾，他目光一凛，似是不信，凝神思索片刻，又细细在我面上打量几回，唇角微微一扬，伸手按住自己金丝纹海东青腰带上的一把七宝匕首。

我心中一动，知他已经认出我，心中默然一叹，劫数要来，果然是不能躲避的。于是亦不以目光躲避，只坦然含笑，仿若无事人一般。

他眸中精光一闪，复又如常，只含笑看着玄凌。此时译官虽然在旁，却生怕坐实了胡蕴蓉“不识礼数”之名，不敢多言一句，将摩格原话说与胡蕴蓉知晓。

玄凌伸手握一握我的手，背过身吩咐蕴蓉道：“你不必近身伺候朕，回到自己座上去吧。”

蕴蓉微一咬唇，起身回到自己座中，揽过和睦入怀，恨恨不再言语。

我晓得玄凌心意，起身端起一杯葡萄美酒缓缓行至摩格身前，他以为我上前敬酒，轻“嗤”一声，正要伸手接过。我蓦然将手一缩，将一杯上好的葡萄酒缓缓浇在摩格身前空地之上，含笑将空空如也的杯底示与他看，方才退开两步。

摩格微眯双眼，眸中凝起一缕寒光，冷冷地以汉语道：“汉人祭祀死者时才以酒浇地，你在诅咒本汗？”

我含了一缕端庄笑意，缓缓道：“不意可汗汉语说得如此精妙，真叫本宫赞服！”我见他眸中怒气未消，只冷冷横一眼玄清，心中一凛，如常笑道，“可汗误会了，本宫并非以此诅咒王爷，而是以贵宾之礼迎接王爷。”我拿过青瓷琢莲花凤首酒壶，满满斟了一杯艳红葡萄酒，端然道，“可汗乃是天朝贵宾，又是第一次入朝觐见我大周天子，我朝上自皇上，下至黎民，无有不欢迎者。所以为感贵宾到来，这第一杯酒便是要谢皇天后土引来佳客之喜。”

他轻“哼”一声，目光冷冷逡巡在我面上，口中之音不辨喜怒之情：“此话太过牵强。”

我展颜一笑，温言道：“本宫之行惹来可汗疑心，以言语辩白也不足以使可汗释怀，何况可汗方才见我皇上之时，一言不发，只是拱手为礼，又以赫赫之语与我等终日只处于后宫的小小女子交谈，难怪惹来庄敏夫人不快。本宫以彼之道还施彼身，不过是小女子心胸，想可汗乃是胸怀宽广之人，必不会是以方才之举为难我们吧？”

摩格沉默片刻，唇角微微一扬：“淑妃伶牙俐齿，口若悬河，一点也不像终日处于后宫足不出户之人。”

我微微欠身，容色平静无波：“可汗过奖，本宫才疏学浅，略有所懂也是皇上偶然指点，怎敢担当可汗如此赞许？”

他意味深长地朝我一笑，略带责备口吻向那使者道：“这位才是大周淑妃，方才怎的胡乱认人？”

那使者满面通红，连连躬身自责，我只淡然一笑：“可汗不必过责，每常大周与赫赫来往不过是互市交易，多日来又兵戎相见，本是兄弟之邦，却多见杀戮，难免彼此不熟。若今日因可汗到来使赫赫与大周能够彼此和睦相处，两邦情厚，不分彼此，自然日后少误会而多亲厚，黎民也会因此得福了。”

我盈然回身，将手中酒盏交与满面微笑的玄凌，他朝我微一颔首，举杯向摩格道：“淑妃所言，正是朕心所想，请可汗满饮此杯，以尽今日相见之欢。”

我转身回座，举袖饮尽一杯，暗暗拭去满手冷汗，云袖拂落，依旧是含笑之态，落落大方。

摩格满饮一杯，再以汉语相敬：“祝大周皇帝万福永寿。”停一停又道，“福履绥之，寿考绵鸿。”

我暗暗心惊，摩格所祝祷之言乃是《诗经》之句，可见其深通汉地文化，如此深心，恐怕不只仰慕汉学而已，狼子野心，竟可怖至此。我情不自禁地望向玄凌，他神色不动，只笑赞道：“可汗似乎很喜欢《诗经》，朕的六弟清河王最通诗书风雅之事，可汗有空可与他多多切磋。”

壹伍 舊仇

摩格浓眉一轩，向玄清笑道："故人许久不见。"

玄清淡然而笑："可汗风采依旧。"

摩格扬一扬眉，击掌三下，唤道："来人！"

有侍从以锦盒奉上一串九连玉环，那九只玉环环环相连，玉色温润光泽，奉在红绒锦盒中有莹然光泽，的确是连城之物，连见惯美玉的宫中嫔妃，亦莫不连连称叹！

摩格语气和顺："赫赫本不产玉，本汗多年前曾得一九连玉环，听闻乃西域采玉工匠费尽千辛万苦才得这一美玉，又费尽无数心思才琢成此环，环环相扣，巧夺天工。但本汗又听闻此环可解，闻说中原多智者，能否请大周皇帝为本汗解开这九连玉环？"

玄凌一笑置之："甚好，可拿到堂下请诸臣遍观。谁可解开，朕自有重赏。"

李长躬身接过出殿，玄凌唤上歌舞者，一时宾主觥筹往来，莫不欢颜，一幅升平景象。

大约半个时辰，李长复又进殿，神色微微凝重，略显窘色。玄凌一眼瞥见，已生了不悦之意，问道："无人可解么？"

李长低头答道："诸臣皆言此环天生如此，无法可解。"

玄凌凝神细看，道："给诸王瞧瞧。"

李长复又行至诸王身前，岐山王细观良久，"嗐"的一声拍了下大腿，向李长挥手道："去去，本王看得眼都花了，给六王瞧瞧去。"

玄清接过看了片刻，眸中一动，只向玄凌笑道："臣弟不知。"玄汾亦摆手道："臣弟向来不喜金玉之物，不懂这些。"

玄凌微一沉吟，温和唤我："淑妃。"他这一唤，颇有期许嘱托之意，我接过九连玉环细细观赏，果然天衣无缝，然而，也并非无法可解。我正沉吟，转眼瞥见胡蕴蓉冷淡神色，暗忖今日风头太过，已得罪胡蕴蓉，且方才玄清神色，他未必不知如何解法。他不欲多言，我又何必多说，引得旁人注目？

我轻轻一叹，装作不得其解状，垂首道："臣妾无能。"

玄凌掩饰好失望之色，不疾不徐道："无妨。"

席间一阵寂静，人人屏息凝神，除却摩格含笑轻蔑之色，殿中唯觉胶凝沉闷。赫赫使者得意笑道："原来大周多智者之说只是误传罢了，倒叫咱们信以为真了。"

听闻他如此羞辱大周，我耳后如烧，只是顾忌身份，不欲再多有言行。正为难间，却见身边胧月忽闪着一双大眼睛，双手握拳，只是苦于毫无头绪，只得咬唇思索不已。我捏一捏她手心，伸手拢她在怀中，仿若无意一般摘下仙台髻上一枚玉簪，轻轻往案上一击，便向胧月眨一眨眼睛，随即又低首仿佛苦思模样。

胧月凝神看我动作，侧首一想，不觉笑生双靥，忽地脱开我怀抱，朗朗笑道："父皇，女儿有一法子，或许可解。"

玄凌笑意中微有无奈："连朝中官员亦不得其法，你一小小女儿家有什么办法？”

胧月明眸如宝珠熠熠，娇声道：“女儿年幼无知，即便想错了法子，也不会贻笑大方，父皇不如让女儿一试。”

玄凌略一思忖，道：“也好。”

胧月向品儿耳语几句，品儿即刻取来一把小锤子放到她手中，胧月举起小锤子，想了想又有些举棋不定，不免向我看来。我只含笑鼓励似的向她点点头，胧月再不犹疑，举起锤子便砸了下去。

九连玉环应声而碎，断成数截。胧月雀跃而笑：“父皇，我解开了。”

玄凌满意而笑，抚她脸颊道：“绾绾最得朕心。”

她笑靥如花，向摩格骄傲道：“你无须赞孤聪明，这法子大周子民人人皆知，只是不屑告诉你罢了。以后再求解法，不要再出这样简单的题目。”

赫赫使者瞠目结舌，惊道：“你……你……这九连玉环价值连城。”

胧月仰首道：“那又如何？你只求解开之法，并未说要不伤这玉环。”她停一停，傲然道，“何况你所说连城之物，孤自幼看惯得多，何必为一玉环失了使臣气度，叫人觉得赫赫小气。”

摩格双眸微抬，冷冷道：“即便你司空见惯，但此乃赫赫国宝，你损我国宝，又当何解？”

德妃见摩格口气不善，忙起身道：“帝姬年幼，也是无心之举……”

我盈然一笑，按住德妃，笑道：“恭喜可汗，帝姬善举，倒是能为赫赫带来祥和之气呢！”

他不屑一顾，冷笑道：“淑妃很会强词夺理。”

我温然摆首，拈起碎环，徐徐道：“方才听可汗所言，这玉环是费尽无数人性命所得，玉乃阴盛之物，又损人命伤阴骘，可汗以此为国宝，大是不祥，也显得可汗罔顾人命，枉为人君。帝姬砸碎此物，倒是破解了阴骘之气，为赫赫带来祥瑞。”

贞妃温然笑道：“玉碎，可汗难免不快，臣妾有个法子，可命宫中巧匠以赤金镶嵌玉环，做成金镶玉环，金主阳气，可缓玉之阴气，金玉相间，乃富贵祥和之兆。”

玄凌闻言颔首：“贞妃所言甚好。”

我转首看着摩格：“玉碎尚能修复，如两国交恶难免战乱，何不也如金镶玉之法化干戈为玉帛，不知可汗是否愿意呢？”

摩格啜一口杯中美酒，凝视胧月须臾，问道：“这是……”

玄凌眼中尽是疼爱之色，道：“是朕第三女胧月帝姬，幼女无知，叫可汗见笑了。”说罢柔声向胧月道：“回你母妃身边吧。”

胧月欢快答了声“是”，随即立于德妃身畔，德妃甚是喜悦，连连抚着她额头，满面欣慰。

摩格拱手问道：“是这位德妃娘娘之女？”

玄凌随口笑道：“胧月乃淑妃长女，只是养在德妃膝下。”

摩格瞥我一眼，似是向玄凌赞许：“果然有其母必有其女，本汗倒是极喜欢这位帝姬的聪慧。”他说着招一招手，一名侍从递上一枚雕镂海东青的金圆，以绿松石串成颈链，十分别致夺目，他笑道，“一点心意，向胧月帝姬聊表寸心。”

胧月只是立于德妃身边，也不多看一眼，甚是矜持。玄凌含笑向她颔首，示意可以收下，胧月这才起身离席，双手接过，一福为礼，应对得体。

玄凌怡然而笑，极是满意，与摩格又连连饮了几杯，摩格道：“皇帝的帝姬真是出色，本汗的女儿个个都比不上。”玄凌正欲谦虚几句，摩格目光向旁一扫，“这几位都是皇帝的儿子吧？只有四位？”

宫中皇子不多，除皇长子已成年之外，其余三位皆还年幼，赫赫使者掩口笑道：“我可汗有十一位王子，个个骁勇善战，日后有机会还想与贵国皇子多多切磋。”

他言下之意是在讥刺玄凌子嗣不多了，玄凌不恼不怒，只是缓缓笑道：“等朕的皇子长成，恐怕可汗之子已过壮年，朕岂非胜之不武，可汗客气了。”

摩格呵呵一笑，抱拳道："皇帝不笑本汗以多胜少就是了。"

这话未免露骨，胡蕴蓉板起面孔低声斥道："宫中牲畜才生这样多呢！"想一想亦觉不雅，便转脸不顾。

我盈然笑道："可汗说笑了，天下子民皆是皇上之子，可汗不笑咱们以多胜少就是了。"

摩格唇角的笑纹渐次深下去："依淑妃所言，以十万蝼蚁挡一猛兽，皇帝以为如何？"

玄凌正欲回答，却见小厦子捧酒上前，一时也不多言，只是任由小厦子捧了新酒上来，换成一杯色泽泛橙的"柑橙香"。玄凌微显喜色，随即如常吩咐道："好了，下去吧。"他眸中精光一轮，露出几分鹰隼般厉色，面上却依旧是那样闲闲适意的样子："猛兽有猛兽之力，蝼蚁有蝼蚁之慧，可汗以为一定能定输赢么？"

"眼下蝼蚁仿佛节节败退？"

"以退为进，想必可汗读过兵书。"

"本汗也想如此揣测，只是别是信口开河才好。"

"可汗取笑，朕为天子，一言九鼎。"

"听闻龙生九子，上天之子未必只有一个。"

玄凌闻言，微露欣喜之色："既然本是同根生，相煎何太急。大周与赫赫本为兄弟之邦，更要互为和睦，以保两邦安宁。"玄凌停一停，"听闻赫赫大军在雁鸣关外得了些小疫病，兵马在外，医药怕是不足。大周十余年前也闹过疫病，费了许多力气才治好的，因而倒有些秘方。可汗若有需要，朕倒可命人去找一找。"

摩格微眯了双眼："是么？多谢皇帝好意，本汗自己派人去找就是。"

玄凌笑呵呵道："也好。只是这些医士云游四海，方子随身带着。朕派人去找也需两三个月，但愿可汗一切顺利。"

摩格将杯子往案几上重重一搁，我不免一惊，只冷眼看他意欲如何。却见他一个衣着华贵的内侍从外进来，附耳低声说了几句。摩格的目光越来越冷，那种寒意凝成一把把利刃，几乎要刺穿人一般。玄凌恍若未觉，只是吩咐上歌舞百戏，正是一曲西域风情的《胡旋舞》，领舞的少女年轻得如开在枝头含苞的花，嫩得能滴出水来，只见她两袖翩翩飞舞如蝶，几乎能迷了人的眼睛。若不顾眼前暗潮汹涌，真当是玉树琼萝、万丈繁华的太平景象。

一曲舞罢，摩格重重地击掌喝彩，沉声道："舞得好！"那声音瓮瓮的，不像是赞赏，反而像憋了一股锐气一般。我举眸正对上玄清疑惑的目光，便扶着槿汐的手悄悄出去更衣。

逐渐离歌舞声远了，我行至僻冷的松涛轩，见李长也撇了人跟来，见四下无人，我才立定了问道："怎么了？"

李长忙回禀道："皇上派了驸马爷和赫赫大军驻守对峙，那边厢派郡马爷和李成楠领人突袭赫赫粮草大军，虽然风势突转，未能毁了他们所有粮草，但也烧了大半。少了粮草，赫赫士兵又纷纷染上时疫，奴才瞧那摩格还怎么横！"

我叹道："是好消息！可是你没见是小厦子先得的消息么？是怎么回事？"

李长一苦着脸，脸上的皱纹便更显得深，他垂头丧气的，也不敢说话，只一味叹气。槿汐忙捅一捅他，劝道："有什么说不得的，都到这份儿上了，兴许娘娘能给你拿些主意。"

李长叹着长气道："自从年下小厦子便不大安分，奴才也想着法子弹压了他，谁知那小犊子搭上了庄敏夫人那边，成了庄敏夫人的心腹。庄敏夫人是什么身份？那小犊子又年轻机灵，很会瞧眼色行事，极得皇上欢心，皇上十分宠信他，如今连这等机密事都是吩咐了小厦子守着消息，奴才后来才得知的。"

我温言安慰道："怎么会！皇上自小是你看着长大的，与你是什么情分，怎会冷落了你！"

李长别过身去拭一拭眼角，道："奴才年老不中用了，皇上嫌奴才办事不力也是情理之中。只是那小厦子一味巴结着庄敏夫人，盯着皇后之位，奴才真怕娘娘您……”

我笑着拍一拍他的手：“不怕。她想当皇后，那是明眼人都能看出来的事。至于你，别着急，小厦子顶多是个年轻机灵，可他没见过大世面，凡事急躁不稳当，皇上身边少不得你。你且安心回去，本宫更衣完了就回去。”

李长忙点着头回去，我扶着槿汐的手坐着，听着窗外风过松涛，似拍着大浪一般，心中喜忧参半，像大风吹乱了书页似的，一阵乱过一阵。

半晌，我轻轻叹了口气，道：“回去吧，今儿这日子不能出来久了。”

槿汐为我整一整裙角，赔笑道：“娘娘喜也愁，忧也愁，不知到什么时候这愁才算个头。”

我忍不住笑道：“债多了不愁，那愁多了也不怕，我不过是闲来无事白操心罢了。”说罢，扶着她手便向外去。出了松涛轩便是一大片松林，只听得松涛阵阵，偶尔有不知名的鸟雀婉转几声，闲花幽草肆意生长，更显幽静。翠色沉沉的松林之后隐约露出桐花台一角，我凝眸片刻，正要转身离去，忽地对上一双深邃眼眸，心中蓦然一惊，不觉倒退了两步，脱口道：“王爷。”

他本能地伸出手想要搀住我以免我滑倒，槿汐一个手快，忙扶住了我，欠身道：“王爷大安。”

他的手空空地伸在那儿，似一个寂寞的不完整的形状。他尴尬地缩回手，问道：“我看见皇兄和摩格的神色都有些不对，小厦子又有些鬼鬼祟祟的，是什么事情？”

我拣要紧的和他说了，他略略点头，忽然迫视着我道：“有一件事我想了很久，一直想来问问你。”他的声音像是从喉腔里逼出来的，低低问道，“静娴是怎么死的？”

我心口猛地一沉，似是被千斤重石用力坠了下去。他是那样叶落知秋的聪明人，一旦问出口，必然是已经知道了什么。我望着他清澈如水的目光，竟不敢再看，只得避开他的视线，轻轻道：“那日你也在，你应该知道是静娴误食了慕容赤芍下的毒药。”

他的声音极轻，听在我耳中却如雷震一般：“如果我疑心是旁人呢？”

我立时警觉，脱口问道：“谁？”

他看着我，静默半晌，低声道：“是一个与你与我都至亲的人。”

我几乎不敢去看他的眼睛，忙分辩道：“不是玉隐！”

他唇角的笑意有几分惨淡：“你也想到是她！”

我悚然一惊：“她是你的枕边人，你不可这样疑心她！”

他别过头去，声线发硬：“静娴死后，我听玢儿悄悄安慰玉隐，劝她不要再多梦，自己吓自己。玉隐在怕什么？静娴是予澈的母亲，我不能让她死得不明不白。”他握住我的手腕，“嬛儿，你那么聪敏，你一定知道什么。我但求你告诉我一个明白。”

我摇头，步摇垂下的赤金丝珍珠流苏一下一下扫在颊边，像是热辣辣地扇着自己的耳光：“我只相信自己眼睛看到的，是荣嫔误杀了静娴，与他人无关。”

他不语，片刻方道：“你为什么不看着我的眼睛说这样的话？”

我猛地仰起脸，迫视着他的目光，直要看到他眼底去。他那样清朗的目光，和从前并无半分区别，我心中酸楚得要沁出血来，我几乎要怨玉隐了，怨她的种种行事逼得我要再度向玄清吐出谎言。可是，她终究是我的妹妹。我扬一扬头，生生忍住眼角要滑落的泪珠，一字一字道：“你若要来问我，我只能拿咱们这么久的情分来告诉你，你不能怀疑一个爱你那么多年的女人。”

手上的动作太大，宽大的衣袖倏地滑落，露出一截雪藕似的臂膀，腕上赫然一串红珊瑚手钏，正是我封妃那日他赠与我的。掌上珊瑚怜不得，却教移作上阳花。我的心口一瞬间被刺痛，怔怔落下泪来。

他盯着我臂上的手钏，亦伤感难言。片刻，他放开我的手，哑声道：“我明白了。只是你再维护她，也不能拿咱们的情分发誓。”

我别过头，轻轻拭去泪痕，低低道：“无论怎样都好，玉隐待你的心是没有错的。”

他缓缓嘘出一口气：“但愿如此。我也不希望你的妹妹是这样的人，只愿是我多心猜错吧。”

我沉默半晌，心中想着翠云嘉荫堂内的情状，不无担心地问道：“那个摩格，我没有认错的话，就是当年辉山……”

他以眼神止住我的话，略略点了点头。我心下惶然，咬一咬唇道：“他似乎，认出了我……”

玄清微微沉吟，道：“他不敢。”

我正欲再说，却见一抹娇丽身影遥遥逼近，仔细一看，却见玉隐缓步上前，沉着嗓子道：“长姐放心，王爷已娶我为侧妃，摩格即便有这个胆子，咱们自然也能推翻了不算。”她紧紧握住玄清的手，似是害怕失去一般，柔声问：“王爷说是不是？”

玄清略略点头，只望着远处出神。玉隐警觉地盯了我两眼，小心翼翼地藏好眼中的戒备神色，温言软语向他道：“王爷怎么一个人出来了，叫妾身好是担心。若是有什么话要与长姐说，妾身在一边守着也好些。”她低柔道，“宫中闲人闲话多，王爷不顾忌自身，也得顾忌着长姐。”

玄清“嗯”了一声：“这些话，你这些年劝我甚多。若非要事，我也不敢打扰淑妃。”又问，“你怎么紧跟着出来了？”

玉隐忙低首赔笑道：“外头太阳晒，妾身怕王爷喝了酒出来中了暑气，所以心里放不下。等下妾身吩咐玢儿去做些青梅羹醒醒酒。”她笑向我道：“王爷每每喝醉，总要喝青梅羹解酒，若是皇上在长姐那里醉了，长姐也该做个青梅羹，既清口，又不腻味。”

我不知该怎么接口才好，槿汐忙替我答道：“多谢隐妃告知。”

玉隐又笑吟吟道：“其实青梅羹对皇上也未必有用，酒不醉人人自醉，皇上醉在长姐宫里，何止是因为酒呢？”

我耳后根突突地跳着，简直不知该如何自处才好，更不知该如何应对。玄清终于忍不住开口："玉隐，你今日多口了。"

玉隐撒娇似的一笑，牵着他的衣袖摇了几下，婉声道："我和长姐玩笑呢，王爷勿要见怪才好。"

她与他这样亲密地言语，我只觉得自己身在尴尬之地。本是个多余之人，只得悄悄扯一扯槿汐的衣袖，示意离去。

绕过松涛轩，才转几步，忽地察觉不远处的松树后有一个魁梧的身影，不觉惊得停住了脚步。

我正待问"是谁"，却听一阵朗朗笑声，那人击掌自林后步出，声若洪钟："你们三人当真是好笑！"

这话如惊雷一般炸在我耳边。我定睛一看，眼前"轰"地一黑，不是摩格是谁？

我的脸色一定是苍白了，心口剧烈地跳动着，仿佛有什么东西要从喉咙口蹿出来一般。松林郁郁遮天，偶尔有游鱼样的日光从树枝的缝隙里漏出来，也失去了固有的灼热的温度，似映照在千年寒冰上，与此刻的我一样，只觉手足生寒，连背心滑落的汗珠也似一颗颗滚圆的冰珠滚过，激起一身寒栗。

然而，即便再心慌，我终究半含了笑意颔首为礼，半是玩笑道："可汗怎的逃席了，还爱躲着鬼鬼祟祟地偷看，大失一国之主的风范啊。"

他捋一捋胡须，慢条斯理道："本汗只是怕惊了一场好戏，怎舍得出声打断呢？"

"人在戏中，可汗看别人时，未知别人也在看可汗呢。"

他眸色乌沉如墨，不辨喜怒："本汗只是在玩味，戏子还是从前那几个，只是演的戏码不同了。清河王身边那个女人以前只是你的侍女，如今飞上枝头变凤凰。你原与他亲密如夫妻，转眼却成了他的嫂子，成了宫中最炙手可热的淑妃。"他拿目光瞟着我，"我看你胆子倒是大得很，敢和皇帝的亲弟弟私通，当真叫本汗对你这位淑妃娘娘佩服至极。"

他话语中的轻蔑之情丝毫不加掩饰，我按捺住心头怒气："恕本宫不懂得可汗的话。只不过可汗可知道时移世易这句话？譬如赫赫大军再铁骑无敌，也抵不过天灾人祸之事吧！”

他双眼微眯，那冷冷的目光似要噬人一般：“你不怕我将当年之事告诉皇帝？”

我摘下紫萝上一朵小花拈着把玩：“怕？本宫怕当年本宫的妹妹玉隐与清河王同游之事被人知晓么？他们情投意合，早已结为夫妻。可汗若要告诉皇上，皇上也只当佳话来听。反而又要疑心可汗是如何知晓这些事的，是怎样只身混入大周的？皇上若知道了，一个不高兴，不去找神医了，只怕赫赫将士的时疫不知要到哪一年才见好呢！可汗是聪明人，自然不会拿数十万将士的性命开玩笑的。”

他负手而立，微张的眼角迸出几许怒意，冷笑道：“你以为本汗会受你们皇帝的威胁？他偷烧我大军粮草，手段太卑鄙！”

我盈然一笑：“可汗果真是醉了，竟然忘了兵不厌诈这一说。”我瞥他一眼，“可汗固然生气，可本宫觉得可汗是有大胸襟之人，必然不肯露出颜色来让皇上瞧见。本宫也劝可汗一句，如是借酒出来消气散心的，那么也请快些回去，免得皇上起疑。”

他冷眼瞧着我：“你以为本汗会怕？”

我微微而笑：“可汗是聪明人，自然懂得趋利避害，本宫不过是多嘴提醒一句罢了。”

他微微抿嘴，觑着我道：“方才一见你，本汗便已经认出你来。但是总觉得你哪里不同了，原来你一本正经端着淑妃的样子，实在没有当年在辉山那么随性可爱。可是你一旦说话行事，和当年还是没有半分区别。”

我依旧含着矜持的笑：“可汗这话，本宫实在不懂。”

“懂与不懂，你自己明白。本汗自然相信自己的眼光。”

他深沉的口吻隐隐让我觉得不安，我扬一扬下颌：“眼见未必是实，何况是眼光呢？”

他的眸底划过一丝迷离的光晕，行至我身侧，一字一字道：“聪明的女人，同时具有美貌，是很容易叫人喜欢的。”他的声音似含着诱惑的磁铁一般靠近，“如果一个女子身负美貌和智慧，再有狠辣，更容易让人倾慕于她。”

我心中不安的情绪越来越重，佯装不懂，只是淡淡道：“想必可汗的阏氏便是如此，本宫也十分仰慕。何时大周与赫赫结为兄弟之邦，想来本宫可以拜会。”

他止了那一抹似笑非笑之意，口中的话语似冰珠般一颗颗吐了出来，道：“本汗有妃子无数，唯一的阏氏却已死在了你手里。”蓦地，他话音一转，微带了令人惊颤的口吻，“所以，你要记得，你杀了我的妻子，就必须还一个给我。”

我被他话中微不可闻的温柔所惊动，一时间骇得无言以对，更以为自己是错觉，他是赫赫一国之君，怎会觊觎敌国皇帝的宠妃，何况我又是三子之母，早已不再年轻。我勉强安定情绪，和婉而笑：“可汗这话小气了，大周美女如云，只要可汗请求，皇上一定会择品貌最佳的女子为可汗阏氏，以结两国秦晋之好。”

他只是负着手，粗大的指节像一颗颗滚圆的鹅卵石，他扬一扬唇角算是笑：“但愿玄凌会舍得。”

这样直呼皇帝的名讳是大不敬。时疫在赫赫军中扩散，对他实则是大大不利。而他明知玄凌手中握有药方，却仍如此轻视，可谓是大胆至极。

指间的花茎被掐摸得久了，清凉的花汁一点点蔓延至掌心，黏腻腻地清香。我看他一眼：“眼下可汗该担心的是皇上舍不舍得那张治时疫的方子，而不该是其他。”

他的目光犀利如剑，远远望着碧蓝无云的天空，似要刺穿它一般：“你以为本汗真的会担心时疫么？赫赫的男儿都是真男子汉，都不怕死。本汗会立刻下令，凡是染上时疫的赫赫兵士一律处死，以免疫情扩散。现在大周军士只敢驻守城内，不敢开城而战。皇帝不给药方也可，本汗会让人将染上时疫的赫赫男儿抛入城内，本汗就不信大周军士如此身强体壮，会不和咱们一样染上时疫。”

我望着他深邃不见底的眼中那抹决绝而凄厉的眼光，心中惊到无以复加，脱口道：“你是个疯子！”

他“嘿嘿”一笑，那声音像伺机而动的猛兽一般：“疯子又如何？难道被你们的皇帝白算计了不成！他行军打仗不过尔尔，玩起阴谋诡计来倒是一套又一套！”

“阴谋诡计战场上难道不须用么？用得受益便是奇谋妙计，吃亏便是阴谋诡计，成王败寇，未尝不是如此。”我看他直瞪眼，不禁莞尔失笑。

他忽地松了那股生气的神情，露出几分玩笑：“原来你还会笑得这样高兴，我以为你只在辉山时才会这样笑。”

正说话间，却见玉隐伴着玄清缓缓出来。玉隐耳朵尖，一时听见摩格这句话，秀气长眉微微一凝，转了一抹云烟样的笑颜，道：“可汗好记性，还记得妾身与王爷同游辉山的情景。话说今日重逢，也还真是有缘呢！”

摩格挑起眉毛打量她两眼，朝我努努嘴：“你是当年淑妃身边的小丫头？”

“小丫头”本也无别意，然而玉隐却多心了，她粲然笑道：“可汗贵人多忘事，哪里来什么小丫头小丫鬟的。当年我与王爷初初定情，同游辉山，长姐也跟着我们一同去的。许是我年纪小，又爱跟在长姐身后，可汗把我当小丫鬟看了。”

摩格不屑地一笑：“虽然你与淑妃有些相似，但本汗相信自己的眼力。即便她是你长姐，你又年轻，但小丫鬟的样子是不错的。”

玉隐在清河王府内曾受孟氏一族压制，屡屡被讥笑乃是侍女做王妃，脱不了仆婢身份。此刻听摩格毫不遮掩地提及，不觉隐隐变色。她极力压制着怒气，强笑道：“可汗非要这么说，我倒不好辩驳了。”她顺势挽住玄清的臂膀，侧首温婉而笑，“当年王爷与妾身同游遇见可汗，今日故人相逢，等下可要和可汗好好碰几杯，您说是不是？”

玄清淡淡一笑，拱手道：“可汗好酒量，本王远远不及。”

他这一答虽然避重就轻，然而也算默认了与玉隐同游之事。摩格只是笑：“你们三个当真是奇怪。从前本是一对的有情人做了叔嫂，一转头，小丫鬟却嫁了有情郎。你们不觉得别扭，本汗只见了两面，便觉得别扭。”

玄清的笑意淡淡的，像晨起笼在鸳鸯瓦上薄薄的一层湿气：“可汗这话取笑了。”他极自然地将手臂从玉隐怀中脱出，将她挡着身后，正色道，“可汗开玩笑也无妨，但请勿拿小王的爱妻取笑。”

玉隐姣好的面上慢慢漾起珊瑚色的红晕，伸手握住玄清左手：“多谢王爷爱护。”

摩格“哧”地一笑：“夫妻爱护本是理所当然，这也要谢，可见平时难得爱护。抓着了人，抓不住心，有什么意思？”他瞟一眼玄清，“别人不曾看见你护她的样子，本汗却是亲眼见过的。你即便护着你王妃，也和当年护着她全然不同。”

我心头一震，满腔酸涩中缓缓蕴出一缕甘甜。摩格何等眼力，自然瞒他不过，某年某月，若等他人发觉时，又会是何等雷滚九天的大风波呢？

玄清也不多言，只道：“可汗请回殿，小王再与你痛饮三杯，如何？”

壹陆 熊吃

待回到殿中，已是歌舞过半，玄凌微有薄醉之色，我悄悄招手，示意品儿端了一盏青杏汤上来，亲手捧至玄凌身边，他就着我的手喝了一口，低低道：“去了哪里？这样久。”

我盈盈笑道：“更衣完了只觉得倦，在松涛轩坐了会儿才出来。谁知瞧见六王和隐妃在外头纳凉闲逛，实在是恩爱得紧。臣妾也不好意思吵扰他们，便紧赶着过来了。”

玄凌微微颔首，在袖子底下握一握我的手：“摩格大约知道粮草被烧的事了，跟朕说跑出去散散酒气，朕瞧他是憋气得紧。”他的语气温柔得如一阵轻悄的风，绵绵吹上面来，“嬛嬛，多亏你提醒朕，朕才能想到温实初那里保留了当年患时疫那些人的一些毒血，可以让赫赫那些蛮夷染上时疫。”

我悄然笑道：“皇上英明，臣妾哪里能知道这些？不过是多嘴罢了。皇上不嫌弃臣妾饶舌，臣妾已觉万幸。”

玄凌温然笑道：“这话就矫情了，朕与你是什么情分，你竟当着朕的面说这个话，瞧朕等会儿……”他“哧”地一笑，不再说下去。

他的声音极低，我却更觉不好意思，低笑道：“皇上不怕蕴蓉吃醋，就这么戏弄臣妾？”

“蕴蓉是小孩子脾气……”他举眸一看，却并未见胡蕴蓉身影，他摆一摆手，道，“许是抱着和睦出去了。”又向我道，“你理会她作甚，自从朱宜修被禁足，她的脾气是越来越大。”

我掩口笑道：“用欣妃的话说，蕴蓉妹妹是皇上的亲表妹，正当正的未来皇后，气性大些也是应该的，否则怎么镇服六宫呢？”

玄凌连连蹙眉道：“欣妃一向想什么说什么，她的话你也当真？蕴蓉那性子做个千娇百媚的贵妃是正好，当皇后么……”他沉一沉脸道，“别说太后的遗命，现放着你呢，再不济还有端贵妃、德妃、贞妃，怎么轮到她去了？”

我忙去掩他的口，低笑道：“臣妾若是端贵妃姐姐就得生气，端贵妃姐姐也是个美人儿，怎么就输了蕴蓉妹妹呢？”

我口中与玄凌说笑，一眼望去，正见摩格与玄清痛饮了十数盏，玄清仿佛不胜酒力一般，半伏在案几上，一绺碎发自海水玉赤金冠下以闲雅的姿态滑落，似与他一起都沉醉在这京华歌舞的柔与媚里。案几上以清水供养着大束新折的水玉莲花，玉隐的秀丽容颜与花面交相辉映，更见温柔旖旎之色。她取白绢蘸了清水轻轻擦拭玄清的面庞，这寻常的动作在她手下显得格外细腻而体贴。我叹息，玉隐是真的爱慕玄清的，只是……

我心底的叹息犹未断绝，玄凌抚摩着自己的下巴带着玩味的笑意，目光亦停在玄清与玉隐身上，他朝我笑：“浣碧对老六实在不错，亲贵中难得的恩爱夫妻。”

我轻嗔道：“皇上，是臣妾的二妹玉隐，可不是浣碧。”

他一笑：“朕总觉得她还是你身边如影随形的小丫鬟。”

玄清已然半醉，而他对面的摩格却神志清明，他向玄凌笑道：“大周的歌舞忒软绵绵，化得人的骨头也要醉了，不似赫赫旋舞刚柔并济，女儿家和男儿一样。”

玄凌鼓掌笑道：“好好好！正想一观赫赫之舞，可汗提议甚好。”

摩格大手一挥，朗然道：“歌舞看多了会腻，本汗今日有一礼物赠与大周皇帝，但请笑纳。”

玄凌问：“听闻是一熊罴？”

摩格微眯了双眼，淡淡笑道：“乃赫赫山中的寻常兽类，皇帝留着玩就是。”

他击掌三声，只闻得周遭一片寂静，唯有小铁轮辘辘之声，沉沉地接近。

目光所及之处，一架铁笼中困着一只黄白色的猛兽，不甚起眼的样子。待渐渐近了，才看清那猛兽极类宫中兽苑所豢养的黑熊，只是姿态五官有些像人，遍体毛色黄白，脖子更长，四肢躯体也更壮大，目露凶残之色，甚是可怖。

予润年幼，才会说话，不免有些害怕，牵着我的裙幅连连道：“熊！熊！”予涵却只是好奇，探了头目不转睛地看；胧月依在德妃怀中；灵犀却不在意，只专注地捏着一颗荔枝慢慢剥着吃。我看着四个孩子的反应，只奇怪灵犀这样沉静冷淡的性子，不知像谁。

摩格微微一笑，指着那熊罴道：“这熊罴性子凶狠残忍，敢与数只发怒的野猪缠斗，轻易取胜，撕碎两片，伤人更是常事。平时拔古树推巨石，力大又无赖，不定什么时候就招惹它了，你们可小心！”

摩格说到此，恰闻那人熊低吼一声，如闷雷一般，仿佛为他的话做了验证。摩格闲靠在软椅上，见玄凌身后嫔妃侍从大多流露出畏惧神色，悠悠笑道：“皇帝陛下不必惊慌。”

玄凌神色未变，只是饶有兴味地问道：“如可汗所言，果然算是异兽，十分难得。既然人熊如此凶残，不知可汗如何猎获？”

摩格微微一笑，目光中有繁复意味：“人熊在赫赫山中颇多，赫赫子民对此猛兽从来智取而非力夺，非外族可知，亦非外族可取。子民有勇有谋，本汗也甚欣慰。”

这话颇有炫耀自己鄙夷大周的意味。玄凌淡淡一笑，只是不接这话头，道：“上次朕赐予赫赫的珍兽麋鹿如何？”

摩格摇头道：“太温驯了，一点子烈性也没有，也受不了赫赫的风沙，现下瘦得皮包骨头，好歹还活着。”

玄凌笑道：“此物温和祥瑞，被可汗养得皮包骨头，难免损了祥瑞有伤人和了。”

摩格搁在案上的手缓缓攥成一个拳头，脸上还是那种若有若无的笑意：“本汗只相信事在人为，人和还是祥瑞，只要本汗要，就一定可以自己抓到。”

玄凌一笑置之，漫不经心道：“但愿如此。”他招手示意小厦子上前：“给那熊罴喂些肉去。”

小厦子得了令，又畏畏缩缩地不敢十分靠近，便用竹竿挑了野猪肉送到熊罴跟前，那熊罴见了新鲜兽肉，哪有不爱的，伸掌便去抓。小厦子猛地一缩手，熊罴便扑了个空，急得抓着腮团团转个不停。众妃见这样一个庞然大物做出这等举止，不免觉得可爱又好笑。小厦子见如此，更加要引得大家发笑，便百般引诱、躲闪，引得熊罴只能看不能吃，抓耳挠腮，一屁股坐在地上连连以掌拍地。摩格欲言又止，笑了一笑，终不理会了。

贞妃素来宁和稳重，便搂着予沛道：“罢了，罢了！等下惹怒了那熊罴，逗弄过了便算了。”

却听一个声音和着如铃的笑清凌凌入耳：“贞妃真是忒胆小了！难怪二殿下也是一副畏首畏尾、不知所谓的样子。”我转首去看，正是胡蕴蓉抱着和睦进来。和睦换了一身红艳艳的石榴团福绫子衣衫，在几位帝姬中更显得明艳可爱。蕴蓉福了一福，向玄凌道：“方才珍缡顽皮，酒水洒了一身，我带她换衣裳去了。”

玄凌“嗯”了一声：“换衣裳便换衣裳吧，又指着贞妃和沛儿说什么话！”

和睦好奇地盯着熊罴懊恼的样子，欢喜得笑逐颜开，连连道：“母妃，母妃，我要去看那熊熊！”蕴蓉只是笑，问：“珍缡怕不怕？”

和睦拼命摇头，从蕴蓉怀里探了身子出去：“我要去喂肉肉。”

小厦子听得动静，忙讨好地将一块肉悬在竹竿上送了过去，和睦看也不看，伸手一抓，由着蕴蓉抱到离兽笼十余步之遥，奋力将肉扔了出去。小孩子的力气虽然不大，那肉却不偏不倚正砸在人熊的眼睛上。那人熊吃痛之下猛然一惊，四下一转，将那肉捡起轻而易举地撕碎，一口吞了下去。

蕴蓉有意无意地瞟着贞妃，傲然笑道：“皇上，咱们的孩子可勇敢多了，不失金枝玉叶的身份！”

和睦笑得清脆，使劲拍着手，众人也附和着笑，不住地夸着和睦帝姬。玄凌笑道：“差不多就回来吧，女孩子家和野兽玩得这样起劲。”和睦笑嘻嘻的，只是向人熊扮鬼脸玩。

那人熊想是吃痛，两眼渐渐发红，正见和睦一袭红衣朝它扮鬼脸，愈加恼怒，双掌“噼噼啪啪”拍在地上，发出阵阵巨响。众人见爪牙纷沓，也不以为意，猛地听见“嘎——”一声巨响，那铁笼被愤怒的人熊霍然扯开一个大口子，那人熊拖着笨重的身子怒吼连连，向和睦奔去。

和睦身前，有铁槛拦住，人熊把前两爪攀在槛上，意欲耸身翻入。和睦一时吓得呆住了，瞪着双眼连哭也哭不来，蕴蓉也不知该如何是好，一时也不晓得退开，只愣愣地紧紧搂着和睦，吓得花容失色。小厦子本跟在身边，一时间张口结舌，两股战战，拼了好大的劲才伸手拉住蕴蓉，拼了全身之力大吼一声：“娘娘快跑！”胡蕴蓉晓得逃命要紧，厉声叫了一声，借着人熊翻铁槛的时候，飞动金莲，乱曳翠裾，半倾半跌地抱了和睦奋力跑向玄凌的御座。宫中的羽林军从未见过如此情景，只闻得那人熊吼声震天，都不知如何是好。玄凌御座两旁的妃嫔媵嫱见人熊一步一步震得尘土飞扬走来，无不吓得魂飞魄散，争先恐后向后面逃逸。事出突然之下我竟不知该如何是好，只得一把搂住了灵犀、予涵与予润便往后退。谁知背后皆是乱纷纷的人群，竟不知往哪里退去才好。人多纷杂，予润年幼步子小，纷乱间顿时摔倒在地，放声大哭不已。那人熊原本追着和睦，已离我与孩子稍近，蓦然闻得儿啼清亮，登时呆了一呆，便要向予润走去。予涵本自缩在我怀中，一时见予润摔倒，忙喊道："母妃，弟弟摔着了！"

若抛下予润，我大可抱了灵犀与予涵逃开。若要去抱回予润，只怕连予涵和灵犀也要被牵连住。不过是一瞬间，我脑中闪过无数念头，心中烦恼得几乎要裂开了。我一眼瞥见予润哭得满脸通红，伸开手朝着我不停地哭，不觉心痛如绞，想也不想，便一把把予涵和灵犀推入德妃怀中，起身奔到予润身边，一把护住他幼小的身体。混乱间，不知谁踩住了我的裙裾，我猛地倒地，只觉脚踝痛得钻心，再也爬不起来，忙以身体护住予润，身旁都是手无缚鸡之力的妃嫔，唯有玄凌离我稍近，我顾不得自己，忙向玄凌求救："皇上，皇上快抱走润儿——"玄凌正要起身，眼见那巨大的淡黄身影越靠越近，不觉略略迟疑，蕴蓉一把拉住玄凌，惊呼道："皇上万圣之尊，岂可以身犯险！"她瞥着我叫道："听闻人熊吃了人便不会再伤人了，淑妃为保皇上，理应献身护驾——"

玄凌顿时大怒："胡说，怎可伤了淑妃！"他身子往里缩了一缩，急忙伸了脖子唤道："羽林军在哪里？快救淑妃！"

我见他如此，又见人熊逼近只剩十步之遥，早已无处可逃，心中已是绝望。又见玄清被玉隐拉得远了，悬着的心才放下了一半。只是予润……眉庄啊眉庄，但愿我能拼得一己之命保住你一点血脉，也算尽了我们多年姐妹情谊。

在闻得那股猛兽身上所带的腥风那一瞬，我横下一条心，已存了必死之志，只盼能保住予润，于是牢牢把他护在身下。

我死死闭着眼睛，只等待无可逃避的死亡以这样痛楚而奇突的方式笼罩在我身上。在这样绝望的时刻，脑海里忽然有一瞬间的清明与空白，缓缓浮上来的是少年时和眉庄拈花轻笑的天真愉悦。那思绪倏然一飞，恍惚又见玄清的清雅容颜，与我并肩立于凌云峰顶，衣袂翩然。这样思绪翩飞的时刻，大约连对死亡的畏惧也忽略了一些。四周的喧乱如海潮一般渐渐退得远了，只觉得嗡嗡地不真实，不远处，如裂帛一般撕心裂肺的一声："王爷别去——"我霍然惊觉那是玉隐的惊呼，心中如被狠狠撕扯了一记，尚未来得及抬头，只觉得骤然从哪里来了一股巨大的气力，生生将我拖开三尺远，身上重重一下，不知是谁扑在了我身上，如我护着予润一般，把我护在身下，急声道："别看！"

那声音熟悉得紧，在这生死关头，亦不失温柔的决绝。我心中猛然迸出巨大的惊惧，那种深深的害怕比决定拼死护住予润的一瞬更重无数。

心底唯有一个念头，他不能死！润儿不能死！

我手臂一使劲，不假思索便要推开他！他的体温牢牢覆盖着我，他喝道："不许乱动，否则大家都是死！"他的声音离我那么近。我被他牢牢按住，再不敢多想，只任凭热泪滚滚，簌簌落满衣襟。

羽林卫早已反应过来，只因见人熊离我最近，更不敢以兵器投向。此时见玄清将我拉开，正是最好的时机，唯听得兵刃霍霍之声，羽林卫纷纷举起兵器长枪刺向那人熊。谁知那人熊刚猛至极，兵器虽多，却被它一掌挥开不少，剩下的那些也只伤到它的皮肉而已。人熊受伤之余愈加勃然大怒，一眼瞥见一身红衫的和睦，大吼一声，即刻红了眼睛，张开蒲扇似的两掌直奔过去。

胡蕴蓉无计可施，更无处可退，整个人抵在壁上，抱着和睦帝姬往玄凌身后躲。她早顾不得仪容风姿，口中连连哭叫道："表哥救我！"那人熊紧盯着和睦帝姬，一刻也不放松，步步紧逼，眼见离御座越来越近。御座之后唯有锦幕重重，再无处可退，妃嫔们吓得跑开了，玄凌急得满头大汗，连连喊道："护驾！护驾——"

四下里尖叫声、奔跑声、杯盘碎裂声，声声不断，一片混乱，玄凌的喊声被隔截得支离破碎。贞妃本已奔得远了，低头看一看怀中吓得啼哭的予沛，猛一转身，将予沛塞到乳母怀中，牵起裙角直奔到玄凌身边，张开双手挡在御座之前。玄凌不觉大惊，正要呼她奔避，眼见人熊发狂似的逼近，竟生生把那劝阻之言吞了下去。却值羽林军在九王带领下迅疾趋近，各持兵器，把熊牢牢格住。

人多力大，那熊一时被架得动弹不得，玄清微一探身，一臂伸开，护我在他身后，伸手抓住一把银色长枪，深吸一口气，展臂掷了出去。

只闻得一声响彻云霄的猛吼，耳中嗡嗡的天旋地转，涨到隐隐生出痛意来。我趁玄清起身的空隙，抱着润儿起身。正见玄清一臂掷出的长枪枪尖直穿过那人熊的喉颈，不偏不倚，枪尖正出喉管寸把长，银亮的枪尖上缓缓滴下点点殷红血珠。

那是一种艳丽而残忍的色彩重合。摩格的眼眯成狭小的一条细缝，透出几分锐色，他击掌，那赞叹声冷冷的，丝毫没有温度："好枪法！"

因着他的赞许，更显得大殿内那样静，空荡荡的安静，似不在人间一般。灵犀与予涵挣脱了乳母的怀抱，一下子扑过来，予涵"哇"的一声哭出来，灵犀含着泪眼抱着我的手臂低低呼道："母妃，母妃——"

那样小小的人儿，静静地依恋着我。我的手抱着吓得哭不出来的润儿，以面颊轻轻贴着灵犀与予涵的面颊，感受着生与死的须臾之别，情不自禁地落下泪来。

玉隐早已急得云鬟散乱，花容失色，她拨开众人，几乎是纵身扑入了玄清的怀中，慌乱地上上下下查看他身上的每一处，口中焦急地问着："王爷没事吧？没事吧？"话未完，已是泪流满面。玄清只得伸手安抚她失措的情绪，低声安慰道："没事。虚惊一场。"

她的眼似看不够一般眷眷在他的面上，眼见他无碍，才稍稍放心，转头看我："长姐还好吧？"

我眼见她这样的依恋与关切，心中更生了一层难言之情，即便他这样舍命来护我，终究，玉隐才是他最亲密的妻吧。转眼瞥见胡蕴蓉含了一丝似笑非笑之意，只冷冷看着我与玄清。她身前的玄凌未带任何表情的神色，我心中更是一凉，那凉气迫人之余，更缓缓沁出一层惊与惧，慢慢扼上我的喉头。方才的情形，玄凌未必不会猜忌。我深深吸一口气，惊魂未定道：“玉隐，幸好有你家王爷……”我勉力起身，敛衣深深欠了一礼：“多谢王爷救命之恩，本宫替惠仪贵妃就此谢过。”

玉隐的眼底有复杂的情绪一闪而过，她忙伸手握住我的手臂，恳切道：“王爷是长姐的妹夫，怎会见长姐和润儿有险却袖手不理？岂非伤了我们夫妻情分！”

隔着薄薄的衣料，依然能察觉她握着我手臂的指尖沁着微薄的汗，她的手指有些用力，不像是握着姐姐的手，却像是在发着狠一般，指甲浅浅地陷进我的皮肉里。她面上却仍是那样关切的神情，我心中微凉，轻轻挣开她的手，将润儿放入乳母怀中，急忙吩咐道：“快去请温太医来瞧。”

我侧首看见贞妃伏在玄凌身前，生死攸关之刻，她面上只带着赴死亦无怨的笑容，仰面看着玄凌，牢牢攥着他的手。或许是此刻的亲密，她素来苍白的脸上泛着嫣然的红，似白雪纷飞里开出的一朵朵耀眼的红。

我起身行至玄凌身前，跪拜如仪：“皇上万安。”说罢拉起贞妃的手，恳切道：“多谢贞妃舍身救护皇上。”

玄凌也不看我，只伸手扶了贞妃起来，柔声道：“燕宜，你还好吧？”

贞妃只注视着玄凌：“皇上无恙就好，臣妾就放心了。”

玄凌微微点头，环视四周，忽然生了寥落的感叹：“燕宜，唯有你真心对朕。”

贞妃不觉红了眼眶，哽咽道：“皇上别这样说，燕宜受不起。”

玄凌的目光淡淡地从我面上划过：“是么？朕到今天才明白，算不算太晚？”

燕宜感动得落下泪来：“臣妾知道，皇上一直都明白的。”

“是朕没有珍惜你。”他轻轻唏嘘：“李长，扶贞妃起来。”他想了一想，又制止了李长，“朕自己来。”他展臂一把横抱起贞妃：“朕陪你回宫休息。”他颔首向摩格示意：“爱妃受惊了，朕先失陪。”

摩格道："皇帝请自便。"他停一停，略略带了含糊不清的笑意，"等下本汗还有一句极要紧的话要亲自告诉皇帝。"他言罢，淡淡地瞟我一眼，笑意愈深。

胡蕴蓉眼见玄凌不闻不问便要走，微微发急，忙笑道："表哥，和睦吓得哭了呢。"

贞妃满面通红，神色如醉，闻言，牵一牵玄凌的衣袖，示意他关切和睦。玄凌头也不回，只抱着贞妃徐步往前走："请太医来看吧，小孩子害怕哪有不哭的。"

"表哥，"蕴蓉上前两步，急道，"小孩子哭自然不是要紧事，何况和睦只是个帝姬。倒是表哥该多谢六表哥呢！方才他奋不顾身救了淑妃与四殿下，连自己的侧妃和幼子都抛之不理呢！"

她这话大有挑衅之意，我如何不知。只见众人目光齐齐落在我的身上，我一时不知从何辩解，只得束手立在当地。玄清本已携着玉隐走到殿侧，闻言不觉回首，淡淡笑道："臣弟之子方才处于安全之地，又有玉隐照拂。皇兄既要护着庄敏夫人与和睦帝姬，又要指挥羽林卫挟住人熊，心中十分牵挂淑妃安危。皇兄乃万金之体，不宜冒险，臣弟与皇兄兄弟连心，为皇兄分忧乃是理所应当。"

玄凌微微一笑，注视着他："清河王很会说话。"他终于回头顾我："淑妃方才受了惊吓，先去仪元殿等朕，朕等下叫太医来瞧你。"

这话说得有些古怪，我压住心头过快的跃动，婉声应道："是。"

壹柒 昭君計

我静静地立于仪元殿中。这个地方是我来得惯熟的，因着这熟悉，我心中反而生出几许未知的感叹。我仿佛是在惧怕着什么，那种惧怕源于对掩埋了多年的秘密一角的揭破。我不知道，不敢去想，万一这个秘密被揭破，会发生怎样雷滚九天的惊天之变！

我轻声问李长："皇上似乎很生气？"

李长摇首道："方才娘娘的情形，奴才也吓坏了，没想到六王会舍身来救娘娘。"他看我一眼，小心翼翼地措辞，"或许皇上是在生自己的气，是旁人来救的娘娘，而不是他自己。"

仅仅是这样么？

我轻轻舒了一口气，李长叹道："奴才已经老了，皇上的心思已经有许多是奴才猜不到的了。娘娘自己保重。"

我颔首，只默然坐在窗下，闻得风声簌簌，如千军万马铁蹄踏心一般。

殿中有些窒闷，那种闷仿佛是从心底逼仄出来的，一层一层薄薄地裹上心间，渐渐透不过气来，我起身欲去开窗，闻见外头蝉声如织，密密如下着大雨一般，更觉烦躁。我在等待中困倦了，迷迷糊糊地闭着眼，又觉心头万事不定，愈加觉得疲累。

也不知过了多久，睁眸时见天色逐渐暗了，仿佛是谁把饱蘸墨汁的笔无意在清水里搅了搅，那种昏暗便避无可避地逼了过来。背光的阴影里，有一抹墨色的颀长身影，偶尔有流光一转，折在他衣衫上迸闪出几缕金光。我有多久没有这样注视过他的背影？仿佛有很久很久了，以致和记忆中他曾经的背影那样格格不入，似乎远远隔着几重山、几重水。我心中一惊，不自觉地起身道："皇上什么时候来的？"

他背对着我，口气淡淡的："朕看你睡着，就没叫醒你。"他停一停，"你睡得不大安稳。"

我勉强一笑："臣妾胆小，下午的事尚且心有余悸。"我见他不作声，只得立在原地道，"贞妃妹妹无恙吧？"

他只是那样云淡风轻的口吻，淡得听不出任何喜怒的情绪："贞一夫人没事，朕陪了她很久。"

"贞一夫人？"我一怔，很快反应过来，微笑道，"妹妹舍身为皇上，有封赏是应该的，也不枉妹妹对皇上一片痴心。"

大周后宫夫人之位历来有三位，但为显尊崇，自隆庆朝起便只立一位夫人。如今玄凌使燕宜的尊位与蕴蓉并肩，可见如今对其之重视。我稍稍欣慰，对燕宜，这也是一种安慰了吧。

"一片痴心？"他轻轻一嗤，"痴心可贵，朕怎可轻易辜负？"

我听得他语气不好，便不敢再说，只是静静立着。

这样的静让人觉得可怕。那么久以来，我从未觉得与他之间的沉静是这样令人不可捉摸，尴尬难言。我低着头，仿佛除了低头，便无事可做。我着一双云烟如意水漾红凤翼缎鞋，因是夏日里，那缎也是薄薄的软缎，踏在地上几乎能感觉金砖上经岁月烙下的细细纹路。看得久了，眼睛有点儿晕眩，鞋上凤便似要张着翅飞起来了，旋了几圈，又低下去啄我的足趾，一下又一下，久了，有刺心的疼。

他“嗯”了一声，伸手招我：“过来。”他的语气简短而冷淡，并不似往日的亲厚。我这才醒悟过来，因着心内的紧张，我竟这样累。我缓步过去，站在他的身边。那原是一个亲密的姿势，并肩的，可依靠的。

他与我并肩立了片刻，晚风从窗下漏了几许进来，带着花叶被太阳蒸得熟烂的甘甜气味，不由分说地熏得人满头满脸。他霍地转过脸，扳住我的脸，俯身吻了下来。我有些不知所措，慌乱中本能地伸手挡了一下，他手上更是用劲，像是要用力将什么东西按下去一般，揿得我两颊火辣辣地疼。

良久，他缓缓放开我。那样淡漠的神情，仿佛我并非他方才拥住的那个人。他冷冷看着我：“是什么时候的事？”

我抬头，清晰地分辨出他眼底那幽暗若剑光的犀利杀机。我轻轻吸一口气：“恕臣妾愚昧，臣妾实在不知皇上所指何事。”

他的唇角扬起冷冽的弧度：“你这样聪明，当真不知？”

我心中惴惴如大鼓一槌槌用力击落，只觉得口干舌燥，说不出话来。玄凌死死盯着我，忽然轻轻一嘘，伸手怜惜地抚上我的面颊。我本能地一个激灵，不知他意欲如何，只得僵立在原地，他看着我，缓缓道：“嬛嬛，朕一直那么宠爱你。可是此时此刻，朕真恨你拥有这张面孔。”他对上我惶惑的眼，眸中如春潮般涌起一抹激愤与无奈，“嬛嬛，有人告诉朕明妃的故事……”

我怔了怔，片刻才回过神来，几乎以为是自己猜错了。那样怔忡的瞬间，有夜凉的风轻轻悠悠贴着脊背拂过，我方才觉得冷，才知自己早已出了一身冷汗。只是这冷凉，亦抵不上心底的震惊与怀疑，我望着玄凌，低低道：“是摩格……”

他缓缓别过脸去，我看不清他的神色，只见他负在身后的手紧紧攥成一拳，殿中这样静，几乎能听见他指节骨骼轻微的“咯咯”声。他的语调与往常并无二致："方才摩格特意来见朕，要求朕许你和亲！"他的眼底微见秋露寒霜之色，带了一抹厌弃，"是什么时候，他盯上了你？"他瞥我一眼，语中有幽然意，"你这张脸这般吸引朕，必会吸引旁人。朕实在不该让他见到你！"

我身子一震，万万想不到摩格会提出这样的请求，我急忙跪下，含泪道："臣妾乃天子妃嫔，怎可委身和亲？摩格实在荒谬！"

"朕何尝不知道他荒谬？"玄凌恨恨道，"朕以你方才的话去堵他的嘴，谁知他搬出汉元帝典故，以明妃昭君比你，要朕割爱！"

一去朔漠千里，我忽地忆起摩格那句话："所以，你要记得，你杀了我的妻子，就必须还一个给我。"我骇得无以复加，他果然那么快就来实现他所言了。我伸手攥住玄凌的袍角："明妃出塞乃是元帝毕生之痛，何况臣妾乃四子之母，若真如此，以后皇子与帝姬要如何抬得起头做人！"

"他告诉朕，赫赫风俗，子承父妾，连庶母都可接受，何况是你？"玄凌的指尖微微发颤，如同他此刻话语尾音中难掩的一丝颤音，"摩格的性子，即便知道军中时疫泛滥亦不肯轻易低头，大周虽然以时疫逼住赫赫一时，但难保他们找不出治时疫的方子。且战事绵延至今，大周也是元气大伤。朕问过户部，现下所有粮草集在一处也只能够大军三五月之数。彼此僵持，只会百害而无一利。摩格明明白白告诉朕，只要许你为赫赫阏氏，再与他治疗时疫的方子，赫赫大军便退回边境，只要每年三千粮草、十万银币便可，从此再不与大周起战火烽烟。"

他停下，不再言语，唯以幽若暗火的目光直视于我。夜色似巨大而轻柔的乌纱轻缓飘拂于暗沉的殿中。早已过了掌灯时分，因着没有玄凌的旨意，并无一个人敢进来掌上烛火。我以默然相对，心中酸涩难言。周遭的黑暗让我觉得茫然而麻木，我摇起一枚火折子，缓缓地点上一盏铜鹤衔芝的灯火。

微黄的烛光里，忽然觉得眼前这张看了十数年的面孔是那样陌生。只是依稀，这样的陌生是何时见过的，仔细回忆，却原来，在我离宫的那一夜，他也是这样索然的神情。

他依旧不语，只是等着我开口。

他的话已到了这样地步，何必再逼他说出更凉薄的言语。罢了罢了，此身荣华是他所赐。

我敛衣，郑重下拜：“两害相衡，取其轻也。臣妾身为大周淑妃，深受皇上宠爱多年，心内惶恐不安，一直不知该何以为报。如今，是臣妾报皇上与大周恩德的时候了，臣妾不敢爱惜一己之身，但凭皇上所愿。”

他似是松了一口气，不觉掩面道：“朕是一国之君，但凭……但凭你自己做主吧。”

心头霍然一松，似一根紧绷的弦骤然绷断，反而空落落地无碍。

唇角浮起一丝哀凉而了然的笑意，他原来凉薄如斯。

俯首下去的一瞬，我忽而莞尔，竟是笑自己。何尝不晓得他的凉薄，竟何必抱上一丝希望，他会顾及孩子而留下我。江山美人孰轻孰重，我原不该寄望于他。

所谓恩宠眷爱，在宫闱深处，总也比不上江山前程，社稷安稳。当真的，我若真开口要他垂怜回护，那真真是不自量力。

额头触上冰凉的金砖地，口中缓缓道：“臣妾不敢忘恩。”

有霍霍的风吹散我话语的尾音，漫上我冰凉的脊背：“淑妃娘娘三思，不可如此！”那样熟悉的声音，却带了罕见的果决与凌厉，他正声道，“娘娘不惜一己之身，可只怕会陷皇兄于不义之地。”

李长急得满头满脸的汗，急急跟在他身后：“皇上未传召，王爷不能进去。”

我起身，用理智强迫自己冷静下来：“六王多虑了。”唇角平静地牵起冷然的弧度，“是本宫自愿的，皇上并未强迫本宫。”

他迎着我的冷静，拱手道：“娘娘自然不愿让皇兄为难，可是娘娘一旦和亲，皇兄便会如汉元帝一般，为千古后人耻笑。”

玄凌喟然，望向我的眼神大有不舍之意：“朕与淑妃十余年的夫妻恩情，来日汉宫秋深，朕形单影只，看着胧月、灵犀与涵儿的时候，朕又情何以堪……”

玄凌语中大有深情之意，玄清看我一眼，微有动容之色，忙自制地转过头去：“淑妃为皇兄三子之母，位分尊荣，若以淑妃遣嫁，来日帝姬与皇子若牵衣哭泣追问母妃下落，皇兄待如何答他们？赫赫远隔千万里，皇兄再思念淑妃，恐怕他日也不得再相见了。”

李长早已听明白了，不觉脸色微白，只执了拂尘赔笑道：“皇上钟爱淑妃娘娘，自然不愿以娘娘终身平静胡尘，此后不得相见。若赫赫真要和亲，皇上何不从宗室女中选取才貌双全者封为公主嫁与那摩格？这样既能保全娘娘，又足了摩格的颜面。”

玄凌的脸在烛火下显得格外阴沉：“你要知道情之所钟是极难改变的。摩格既然敢要淑妃，自然是志在必得，你以为是再遣嫁他人就能令摩格满意退却的么？”

李长吓得不敢再言，玄凌冷冷道：“这里没你的事，下去吧。”李长忙抬手擦了擦汗，躬身出去了。

玄清眉心微皱，道：“宗室女也好，淑妃娘娘也好，皆是牺牲女子保家园，有何分别？万一赫赫以此为例，年年索纳要求和亲，岂非天下女子皆受荼毒？大周颜面何在？臣弟以为不妥。”

玄凌英挺的轩眉扬起恼怒之气：“他要定了淑妃，是朕被蒙在鼓里，连他什么时候注意了淑妃也懵懂不知，以致今日让朕颜面扫地，进退两难。”

玄清的呼吸有些急促，不复往日温和平易的神气，他努力平和自己的气息，揽衣屈膝：“皇兄，咱们不是打不过赫赫。”

玄凌注视着他，略带戚然之色：“六弟，你以为朕舍得淑妃么？咱们不是不能打，而是不能一直这样打下去。赫赫不收回他的狼子野心，一时打退，还会卷土重来。大周将永无安定之日。”他微微叹一口气，神情寥落，“齐不迟已死，你以为大周还有多少可用之将么？”

“汉家青史上，计拙是和亲。社稷依明主，安危托妇人。岂能将玉貌，便拟静胡尘。地下千年骨，谁为辅佐臣。以女子终身安社稷，臣弟不敢听。”玄清屈膝俯首，朗声道，“皇兄若不嫌臣弟无用，臣弟愿领兵出关，不退赫赫绝不还朝。”

有一瞬间的寂静，我几乎能听清风是如何温柔地穿过树叶的间隙，拂过湖面轻旋的波澜。可是心里却一点点萌出寒意来，他竟不知道要避嫌么？方才的事玄凌未必不放在心上，此刻他又甘冒大不韪要领兵出征，却忘了玄凌一向最忌亲王手握兵权么？

这样一想，忽地有几丝疑虑从心底闪过。为何玄凌才准许我和亲，玄清便推门而入，那么方才……难道他便一直站在殿外，将我与玄凌一言一语皆听得清清楚楚？

我倒吸一口冷气——他又怎会一直在殿外？

玄凌缓缓地笑起来，他的目光渐渐变冷，冷得像九天玄冰一般，激起无数锋芒碎冰：“你果然说出这句话了！”他的目光幽寒若千年玄冰，似利刃戳向他的胸膛，“你告诉朕，你这句请求究竟是为大周，还是为了她？”

我骤然大惊，心像是被一只强劲的手生生用力拽到胸口，满心满肺里扯出那种被强力拉扯的痛楚和惊惧来。

他终究是猜疑了！这样一步一步引着他走入瓮中，证实他对我的情意无假。

玄凌微眯着双眼，露出几分凛冽的杀机：“你若不肯说，朕来回答你。方才朕命你候在殿外，无诏不得入内。你一向很听朕的话，也很谨慎小心，可是为何一听到朕允许淑妃和亲你便贸然闯殿？你一向对朝政甚少注目，只做个悠闲王爷，你也知道朕一向不喜欢亲王领兵，你为何还要为她提出向朕领兵权抗衡赫赫？”他冷笑一声，那声音像极了欲扑向猎物的猛兽，“朕想起来了，当年你也曾为淑妃的兄长上书请奏，果然还是为了她！今日……你连自己的妻儿也不顾，只扑过去救淑妃。朕没有瞎了眼睛，淑妃被人熊所迫的时候，你那种奋不顾身的焦急，你救下她后那种欣慰，朕看得一清二楚。朕只恨自己从前瞎了眼睛，不曾看出你们二人的私情。若不是方才你这样闯殿，朕还不信旁人所言，说你们二人午后在宫中私会！嘿嘿……”他的笑带着森森杀机，“是朕从前懵然不知！”

我额头有涔涔的冷汗滑落，那样冰凉一滴，倏然滑落到颈中，竟不觉得凉，方知原来自己身上也早已骇得凉透了。

玄凌大怒之下力气极大，他一把反过我的手腕紧紧抓住，连连冷笑道：“你很好！”我痛极了，手腕被他抓着的地方浮起一圈妖艳的紫色，我只咬着唇不敢出声。

玄清面色微微发白，然而他再没有看我，只是迎着玄凌咄咄逼人的目光，以平静相对。突然这样安静，时光被缓缓地拉长了，拉得那样长，成了一条细细的线，极坚韧地，一圈一圈绕在我们之间。瞒了那么多年，担心了那么多年，日日夜夜害怕被知晓的事，终于清晰地横在我们面前。

我顾不得手腕的疼痛，望着玄清和玄凌的目光，脑中轰然鼓噪着无数奇怪的声响，仿佛是无数器乐在耳边狂乱地喧嚣着。所有的思想一扫而空，脑子里憋着一口气，只空空地想着：无论他怎样说，玄清，我们不能承认——不能——

“皇兄误会了。”他神色宁和，仿佛玄凌口中字字诛心之语与他并不相干，“臣弟一向轻纵无礼，难怪皇兄疑心，可是淑妃一向谨守宫礼，若非与臣弟结为姻亲，连一语相干也无。”他肃然道，“臣弟适才闯殿的确失礼至极，但臣弟乃大周子民，不忍见大周蒙赫赫要挟强求之辱；臣弟虽然无能，但枉受亲王俸禄，不能不思为国效力，即便皇兄垂爱，得尽士卒之力亦心甘情愿。而为淑妃兄长求情之事，皇兄当年亦呵斥过臣弟，指责臣弟不应为罪臣多言。其实当年平定汝南王祸患时，臣弟已与甄珩惺惺相惜，深觉他人品不至管路所告一般。”他说到此，微微沉吟，似在思量该如何启齿救我之事。玄凌只是微含冷笑，等他说话。终于，玄清抬起头，平和目视玄凌，“臣弟并非不顾妻儿，而是玉隐与予澈皆远离熊罴，相当安全。而四殿下，是惠仪贵妃唯一的骨血。宫中嫔妃无数，臣弟最敬重惠仪贵妃。”他目光仿佛无意一般扫过我，复又平静如初，“臣弟当年在太后宫中曾与惠仪贵妃有过一面之缘。惠仪贵妃侍奉太后勤谨，得闲时问了臣弟一句，天气渐凉，不知太妃在何处修行，身子可安好？过后不久，天气愈凉，惠仪贵妃命侍女采月赠臣弟一件棉袍带与母妃。臣弟感激之余，亦不免惊诧。后来才知惠仪贵妃慈心，那棉袍不只母妃有，连父皇当年身边随侍的更衣太嫔皆有。太嫔中无子无女终老之人甚多，惠仪贵妃一一顾及，臣弟敬重至极。”

玄凌面色稍缓，却仍不减狐疑之色，只淡淡道：“是了。舒贵太妃在宫外修行，不比朕当年与母后在宫中能日日相见。”他语气冷一冷，“难为你思母之情。”

玄清道：“惠仪贵妃一顾之恩，臣弟不能不报，更不能见皇兄与贵妃唯一的血脉有险而袖手旁观。”他微微一笑，“臣弟还有一层私心。玉隐跟随淑妃多年，若淑妃有不测，玉隐必定对臣弟怨恨之至。”

玄清徐徐笑了，笑得那样浅淡，好像初秋阳光下恬然舒展的一片枝叶：“抱歉，让皇兄失望了。您方才说的一切不过是自己的臆想而已。臣弟也很高兴，皇兄这样臆想，诚然是对臣弟不公，却是真的很在意淑妃。”他垂衣拱手，口气是对我无比的尊崇，“恭喜淑妃。”

他望向我的时候，恰如一个亲王对宠妃应有的神色，温文尔雅的样子，礼貌的措辞保持着无懈可击的距离感。

心里有酸楚和欣慰的翻叠交错，仿佛被撕开的伤口被人撒上盐，痛虽痛，却知能凝结伤处。我的眼前有滚热的白雾翻涌，他的面孔渐渐模糊。但是我知，我都知，要他说出这样的话，要他在玄凌面前说出玄凌几多在意我而恭贺我，是如何在他心中一刀一刀割下伤痕。

玄凌目光稍稍温和些，只是语气依旧冷峻，如他手上的力道一般，并不放松：“你若顾忌隐妃，便不该与淑妃在宫中私会。若隐妃知道，该当如何疑心呢？”他停一停，“朕前日耳朵里落了些闲话，仿佛你与隐妃有些不睦，情分冷淡。”

他挑一挑眉："臣弟自然知道不该与宫妃私下相见，但臣弟确实有要事询问淑妃，此事事关静娴……"

"是关于静妃……"

我几乎是与他同时脱口分辩。玄凌面色一沉，不等他讲完，只是居高临下乜着我："淑妃，清河王说得够多了，朕想听你说。"

我不动声色地泯去泪意，端正跪下，却不避他的目光："六王冷落玉隐，其实自静妃死后便如是，玉隐每每伤心告知，却也说不出是何道理。臣妾身为玉隐之姐，不能不为她担心。今日王爷遇见臣妾，也曾欲言又止，臣妾担心不过，再三追问，王爷才肯吐露一二。且从前府中两位侧妃总有些不睦之处，国公府想必也有些闲言碎语，王爷便觉得静妃之死有些蹊跷。臣妾主理后宫，当日之事又是众人亲眼所见，不能这般冤屈了玉隐，所以为此劝解王爷平息对玉隐的疑心。"我转而怅然，"其实夫妇之间这般疑心又有什么意思？臣妾身为旁人，再多的劝解，终究也是枉然。"

玄清长眉一轩："至于与淑妃私会之事臣弟不敢苟同，不知是何人于皇兄面前嚼舌。淑妃开解过臣弟不久，玉隐也出来寻臣弟，臣弟与她将话说清便也无事了。"

我眼中微蕴了泪意："方才臣妾与王爷异口同声，皇上该知臣妾并未与王爷串供。"我俯身垂泣道，"臣妾不怕为大周受些折辱，但前有温太医之事，今又事涉王爷，臣妾实在不能不心灰意冷。"

"心灰意冷么？"他淡淡一笑，"朕曾有一转念的疑心，老六因小像一事而娶隐妃。那张小像的确与隐妃相似，但若说像你也无不可。若那张小像真是你的，而隐妃又李代桃僵，朕真不敢想下去了。"

"皇兄多虑了。"

"是朕多虑了。"玄凌稍显和蔼神气，"母后在世时，再三告诫朕不要多沉溺美貌女子，淑妃无心也好，有意也好，横亘于我们兄弟之间，又外惹蛮夷觊觎，实是祸水。若再留在宫中，实在有不祥之虞，朕便从摩格之求，送她远离大周，许赫赫和亲。"

玄清神色微变，拱手道："皇上三思……"

他果断地挥一挥手："你回去吧，朕心意已决，再不会改。"

是不能改！这么久的岁月，朱檐赤壁中的宫闱岁月，我无比清晰，我于玄凌，不过是鲜艳花丛中的一朵，开得再好再美，也终有凋谢的一日。何况这朵花谢了，自然有别的花会开。若能以我平边乱，他自是肯的。至于颜面，他自然有法子保全，况且里子足了也罢了。我望一眼玄清，他的唇色发白，手指紧紧扣在袖中，极力保持着镇静。心中如被刺穿一般，玄凌已经疑心，我与玄清之间必然有一人不能被保全。我定下心神，与其是他，不如是我。

我只默然承受他施与我的命运，俯身三拜："春日宴，绿酒一杯歌一遍。再拜陈三愿：一愿郎君千岁……"我克制不住后头的哽咽，泪光模糊里，瞥见玄清隐忍的神色，终于有泪滑落于金砖，在烛火下闪出一点橘红的光，我继续道，"二愿妾身常健；三愿如同梁上燕，岁岁长相见。臣妾本是废弃之人，能得皇上爱幸，再度随侍左右已是万幸，今日能以鄙薄之躯为皇上尽绵薄之力，臣妾无可推诿。即便日后不得与皇上岁岁相见，也盼皇上万寿永康。"

玄清，他应当是听得懂的吧，我要他"郎君千岁"，万万不能再因我而见罪于玄凌了。

玄清面色如沉水，躬身告退。

这样炎热的天气，回顾西窗下，竟觉漏下的空蒙月光有寒凉之意。

玄凌靠近我一些，几乎能感觉到他温热的鼻息轻轻拂在面上，他问我："你怎么打算？"

我本能地屏住呼吸："臣妾不敢有违君命。"

他靠得更近一点，迫视着我："朕问你，你答允和亲后会怎样打算？"

睫毛上犹有泪珠未干，将落未落的一滴，似小小一颗冰珠。我凄然一笑："臣妾还记得回宫那年的九月，皇上告诉臣妾梨园排了新曲子《汉宫秋月》，还曾携臣妾一同观看。昭君被迫离宫出塞，臣妾记得极清楚，昭君身负君恩，不肯远离故国，在两国交界的黑水河投水自尽。”我低低道，“臣妾不敢为蛮夷所辱，连累皇上清誉。”

语毕，蓦地想起玄清。当年为形势所逼回宫再侍玄凌已是迫不得已，若再居赫赫……此生此世，我已经对不起他一次，断断不能再有第二次了。我轻轻吸一口气，夏夜带着花香酥靡的空气吸入鼻中，如细细的刀锋般凛冽，激出我满腔酸楚泪意。

他的目光探究似的逡巡在我的脸上，片刻，他终于缓缓放开我的手腕，行至东室西侧的紫竹书架边，取下一个小小的青瓷梅花瓶。他过来，沉默着将瓶中的雪白粉末仔细地撒在我手腕青紫处，细软的药粉触及肌肤有清凉的触感。他取过一卷细白纱布帮我包好："这是太医院新呈的消肿药，朕刚才在气头上，下手重了。"

我不知他意欲何为，只得道："多谢皇上。"

"朕不是汉元帝！也不希望你成了有去无回的明妃昭君。"他伸手温柔地扶起我，颇含意味地看我一眼，从袖中取出小而薄的一个暗黄纸包。我接过打开，那是一种研磨得极细的粉末，仔细看是浅浅的绿色，只有一指甲盖的分量，散发着薄薄的酒香。他不动声色，只低语道，"只需一点点，用不着太费力。朕知道你聪慧过人，一定会让它派上用场。"

我留得寸许长的指甲轻轻按在纸包上："射人先射马，擒贼先擒王。皇上思谋不错，只是摩格子嗣不少，只怕杀了他，也无济于事。"

玄凌眼中有浅浅的笑意，单手抵着下颌："摩格有五个成年的儿子，英勇善战，不过都是有勇无谋之辈，不足为虑。唯一有些出息的是他第七子，乃是西越公主东帐阏氏朵兰哥所出。只不过那孩子才十岁，算不得什么！"玄凌厌恶地挥一挥手，似要甩掉什么脏东西似的，"只要这个野心勃勃的东西一死，赫赫自然会臣服于朕，不敢再起祸心。"

"皇上思虑周详。只是摩格有大军护卫，臣妾自知得手后也难以脱身。"我凝望他，缓缓启唇，"只愿皇上能善待臣妾膝下儿女，臣妾为大周殉身，死而无憾。"

他微微一笑，仿佛是与我闲话家常一般："放心。你一旦得手，朕自会安排人接应。你毫发无伤回来，还是朕最心爱的淑妃。"他展臂搂过我，微笑仿若往日恩爱时一般，"即便老六有什么不轨之心，朕也不会真生气，爱美之心，人皆有之，也难怪他们垂涎于你。"他停一停，骤然放重了语气，"只是嬛嬛，不管旁人如何爱慕你的美色，你的心只能在朕这里。"

他加大了搂我的手势，极用力地，似乎想要把我摁进他的骨子里去。我的面庞紧紧压迫在他的衣上，整个人几乎如窒息一般透不过气来。隔着他手臂的缝隙，见窗外月色如霜，心底如下着一场无休无止的大雪，一片白苍苍的茫然。

壹捌 千載琵琶作胡語

次日晨起回去，玄凌便告知六宫，淑妃为熊罴所惊，忧惧成病，无法料理后宫事，命端贵妃、德妃与贞一、庄敏二夫人共协六宫事，挑选掖庭中自愿出塞的窈窕宫女赐予赫赫可汗和亲，妃嫔宫眷无事不得惊扰淑妃。

贞一夫人的宠幸与荣光在一夜之间便轻而易举获得。这样的荣宠本是要惹人妒忌与非议的，然而众人无不清晰地记得她那日奋不顾身的深情，即便是庄敏夫人也不能苛责，更无旁人敢多言了。

只是槿汐偶然疑心道：“别的倒也罢了，只是那日熊罴性情大作，原是因为庄敏夫人的小帝姬举止不慎，怎么皇上也不责怪，反而还给庄敏夫人协理六宫的荣宠？”

彼时，我半靠在榻上，伸手剪了两块药膏对镜仔细贴好，揉着额角道：“胡蕴蓉耳聪目明，皇上不能不偏爱。”

槿汐微微沉吟，倏地眸光一跳：“皇上那日怎知娘娘午后与六王私下见面，只怕是……”

我眸中一沉："我心中有数。"我对镜微微一笑，"槿汐，贴了这药膏是不是更像忧惧成病的样子了？"

槿汐眼角微湿："娘娘位分尊贵，却要受此命、行此事，奴婢实在不忍心……"

窗外开了一树又一树的石榴花，明艳艳地照在薄薄的云影窗纱上，仿佛浮着一朵朵艳红的云霞。那鲜艳明亮的红映着我沉静如水的面庞，愈加显得我脸色发青，不忍卒睹。我悠悠道："君要臣死，臣不得不死。宠妃与臣子有何异？修成玉颜色，卖与帝王家，一并连性命都是皇上的。若他真要我以身侍敌，我除了一头碰死自己，还能有别的办法么？"

槿汐满面戚色："一日夫妻百日恩，奴婢总以为皇上会念些旧情……"

我微微一笑，手指按着那云影纱上艳红的花影："槿汐，你一向聪慧，怎么今日倒婆婆妈妈起来了？"

即便她素性克制，亦难免愤然之色："大周开国百年，奴婢未曾听说以帝妃之尊而受此折辱。"

"总有第一个，不是么？"我握住她手，"槿汐，我信不过别人，只能你陪我去。"

她的手指微凉，郑重地搭在我身边："自娘娘入宫，奴婢不曾有一日与娘娘分离。娘娘不说，奴婢也会生死相随。"

我心口一热，无论人世如何凉薄颠覆，我总还有槿汐，总还有世事如霜里给我一息温暖与安慰的人。

忽听得小允子在外头轻声道："娘娘，九王妃和隐妃来了。"

槿汐"咦"了一声，道："不是说妃嫔宫眷都不得前来柔仪殿探望，以免扰了娘娘么？"

我想了想，说："总不能连亲妹妹都不能来探望吧？反而落人口实，而且我猜必是玉娆去请求的，否则皇上也难答允。"

槿汐念了句佛，道："幸好四小姐是九王妃，否则奴婢真不能不担心。"

我一笑："去请进来吧。"

玉隐和玉娆进来时，我已经卧在了床上，鬓发未梳，只是蓬着，随手拿一条珍珠额帕束了，越加显得病色沉沉。玉娆一见，便变了脸色，急道："我说那日长姐被吓着了，果然真的，瞧人都病成这样了。"

槿汐忙上了茶，问道："三小姐和老夫人不曾来？"

玉娆笑道："娘是最怕入宫的，爹爹也怕她错了规矩，何况这些年娘的身子一直断断续续病着，也不便来见长姐。三姐正陪着娘亲呢。"

玉隐在我床边坐下，仔细看着我的脸，淡淡道："幸好王爷救得快，否则长姐……"

玉娆抬首看了她一眼，笑道："若非二姐的面子，二姐夫也未必肯这样尽心救姐姐。"

玉隐面色微变，欲言又止，只得微微一笑作数。玉娆笑道："二姐，咱们带来的东西呢？玢儿肯定只顾着和外头的人闲话了。那支参可是我挑了好久的呢！"

玉隐起身出去了，玉娆见无旁人，趁着为我扶正靠枕，俯在我耳边道："九郎已经得了消息，听说皇上有遣嫁意？"

我瞥她一眼："六王告诉九王的么？玉隐可知道了？"

她摇摇头，着急追问道："是不是真的？"她见我默然不答，登时脸色大变，恨恨道，"我早知道他不好，竟不想这样薄情！"

我微微沉吟："不得轻举妄动，失了分寸。"我见她情急，亦是不忍心，"我自有我的法子，你别急。"

帘影微动，却见玉隐身形袅袅地进来。她今日穿得简素，不过一袭月牙蓝穿花蝶长衣，以杏色垂绦系了，愈加显得纤腰若素。家常弯月髻上簪了一双碧玉缠丝明珠钗，却是极名贵的南珠，微有光线，便熠熠生辉。

玉娆一时掩不及焦急的神色，玉隐眼尖，淡淡笑道："果真姐妹情深，长姐一病，四妹的眼泪都要掉下来了。"

玉娆忙转了脸色，笑吟吟道："自家姐妹，二姐难道不关心长姐么？"

玉隐盈然有笑意："自然不是。"她剥了一颗葡萄送至我口中，低首闲闲道，“听说长姐病了，王爷原想和我一起来探望的，结果一早九王府又来请，只好我和四妹一同来了。”

我半倚着身子，有气无力道：“男女有别，连哥哥和爹爹要来一次都极不容易，何况王爷这个妹夫！”

玉隐“哦”了一声，唇角才有了一点温意：“长姐病了，难免口中发苦，再吃颗葡萄吧。”

我摇了摇头，槿汐道：“娘娘受了惊吓，这几天什么也吃不下，夜夜发噩梦，心悸头痛，奴婢看了都担心。”

玉隐蹙眉道：“温太医来瞧过了没？”

槿汐道：“贞一夫人产后失调的病一直没好，皇上让温太医好好瞧着。所以这几日都是旁的太医来看。”

玉隐眉眼间忧惧之意更深，轻轻道：“是不是因为前几日王爷救你的事，皇上不高兴了……”她艰难地咬着唇，“王爷回去后，就一直是不大高兴的神气。我问他，他也不说。”

玉隐如此一说，连玉娆也生了几分忧虑，只睁着秋水明眸盈然望着我。

许多真相往往让人觉得残忍，何必要一意挑破。我微笑道：“不要多想。王爷救我与润儿，皇上怎会不高兴？难道要眼睁睁看着我和润儿惨死么？润儿是皇上的亲骨肉呢！”

玉隐这才松了一口气，又问：“皇上来瞧过了没？”

我道：“晌午刚来过，大约政务忙，坐了大半个时辰就走了。”

玉隐微微颔首，道：“皇上这两天的确忙，听闻要从掖庭宫女中选取有姿色者赐予赫赫可汗和亲。幸好是宫女也罢了，若是以宗室女子和亲，只怕又要廷议如沸了。”

我随口问：“最后挑了谁？”

“宫中梨园琴苑的林氏，年方十八，父母双亡，长得很有几分颜色。听说今晚便要送去行馆了。”玉隐微有怜悯之意，“虽说是和亲，但这样的身份、地位，又是异族，只怕往后在赫赫举步维艰。”

“千载琵琶作胡语……”我幽幽一叹，亦觉伤感。

如此又聊了一会儿，天色不早，二人见我只是恹恹的，便也起身离去了。

玉娆先去侧殿看几个孩子，玉隐足下稍缓，终于又独自折回我身边：“长姐这次的事，侥幸皇上不追究，但断断不能再有下次了。”她沉声道，“王爷是我的夫君，我实在担心。”

“你放心，”我神色微慵，清晰道，“我也不想与王爷彼此牵累。”

玉隐睫毛微垂，似还有千万种放心不下，默然片刻，静静离去。

是夜。我安坐于小轿之内被送出宫，按照遣嫁和亲的宫女装束，一色的云霞衫子翠罗缀银叶子挽纱长裙，纤腰束起，鬓发长垂。长夜寂寂无声，偶尔听得远远一声更鼓，更能分辨自己此时明显略快的心跳。

抬轿的内监脚步既快又稳，脚步落地的沙沙声像极了永巷中呜咽而过的风。我蓦然生了一点怀恋的心，若我真的失手死于宫外，也许，今夜是我最后一次听见永巷的风声。渐生的伤感使我忍不住掀起轿帘，夜色如一张巨大的乌色的翼自天际深垂落下，两边朱红宫墙似两道巨龙夹道蔓延，不见高处天色。红墙深锁，宫院重重，当真是如此。比起前次的离宫，这次心中更没有底。从前，至少知道自己要去哪里，如何走。而今，生死存亡皆是未卜之事，恰如随风摇摆的寸草，完全身不由己。

仿佛只是一晃眼的时间，小轿已将我送至城门外。夜色如浓墨一般，远近有无数火把燃出松木的清香，只听得马匹打着响鼻的“砰砰——”声，夹带着马铃的“叮当”声，赫赫数千人竟是鸦雀无声。林氏所乘的绛紫涂金粉大帐车便停在身前十步之遥。摩格见我只身下轿，身后只跟着一个槿汐，只笑了笑：“你跟皇帝一场夫妻，他也不来送你一送，当真薄情。”

我置之不理，只是扶着槿汐的手上了林氏的大帐车坐稳，方才不疾不徐道：“千里相送也终须一别，不必这样儿女情长。”

摩格眼里含了一缕笑意：“我就喜欢你这样的性子。”

我并不看他，只是随手理好衣裙上的流苏：“君要臣死，臣不得不死，我无话可驳。”

摩格朗然笑道：“是。难得皇帝肯割爱，否则即便本汗大军压境，他要不放，本汗也未必有别的法子。”

我扬一扬唇角算是对他的回应，只半合了眼睛养神。他也不多言，随手拉下我身边一脸怯怯温顺之色的林氏，喝道：“自己骑马！”

林氏也不敢哭，只得自己去了。

一路日夜兼程，并无多些休息的时候，我虽在车上免些风沙之苦，然而车马颠簸，日夜不得安枕，也是十分辛苦。更不用说一众陪嫁女子，更是苦不堪言。摩格只是率军前行，并不与我交谈，更不接近我半分，我不时按一按腰间那包薄薄的纸包，不禁大费思量。

这样两日两夜，直出了雁鸣关与大军会合，又走了百余里，摩格才下令三军扎营休息。

清晨时分的大漠有些寒意，我披了件披风在身仍觉瑟瑟，便与槿汐下车围着篝火坐下取暖。

大军在野，并无热饭热菜，加之又要照顾感染了时疫的军士，所分的粮食并不多。分到我手中的，不过是一个干得发裂的面饼与半壶马奶。宫中锦衣玉食习惯了，一时分到这样的吃食不免错愕，几个年轻的宫女才咬了一口便忙不迭地吐了出来，忍不住抽抽噎噎地哭了。

槿汐叹了一口气，将硬如铁皮的面饼泡在马奶中，道：“娘娘凑合着吃吧，否则饿伤了身子。”

马奶的酸腥味冲得刺鼻，并不似常吃的牛乳那种香醇甘甜，一闻之下都觉难受，如何能下咽？难怪那些女孩子要哭鼻子。然而这两日日夜赶路，也不过草草吃些东西，我皱皱眉，如槿汐一般将面饼泡得软和些，屏着呼吸艰难地咽下肚去。

槿汐欣慰地笑一笑："难为娘娘了。"

我低首用力撕着手中的面饼："我只是想着清当年被拘赫赫，或许连这个也吃不上。"我极目瞭望，出了雁鸣关，四周已少郁郁青青之色。而如今，目之所及，不过是茫茫苍黄，一望无际。偶尔有几棵胡杨伸开瘦棱棱的枝丫仰视苍穹，更平添了几分荒凉萧索。有风呼啸而过，带着细细的沙土扑上面来，呛人喉鼻。我取过一条湖绿纱巾包住面目口鼻，低声向槿汐道："已经出了雁鸣关百余里了吧？"

槿汐似乎极专心地撕着面饼，口中低低道："是。"她满面焦虑地看我一眼，"已经走了那么远，娘娘一直没有机会下手。只怕再走得远，即便娘娘得手，也无法脱身回宫了。"

我随手抽过一根枯枝扔进火堆，火焰"毕剥"燃起木叶特有的清香，遮挡住狂风的干冷，槿汐不无担忧道："奴婢瞧摩格并非那种昏庸愚钝之人，娘娘有把握得手么？"

我微微摇头："你说呢？"

槿汐秀眉微锁，我拨着明亮的火苗，轻轻道："摩格固然精明，皇上才真聪明会谋划。他既许我和亲，必然做好了我回不去的打算，以一个淑妃抵换幽、云二州的兵家要地，真当是十分划算。"

槿汐道："赫赫军中时疫大起，他们要幽、云二州也不过是夸口之词，现下早无这样的兵力。"

"的确是。"我淡淡道，"幽、云二州不过是借口而已，能有一张治时疫的方子，足以让赫赫度过眼下火烧眉毛之困，何况还有每年三千粮草、十万银币？只是摩格若死死咬住幽、云二州不放，不惜一切再动干戈，皇上未必抵挡得住。皇上和摩格一样，只是彼此找台阶下，而我恰好是那个台阶而已。"

槿汐看我一眼："那么摩格指名要娘娘……"

我冷笑一声："大周四位皇子，取我便等于取走其中之二。予漓平庸，予沛眼下生母得宠，但终究如何还未可知，毕竟贞一夫人家世微薄，家中无甚亲人。而论子以母贵，予涵和予润皆大有可能。摩格取我，等于挟他朝帝嗣在手。”

槿汐越听越是焦急：“皇上是断断不肯落人要挟的！”

我下意识地按一按怀中的纸包，唇角漫上一缕幽咽笑意：“我仔细算过皇上给我的药量，足以毒死两个人。所以，摩格若不死，我便要自裁；若摩格死，我有幸逃脱则罢，若逃不脱，亦自裁。”我漠然望着苍冷的天际，那灰灰的蓝，像久病的人的脸，“这是圣裁。”

槿汐微微垂首，忽地捏一捏我的手心，暗示我不要再说，转过头朝着女孩子们招手：“来来，马奶喝下去回味上来也很香呢！”

究竟是小女孩心性，虽然悲泣远嫁，但一时能吃饱，又绽出极明亮的笑容来。

我亦不觉含笑，大约这就是年轻的好处，什么烦恼都能一饱解千愁。就好像人生所有的烦恼，也不过是马奶有腥味，面饼太硬实而已。

摩格远远瞧着我就着马奶努力咽下面饼，只是走近微微一笑：“你在皇帝宫里贵为淑妃，现下委屈你了。”

他说这话倒无轻佻之意，却是带了几分温厚，我略施一礼：“可汗千方百计要做到的事，何怕委屈了我？何况既然离宫，我也不再自视为淑妃。”

“你倒能顺时应世。”他打了个响亮的呼哨，“不过你说话时说‘我’啊‘我’的，倒比在皇帝跟前‘臣妾’来‘臣妾’去的好听得多。”

“一样的。”我靠近温暖的篝火，暖着被大漠冷冽的风吹凉的双手，“求生乃是本能，所以会自觉顺时应世。”

他的笑意像秋日里稀薄的阳光：“你这样的性子，绝对可以做好我的阏氏。”

我看他一眼：“所以，你当日所言已经成真。”

他简短道：“你杀的是我的大妃。”赫赫可汗正妻称为大妃，大妃之下又设东西两帐阏氏。东帐阏氏朵兰哥出身高贵，又为他诞下数子，他言下之意，我便是西帐阏氏了。

我足尖点着黄沙细细：“我的身份并不适合做你的大妃，你很清楚。”

他颔首，目光如鹰隼一般盯在我面上：“所以，你要做的比大妃应做的要更多。”

我若无其事地转过目光，天空有雁群飞过，哀鸣一声，扑棱着翅膀往层云浮白间飞去。出了雁鸣关，这样寥廓的天空也不复湛蓝如水晶的宁和。风吹起湖绿的面纱，像太液池一汪春水，碧波盈盈，我蓦然想起我初入宫的那一日，那样好的天色，大雁齐飞，然而从今往后，或许只能是故国万里，乡魂梦断了……

那么润儿、涵儿、灵犀和胧月从此会成为没有母亲的孩子……

他嗤笑道：“你害怕了？”

我双眸含了盈盈笑意：“我若害怕，便会自裁于雁鸣关前，免得以后受无穷无尽未知的苦楚。”

他取过我手边的鹿皮囊，仰头饮了一口马奶，朗声道：“在辉山见到你时，我便知道你当得起我的女人！”

槿汐见他如此，不由得暗暗发急。我不动声色地接过他的皮囊，递给槿汐：“可汗饮马奶怎么能过瘾？叫人去换好酒来。”

他似乎很满意我这样的细心，眼角微微弯成一弯新月。眼看槿汐就要接过皮囊，我蓦地收回手，唤过摩格身边的近侍：“你去。”

摩格拦下我的手：“不必如此。你已经跟我出来，我便无须防范你。”他将皮囊扔给槿汐：“去换壶酒来。”

槿汐应声去了，很快捧着酒回来。我接过一嗅，不觉掩鼻道：“好烈的酒。”

“咱们赫赫的酒就是这么烈，这才好喝！”他笑，“女人家怎么能喝这么烈的酒？你又是中原女子！”

我听出他话语中的轻蔑，也不多言，举起皮囊就饮。浓烈的酒气直灌入喉，辣得喉头直冒腥气，像有小小的毛刺一下一下地刮着，烧灼感一直蔓延到五脏六腑。我一时忍不住，大口地呛出来。

他不觉微笑，伸手拍了拍我的肩膀："这样喝不对，第一次喝咱们的酒要一小口一小口地抿，待到习惯了它的辛辣和腥味，才能慢慢回味出甘甜。像你这样喝，一定会呛到。"他的手落在肩头上十分有力，带着兵刃的铁气和皮硝的味道，微微有些呛人。

他说罢便来拿我手中的皮囊，我一手牢牢握着不肯放，倔强道："我再试试！"

他笑意愈浓，语气也多了几分温然："好。"

我一手撩开吹上面颊的乱发，按他所言，缓缓抿了一口，再抿一口，慢慢适应那种呛人的辛辣。他只是含笑看我："原来你也有温顺听话的时候。"

我仿若无意一般，将皮囊搁在袖下，心头发狠，手指轻轻探向怀中，轻缓地抖开纸包，口中只是笑言："我只是不服气，何况往后总要饮这酒是不是？"

他呵呵一笑："我以为你在清河王面前才温顺听话。"

我霍地警觉，不动声色地将纸包封好塞回去，若无其事道："我何须对他温顺听话？从前在宫中，我温顺听话只对皇上；往后，是对可汗您。"

他似笑非笑地盯着我："是么？你对皇帝温顺听话是因为权势，对我是因为形势，对清河老六是喜欢才温顺。"他意味深长地盯着我，"我亲眼见过，所以有比较。"

"那又如何？"我拿过一截枯枝轻轻划过沙地，"我没有自己的选择，不是么？"我看着他，"我只能对命运温顺听话。"

他颇有兴味地瞧着我，片刻，道："如果这样，我也不必千辛万苦向皇帝把你要来。"他停一停，笑道，"你要知道，向皇帝手中要出你来，不比要幽、云二州简单。"

"所以，我的价值和幽、云二州相当。"我"哧"地一笑，"可汗抬举了。"

他微微眯了眼睛："如果我不向皇帝要你和亲，你猜你现在会以什么死法死在皇宫里？"

我目光一烁，灼灼盯着他："为什么我会要死？"

"私情。"他简短地吐出一句，"你既然离宫，我也不怕告诉你，有人拿你和清河老六的事做文章。"

我心念一转："庄敏夫人？"我粲然一笑，"如今我平安离宫，庄敏夫人得偿所愿，清河王也平安无事，皆大欢喜，多谢可汗成全。"

他扬一扬唇角："我只要保全你。"

"或许我并不值得。"

"你自然有你的价值。"

我轻嘘一口气，反而抑住了怒气："我一直觉得货物才谈得上价值，可汗若觉得我奇货可居，实在是错了。"

"是么？"他轻哂，那笑意里不乏倨傲霸气之色，"女人之于男人，不仅要会生儿育女，更要能有所助益，自然，能让这个男人喜欢就更好。但是你若满足我最后一条，前两者我可以不去计较。"他的眸子如深邃的乌潭，倒映出我蒙住双颊的容颜，"而且，你在皇帝身边实在太委屈，他不能给你的幸福与安全，我自信都能给你。"

我未尝听不出他话中情意，只作不解，轻轻别转头去："可汗说笑了，甄嬛不配。"

真的，一个女人若真心爱着一个男人，连他细微的关怀亦能一叶知秋；若不喜欢，无论他如何情深，不过只能让她装聋作哑，恍若未闻而已。

摩格见我只是静默不语，道："你以为我只是把你当作货物？"

"你迎我回赫赫，并不曾询问我是否愿意，不是么？"

他的沉默是浩瀚的海，让人无法揣度下一秒是惊涛骇浪还是波平浪静。片刻，他霍地抽出佩在腰间的一把弯刀。赫赫尚武，族中男子皆佩弯刀，此举，我也不以为意。他将弯刀拔出刀鞘，那青银的光泽恍若一轮明月一般晃上我的眼角。我不觉注目，那弯刀的刀柄以黑麟玉铸成，通体乌黑发沉，刀刃薄如蝉翼，微微泛着青色的光泽，一见便知是吹发可断的名器。他将弯刀交至我手中，定定地看着我，郑重道：“这焦尾圆月刀是我族的镇族宝刀，今天我迎你做我的阏氏，就拿焦尾圆月刀作为定礼。从此，你就是我摩格最心爱的阏氏了。”

我素知焦尾圆月刀之名，此刀以蒙池玄铁在月下铸炼三百九十九天，铸炼时必得用春日未至而冬日尚未过去那几天所取的洁净雪水铸造，因而极是名贵，一向被赫赫族人视为瑰宝，并不轻易授之于人。

我一只手冷冷接过，刀锋映得眉发鬓角皆生凉意，那弯似半轮明月的刀身隐隐泛出碧青冷光，果然是一把好刀。

我伸手轻轻一弹刀身，叮然作响，我随手将刀递回他手中，徐徐道：“焦尾圆月刀好大名头，可惜甄嬛素来不喜刀枪，要来也无用。”

他深深地望我一眼，正欲再言，忽地生出几分凛冽之色，远远望向远方。我不知他为何警觉起来，不由得也顺着他看的方向看去，只见极远处的地平线上扬起一痕浅浅的黄色。我尚未明白，却见赫赫军士骤然骚动起来，立时将摩格层层护在中央。

摩格那种似笑非笑的神情越来越深，一指前方，向我道：“你太低估你自己了。”

我屏息凝神，那一脉黄线渐渐近了，细看之下，竟是大队人马扬起一人多高的黄沙，如一道屏障慢慢逼近，闻得马蹄声如奔雷席卷，一时竟分不出有多少人来。

我心头一沉，难道是玄凌所派之人已来接应？而我未曾得手，他们却又为何如此不避讳分毫？我越想越是心冷，看着身边摩格的面色逐渐阴沉下去，想必我的脸色亦是如此。

槿汐悄悄行至我身边，亦不知来者何人，只紧紧握住我的右手，感觉到彼此手心渐生的冷汗。

玉姚 壹玖

待得奔到近处，但见一色军士制服皆是大周军中式样，人既矫捷，马亦雄骏，虎虎生威，前面十二骑人马奔到跟前三十余步，拉马向两旁一分，最后一骑从内中翩然驰出。马上之人一袭银甲白袍，于灰蓝天色下熠熠生辉，愈加衬得他眉目英挺，恍若日神东君耀然自天际落下。

有温热的雾气自心头涌起，凝成眼底一片白蒙蒙的氤氲，热泪盈眶。

我从不曾想到，会是他来。

摩格瞥我一眼，扬起眉向他道："幸会！只是我没想到是你来。"

他于马上拱手含笑："可汗离开大周，清未及相送，怕来日难得再聚，所以特来相送。"他望向我："嬛儿，你送可汗已久，是该跟我回去了。"

四周金戈铁马未动，只听见风吹猎猎，偶尔一声马嘶萧萧。我微微发怔，这些年来，他从未在人前唤我"嬛儿"——这样亲密的口吻。我远远望去，阿晋与一俊俏少年紧紧跟在他身边，身后人马不过千余人，衣着打扮皆是王府亲随，想来是清河、平阳两府中人。并无外人相随，我略略放心。然而，一颗心旋即提起，他这样出关前来，一旦玄凌知晓，又该如何收场……

我不觉惊痛，玄清玄清，我千方百计保全你安稳，你何苦这样事事为我涉险！

摩格乜斜看他："你贵为亲王，自当晓得她为何跟我出关。"他停一停，唇角有隐秘的笑意，"若是不舍，也是该由她夫君来向我要走她，而非她小叔子。"

这话极是犀利，刮得我耳膜微微生疼。玄清神色自若："当年辉山初见可汗，以为可汗是明眼人，谁知今日反而要清来一一告诉，岂非失了可汗一国之君的英明！"

他"嘿嘿"一笑："你胆子倒大，这样的话也敢说出口！"

玄清眉心微曲，有愀然之色，深深望着我："当年清错失放手，未能留妻子在身边，乃至多年抱憾，今日断不能再复当日之错！"

摩格扫一眼玄清身后之人，一指身后肃立着的十数万大军，不由得含了轻视之情："你以为就凭这些人便可做到？"

玄清淡淡一笑："不是这些人，是我一人。"他琥珀色的双眸有温润光泽，缓缓覆上我焦苦的容颜，"虽万千人，吾往矣。"

摩格冷笑一声："清河王千里迢迢来与本汗说笑么？"

玄清神色平和，看着他道："今日清敢来此接嬛儿回去，便不怕可汗人马之众。但可汗贵为一国之君，若以大军压阵，清亦不敢多言。"

摩格闻言，不觉微微含怒，轻哼一声，语中隐然含了几分锐气："你不必拿话来激本汗，本汗亦不屑以多欺少。"他昂首道，"赫赫人的规矩，若要为女人起了争执，那是两个男人的事。"

玄清跃下马，敬道："虽然可汗曾为制清而用酥软筋骨的药物，但有可汗这句话，清觉得可汗是磊落之人。"

摩格不觉失笑："那是政事，那些手段用不到今日的事上。"

摩格身后近侍听他如此说，不觉蹙眉上前，耳语了几句。摩格愈听愈是皱眉，挥手道：“不用你们。”他收敛笑意，向玄清道：“你要带走她，先得问问我这把焦尾圆月刀。”

玄清微微一笑，道：“焦尾圆月刀名气甚大，可惜在我玄清眼中，不过也是破铜烂铁罢了。利器之利，堪比人心之坚么？”

他说这话，原和我方才与摩格所说的话一般，我心下柔软，凝望他微笑不语，他亦回望着我，笑容温柔清湛。

我心中柔软得如一池春水，他与我，果然是有一点灵犀的。只要我们在一起，身陷这绝境之中，又有什么要紧！我心中如此想着，只觉世间什么都不能叫我害怕，只要他在，他在就好。

我徐徐行至他身边，拂落面上轻纱，粲然向他一笑：“那刀甚利，你要小心。”

他温然含笑：“好。我还要带你离开这里。”

摩格独立人前，见我与他言笑晏晏，一手搭在刀柄上，向玄清道：“我劝你一句，我要甄嬛做我的阏氏，连你们皇帝也答应了，是谁也更改不了的事。你一个闲散王爷，其实很不必蹚这浑水。”

玄清虽是答他，眸光却只驻留在我身上，他正声道：“今日只要我玄清有一息尚存，绝不想再失去嬛儿。今日之战或许清会不敌可汗，但若有一丝害怕，就枉为男儿。”他这话磊落大声，被肃杀的风沙一扑，字字若铜石金器铮铮掷地。

他将我拦在身后，轻声道：“我在这里。”

我轻轻点一点头，靠近他身旁，与他的手紧紧相握。我转首见他肩膀衣上有一道裂纹，想是骑马疾驰而来，衣裳裂了也不晓得。我从荷包里取出随身带着的针线，绕了一绕穿进去，柔声道：“你衣裳破了，我先为你补一补吧。”

他温声道：“好。你许久没有为我补衣裳了。”

我欠身向摩格：“劳烦可汗稍等片刻。”

摩格颔首应允。四周千军万马环伺，风沙呜咽，偶尔响起一声战马的悲鸣，更觉悲凉萧萧。

我一壁低头缝，一壁轻声道："你和摩格一战，即便赢了他，但为顾全他的颜面，他身后千军万马亦不会袖手旁观。"

他用力握一握我的手，低声道："我自知不活，只是不想你和他远去大漠。皇兄可以不顾你，我不可以。"他的目光凝在我脸上，"我曾经眼睁睁地失去过你一次，这一次我总得为你做点什么。所以无论如何，我只要你好好活着，哪怕没有我。"

针脚绕成一个如意纹，我低头用力咬断，迅速抹去眼角沁出的一滴泪，只抬首含笑望着他，一字一字，拼了全力，道："始知结衣裳，不如结心肠。今日你若死了，我绝不独自活着。"

荒凉的原野上空，有孤雁横掠，悲鸣嘶嘶，绝望到如此。

我心中却是欢喜的。

他抚一抚我的脸，眼角隐约有一点泪光，笑道："傻子。"

我亦笑，泪水却依依滑落下来，沾湿他的肩头："你才是个十足的傻子。"

玄清伸手仔细抚一抚针脚，抬首向摩格道："可汗请。"

摩格似有怔怔之色，有片刻的失神，很快扬起头来，目光冷冷地从我与他面上滑过。摩格把手中的焦尾圆月刀往地上一抛，神情颇为懊丧，仰天长啸一声，道："不比了。你的确比我更喜爱她。"他回头瞧一瞧我，对我道："你不说话我也晓得，你心里，也是像他喜爱你一样喜爱他。"

玄清微微笑着，深情看向我，对摩格道："可汗说得不错，我心里只有她，她心里也只有我。可汗，多谢你。"

摩格面色阴沉如铁，道："那个皇帝可不如你多了。只是赫赫国中，如今人人皆知我要娶一身份贵重的女子为阏氏，你现下要带她走，我何以向我族人交代？不免被赫赫国人耻笑。"

玄清闻言，双肩微微一震，颇有踌躇为难之色。我见他如此神情，不觉疑惑，只含了疑问的目光看他不语。

摩格话音吹散风里，唯有呜咽之声，像是女子低低垂泣。却听得一个女子清凌凌的声音温婉传出，带着一点糯糯的软意：“那么，我跟你去。”

这声音这样熟悉，我乍听之下不觉神色剧变，立时转过头去，不是玉姚又是谁！方才我心神俱在玄清身上，竟未发现玉姚作了男装打扮，混迹在亲随之中。我不觉色变，一把拉住她急道：“玉姚，你怎么来了？”我立时看住玄清，不觉含了恼意：“玉姚不懂事也罢了，你怎能让她随军前来？”

玉姚还是寻常沉静如水的容色，唤我道：“长姐。长姐别怪姐夫，是我自己执意求了小妹与九王要跟来的。”

我心中焦急，低声呵斥道：“你快回去！我总有别的法子回去！”

“别的法子？”她微微一笑，“到上京前渭南河发了大水，许多人都被堵在了岸边，我瞧见姐夫拼了命带人跃过高涨的河水。他这样不顾一切来救你，我这个做妹妹的已经十分惭愧。”她双眸素来是黯淡的，此刻却似燃着一把炽烈的火，熠熠地闪烁着，“长姐，我晓得你在宫里过什么样的日子，皇上能出卖你一次，就会有第二次、第三次，你不能回到这样的人的身边。”她看一眼玄清，“这些日子来，我看得极清楚，姐夫心中喜欢的人并不是玉隐，而是你。我厘不清究竟为何他娶了玉隐，但他这样来找回你，当是情深义重之人。你不如……跟他走吧，天涯海角，总要为自己一次，是不是？”

玉姚性子最是温和沉静，甚少有这样激烈的言语，她两颊微红，似一朵燃烧着的木棉花：“长姐，我从前再错，总算是为过自己一次。虽然我错了……长姐，我牵累了你们那样多，你让我补偿一次，好让我心里好过些。”

我紧紧按住玉姚的手，急道：“你还年轻，管溪的事，我们从未怪你，也无须你以此补偿，我让六王送你回去，平平安安嫁了。你不要有糊涂主意，断不能嫁去赫赫毁了自己一生幸福！”

玉姚神色凄惘，唇边泛起一抹苦笑："长姐，我还有幸福可言么……我已经心如死灰，与其老死家中，日日忏经，不如让长姐成全我一次，让我可以赎去罪孽，心安理得地活着。"她咬一咬唇，"何况我既来了，就没想过要回去！"

我心中大震，玉姚在家中姐妹中最是温柔软弱，却不想果然姐妹一脉，骨子里都是那样倔强。

玉姚微微一笑，推开我的手，霍地散开发髻，青丝如云流泻。她并无畏惧，行至摩格身前福了一福，道："可汗明知长姐有儿女牵挂，终究放心不下。与其如此为难长姐，可汗不如带我去赫赫！"

摩格饶有兴致地看着玉姚，笑道："你要去，我便带你去么？你可知我费了多大力气才要到你长姐？你又如何与你长姐相比？"

玉姚也不恼，只是含了浅浅暮春月光样的笑意："玉姚确实不能与长姐相比。可是可汗对国中之言娶贵家女为阏氏，而不坦言娶大周淑妃，可见可汗也忌讳夺人妻子落人口实。长姐固然贵为大周淑妃，权倾六宫，可玉姚也是淑妃之妹，隐妃之妹，平阳王妃之姐，大周亲王的小姨，帝姬皇子的姨母。若论身份，玉姚未必逊色于姐姐，更不会为可汗招致非议。"微风拂动她垂散的长发，愈加衬得她消瘦的身量如一枝风中轻柳，盈盈生色。只听她口齿清灵，娓娓道来，如玉珠缓缓倾落玉盘，极是动人，"其实可汗强要姐姐和亲已属不智。姐姐年长，玉姚年轻，舍幼取长，是为一；姐姐嫁为人妇，玉姚尚未出阁，舍女取妇，毁人家舍，散人亲伦，是为二；姐姐有儿女夫君牵挂，可汗带回姐姐的人也带不回姐姐的心，费尽心思也枉然，是为三；最要紧的是，皇上虽将姐姐与了可汗，可是夺妻之恨不共戴天，眼下皇上不说什么，可来日，皇上也好，太子也好，想起夺妻失母之恨，可汗以为赫赫还能安居大漠么？何况君辱臣亦辱，到时君臣一心欲灭赫赫，可汗以为如何？"她纤白玉手一指玄清，"六王是诸王之中性子最温和的，连六王与九王都派出亲随追回姐姐，可汗天纵睿智，自然无须玉姚再多言。"

摩格锐利的目光似要钻透她一般，只牢牢盯着她："你倒是很会说话。"

玉姚面上一红，终究露了几分腼腆之色："玉姚只是如实相告。"

摩格鼻翼微动，瞥了玉姚一眼："你并不如你姐姐美。"摩格一言，连他身旁近侍也忍不住笑出声来，并不把玉姚放在眼中。

玉姚莹白如薄玉的皮肤下沁出如血的红晕来，片刻，玉姚缓缓抬起头来，一双眸子晶莹乌沉，定定望着摩格："玉姚自知容貌不及姐姐，但可汗最是明理，乃不知娶妻娶德，娶妻娶势，且可汗娶妻不只为家事，更为国政，岂为区区容颜而废家国大事！"

摩格一怔，反而笑起来："你小小女子，倒有这样的心胸见解！"

这样的心胸见解么？我心中一酸，年少时的玉姚心思如清水轻缓浅淡，能说出这样的话，大抵不过是伤心情绝得厉害了。但凡女子，唯有伤透了心，才肯明白世事凉薄，不过如此。

玉姚的笑意浅浅凉下来，似一抹浅浅的浮云，风吹便会散去："多谢可汗夸奖。"

摩格扬一扬手："可是以你一己之身，本汗还是不愿放她走。"

玉姚仿佛已料定了他有这番话，轻轻向玄清唤了一句："姐夫。"她走近玄清身边，语气虽轻柔，却字字铮铮，"姐夫，我晓得要求你送我来，你心里也十分难受，可是世事艰难，不得不择其一而为之。而且，为了姐姐，我是心甘情愿的。"她停一停，语中已微含哽咽之声，却又带了欢喜与欣慰，"今日我唤你姐夫，并非为了玉隐，而是为了长姐。许多事，我现在才明白……姐夫，长姐不能再回宫去，你这样出关再回去也是艰难。幸得玉隐和小王子在小妹王府中，有小妹在，皇上终究不会为难她们。你便带着长姐走，走得越远越好，我成全不了自己的，但愿姐夫能成全自己与长姐。"她的声音渐渐低下去，"还有那张方子……"

玄清眼底有不忍之色，然而见她这般郑重托付，玄清道："你放心。"玉姚露出欣慰笑意，从玄清手中取过一张薄薄的纸笺，转身向摩格道："小女自知无用，唯有通得一点皮毛医术，所以寻来一张能治时疫的方子，但愿有益于可汗。”

摩格眼底转过一丝冰冷锐色，很快笑道：“你难道不知皇帝已经给了我治时疫的方子？否则我怎肯退兵？”

玉姚轻轻“哦”了一声，徐徐道：“皇上乃是一国之君，一言九鼎，他的方子说能治时疫就必定能治。可汗也是英明过人，定是试过药方有效才肯撤兵。只是玉姚有一事相问，是否军中患时疫之人被医治好之后仍时有手足酸软、体力不支之状？可汗自然会以为久病体虚，但宫中侍女治愈时疫后，也不过七八日便能体健如前。难道军中猛虎尚不如区区女子么？”

玉姚每言一句，摩格眉头便皱紧一分，待到玉姚说完，摩格已是双拳紧握，勃然大怒：“我早知皇帝诡计多端，不会这样善罢甘休！”

“是了。皇帝并未食言，那方子可治时疫却药性霸道，你要说他诡计多端，心胸狭窄也不为过。今日他连自己的女人都肯给你，来日会做出怎样的事来谁也不知！”玉姚声音温柔清婉，然而此刻一字一字说来，却连旁人都能觉得身上冒起森森寒意。我与玄清对视一眼，深知玄凌个性，必会做出这样的事来。玉姚扬一扬手中药方：“玉姚别无长处，只是千方百计求得这一张方子，可使时疫尽除而不伤身体。”

摩格伸手拿过方子，冷笑一声：“只是药材而已，如何能救我赫赫子民？我又凭什么信你？”

玉姚谦谦施了一礼：“药材好取，烹法只在玉姚手中，可汗大可带玉姚回去。玉姚不过是一介孤身女子，药方无用，顶多可汗将士还是眼下情状；若有用，便能救可汗兵力，此事有百利而无一害。想必可汗也明白，若那方子上连烹煮之法都细细告知，玉姚如何能换走姐姐呢？”

摩格略略思忖，击掌笑道：“好！好！这心思脾气和你长姐一般无二，本汗无话可说！”他深深看我一眼：“你跟他走吧！”旋即头也不回吩咐身边近侍：“扶西帐阏氏上车！”

那近侍躬身行至玉姚身边，道：“请阏氏上车。”

玉姚推开他手，径自跨上马车，转首向我露出清怡笑颜：“长姐保重，玉姚便去了。”

我心中大恸，伸手握住她手，不觉热泪潸然，泣道：“玉姚……”

玉姚单薄的容颜仿佛开在逆风中的一朵洁白的花，呵气便能融去：“长姐，我是为自己好过，并不是为你，所以姐姐不要伤心。”她停一停，“长姐，我是为自己，你也要为自己一次，是不是？”

马车缓缓前行，她瘦弱的手臂缓缓从我手中脱出，怎么拉也拉不住。

尘土远扬中，她清瘦的身影缓缓掩去，一去紫台连朔漠，唯余夕阳如血，染红天际。

贰拾 卧病

夜色如轻扬的羽帐缓缓洒落，大漠的夜是深深的蓝色，星垂平野，明亮地闪烁着银亮的光，仿佛银汉迢迢，伸手可及。

我与他并乘一骑，信马由缰，缓缓前行。

他的身体是温热的，以保护的姿势在我身后，不离不弃。

空旷的原野似乎永远没有边际，足以让我与他漫行天地间。

我靠在他肩头，低低道："我们还要走多久？"

他的话语轻轻拂在耳边，道："你喜欢就好。"他的手臂一紧，更拥紧我一些，声音低低如同梦呓，"嬛儿，我不承想还有今日，可以失而复得。"

我低一低头，闻到他身上青涩而幽暗的气息，是熟悉的杜若清香。

这一刻，我真觉得往事皆可放，没有什么比能停留在他怀中更安全与幸福。

我婉声笑道："如果真有什么一直不变的东西，我相信便是你身上杜若的气味。”

“山中人兮芳杜若，”他的声音似温软的春风，一涡一涡漾在耳边，“小像会褪色，我也会变老，甚至对你的心意也会改变，但是这杜若却一直和你的小像放在一起，不会改变。”我眉心微微一动，他已然察觉，伸出一指按住我眉心道，“不许皱眉。嬛儿，我本不想告诉你这样肉麻的话，但是要告诉你这句话需要等待许多年才有一次机会，所以你要记得，我对你的心意从未浅去，只会越来越深。即便你在皇兄身边，即便玉隐在我身边。”

他的下颌抵在我的颊边，新生的胡髭扎在面颊上有微微的刺痒，好像春日里新生的春草，茸茸的，带着无尽希望的气息。我一动也不敢动，只是轻轻道：“我都知道。”

我取过他怀中的衿缨，不觉含笑：“这么多年了，还带着，多傻气。”

他轻轻一叹，却带着融融笑意：“是啊，你却不嫌我傻气。”

我忍不住轻笑，伸出手指去刮他的脸：“羞不羞？”

时年久远，衿缨被手指摩挲得有些黯淡了，连系带子的璎珞也有缀补的痕迹。我柔声道：“你还自己补这个？”

他眸光微微一黯，还是笑道：“是玉隐缝的。我一直疑心那日的小像为何在人前突然飘落，原来是带子年久断了，玉隐知道我不想换新的，后来她缝补好了。”

我闻得“玉隐”二字，想起那一日的情景，心中不欲多言，便将衿缨仔细放入他怀中。

他见我沉默，便握一握我的手，问：“怎么了？”

我道：“你出来时玉隐知道么？”

他微微点头：“大抵是知道的，我让玉娆接她去平阳王府时，她似有疑虑，婉转劝过我。”

“你总要为她和予澈考虑。”

风将他的话语一字一字吹进我耳中：“我不知道皇兄要你和亲是否另

有打算，但我不能不怕万一，万一你不能回来，万一你一辈子只能留在赫赫，万一赫赫哪一日再与大周动干戈时要以你相挟……嬛儿，这次，我一定要带你走。”

心头泛起温软的甜意，那甜意里却浸着一点一点的酸楚：“我们可以往哪里去？”

“天下之大，总有容身之处。”他冰凉的唇吻在我鬓边，“不管为了什么原因，皇兄肯许你和亲，我都不敢再让你回他身边。这么多年，他要什么我都可以不和他争，唯有你，他既然出卖你，我便不能再放你回去。”他深深一叹，带了无限感慨，“就当我，唯一和他争夺一次。我会告知皇兄我追不到你，却听闻你刺杀摩格不成，潜逃不知所终，待事情安定下来，我安顿好一切，便会来寻你。”

马蹄声嗒嗒响起，我喃喃道：“天下之大，总有我们的容身之处吧。”

我有些出神地望着深蓝天野，已经到大漠的尽头了，再往前隐隐看得见有驿馆的点点灯火，回首极目望去，只是茫茫的原野开阔，唯有一棵胡杨，停驻在视线里，随风“沙沙”晃动满枝的叶。这样渺广的大漠中，在马上吹着拂面的风，仿佛只是漂荡在茫茫大海孤零零的一叶，无边无际的原野，仿佛永远都不能走到尽头。

若真能只是沧海一叶，随波漂荡，任意东西该有多好。可是天下那么大，终究没有甄嬛和玄清的容身之处。

普天之下莫非王土，率土之滨莫非王臣，连那枚小小的衿缨都已沾染了玉隐亲手缝成的针脚，我们带着心里的牵挂又能自由地走多远？

我们的心放不下太多，苦海无涯，不能自渡，所以，永远不能同登彼岸。

风渐渐大了，拂起的衣角在深夜里如一双巨大的比翼的蝶，仿佛要自由地翩然飞起。我望着他的眼，几乎是贪恋地握住他的衣襟，靠在他胸前，唤他：“清……”

远处明明灭灭的灯火如粲然的星子倒映进眼中，好像是一滴滴凝结的泪，脑海里蓦然想起幼时所念的一句诗，前词后句都已经模糊了，只隐隐记得那一句：“须作一生拚，尽君今日欢。”

一生拚？我来不及去细想，他的吻落在唇边，带着熟悉的气息，铺天盖地卷来。

月色明澈如清霜，自驿馆旧旧的窗格里漏下来，清晰地照出他睡梦中安稳的容颜。这样的神情，我已经数年不见，可还是那样熟悉，和自己记忆中的印象并无丝毫分别。只是觉得如身在梦中，不信还有这样一天。

这样的月夜，和从前在凌云峰的月夜，并无一点不同。

他脸色有淡淡的潮红，俊朗的面容略有倦色。我俯过去仔细看他的脸，心下一软，手指眷眷抚上他的眉，他的面庞。忽觉手上一紧，玄清竟紧紧抓住了我的手，我一时不敢动弹，只低低绽出温柔笑意：“嗳，睡觉也不老实……”却见他在睡梦中翻了个身，断断续续道：“嬛儿……别走，这么多年……我终于等到你……”我怔在那里，慢慢伏于他胸前，感觉他身上的无尽温暖，安定我的身心。

恍惚过了良久，窗外有呼呼的风吹过，晃动着薄薄的窗纸。塞外的风声不同于紫奥城，紫奥城的风怎么都是淅淅的小雨般细柔，而这里，连风都是刚硬的。

可是……

我缓缓松开他的手，那一刹那，眼中忽然沁出了模糊的泪光，泪眼蒙眬中，想起数年前他远赴滇南那一日，离别前夕，我那样明眸流盼，深情款款：“我等着你回来。”

终于，我等到了他回来，可是自己，却不得不离开。

这样的命数，已是永远不能摆脱。

废弃许久的驿馆十分简陋，尚有一点尘土浮动的气味，我极安静地起身，自行囊中取出一卷细细的安神香，点燃的一瞬双手有些微颤抖，像是被烫了一般。我定一定神，眼见点燃的安神香冒出一缕幽细的白烟，方才披上朱红外裳，静静开门出去。

退身掩门的刹那，看见他的身影掩映在如霜月色中，那样安详，唇角还带了一丝笑意，许是梦到了什么愉快的事。

门“吱呀”一声应声阖上。我逼迫自己转身，但见深深庭院，满地雪白落花簌簌，似燕山寒雪，寂寂无声。一轮明月那样圆，遥遥挂在天空，冷眼旁观。

原来所谓花好月圆，不过是明月不谙离恨苦，永远冷静而自知地挂在天涯那头。

我终于，落下泪来。

走出两重院落，驿馆大门外，阿晋与槿汐正蹲坐在台阶上打着瞌睡。槿汐睡得轻浅，即刻醒了，见我装束齐整，丝毫也不意外，只是带着那样凄楚的笑意：“奴婢知道，娘子迟早会出来。”

我微微颔首，推一推阿晋，他见我独自出来，不觉讶异道：“娘子怎么出来了？”他往我身后探头，“王爷呢？”

“王爷还睡着。”我看着他，平静道，“阿晋，你带兵送我回去。”

“回去哪里？”他一时反应不过来。

我简短答道：“回宫。”

阿晋脸色难看得像鬼一样：“娘子睡糊涂了不要紧，王爷知道会杀了我的！”他年轻的面庞忽地生出一种坚毅之气，“这些年王爷怎么过的，别人不知道，我阿晋都知道！那次静妃娘娘，若不是王爷喝了酒，静妃娘娘又穿了身和娘子相仿的衣衫，王爷不会以为是娘子，然后……王爷没有办法，可是我都知道，王爷心里只有娘子。现在娘子好容易能出宫，为什么不跟王爷走，从前走不脱，难道现在还不成么？”

我轻轻嘘一口气：“阿晋，我知道你忠心，所以才托你救王爷一命。”阿晋睁大了眼睛瞪着我，我道，“王爷带了九王麾下的人出来，京中只怕乱成一锅粥了。即便你们回去可以回说王爷并不曾找到我或是说我逃了，可是世上哪里来这样众口一词的事？再者王爷若带我走，太妃、隐妃与予澈该如何？皇上布下天罗地网追捕我们之时不可能不迁怒于他们，到时我便是陷王爷于不孝不悌不忠不义之地。若王爷在外安置了我，总有见面走漏风声的时候，到时只怕后果更不堪设想。阿晋，你是王爷身边最忠心的人，你不能眼睁睁看着王爷……”

阿晋年轻的面庞上微露犹豫之色，他搓着手道：“王爷当年深悔不能带走娘子，以致二人分离，娘子在宫中百般受苦。这次……”他看我一眼，十分担心，“娘子未能如皇上所愿杀死摩格可汗，若皇上又知是王爷带回娘子，只怕连娘子都有杀身之祸。”

远处有夏虫唧唧的鸣声，仿佛亦带了秋声。银白月光斜斜地照在阿晋的盔甲上，有淡淡的一圈光晕。再好看的光晕，那也有铁甲的杀气。我轻轻一叹：“阿晋，你以为皇上是蠢人么？他一早便告知六宫我惊惧成病，便是要我不成功便成仁。我若得手，回宫便是病愈的淑妃，依旧掌理后宫。若失手而死，皇上也顺理成章说我惊惧而死，会为我大举追封，极尽哀荣。可是唯有一条路是我不能走的，那便是逃走。我从来知道我逃不出去，我若真死了，也息了牵挂王爷和几个孩子的心。可是我活着，我便不能不为他们着想。所以，我只能回去。”月色淡淡的如呵出的一口暖气，薄薄的，随时都会散去，我恻然一笑，“阿晋，所以我要你送我回去。谁都知道你是王爷身边最得力的人，只有你送我回宫，旁人才会相信是王爷要你送我回宫。王爷带人来救我回宫，是对皇上的忠心耿耿，这样才能免去皇上有动王爷的借口。”

阿晋眼中已带了泪，手中的鞭子狠狠一记抽在地上，扬起灰蒙蒙的雾气：“我便不明白，有情人终成眷属多的是，王爷与娘子为何就这样难？”

我微微笑着，心中仿佛有许多小虫子一口一口拼命咬啮着，酸楚难耐，声音里不免带了凄楚：“阿晋，如果终成眷属要拼上他的身家性命，我唯愿他平安终老。”

阿晋的眼泪都要掉下来了，他抬起胳膊擦一擦脸，想说什么终于又低了声音：“下辈子，下辈子娘子要早些遇上王爷，别再像这辈子，做了两个伤心人。”

我点一点头，伸手揉揉他的额头，含泪道：“傻孩子。”

月光偏西了几分，我道：“赶紧领一队可信的人送我走，再等便要天亮了。”

阿晋点点头，赶紧去了。不过半炷香时间，他领过百余人来，又牵过一匹马给我：“娘子上马吧。”

我翻身上马，阿晋向后头嘱咐道：“轻些，不要惊动了王爷。”

“无妨。”我想起那卷安神香，足以让他好梦至午时。我回首，院门重重深锁，此时此刻，他一定还沉浸在梦中的宁和与快乐。如果，这样的梦永远不醒会有多好。

他一直是我最爱的男人，我可以拼尽我的性命和他在一起。可是，愈是深爱，我面临选择时愈是不得不一次次放开他的手。

天下那么大，岁月那么长，仿佛永远都是无穷无尽的，但是属于我与他的，却早已是走到了尽头，不得不放开手。

我心中一痛，挥鞭策马。

旷野漠漠，嗒嗒的马蹄声踏碎满地银光，踏得人黯然销魂，唯别而已矣。

行至半路时遇见玄凌遣来接应的人，却是夏刈为首的数千人马。他见我被护送回来，大惊之余连连道渭南河大水阻碍了行程，未及如约前来接应，他亦不敢多问，只按先前的安排悄悄送我回宫。

一切得宜。我行色匆匆返入宫中，已是四日后午夜时分。

槿汐消息灵通，一壁服侍我沐浴，一壁悄悄道：“皇上听闻六王擅自领兵出京已是大怒，又知是六王的人与夏刈一同护送娘子回宫，定然又要多疑，此刻不知是如何雷霆大怒呢。”她满心忧虑地看我一眼，“皇上已经派人来传，先教娘娘休息，天明时分请娘娘前往仪元殿相见。摩格未死，又生出六王的事，胡蕴蓉这两日陪着皇上少不得吹了枕头风，娘娘可想好了要如何应对？”

我疲倦地摇头，水雾蒸起的热气氤氲里有玫瑰芬芳的气味，热热地扑在我的脸上。槿汐舀起一勺勺温热的水浇在我身上，哗哗的水声里听见自己冷静自持的声音：“皇上既然说我惊惧成病，也不说我这病见好，天下做母亲的哪有不关心自己女儿的，合该母亲来瞧瞧我。皇上不许人来惊扰我静养，那么让小允子漏夜去请母亲和九王妃入宫，先去仪元殿求皇上允许探视我。”我缓缓闭上眼睛，“万一皇上真真动气要杀我或废黜我，也算是能见母亲和妹妹最后一面了。”

槿汐闻言不禁伤感，只好极力赔笑道：“皇上哪有不肯的，自娘娘入宫，即便有孕生子时老夫人也很少入宫，总不曾与皇上碰面过。岳母的面子皇上总是要给一次的。”她停一停，“娘娘说得对，终归还有九王妃呢，皇上总不好驳她。”

玉娆，何曾只是有玉娆。

温热的水汽将我温柔包围，更像是个无处不在无法逃离的阴影。我唇角泛起一个冷淡的弧度，默默地闭上了眼睛。

临近天亮的时候，东方露出一丝鱼肚白，然后是渐渐的柔肤粉，浅橘黄，虾子红，一抹一抹映照着澄澈的蓝天。

我只身站在仪元殿中，一袭梨花青双绣轻罗长裙，裙摆上的雪色长珠璎珞拖曳于地，天水绿绫衫上精心刺绣的缠枝莲云花纹有种简约的华美。夏末穿的衣料尚自轻薄，薄薄地附在身上，附得久了，像是涸辙之鲋身上干麸般的黏膜。

玄凌并没有说话，只是他的目光那样冷，那样远，仿佛浑身上下都透着寒气。

我垂手道：“臣妾未能完成皇上所托，罪该万死。”

他似乎是笑了一笑：“是该死，但罪该万死的并非这件事……”他没有说下去，我明知却也不问，只是那样默默地垂手站着。

甫天亮的时分，因着殿中深阔，光线依旧有些晦暗不明。近旁的高几上供着一束新折的望日莲，香气清远，淡淡萦绕在人侧。地上映着镂花窗格的影子缓缓移动着，像未知的命运，推动着我逐渐向前。

我静静望着他："臣妾见罪于皇上，实不敢再为自己求得宽恕，只望皇上垂怜臣妾老母幼妹，还有胧月，她们已在殿外求见了半夜……"

清凉的晨风透进一丝半缕女子的呜咽之声，隐隐听得是玉娆的声音："公公不必劝了，皇上若不得空，我与母亲再等就是。"

李长的声音又是焦急又是无奈："哎哟，王妃再这个样子，九王怪罪下来老奴怎么担当得起。还有呢，胧月公主，您可千万别着了凉，快回德妃娘娘那儿去吧。"

胧月显然是急了，她手腕上的银镯叩着殿门有清脆的声响，她道："父皇！父皇！母妃病重了那么久，您让儿臣和外祖母去看看母妃吧！"

玉娆亦凄婉道："姐夫，请您怜惜长姐，怜惜长姐！"

玄凌眉心微微一动，显然是被玉娆和胧月所求打动。我哀婉求道："皇上随便寻个理由打发了她们就是，臣妾实在不忍让她们伤心。臣妾错得再多也好，但请皇上看在这些年的情分上……"

他瞥我一眼，冷冷道："你既病着，就不该现在见人。"

我会意，揽裙快步行至御座的六扇"八骏"屏风之后。玄凌扬声道："让她们进来。"

我喉头骤然有些发紧，不自觉地收了收臂间的银线流苏，似要寻得一些让自己觉得安全的东西。

我从未这样紧张过，完全控制不住自己的心跳。

或许，这将是我人生中最后一场豪赌。

骤然打开的殿门似涌进一天一地的明光，照得殿中的人一瞬间几乎睁不开眼睛。玄凌微眯了双眼，看着逆光中同时步入仪元殿的三个女子。

三人行礼如仪，玄凌的目光先落在玉娆身上，不由自主便温和了口气，道："玉娆，什么事慢慢说，不要着急。"

玉娆急得满面是泪，如梨蕊含雨："长姐的病一直不见好，我也很久不见长姐了，我担心……”

胧月亦啜泣：“母妃……父皇，儿臣想去看望母妃。”

母亲声音低柔沉稳地打断了玉娆的哭求：“请皇上许臣妇见一见淑妃吧。”

母亲一直按规矩低着头，她是有年纪的人了，夏日衣裙的裙摆极小，跪下去有些不大方便。玄凌仿佛过意不去，忙使唤人伸手扶住了，口中倒是客气：“甄夫人不必行礼了。”

玄凌的视线恰恰落在母亲微抬的面庞上，他神色剧变，肩膀微微一震，整个人顿时怔在了当地。玄凌几乎控制不住自己的声音，惊呼了一声：“啊？你——”他的声音里有极大的震动与惊喜，仿佛失去许久的珍宝，突兀地再度出现在他眼前。玄凌几步跨到母亲面前，盯着她的脸，几欲在她面上挖出无数熟悉的往昔来。

玉娆和胧月满面疑惑，尚不知发生何事，母亲亦是惊魂未定，不知玄凌何以突然如此失态。

我几乎要跃出喉头的一颗心骤然稳稳落回了胸腔，三魂七魄归位。我一动不敢动，生怕一动满眶眼泪便再也控制不住。

良久，只听得玄凌“啊——”的一声，伴着深深的失望，凝成一句长长的叹息，无限幽怨哀凉地割裂初见时的惊喜。此时玄凌已背对着我，我看不清他的神色，只见他团福刺绣龙袍上的金龙用上好的金丝线密密织成，那金丝线不知为何一直浮动着，上上下下，仿佛夕阳下一池随风颤动的金光，碎碎的，碎碎的，扎人的眼睛。仔细留神之下，才发现他的身子原来和负着的手一样一直微微颤抖着。

母亲尚不知何事，只得壮着胆子求道：“是否淑妃在病中神志不清得罪了皇上？若真如此，还请皇上念在淑妃侍奉皇上十余年的分上，宽宏大量勿要责怪。”

玄凌的声音有几分恍惚，怔怔地道：“你是谁？”

母亲与玉娆面面相觑，只得答道：“臣妇甄远道之妻甄云氏。”

玄凌缓缓退开两步："你多大了？"

玄凌的问话极突兀，玉娆的脸色都白了，又惊又疑。然而君王的话不可以不答，母亲倒也神色从容："臣妇年过半百，今年正好五十。"

"年过半百，年过半百……"玄凌低低呢喃，"你若还在，也会是她现在这个样子吧……"他的神志渐渐清醒，勉强笑道："夫人保养得宜，望之如四十许人，所以朕冒昧问了一句。"

母亲微笑恬然，是最合宜的大家风度，进退得宜："皇上称赞，臣妇实不敢当。"

从屏风后头望出去，逆光中母亲与玉娆如一对双生的芙蕖开在朝阳明光下。如果说玉娆是一朵初初展开花苞的含露香花，韶华盛极，母亲便是盛极已生凋零意，芳华刹那，红颜弹指老，细看之下也多了风霜浸染之意。

除了一双眼睛，玉隐是更像她的生母何绵绵的。而我们三个女儿之中，玉娆长得最似母亲。彼时二人并肩玉立，玉娆便活脱脱是母亲少女时的影子，临水照花，如倒影般相似。

其实父亲被贬蜀地这几年，母亲亦受了不少苦，老得有些厉害。若站在玄凌方才的位置细看，即便再好的脂粉也已经遮掩不住母亲下垂的唇角，眼角的细纹，鬓边的白发与松弛的脸容。

我轻轻倒吸一口凉气，玄凌处处厚待玉娆，不外是因着她那样像年轻时的纯元皇后。

红颜如花又如何？时光的手如此公平，拂过每个女子的脸，并不偏爱半分。于母亲是，于我是，于玉娆是，于纯元皇后亦是。

我缓缓地溢出一缕苦笑，自古美人如名将，不许人间见白头。

若真白头偕老，于玄凌，于纯元，或许都是一件痛苦的事。

玄凌的口吻极和气："老夫人要见淑妃自然无妨。只是淑妃早起才服过药，只怕现下还睡着，夫人与小姨先去德妃处宽坐，等下淑妃醒来，朕会立刻派人去请夫人。"

母亲不动声色地松了一口气："多谢皇上。"

玄凌道："夫人似乎极少入宫，朕从前不曾见过。"

母亲温婉而笑："臣妇一直体弱，又不甚懂得宫中规矩，所以甚少入宫。有时来探望淑妃，也只是随众人一起才有幸远远地得瞻龙颜，实在是臣妇福薄。"

玄凌和颜道："老夫人客气了，淑妃是朕的爱妃，老夫人便是朕亲眷，总该时常见见，共叙天伦才好。"

母亲和颜悦色地答着话，进退之度十分合宜。我怔怔地想起幼时，是五六岁的年纪，纯元皇后初初有孕，宫中命妇夫人、京中官员家眷皆往中宫相贺。尽人皆知，那是嫡子，乃为国本。

本是普天同庆的日子，母亲回来却有些怏怏的。父亲问起时，母亲只是笑言："人人都说我与皇后长得相似，只是痴长这些岁数。"

父亲是何等机慧之人，旋即道："以后无事不必入宫了，免生不虞。"

那时我还极小，只晓得伏在母亲膝盖上把玩着她束腰的丝绦。年纪渐长，早已忘了这样的话，入宫后几度浮沉，母亲却极少来探望，偶尔来一次，也赶在玄凌来时先走了，更不去拜见皇后与太后。我偶有疑惑，母亲也只是笑言："母亲不太懂规矩，别见罪了尊贵之人。何况母亲若常来，总有人会有闲话，说你恃宠而骄，外戚来往总是不好。这些你都要记得，要会避嫌。"

要会避嫌……是的，母亲是那样清醒而自知。所以，她与爹爹这般相敬如宾，这么多年，除了外头的何姨娘，府中的姨娘不过是摆设而已。

我缓缓捂住自己的唇，失力般倚在屏风上。屏风底上镂着满满的西番莲花，那样富丽的花朵，一瓣重着一瓣，深紫红的底子，用金粉细细勾画了，密密匝匝，晃得人满眼生晕，都是那样绚丽的，一片连着一片。

世事如此，我从来不能逃脱，更不能怨恨纯元。

胧月低着头，伤心道："父皇不认识外祖母也罢了，昨夜儿臣去看了涵儿和灵犀，太医说弟弟妹妹日夜啼哭，想念母妃。"

玉娆忙道："妾身也去看过三殿下和灵犀帝姬。太医说是因胃脾不和，神思忧郁所致。"

胧月抓着玄凌的衣襟下摆，哭道："小小人儿有何神思忧郁，涵儿和灵犀许久不见母妃，想母妃想得辛苦。听说母妃近来重病不起，胧月一不能解弟妹思母之痛，二不能在母妃床前尽孝道，情何以堪。"

玄凌抚摩着她的额头，慈爱道："德妃和其他母妃们也很疼爱你们。"

胧月擦了擦眼泪，仰起她天真无邪的脸庞，懂事地道："胧月知道。昨日胧月读《孟子》。孟子曰：君子有三乐，而王天下不与存焉。父母俱存，兄弟无故，一乐也；仰不愧于天，俯不怍于人，二乐也；得天下英才而教育之，三乐也。胧月愿做君子，孝顺好父皇和母妃，照顾好弟妹。"

玄凌面对胧月，沉默无语。

良久，我缓缓步出，软底珍珠绣鞋踏在墁地金砖上寂寂无声。他见我出现并不惊疑，只是伸手缓缓抚上我的脸："嬛嬛，朕忽然发现一件很要紧的事。"

他的手指那样凉，像是寒冬腊月在冰水里浸过一般，我只道："什么事？"

他并不答，只是伸手揽我入怀："无事。你无须明白。"

我轻轻"嗯"了一声："四郎，臣妾有大罪，你如何惩罚都好，只别气坏了自己身子。"

他静静片刻，只是搂着我，似要从我身上觅得一点可以支持他的力量："塞外风霜大，是朕为难你了。"

我低柔一笑："臣妾那日害怕得紧，可是后来玉姚来了，玉姚比臣妾年轻，瞧摩格的样子像是极喜欢她的。"

他轻轻拍着我的肩："都不要紧，你平安归来就好。"他看我，"既然是你妹妹去和亲，摩格也无异议，便罢了。往后的事再从长计议。"

我点头，他亦不再言语，我想了想终究是不放心："多谢皇上遣六王带兵来救臣妾。”

他微微颔首：“朕很想惩罚你，但数罪并罚倒让朕为难该从何罚起。朕看你清瘦了许多，想必你也一直在面壁思过。等下，去见见孩子们，你病了这些日子，他们都很想你。”

他沉默了下去，双目微合，似乎睡着了。明亮的天光一丝一丝照在他的面上，他神色极沉静安详，只是眼角，缓缓溢出一滴湿润的水珠。

这是我第一次，见他如此失态落泪，疲倦到不能自已。

我掩住面孔，缓缓闭上了眼睛。

贰壹 再相逢

窗外一缕银白月光透过花树，千回百转照进来，到了天明时，又换作一抹明澈而蓬勃的阳光，寂寞空庭也好，繁华宫苑也好，哪怕我已经站在整座后宫的顶峰俯瞰众生，但心，却似一尾鱼，静静地沉到了紫奥城的海底，接着漏到海底的一缕光线，看着时光寂静而清冷地流过。

我已经习惯了，习惯了后宫的生活。不再像年轻时一样执意于君王的情爱，依赖于君王的宠幸，以及那些所带来的荣华富贵。我更习惯看着比我年轻的嫔妃们，那些花一样的女子费尽心思争夺着玄凌有限的宠爱，分享着那些荣光。

我逐渐有些老了，但玄凌对我的眷顾并未减去多少，并且更厚待我年迈的父母。即便胡蕴蓉因着玄凌宠爱被册为贤妃，我依旧是高高在上的淑妃，地位岿然不动。相对于胡蕴蓉年轻貌美的自恣与张扬，我显得过于安静了，安静料理着宫中事务，安静抚育着子女长大，闲时，与旧日相熟的嫔妃们饮茶谈天。

如果不出意外，我相信我这样的生活会一直过下去，直到我成为太妃，或者太后。

自然，我的日子里还有让我更觉新鲜与满足的事，那便是雪魄。

自边境归来的九个多月后，我产下了玄凌的第六女，封号雪魄帝姬，小字芊羽。

那是个很漂亮的女孩子，肤色凝白晶莹如月下聚雪，并且，她很爱笑，笑容清澈，仿佛皑皑白雪上一朵含苞的红梅渐渐绽放。

孩子，一天天地长大，日子，也一天天地过去。

偶尔的深夜，玄凌在仪元殿东室临幸着年轻饱满的如娇花般的女子，我在西室幽幽烛下批阅着一本又一本奏折。我的生活不算是坐井观天，至少，每隔数月我便能在奏章墨迹的甜香中接近玄清的生活。

那次的事之后，他并未再回京，而是自承擅自领兵之罪，要求戍守边关受风沙之苦以自惩。

他戍守雁鸣关六个月，赫赫不敢进犯。

他巡视边境，步履一直从雁鸣关到达生母的南诏摆夷。

玉姚在一年后产下一女，她性情温婉不失坚毅，甚得摩格喜欢，恰巧东帐阏氏朵兰哥病逝，摩格便将众妃中唯一无子的玉姚从西帐阏氏升为赫赫大妃。那一年，玄清代表大周送去贺仪。

雁鸣关大雪，他与将士一同戍守边关，铁甲之上积雪三寸，深得将士敬佩。

他戍守边境，与将士同饮同寝，并不因亲王身份略生骄矜，将士爱戴，无一不服。

他治军严明，不动百姓一缕麻一束草，人称“贤王”。

他尊重赫赫，安抚百姓，边境祥和，互市兴旺，百姓安居乐业。

无数个夜里，在我侍寝的夜晚，下着雨，或者有清明的月光朗然照地，我悄悄披衣起身，在雕着“鸳鸯莲鹭”的窗下临风而立，希望自己能借着一缕自北吹来的风听到他的声音，或者，感受多些他的气息。床边悬着一幅卷轴，红底洒金纸，浓墨重彩地写着一行字：“花好月圆人长久”。花好月圆易得。而人，却不能长久相守了。但至少，这样的夜空，是我与他共同拥有的。

只是良久，耳边只有玄凌沉稳的呼吸声，绵绵的，与我最接近。

然而玄凌每每看见这样的奏折，安心之余不免蹙眉烦心：“玄清这不是邀买人心是什么？”

我不敢劝，亦不敢出声，太平行宫的变故之后，玄凌其实是很忌讳我提到玄清的。他又指着一本玄清的上疏恨声道：“他又为将士提出要增发军饷，让将士吃饱穿暖，难道朕平时苛待了边关将士么！”

到底是随侍在侧的琫贵嫔听不过耳，捧了一碟子细巧点心上来，柔声劝道：“六王这样提议，也是希望边关将士感念皇恩，更效忠皇上！”

玄凌闻言只是冷笑：“感念皇恩还是感念他求取皇恩？是效忠朕还是更效忠他？”他打量琫贵嫔两眼，“朕想起来了，你出身岐山王府，岐山王与清河王亲近，你自然是要为他说话。”他上前两步，一把抓住琫贵嫔柔弱的肩，喝道，“你是否入宫之前就与他有了私情？”

琫贵嫔吓得面无人色，只会嘤嘤哭泣：“臣妾自入宫来一直随侍皇上，忠贞不贰，怎会有私情！”琫贵嫔何曾见过玄凌这样的疾言厉色，吓得软瘫在地上，拼命磕头，“臣妾与六王绝无私情！还请皇上明察！”直到她洁白的额头磕出血痕，玄凌尚未解气，喝道：“去！朕不要再见你！他求朕的军饷，朕也不会教他如愿以偿！”

自此，得宠至今的琫贵嫔失宠。玄凌的性子越发多疑，嫔妃们也不敢再多言政事，倒是胡蕴蓉越来越得玄凌的宠爱。

两年后，玄清再度为边关将士请求，极言边关苦寒，劝玄凌“春风”亦该度雁鸣关。玄凌只是反复沉吟，召他回京述职。

再度见到他，是在春末夏初的时节，因着暑气早生，便早早在太平行宫住下。满苑春光尚未收歇，翻月湖荷花便已美得铺天泻地，红红白白，娇娆得难舍难分。

灵犀素性喜欢荷花，便牵着我的手要一同去。灵犀极文静，即便喜欢什么也从不大声嚷嚷或哭求，只拿水银丸似的明澈双眼定定望着你，叫你心软。

这一日午后，携了灵犀的手，抱着雪魄缓缓沿翻月湖而行。过了翻月湖上的镜桥便是幽风桥，桥下荷花最盛，极目便是洁白的新荷，在翠色初倾的荷盖下开了一蓬又一蓬，如此清新色彩，反比浓艳光华更叫人心旷神怡。偶尔有一只只红蜻蜓轻巧落在枝枝绿叶上，灵犀不由得欢喜道："蜻蜓！红蜻蜓——"

湖光在艳阳下折射出金灿灿的水光耀人眼目，我睁不开眼，只闻到近旁素馨、茉莉、含笑错落绽放，香气沁人，逐渐掩盖了荷香清芬，不觉道："这里是不该种这些香花的。"

仿佛有声音在近旁了，温和道："荷花的香气已经足够清怡，再种别的香花，反而乱了气味，不够纯净。"

这样熟悉的语气，在心里轮回了千万次都不止，我几乎能听见自己心跳的声音。他的气息陌生而熟悉，风沙的干涩与金戈铁马冰凉的气息里夹杂着一抹杜若的恬静，我突然觉得心中一松，整颗心前所未有地安稳下来。

我睁开眼，他站在光线的尽头，恍若从云中来。灵犀辨认了片刻，试探着道："六王叔？"

他弯下腰来，眼睛成了弯弯的两弯新月，笑道："灵犀这样大了。"

他黑了，亦瘦了，素昔温润的面庞被边境的罡风刮得棱角分明，双眸似凝聚了边地如钩冷月的精锐寒气，更添了几许刚毅。因是入宫，他已经卸下了重甲的生铁之气，只穿了件简单的米白色软绸长衣，袖口处缀着些许缇色万字刺绣，还未来得及洗去眉眼间的仆仆风尘。

隔了这么长的日子，几乎要望穿了秋水，终于再度与他重逢。前尘旧事那样突兀地纷至沓来，隔着重重时光与岁月，叫我且悲且喜。

我轻轻道："早听说六王要回来，却没想到这么快。"

温淡的阳光明媚地覆过他清爽的眉眼。他看着我，足足有一刻，神情如此专注，似是不知从何开口。须臾，他缓缓道："许久没有回京，归心似箭。"他停一停，"久未见淑妃，别来无恙？"

太平行宫一花一木，青山碧水，花香轻袅，碧枝徐垂，都是旧时时光在眼前。我极力忍住喉中的哽咽，温婉道："托王爷的福，一切无恙。"

他看着我怀抱中熟睡的婴孩，温和道："这是雪魄帝姬吧。"他注目怀中婴儿良久，"长得很像你。"

灵犀攀着湖边伸进的一株菖蒲，笑吟吟道："是呢。妹妹已经十四个月了。"

玄清闻言一怔，目光倏然看向我，似有探询之意，我明白他的疑惑，极力压住心头的忐忑与惊动，只是一笑："皇上很疼爱这个小女儿。"我目光恬静，"本宫已生有三女，王爷却还只有一位小世子，女儿缘分尚不足呢。"

他的眉眼略略低垂，似白鸟收拢了光洁的翅膀，只是淡淡一笑相对。我道："如今澈儿也很大了呢，王爷看见了么？"

他爱怜地伸出手抚摩雪魄如苹果般红润的面颊，口中道："回府换衣裳时看见了一眼，玉隐领着他在府外等候。"他淡淡一笑，"的确长高了不少，可见玉隐很疼他。"

我心中触动，轻声道："玉隐是位好母亲。"

他未及回答，只是微笑看着雪魄。许是感知到他爱怜的目光，雪魄安静睁开眼来，转着黑葡萄般的瞳仁好奇地看着玄清，须臾，露出一个极甜美的笑容。灵犀亦笑，拉着我的裙摇一摇："妹妹很喜欢六王叔呢。"

玄清朝灵犀笑着眨一眨眼睛，我心中一软，生出无限温暖缱绻之意，手中微微一松，玄清已经把雪魄自然而然接在怀中，他似抱着瑰宝一般，小心翼翼的，口中温柔地哄着。雪魄笑得很高兴，欢快的笑声似三月悬在檐间的清脆风铃，叫人心生愉悦。

"翻月湖莲花依旧，你已经又添一女，可见你在宫中过得很好。"他的声音似柔软展开的一匹绢绸，温暖而平静，“我很放心。”

“多谢王爷。”我转首看着满湖新荷迎风轻举，“沙场刀光剑影，边关风霜苦寒，玉隐每每说起，我们都很不放心。”

他以温和的眉眼了然我语中不动声色的关怀：“多谢淑妃，我回去会叮嘱玉隐，要她一切放心。”

他未再多语，只是抱着雪魄低头逗她笑。我心内平静而震动，忽然很享受这一刻的温馨与平和。予涵与灵犀幼时他都无机会抱过，唯有雪魄，雪魄最有福气。

“淑妃娘娘万安。”我的宁和愉悦在一瞬间被李长惯熟的尖锐声音划破。

他满面堆笑站在我身后，打了个千儿道：“怪道皇上左等王爷不来右等王爷不来，原来被咱们雪魄帝姬绊住了脚。这不，皇上让奴才来请您了呢。”

玄清微微失色，颇感歉然：“那本王即刻就去。”

他将雪魄还到我手中，襁褓下相触，他的指尖略略有些冰，轻轻碰到我的手腕。我单薄的皮肤下淌着温热的脉息。脉息之上，悬着他送与我的珊瑚手钏。

他告辞，李长跟在他旁边絮絮道：“皇上手足情深，所以特地叫奴才来看看……”他口中絮絮着，却悄悄传给我一个忧虑的眼神，紧跟着去了。

一夜无话，只听闻玄凌留了玄清一夜，把酒谈心甚欢。宿醉后的玄清亦被留在水绿南薰殿的偏殿睡下。

待到午睡起来，小厦子急急来传我，道：“皇上在水绿南薰殿等候娘娘呢。”

这样仓促来传，我只得匀面梳妆，匆匆往水绿南薰殿去。旧居宜芙馆与水绿南薰殿相距并不远，只是小厦子难得的面色凝重不言不笑，不觉叫我心生揣度。待到了殿门前，只见重重湘妃竹帘低垂，李长趁着请安的间隙悄悄在我耳边道：“昨儿皇上与贤妃瞧见了。”

不过短短十个字，我未及询问详情，一颗心，已沉沉坠入冰雪之中，遍体发凉。

玄凌一人卧在凉簟上，并未因我的入殿而起身。我如常敛衣，如常行礼，如常问安，他并未转身，只含糊道："嗯，你来了。"

我并不敢多话，只在他身边静静坐下，榻边搁着一把障面用的团扇，不知是哪个嫔妃留下的，我只依稀觉得眼熟。扇柄是镏金镂空的雕花，垂着杏子红的流苏，极明艳的颜色，扇面做成了盛开的莲花形状，蒙着素纨，上面绣着连绵不尽的"远山含烟"图，彻彻底底的绿色深浅不一，看得久了，眼前会微微发晕。

我见玄凌只是合着眼，额头有细密的汗珠不断沁出，随手捡起那把扇子，轻缓地替他扇着，温柔笑道："四郎睡得好热，看满脸的汗……"

玄凌霍然坐起，只朝我瞪了一眼，狠狠一掌打在了我脸上。

这一下猝起突然，我痛得脸颊一阵阵发麻，眼前金星乱晃，登时怔在了当地。侍奉他多年，这是我第一次挨打，甚至连从前被他禁足宫禁，亦未曾受过他一指头。

忍着泪，我伏下身道："皇上要打，臣妾不敢多言，只是臣妾做错了什么，还请皇上明白示下。"

"明白示下？"他满头满脑的汗，唇角浮上的冷笑与这温煦的季节全然不符，"朕都不好意思说出口！"

我抚着脸颊热辣辣之处，含泪仰起头道："臣妾以为事无不可对人言，皇上但说无妨，臣妾洗耳恭听。"

胶凝的气氛微微叫人窒息，玄凌微微地眯着眼睛，有一种细碎的冷光似针尖一样在他的眸底刺出："昨日在御苑，你和玄清做了些什么？"

我心头一震，急忙静下心气，淡淡道："光天化日之下，御苑中人来人往，皇上以为臣妾能与六王做什么？不过是偶遇六王，互相问了安好，六王又很喜欢雪魄，抱了会儿。"我想一想，"亲王抱帝姬或皇子虽然不合规制，可是六王风尘仆仆归来，他抱过雪魄，臣妾也无从劝阻。"我心底一酸，“毕竟，雪魄是六王的侄女，臣妾也不能罔顾叔侄之情。”

他静默片刻，伸手托起我的下巴：“叔侄之情？也能让你与他含悲含喜说上大半日话么？你真当朕什么都看不出来！当年太后与……”他满目怒色，生生忍住了没有再说下去。

我心头大震，终于明白是什么事让他耿耿于怀——昔年摄政王与太后之事，玄凌不是不知！我沉默与他对视，静静道：“臣妾含悲含喜，亦是为了玉隐，她不比臣妾日日有夫君陪伴，只能守着孤灯日日夜夜盼六王回来一叙夫妻之情。玉隐是臣妾义妹，臣妾关心她也是情理之中。”

他冷笑，握住我下巴的手指加了几分力道：“到底是你盼着玄清归来还是玉隐，你自己心中有数！”

下颌隐隐作痛，我直视他的目光：“说实话，臣妾并不希望六王归来。因为六王回宫，皇上性子喜怒无常，疑心妻儿，阖宫不得安生。”我索性一气说出来，“皇上曾为瑃贵嫔一句劝说而冷落她，如今又要为六王与臣妾闲话家常而疑心臣妾，皇上若有真凭实据，大可废黜臣妾，臣妾绝无怨言！”

“真凭实据！”他松开握住我下颌的手，“他当年率军不顾一切从摩格手中救你回来，你当真没有丝毫感动？”

我以茫然与诧异迎上他冰冷的双眸，跪得生疼的膝盖一软，颤声道：“不是皇上派六王来救臣妾的么！”

玄凌微微愕然，旋即平静下来，眼底那种寒冷逐渐融化：“当然，是朕吩咐他的。”

我“哦”了一声，只是诧然：“若皇上是派李长前来，臣妾难道也要为李长感动？当然是感激皇上用心良苦！”我假意道，“何况臣妾至今深怨六王，怎容许玉姚跟随大军而来，以致摩格看中玉姚夺去做了大妃，臣妾生生失去胞妹，如今数年也见不上一面。”

有须臾的沉静，听得风声簌簌，撩拨窗外密密匝匝的荷叶，轻触有哗然声。他的神色逐渐温和下来，伸手抚摩我被打的肿处，问：“疼不疼？”

我索性红了眼圈，指一指心口："这里疼。"

他搂住我的肩膀正欲安慰，忽然又冷了脸色："你既怨他，怎的又与他说那么久的话？"

我垂下脸低低啜泣："当年臣妾深受华妃之苦，为了政事臣妾亦能忍耐。如今六王再不好也是臣妾的妹夫，皇上的手足，臣妾怎会不识忍耐，做好场面功夫！"

他一怔，神色又柔和些许，起身从榻前的景泰蓝大瓮里取出几块半融的碎冰，他手势温柔，轻轻在我肿起的面颊轻敷，那冰块的寒意极冷极冷渗进肌肤里，激得我寒毛倒竖，毛骨悚然。

玄凌的手势轻缓，那触肌而化的冰水凉凉地从面颊滑落至脖颈，寒意一道滚落，连他的声音听在耳边也有些恍惚："朕不能不忌讳他，从小，父皇就最疼老六，数次要立他为太子。若非群臣反对，今日坐在朝堂御座上的人就不是朕了。何况诗书也好，骑射也罢，父皇悉心教导，自然每一样都胜过朕。如今，他又手握兵权，万一他起了汝南王昔日之心……朕不能不防！"

我心中一阵阵发寒，寒得生出缕缕生疼意味："皇上，六王不会！"

他猛地将手中冰块用力一掷，那冰块骨碌碌滚了出去，留下一地散碎的冰珠与水痕，反射着外头雪白天光，似有刀刃的寒影。他面容深沉，斥道："你不是他怎知他的心思，难道他有什么心思都对你说？朕早就知道他对你别有心思！"

我忙跪下道："臣妾不敢！只是揣度着六王素来对皇上恭谨……"

"再恭谨的人手里有了兵权也会生异心，何况父皇本就属意过他当太子，难保他不对皇位有觊觎之心！"他面色阴沉不定，眼中闪过狐疑的幽光，冷然道，"何况皇家本无手足之情，唯有君臣之分。朕说句不好听的，君要臣死，臣不得不死！"

宛若被人当头灌入千年冰水，那透骨的寒意迅疾从脑海蔓延到四肢百骸之中，我冻得手足发麻，不能动弹，只觉得无数冰冷长针锋利地刺入脑中，痛得我无法思考。我本能地喊：“皇上，六王是您亲弟弟——”

“当日朕决定与母后争得皇位的时候，就已经忘记了他是朕的弟弟。这些年来朕厚待于他，已经是格外恩赏了。”他停一停，整张脸沁出阴森的杀意，“昨夜与他长谈，他与朕谈起军中之事，历历可数见解颇深。这个人用得好便罢了，用得不好便是朕的心腹大患，朕容他不得！”

我还欲再劝：“皇上三思，六王身负军功并无过错，皇上若要除他，恐怕反而损伤圣誉——”

“淑妃，你做事从来不教朕失望。”玄凌缓缓起身，将一个折叠得精致的纸包放置在桌上，“所以这次的事朕还是交给你去做，只能成功，绝不许失败。”他温和地抚摩我的面颊，“你用你的行为告诉朕，你对他并无私心。朕是一定要除去老六的，只是朕想给你一个机会。”

我双唇微微哆嗦，本能地摇着头，去抗拒那包致命的毒粉。

他的声音阴毒而蛊惑：“一切朕都已经安排好了。他此刻在桐花台等着朕与他去宴饮，你代替朕去，朕等你的好消息。”

我挣扎着道：“皇上，那么容臣妾去更衣。”

“不用更衣了。”他伸手为我扶正发髻上的双凤衔珠金翅玉步摇，让三缕金线串南珠蔷薇晶尾坠恰到好处地垂在耳边，又为我正一正杨妃色暗花流云纹绫衫，“朕的嬛嬛永远这样美，若朕是老六，也会心甘情愿喝下你玉手送上的毒酒。去吧！”

我木然地被他推着起身，小厦子牢牢搀住我的手臂往桐花台去。玄凌空洞的声音沉沉在耳后：“事成之后，涵儿会是大周绝无异议的太子，因为他有一位深得朕信任又能干的母妃。”

回眸的瞬间，光线黯淡的疏影里，他眸光深邃如无穷黑洞，幽远难测，隐隐透出一缕暗紫剑光，冷硬锐利，直刺向桐花台方向。

前无去路，后退，亦只有死路。

妃色裙裾散若流云轻轻掠过汉白玉地面，因着殿中设宴，桐花台的地面皆用清水冲洗过，光可鉴人。小厦子悄然引我入内室，碧玉珠帘子悠然作声，帘后的他已经肃然起身，行礼等候。

“是我。”隔着一挂碧玉珠帘，我用舌尖压住牙齿的颤抖，温言道，“王爷不必客气。”

桐花台殿阁中帷帘已卷，暮光迷离。小厦子上前打起帘子，碧莹莹的珠光之后，他着一袭桐色长衣，长发以金冠端正束起，相视的瞬间，窗外有悄然溜入细竹帘的风，在黄昏的柔光下吹拂得愈来愈温柔缱绻，像一个柔软的梦境。

我有一瞬的恍惚，桐花台嘉木繁翠，荫荫如旧，映着暮晚天光，凉风满袖，墙角夕颜盛开若清雪漫漫，仿佛时空倏然逆转，又回到初入宫闱的少年时光，还是那年七月末的夜，与他初会于桐花台。

紫奥城的日子绵长得似一缕越拉越长的丝线，在沉溺般的寂寞中，总是常常会想起凌云峰的那些日子，想起久未谋面的他。那么久的思念之后，此刻只深切地盼望着，只要永远不要见他，不要有这样的相对就好。

小厦子打了千儿赔笑道：“皇上午觉睡得不香，此刻还很困倦，所以先遣娘娘来陪王爷喝上几杯，皇上更衣后即刻会到来。”

玄清扬起眉毛，问道：“皇兄身子不安么？”

小厦子眼珠骨碌一转，已经笑起来：“皇上龙体无恙，只是天热贪睡，午后瑃嫔小主又来过。”

言及此，玄清已不好多问。小厦子放下手中的缠丝玛瑙盘，盘上搁着一把和田白玉莲瓣酒壶，壶中殷红的酒水似一泓桃花水，沉静地蕴着甘甜醉人的馥香。壶上极精致的盖帽，以两瓣和田白玉合在一起，肉眼几乎不可分辨，总以为是完整的一块。

他笑容清淡若四合的暮光：“有劳淑妃了。”

心头一阵酸麻。从水绿南薰殿到桐花台，其实不过一盏茶时分的距离，我却似走完了半生绵长时光，脚下一酸，几乎是落在了座位上。

小厦子将酒壶放在我手边，满面笑容：“有劳娘娘陪坐，奴才先去请皇上。”

酒壶的冰凉让我触手生寒，事已至此了，不是么？

我狠一狠心肠，微笑道："难得与王爷一起饮酒。"

四下已无旁人，唯我与他静静相对，他声音清越宛若初夏蓬飞的草木清新："你还是喜欢妃色的衣衫。"

蓦然想起，那一年桐花台偶遇，我也是穿着妃色裙裾。岁月的巧合，真当是要贯穿首尾么？

我凝望窗外素白无芬的小小夕颜，不觉叹道："桐花台冷寂多年，这些夕颜却花开花落，依旧繁盛。"

"淑妃还记得我昔日所言么？夕颜，是只开一夜的花，就如同不能见光不为世人所接受的情事。可是有些情事再不为世人接受再不能见光，照旧在心里枝繁叶茂，永不会凋零。"

我轻叹："会不会终有一年有人觉得这些夕颜碍眼，会把它尽数拔去，片叶不留？"

"也许会。"他眉眼平和，语意清淡而坚决，"即便拔去这些夕颜，开在心里的夕颜却是永不会除去的。"

我手指轻按右侧壶盖，只消用一点点力，只要一点点，浅红的酒液流畅滑落杯中，我满满斟了一杯，递到他面前："这些年，你在边关辛苦了。"

他的笑意如一缕照霜月光，澄澈分明："淑妃可曾听过一句话，'但愿人长久，千里共婵娟'。只要想到千里所共的婵娟可以照着身心俱安之人，再辛苦又何妨？"他停一停，"入宫述职前，我曾去过凌云峰，一山一水，一切如旧。"

我微微浅笑："可惜，我此生再无机会回去了。"语毕，我举起酒壶，欲为他斟满一杯。

他看着我："还想过回去么？"

"王爷信么？我曾数度在梦中回去，仿佛还在昔年，一切未曾改变。只是，梦醒身在深宫，望穿天涯路亦回不去了。"

“你回宫后，我亦曾信马由缰，每每走到你旧居，总想静静待一会儿再离去。清此生最好的时光，尽在凌云峰了。”

有无尽的温软与痛楚，密密匝匝刺入心扉。我无言以对，停下手中举起的酒杯，怅然望向窗外。

初夏时分，桐花台梧桐翠色愈浓，愈加显得空庭晚来寂寞，嫣紫粉白的桐花大多已开败，偶尔有几朵零星缀在枝头，亦成了残红萧条。入夜时分，天空已被哀凉墨色吞没，行宫各院绯红的琉璃宫灯一盏盏点起，似天际升起了一颗一颗明亮的星子，又那样远，远不可及。

那是人间灯火，而我却在地狱徘徊。

窗扇半合，微见台前盛满初升的清澈月光，十七的夜，圆月也逐渐残缺下去，无可转圜。

“还记得那张合婚庚帖么？”

我心底蓦然一软，几乎不能忍住眼中泫然泪意，只得悄悄用绢子拭了，勉力笑道：“记得。”

他微微一笑：“有庚帖，却不曾饮过交杯酒。”

我全身一震，心头的绝望与撕裂般的疼痛使我不堪重负，我垂首，双睫一低，一滴清亮的泪自目中零落，悄无声息滑落自己酒杯中。

从未实现过的梦，今日就当是我彻底任性一回吧。我狠一狠心，宽大袖中的指尾轻轻一按壶盖的左侧，酒液迫不及待从蛇形壶口坠落馥郁香气。我隐去泪痕，笑靥轻绽若梨花，恬静道：“好。”

清河亡 贰贰

他身子微微一颤，仿佛月下的粼波一点。他声线清润：“夜风大了，你去合上窗吧。”

那样亲切而熟稔的口吻，仿佛还在那些年月。我心中温软到酸楚，盈盈行至窗前，合上窗扇。他轻轻道：“你仔细看那窗上的图案，是否极应景？”

窗上雕着繁密精巧的花样，醉颜红底子镂空合欢花图案，花蕊上描着细细的金粉，即使隔了那样长的年月，颜色依旧鲜亮如初。这样明艳夺目的大红金色，是很像婚庆时节的。他继续道：“母妃喜欢合欢花，所以父皇建桐花台时嘱咐窗扇皆镂此花。合欢，是很温柔长久的名字。”

我一笑：“你从前的镂月开云馆不也是遍种合欢么？”

他颔首，神色迷蒙而幽暗，带着晨曦清微的亮色，含笑道：“合心即欢，是不是？我自幼生长于桐花台，直到昭宪太后过世才回紫奥城居住，所以一直只见父皇与母妃恩爱喜悦。”

"我也很羡慕先帝与舒贵太妃的情意。"

他琥珀色的双眸似被薄薄的霜意覆盖："父皇再钟情母妃也不能只与她一人相守。可惜，我也做不到。我对不起静娴，对不起玉隐，更对不起你。"

内心的灼痛逼迫我放下淑妃的矜持，我急急以冰凉的指尖轻轻按住他的唇："不要说这样的话，我懂得的。"

他费力地摇一摇头："不是。静娴其实很聪明，她察觉出你我与玉隐之间的异样，她很想问我，却始终没有问出口，只是渐渐喜欢模仿你穿衣说话。她一直很努力地想讨我喜欢，最后，她求我，求我一定要给她一个孩子。"

我屏住呼吸，轻轻道："玉隐若模仿我，会比她更像。"

他微微颔首，深有愧歉之色："玉隐，她骄傲而矛盾，她迫切希望像你而得到我的怜悯，却也最怕像你，成为你的影子，使她所获得的只是我的怜悯。"

肌肤上透出一层一层的凉意，那凉意似从骨髓中漫出，不可遏止。我凄然唏嘘："或许回到最初，我们都会后悔当日自己所做的抉择。也许换一条路走，我们都不至于像如今这般困顿其中。"

他深深呼吸，眸中温润的琥珀色渐渐黯沉下去："我毕生唯一后悔之事，是那年去甘露寺宣读圣旨迎你回宫。嬛儿，那是我毕生不可饶恕的错误。"

清澈的酒液映照出我半边不完整的脸庞，恰如我并不完整的人生。我忍住眼角苍冷的泪意，静静看着他："清，即使我心中的风一直吹向你，我也必须逆风而行，世事错落皆是命中注定，我不会怨恨你分毫。"

他轻盈一笑，眼中悲凉之意却更深重："我毕生渴望的人不能得到，却又辜负两位无辜女子，的确不堪！"

我夹了一筷子桂花香藕在他碟中，勉力微笑道："这是在先帝与舒贵太妃昔年情深义重的地方，又是你故居，何必总说这些伤心言语！"

他的白皙手指把玩着手中酒盏，盏中酒液却一滴不洒，他的声音平静得没有一丝波澜："我怕再不说，以后会来不及！"

心头陡然一惊，我手中银筷倏地滑落，落在桌上相触时有玎玲刺耳的声响。如大把芒刺密密锥心，我不由得脱口道："胡说！"

他只是如常神色，唇角扬起轻缓的弧度："不是么？与你相见多半是在阖宫饮宴之时，连接近你都十分困难，哪里还能这样说话！朝宴晚饮，人生数十年，也便这样过去了，我永远也来不及对你说。"

我听他这样解释，才稍稍安心，于是和缓了语气："都是做父亲的人了，说话还这样没有忌讳！"

"我只是怕再错过罢了。"他容色沉静如一泓清水，"我幼年时，春夏时节，常见父皇与母妃携手赏花，私语连朝。那时棠棣花开如雪，桐花轻紫如雾，只是今年花谢得这样早，我错过花期，都看不到了。"

四目相触，有片刻的静默。

桐花万里路，连朝语不息。

终究，是永世不能达成的幻梦了。就如我与他之间，所得的，永远只是错过。

须臾，他的手挽过我的手："对不住。"

我轻轻摇头："我不愿听这个。"

他一笑如雪后初霁的明亮日色："终身所约，永结为好。"

心酸楚得几乎要被融尽，只余那些温柔，温柔到填补尽此生所有的不足与空寂，我轻绽笑颜："琴瑟在御，岁月静好。"

他许是极高兴，举杯一气饮尽，他翻过空盏给我瞧，笑容满面："你瞧，我都喝完了。"

我看一眼酒中艳色，横一横心，含着愉悦而满足的笑意，毫不犹豫仰头喝尽。细如缕的酒液滑过喉咙似毒蛇般灵活，我笑靥如花，亦给他瞧，像孩子般快乐："这是交杯合卺，我一滴都不剩下。"

他微微笑着，那样光明而璀璨的真心笑容，让我生出无尽暖意。他颔首：“极好。”

我的手垂落，以一种安静姿态停驻在微凉的桌面，像一脉洁白的枯萎的细薄夕颜。冰凉的酒液已经灌入我的口，我的喉，最后直抵肺腑，侵入五内。

但有这一刻，我满足到极点，此生再没有遗憾。

夜凉如翻月湖的水，也是柔柔的，颜色靡艳。闻得风刮过枝头，声响清晰，像是黑白无常渐渐逼近的声音，我贪恋地看着他，意图记清他最后的微笑。

但愿，他不要怪我。

只是良久，满心肺腑里只有那种彻头彻尾的绝望的凉意，却并无任何痛楚袭击我的身体。我的气息，依旧平稳而略显急促。

他眉心剧烈一颤，像被风惊动的火苗，是欲要熄灭前的惊跳。他向我伸出手来：“嬛儿，让我再抱抱你。”

是最后他给予我的温暖吧，也是我最后能索取的。我的身体不由自主地向他靠近，有什么要紧？我快死了，只要他还活着。

我伏在他怀中，他微凉的皮肤再度贴近我的，我的心，整个安静下来。我低低地絮语：“涵儿小时候很调皮，却十分机灵，不像灵犀，自小安稳沉静。他俩一静一动，可是雪魄，我还不知道她是什么样的性子，三兄妹中，却是她最美……”唇角微微颤抖，我说不下去了，我不能去想，去想我的孩子，我只知道，虎毒不食子，玄凌终究不会为难四个孩子。我闭上眼，似一朵从他怀中长出的柔弱的夕颜，往事的沉溺渐渐漫上我的心田：“清，我想回凌云峰去。”

他似在点头，有温热的液体从他下颌滑落，一滴，又一滴，缓缓坠上我裸露的锁骨，洇进素白的银线莲花抹胸。

我缓缓伸手去擦拭，柔声道：“清，你怎么哭了？”

泪眼迷蒙中我瞥见指尖的鲜红，似有一把极锋利的刀迅疾在我心头狠狠划过，我痛得猛力抬头，却见鲜红的伤花从他唇角一朵一朵以热烈缠绵的姿态怒放而下，直到我的锁骨，抹胸。

我的泪无可止歇地滚落下来，似乎在顷刻间把我整个人烫穿，我惊惧转首，慌乱地去抓我的酒杯，他的眉心因剧烈的痛楚而微微蜷曲，他按住我的手，极力绽出从容的微笑：“不用，我已经换过你的酒杯。”

绯色的酒液残留在瓷白杯底，针尖似的戳疼我的眼，我不敢置信，凄声道：“怎么会？”

“你我是第一天相知相许么？你动那酒壶时的不情愿我已看在眼底，即便你的手指笼在袖中，左右之分，我还是能察觉的，一壶酒分有毒无毒，宫中伎俩我未必全然不知。何况皇兄是何等样人，他让你独自前来，我已觉得异于往常。”他的声音沉重而温暖，像一床新棉裹住冷得发颤的我，“我让你去关窗时，已经换过你我的酒杯。嬛儿，我不愿你为难。”

身体中彻骨的寒冷与惊痛逐渐冻成一个大冰坨子，坚硬的一块，硬沉地碾在心上，一骨碌，又一骨碌，滚来滚去，将本已生满腐肉脓疮的心碾得粉碎。我的声音像不是自己的，凄厉到泣血：“不会！明明死的人会是我！我死了，你杀出去，总有一条活路！”

他的手紧紧握住我的：“从我把你从摩格手中夺回，皇兄杀心已起，我早不能逃脱了！”有更汹涌的血从他唇角溢出，他兀自微笑，“我早知有这一天。这杯毒酒，若真是你递与我也无妨，那是你选择保护自己。嬛儿，从今以后我不能再保护你，你一定要懂得保护自己。”

我挣扎：“我去叫温实初，你快把酒呕出来，温实初必能救你！”

他的眼神渐渐涣散，月色从蒙了素纱的窗格间碎碎漏进，温柔抚摩上他的脸颊，愈加照得他的面孔如夕颜花一般洁白而单薄，死亡的气息茫茫侵上他的肌肤，乌沉沉地染上他的嘴唇：“宫中的鸩毒何等厉害，一旦服下，必死无疑。”他艰难地伸手拭我的泪，“嬛儿，你不要哭。等下你出去，皇兄若见你哭过，会迁怒于你。”

“好，我不哭。”我拼命点头，想听他的话拭去泪水，可是那泪越拭越多，总也擦不完。

他伸手吃力地拥抱住我，极力舒展因痛楚而扭曲的容颜：“嬛儿，我死后，你切勿哀伤。你要答允我一件事，一定要保护好自己，平安活着。”他的气息有些仓促，似帘卷西风，落叶横扫，“雪魄那孩子，真是像你。你有你的孩子，一定要好好活着。”他轻轻一叹，“抱歉。嬛儿，我终究不能在你身后一步的距离再保护你。”

我拼命摇头：“不！不！清，凌云峰一别已成终生大错，我求你，你别再离我而去！我是你的妻子，我不愿在宫中，你带我走，带我走！”

他无力的手颤抖着轻抚我面颊，那么冷的指尖，再没有他素日温暖的温度。他拼力绽出一片雾样的笑意：“有你这句话，我此生无憾！”他的声音渐次低下去，“我心中，你永是我唯一的妻子……”

泪水漫涌上面颊，月光白晕晕的，似一口狰狞的利齿，咬住我的喉咙，痛楚难当。我豁出去了，轻声在他耳边呢喃：“予涵、灵犀，还有雪魄，都是你的……”

几乎在同一瞬，他的头，轻轻地从我的肩胛滑落，慢慢坠至我的臂弯。他便那样无声无息地停泊在我怀中，再无一缕气息。

夜风一点一点衔开了窗子，清冷月光下见台角有小小繁茂白花盛放，藤蔓青碧葳蕤，蜿蜒可爱。花枝纤细如女子月眉，花朵悄然含英，素白无芬，单薄花瓣上犹自带着纯净露珠，娇嫩不堪一握。

仿佛还是他清朗的声音徐徐来自身后：“你不晓得这是什么花么？”

他再也不会这样问我了。

他死了。

胸前还有他吐出的温热的鲜血，逐渐地，冰凉下去。

和我这颗心一样，永远失去了温热的温度。

他死了，这个我爱了一辈子，牵肠挂肚了一辈子的男人。为了我，他死了。死在我的怀中。

我的脸贴着他的脸，许久了，我们没有这样接近过。

可是他死了。再也不会和我说话，再也不会用那样温和的眼神看着我，劝慰我，再也不会和我写诗、弹琴、奏笛。

长相思与长相守，终究，是永世不能相守。以后的漫漫长夜，唯有长相思摧人心肝，如一剂鸩毒，慢慢腐蚀我的心，我的肺腑，把我蛀蚀成一具空洞的躯体，永生不得解脱。

泥金薄镂鸳鸯成双红笺，周边是首尾相连的凤凰图案，取其团圆白首、凤凰于飞之意。并蒂莲暗纹的底子，花团锦簇，是多子多福，恩爱连绵的寓意。

合婚庚帖。

玄清左手握住我的手，右手执笔一笔一画在那红笺上写：

玄清　　甄嬛

终身所约，永结为好

愿琴瑟在御，岁月静好

岁月于我，已是千刀万剐地割裂与破碎，再无静好之年。可是，我连随他一起死去都不能够。

良久，也不知是过了多久，抱在怀中的身躯已经彻底冰凉。我冰凉的嘴唇吻在他同样冰凉的额头，心痛到没有任何知觉。我失魂落魄地站起来，缓缓打开殿门，一缕月光无遮无拦洒落在我身上，照得整个人如冰霜冻结一般。

百步之外，明晃晃的刀刃之光刺得我睁不开眼。我转首，四下皆是盔甲寒光。是李长的声音，他一溜小跑上来扶住双足无力的我，悲喜交加："娘娘出来了！"

我一指那些兵刃，问道："那是什么？"

李长难堪地低下头，却是守卫宫禁的羽林总领夏刈，他双拳一抱，恭敬行了一礼："奉皇上密诏，若是娘娘出来便宣读圣旨；若是除娘娘之外还有旁人出来，那么无论娘娘也好谁也好，一律格杀勿论！"

夏刈比了个手起刀落的手势，我眼前一黑，玄凌，他果然志在必得，筹谋周密！

我的声音沉静得似乎不是自己的："本宫安然无恙，已经出来了。"

夏刈的脑袋往我身后一探，追问道："那么……"

我死死咬着嘴唇，半晌，冷冷道："清河王暴毙。"

夏刈心满意足一笑，向李长道："请李公公宣读圣旨。"

李长见他凶神恶煞铁塔似的一座，也不由得打了个寒噤，取出早已备好的圣旨："淑妃甄氏听旨——"

我茫然跪下，耳中听得李长尖锐的声音一字一字扑进耳朵："中宫失德，朕遥感六宫无主，故于四妃之上设皇贵妃之位，位同副后，掌六宫事。淑妃甄氏，敏慧冲怀，端方大雅，为六宫之表率，朕心特许，册为皇贵妃。钦此。"

李长扶起我，悄悄拭去眼角泪光，勉强笑道："恭喜娘娘，这是前所未有之喜——"

"呀——呀——"有昏鸦扑棱着翅膀飞过沉寂的天空，我清楚地知道，有一样东西，我已经永远地失去了。

李长扶着我往桐花台下走去，口中道："皇上知道娘娘劳累了，特意在水绿南薰殿设了夜宴等候娘娘。"

夜风甚大，鼓起我宽广的衣袖，翩翩如蝶，也是死了的，毫无生气的蝶。一朵紫色的桐花从枝头轻坠而下，花茎断处还洇着稀薄而萎黄的汁液，软软"噗——"一声，落在我沾血的怀袖中，我随手拈起，只觉自己也如这落花一般，再无可依。

我足下一滑，整个人滚下桐花台去。李长厉声惊呼起来："娘娘——"

右腿膝盖痛得钻心裂肺，我在痛晕过去的瞬间，忽然忆起娘的话，《惊鸿舞》是要跳给心爱的男子看的。

我知道，我再不会舞了。

乾元二十七年五月十七，清河王玄清暴病亡于桐花台。乾元二十七年五月二十七，清河王大殓，侧妃甄氏痛哭灵前，触棺而亡。

那一日，李长自清河王府回来时仍有满面泪痕："隐妃哭得晕过去好几次，待到要为王爷盖棺时，隐妃一头碰了上去，血溅三尺。当时隐妃还未断气，硬撑着爬进了王爷的棺椁，紧紧拥住王爷，再咬舌自尽。咱们这才明白隐妃的意思，是要跟王爷生同寝死同穴，生死相随。"

彼时我正在佛前念着《往生咒》，闻言心底惊痛，手上一个力道不准，手中的迦南佛珠骨碌碌散了一地。忍了数日的泪终于再度落下，我掩面，失声痛哭。

大殓后十日，玄凌下旨："清河王暴毙，手足断折，朕心哀痛，予厚葬清河王夫妇，清河王世子交由平阳王夫妇抚养。"玄凌为清河王之死数度痛哭，几废饮食，数日间消瘦不少。玄凌感伤玄清戍边寒苦，积劳成疾，遂下旨增发军饷百万两，六军缟素，同祭清河王。

听闻旨意的时候，我受伤的腿已经能缓慢走动。太医说，行走无碍，只是，再不能舞了，亦不便跑。我只是静默地站在水绿南薰殿的书房里，手中紧紧握着无意间看到的一沓家书，在玄凌重重叠叠的书籍之间。

厚厚一沓家书，每一字每一句皆是玄清亲笔所书，慰问王府近况，宫中安好，叮嘱玉隐与澈儿要好生保养，一字一语，平淡而温和，是家常的体恤。只是每封家书的最末，总是以最工整的小楷写着三个字——淑妃安？

玉隐的回信往往长篇累牍，字迹娟秀，絮絮书写平安，字里行间唯见相思。家书的最后，是三字的簪花小楷——淑妃安。

落款，是漫漫两年的春，夏，秋，冬。横亘四季朝夕。

无声哽咽，一层层的悲翻涌上心头，酸痛不可遏止，泪水潸潸而下。大滴大滴的泪珠灼热地滑落在皇贵妃明黄蹙金飞凤华服之上，晕出斑驳的泪痕，转瞬便淹没于金丝绣纹之间。

李长悄然站在我身后，轻轻回报："奴才已经查知，这些家书，皆是贤妃娘娘索来奉于皇上，皇上看过留档后再请人摹了王爷字迹发去王府与隐妃，隐妃之信亦如是。”

我蓦然想起，那日留在玄凌榻边的团扇，是贤妃胡蕴蓉的。

李长忧心忡忡：“贤妃娘娘志在后位，视娘娘如眼中钉，屡屡暗算，娘娘不能不当心。”

指甲狠狠掐进掌心肉中，我不动声色，淡淡道：“知道了。”

贰叁 人去楼空

我受册为皇贵妃之后，固然是权倾后宫。因着意外的足伤，玄凌亦命太医对我颇多关照。然而，我所受的宠爱，却是一日不如一日了。

对镜时，亦惊觉自己一月之间的苍老变化，鬓角的发根隐约可见霜色，整张脸削尖而憔悴，眼角，已有细腻缠绵的细纹横亘其上。知道此身只是以色事君上，费心保养多年，不过短短月余，却仿佛十数年时光从我面容上匆匆逃逸而去。

是了。我老了，又有足伤。色衰，自然爱弛。

何况我的骤然衰老，是让他疑心的。即便卫临曾数次向他回禀：“娘娘是惊惧过度、足伤疼痛才致使容颜憔悴。”但我在无数次转身后，感觉到他狐疑的目光如钢刀，刀刀刮得我背脊发凉。

红颜未老恩先断。我了然一笑，这是宫中女子的命数。

笙歌饮宴，圣心欢悦，皆在胡蕴蓉的宫中。宠爱，恰如渐渐西移的日光，此刻，正无比明媚光耀地停驻在风华正茂的贤妃胡氏身上。何况，她此刻深得玄凌的信任。

因而，即便有我的皇贵妃身份，宫中权势最煊赫的，终究是胡蕴蓉。

我默然低首，目光停驻在窗下摇头晃脑读书的涵儿和润儿身上，他们的声音还稚嫩，然而朝气蓬勃，像新生的草，谁也不能遏制他们的长势。

我慈爱地微笑，幸好，我还有我的孩子们。

乾元二十七年九月，天降暴雨，连绵数十日不歇，京师如浸在大水中一般，百姓寒苦无依。

已是入秋时节，依旧有雷暴天气，一日间数度见雪亮闪电横刺暗沉天空，雷声如鼓如潮。天象之变，人心莫不惶惶。民间相士夜观天象之变，皆云是祸。民间卜乱纷纷，最后的矛头竟指向紫奥城——东方多雨，钩弋女祸。

彼时，已是钦天监司仪的季惟生垂手恭立于仪元殿内，不假思索地加以肯定："民间相士之言并未有误，帝都位于东方，连日多雨雷暴，主女阴之祸。至于钩弋女祸之言，微臣所知，钩弋夫人乃汉武帝宠妃。恕微臣大胆，应指皇上身边的地位极尊贵宠妃，又与玉有关。此女蒙蔽上苍，故而天象大变加以怒谴。"

玄凌正为天灾人祸烦恼不已，不觉挥手道："蒙蔽上苍？朕乃天子，蒙蔽上苍便是蒙蔽朕。试问朕的后宫，会有谁敢蒙蔽朕呢？胡言而已。"

是蕴蓉娇俏的声音，甜糯米一般黏人："那也未必。"

季惟生这数月来与胡蕴蓉走得很近，曾屡言蕴蓉有凌云之象，胡蕴蓉为他维护，也是情理之中。

夜已凉，我牵着润儿的手伫立于仪元殿外，大雨如注，雨水沿着殿檐的瓦当激流而下，似密密的珠帘隔住人的视线，朦胧的水雾中望出去，原本朱红色的宫墙被漫成幽戚的深红，倒衬得金碧辉煌的宫殿有着水洗后的亮泽浮光。李长满面为难，搓着手向我道："皇上嘱咐了，与季司仪有要事商谈，谁也不得见。"

“谁也不得见么？”我悄然一笑，目光幽幽如一息烛火，“那么贤妃呢？”

李长示意我悄声，苦笑道：“贤妃娘娘如今得皇上专宠，自然非比寻常。”

是了。自我被册封为皇贵妃，荣耀无极，掌六宫之事。后宫之事自然皆由我掌握，可出入仪元殿，却是胡蕴蓉渐渐做得熟惯之事了。

仪元殿近在眼前，可以隐约听见里头的对话。只是，我已是被摒弃在外，不得随意出入之人了。

我淡淡一笑：“那么本宫再耐心等候。”伸手绾一绾被水雾濡湿的鬓发，却赫然见洁白指尖呈现鸦翅般的黑色。才苦笑惊觉，原来槿汐细心为我染黑的发根已禁不起雨雾润泽，被化开了少许。

豆大雨珠溅在汉白玉台阶上，噼啪作响，像一个个爆栗的声音，激起无数雪白水花。润儿看着我，轻轻道：“母妃，我冷。”

我温文地笑，愈加握紧他冰冷的小手，弯腰紧紧拥住他：“是母妃不好，出来时不及为你多添件衣裳，等下回去母妃就亲手帮你穿上，好不好？”

我心下一酸，不知今日过后，润儿还能否鞠养在我的身边。听闻胡蕴蓉已数次向玄凌提出：“和睦年幼无伴，而皇贵妃多事辛劳，想把予润接到身边抚养。”玄凌未置可否，然而胡蕴蓉眼下最得玄凌信任，再多求几次，玄凌未必不允。

蕴蓉从未想过要抚养润儿，最近时常提起，不过是志在后位而已。无子的蕴蓉一旦抚养皇子，便是登上后座的有力一举。

我叹气，轻轻抚一抚润儿的头发。后宫之争，何必连累无辜稚子。何况，润儿是眉庄临终托付于我，我怎可轻易让他被别人带走，甚至沦为棋子。

润儿年幼，尚不懂得这些曲折心事，只是乖巧地点点头：“好。”他粲然一笑，“母妃天天给润儿穿衣服，可是很少给涵哥哥穿衣服。”

我俯首吻一吻他光洁的小额头，微笑道：“因为母妃最喜欢润儿，是不是？”

他极高兴，很响亮地答了声：“是！”

几乎在同一瞬间，殿门霍然打开，蕴蓉穿着瑰红织金的明媚衣裳，金丝牡丹披帛长长地流曳于殿前，似两缕金红霞光自云端拂过，对比着我的明黄服饰，愈加显出我的衣衫呆板和她的年轻艳美。在看见润儿的一瞬间，她的眸色骤然一亮，含了满面笑意，弯腰拉住润儿的手：“润儿怎么在这里？等了许久了么？”

润儿按着礼仪，极恭谨地唤了声：“贤妃娘娘。”

胡蕴蓉的笑容恰如被乌云遮住的日光，倏地一敛，很快又笑道：“唤我母妃就好。润儿可要去母妃宫中玩会儿？母妃宫里有许多新鲜玩意儿，你喜欢玩什么？七巧板、木麒麟、蹴鞠球还是风铃塔？或者你可以和和睦帝姬一起玩耍。”

润儿低了头，往我身边靠了靠，仰头向我道：“母妃，我们再不回去，灵犀姐姐要找我了。”

我温和道：“好。咱们见过你父皇就早些回去。”

蕴蓉似是才发觉我的存在，笑容轻轻一漾：“皇贵妃也在，方才没瞧见真是失礼了。”一抹骄矜之色从她含笑的眼底漫出，“四殿下越来越可爱，难怪皇贵妃钟爱异常，何时去我宫中长住便好了。”

我不与她置气，只是和婉一笑：“润儿自幼长在柔仪殿，只怕不惯。”

她唇角的弧度愈加扬得高，声音清亮：“三年五载之后，只怕都惯了。”她美目流转，掩口笑道，“方才皇贵妃说要见皇上，只怕皇上此刻不得空了，正与季司仪有要事商谈呢。”

雨声如注，溅起几许秋寒，无数水泡在浑浊的水潭里浮起五彩浊光，旋即被新的雨水打破沉灭。我沉静道：“妹妹既这么说，我也不便进去了。”

我拉过予润的手转身欲离去，蕴蓉笑吟吟看着我，眸色如这阴暗的天空，沉沉欲坠。她的声音轻柔而隐秘：“姐姐曾经的闺名是不是叫甄玉嬛？”

我淡淡道:“妹妹怎么这样耳聪目明?”

胡蕴蓉唇角含着诡秘的笑意靠近我,身上带着龙涎香润泽的香气:“姐姐的三位妹妹名玉隐、玉姚、玉娆,妹妹才斗胆揣测。”

“只是很早我便不喜欢这个‘玉’字,弃之不用了。”

她的笑意在满天雨水之下显得淡漠而阴冷:“可是,姐姐还是甄家玉字辈的儿女,不是么?”

下令将我禁足的日子是在九月十四,此前数日,宫中关于“东方多雨,钩弋女祸”的流言纷传不止,而我旧日的闺名“玉嬛”二字亦在嫔妃之间流传开来,而所谓“蒙蔽上苍”,逐渐地,连玄清将我自摩格军中带回之事亦被传得不堪入耳。

李长满面愁容来宣旨时我正坐于窗下绣着一幅《柳絮春华图》,淡淡柳絮轻烟,要用极浅淡的银白丝线一毫一毫绣在洁白素锦上,看得久了,眼睛会酸痛发花,仿佛是幻觉一般,看着绣绷上的娇艳春花一朵一朵肆意怒放开来。

我神色平淡地接旨,不去察觉李长眸中的悯色,他温言道:“娘娘自己保重。”

我低头重新专心于绣绷之上,淡淡道:“无妨。昔年贞一夫人亦曾因天象被禁足,后来也能否极泰来。”

李长道:“贞一夫人亦曾为此事去劝过皇上,只是这雨……”他抬头看着窗外瓢泼大雨,忧心忡忡,“贤妃娘娘她……”

我“啪”的一声拍上桌案,桌上搁着的一把小银剪子倏地跳起来,锋利的剪头险险戳到我身上,我不顾还有跟随李长而来的侍从在外,扬声怒骂道:“一切过错,都怪季惟生巧言令色,令得皇上误解本宫!本宫不能出此未央宫,必定日日诅咒竖子,要其不得好死!”

李长忙劝我低声,连连道:“娘娘息怒,娘娘息怒!”

我犹不解恨:“季氏有眼无珠,妄观天象,本宫定要他有碎尸万段的那一天!”

我再度回宫后一向驭下宽和，甚少有这样疾言厉色怒骂的时候，随侍在外的宫人侍从无不变色咋舌。

大雨“哗哗”不止，整个未央宫浸在一片嘈杂阴湿之中，灵犀从未见过柔仪殿中如此死气沉沉，宫人相对垂泪的场景，不免畏惧，水汪汪的眼中尽是欲落未落的眼泪，紧紧依偎在我身边。

我紧紧拢住她，面向落着无尽大雨的天空，沉声道：“不怕！有母妃在，什么都不必怕！”

自我禁足，宫中妃嫔皆不可来柔仪殿探望，唯有胧月，她贵为帝姬，又生性大胆，常常不顾禁令出入柔仪殿中探望我与几个孩子，玄凌不忍过分呵责于她，倒也由得她去。

胧月每每来，皆带了新鲜瓜果糕点分与诸弟妹，偶尔驻足立于我身边，长久地看我绣着《柳絮春华图》。终于，她忍不住出言询问：“母妃，你被禁足也不焦急么？”

我莞尔：“若我焦急，你父皇会解了禁足令放我出去么？”

胧月想一想，默默摇了摇头，又道：“可是母妃只是绣花打发日子，也不会厌倦心烦么？”

“不会。”我注视着胧月，目光温煦如四月轻暖的阳光，“你瞧这柳絮，在艳阳下翻飞若轻淡梨花，可有多美。柳絮此物，是春日胜景，极受人咏叹。可是此物，有时也会是要人性命的东西。母妃绣这个，是想时时提点自己，事情往往有正反两面，即使此刻身在逆境亦无须灰心，若在顺境得意之时，也莫忘杀身之祸或许转瞬即到。”

胧月似有沉思之状，她微含怯意，问我道：“母妃，我也会这样么？”

我含笑握住她的手：“大约不会。因为你是帝姬，这是你比我与德妃幸运的地方。”我微微沉吟，“只是你要当心，居安思危，才不会招致祸患。”

胧月乖顺地点点头，自从我小产之事后，胧月的性子沉静许多，不复幼年时那么任性活泼，似一株婉转的女萝，缓缓长出坚硬沉默的枝叶。她的眸光环顾柔仪殿四周，最后注视着窗外依旧不停歇的茫茫大雨，忽然轻声道："母妃虽被禁足，但衣食用度丝毫未损。其实那日李长来宣旨，母妃不该痛骂季惟生。如今人人尽知母妃不喜他，反而贤妃更赏识季惟生了，母妃得不偿失。"

"是么？"我轻浅地笑，又拿起银针绣了几针，转首看着窗外雨水打损了数株翠绿芭蕉，不觉自言自语，"雨还是没有停呢，不知要下到什么时候去。"我问道，"我被禁足已有几日了？"

"七日。"胧月精致的面庞上露出深深的隐忧，"因为母妃被禁足而大雨未停，昨日德母妃听闻贤妃已向父皇进言，是对母妃惩罚不足才天怒未歇。"

"那么她以为该如何？"

"贤妃向父皇建议，废去母妃位分或是只给母妃更衣或采女的名位。"胧月瞥一眼在旁玩耍的润儿，不觉微露愤然之色，"她还说，母妃现在被禁足，不宜抚养润儿，她想要带走润儿。"

"那你父皇肯么？"

胧月缓缓摇头，神色稍稍松弛："还好父皇尚未答应，只是贤妃一向痴缠，只怕父皇总会有答允的一天。德母妃为此忧心如焚，夜不能寐，想要与贵母妃商议同去为母妃求情。"

我不疾不徐道："胧月，你已劝告母妃不宜怒形于色。那么你也该知道，身为宫中女子，做人不可颜形于色，做事不可急于求成，否则只是自毁长城。你回去也要劝告德妃，不要为我的事操心。"我招手示意她靠近我，轻轻附在她耳边道，"此事除了你，谁也没有办法。"

数日后的清晨，雨水有渐渐停止的趋向，偶尔有打住的雨水滑落——那是积存在阔叶芭蕉上的残雨，会从青翠欲滴的叶间"哗"一声洒得满地。

从东方微紫的晨曦中有高贵的明黄如灿烂日光照进紧闭的庭院。我抬首怡然微笑："皇上来了。"

他含着淡淡的笑意："朕来，你不觉得意外？"

“怎会？”我停下手中绣活，微笑道，“这里是皇上的家，皇上想什么时候来都可以，臣妾何须意外？”

玄凌好些日子未曾踏足柔仪殿，几个孩子一见之下，不觉喜得扑到他身上，扭股儿糖似的一个牵他的手一个拉他的衣服，涵儿最活泼，一蹦抱住了他的脖子，亲亲热热喊了句“父皇——”言未完，泪先落了下来。

我温柔地抚着涵儿的背，微笑道：“男子汉不兴哭的，父皇政务繁忙才没有来看你们，今日不是来了么？”说罢递了个眼色给玄凌。

玄凌的尴尬因为孩子的亲热与孺慕之思而被轻而易举地化去，不觉更生了爱子之情，一手抱了润儿，一手抱过灵犀，任由涵儿挂住他的脖子撒娇，只是看不够似的。他又一迭声地问我：“雪魄呢？”

我温婉道：“前几日大雨雪魄没有睡好，此刻乳母抱着哄睡了。”

他哄了几个孩子去吃点心，才在我近旁坐下。

因着连续近十日的禁足，我在静养中重新染黑了双鬓，眼角的细纹因日日以蛋清敷面而退减好些，亦在槿汐的巧手之下用脂粉掩饰得天衣无缝。而因素日无事，我也只穿着颜色清艳柔和的紫绡宫装，不饰珠翠。玄凌细细端详我的容颜，不觉颔首：“一别数日，嬛嬛好似年轻许多。”

我抚一抚脸颊，似喜非喜道：“皇上是指臣妾曾老去许多么？”

他自觉失言，不觉笑了：“没有。一切如旧。”

我绣了几针，亦抬首含笑向他：“在臣妾心里，也是一切如旧。”我揉一揉额头，“臣妾只是觉得近日并未有头疼之事再屡屡发生，精神也好了许多。”

他颔首，轻轻伸手拢过我：“朕知道教你委屈了。”

我轻轻绽放笑颜：“皇上来了，自然是打算不再教臣妾受委屈。”

“的确。”他轻轻颔首，眉心微动，怒气便不自觉地溢出，“蕴蓉，她骗了朕这么多年。”

映着窗外逐渐清明的晓光，我愕然：“此话怎讲？”

玄凌的手在桌上重重一搁：“她那块玉璧……”

在玄凌略显愠怒的叙述中，我才得知详情。那日因我被禁足之事，胧月在仪元殿与胡蕴蓉起了争执，一时失手碰落了蕴蓉的玉璧。蕴蓉素来视此玉璧为吉物，日日挂在胸前，不肯轻示于人，一时被胧月打碎，如何不大怒？连玄凌亦动了气，斥责之余命胧月一定要修补完整，否则必重重责罚她。

胧月向来被玄凌捧在掌心惯了，如何能受这样委屈，一怒之下找了宫中巧匠，皆说只可以金镶玉之法修补，否则无计可施。胧月只得找到温实初逼他出宫去寻能工巧匠，温实初无奈之下找到宫外年资最久的巧手师傅，递上玉璧之后那师傅竟踌躇不决，温实初起疑后百般追问，才知这师傅十数年前曾做过一块一模一样的。温实初深知蹊跷，马上带回自己府第，并在当夜带他入宫面圣。

我安静傍在玄凌身边，在惊诧之余亦叹息："贤妃出身豪贵，何必再有此居心？"

他眼底有冷冽的怒色："嬛嬛，她居心叵测，十数年前就妄称握玉璧而生，使得朕纳她入宫。为了与你争宠夺取后位，她竟不惜以厌胜之术诅咒于你，使你病痛缠身，容颜憔悴。"

我闻言不觉大惊失色："臣妾竟被贤妃诅咒么？"

玄凌颇有厌恶之色："朕因她伪造玉璧一事下令搜检燕禧殿，谁知竟在她宫中花木下挖出数枚木偶，那些木偶显然埋下有些年月，皆已生出苔藓，上面刻着你与朱宜修的姓名，还插着银针数根。宫中最忌厌胜之术，她为求后位，竟狠毒至此。"他冷冷道，"原来季惟生所言是指她，什么东方发现神鸟，一会儿又成了凤凰临位，又与玉有关，无事生非，兴风作浪皆是她，还以玉璧之事蒙蔽朕多年，难怪天怒人怨，还敢怂恿朕废弃你。"他面色阴沉如晦，"朕已废去她贤妃位分，降为才人，另居别宫，无诏不得外出。"

我默然片刻，迟疑道："但是，和睦帝姬还年幼，皇上不宜迁怒帝姬。"

玄凌微微收敛怒气，颔首道："朕已把和睦交给燕宜抚养。燕宜性情贞静，比她更适合养育孩子。”

“经此一事，皇上不宜再有废弃朱氏另立新后之想了。”我正色起身，肃然下拜，“皇上一日有此想法，难免有人产生觊觎之心。皇上既已答应昭成太后‘朱门不出废后’，那么就请皇上明告天下，不再立新后，亦不废后。如此，后宫才可人心安定。”

玄凌深深注目于我，似有思虑之意。良久，他俯身看我：“嬛嬛，你真这样想？”

我仰起面容，坦然回视他：“是。”

他含了一缕微不可见的笑意：“可是经此一事，朕已属意你为皇后。”

我俯首再拜：“臣妾已蒙圣恩殊荣被册为皇贵妃，实在不宜再受荣宠。何况皇上答允太后之事不宜因臣妾而变，若与纯元皇后并肩，臣妾也怕折福折寿。”我轻轻启唇，道出难言之隐，“皇上破例册臣妾为皇贵妃，朝廷中已经物议如沸，司空大人不是屡次进谏了么？臣妾不愿居于炭火之上，使皇上为君臣夫妻情分为难。”

他淡淡一笑，伸手扶我起来，神色清远：“若如此，朕也不勉强你。”他停一停，“不过，你若真有夺后位之心，那么与胡蕴蓉也无甚区别了。”

我浅浅含笑，凝眸于他：“只是臣妾还有一小小要求。”

他和言道：“你说。”

“臣妾不喜季惟生在宫中。”我沉吟，“毕竟他与胡氏曾往来密切。”

玄凌思量片刻：“他曾考过科举，虽然和胡氏往来甚密，但也不算偏袒她。你既不喜欢他在眼前，朕就放他一任外官吧。”

我“扑哧”一笑，侧首道：“他其实也不坏，算是有些本事在身上，到底是皇上爱惜人才，由得他去吧。臣妾只求眼不见为净。”

数日后日光晴明，我沿着红墙朱壁坐鸾轿自德妃宫中回来，正遇上从仪元殿谢恩出来的季惟生。他驻步向我行礼，我微微侧目，淡淡道：“恭喜季大人了。只不知皇上给了你几品官做？”

“从七品县丞。”

我意味深长地一笑："比起钦天监司仪五品官职，外放出去可委屈你了。"

他默然颔首，随即扬眉一笑："在钦天监，司仪已是最高的职位了，不比县丞，用心做事总还有些前途。只是微臣不过是有点善观天象的本事罢了，如何能外放为地方小吏，皇上为难微臣了。"

"善观天象，能知晴雨，又明人心，已是很好的本事，若再加上为人聪明知进退，更是大有前途。只是本宫总觉得区区县丞有些委屈。"

他一笑，恭声道："微臣以娘娘为榜样，不计较一时得失。多谢娘娘关怀。"

我侧首看他，绽出轻柔若秋光的笑意："本宫要多谢你才是。一路保重。"

他垂手恭送我离去，亦头也不回步出紫奥城。

秋风卷起永巷青石板上几脉枯黄落叶，瑟瑟有声。我半倚在鸾轿上闭目歇息，感受着宫墙下的风透过轻绡沁上肌肤的微凉。

落叶堆积满地，落尽翠叶的枝条凄然伸向唯有一线可见的天空，触目皆是没有生命的枯黄色泽，一向唯有低等或失宠嫔妃居住的永巷更见萧索凄清。

也不知行了多久，只听一息清冷如霜的声音唤道："皇贵妃万安。"

我睁开双眸，一抹苍翠深绿撞进眼帘，在朱红枯黄映衬下的永巷中教人顿生清新夺目之感。

是叶澜依！

自玄清离世后，本就喜穿绿色的叶澜依愈加只穿青碧色衣衫，配着月白纱裙，一应首饰多用纯银装点，冷清中更见柔婉。亲王过世，嫔妃无须素服，澜依只是以她的方式怀念着清。何况，自玄清离世，她已很少很少再愿意侍奉玄凌。

这样的痴情，我是不能够的。

我心中蓦然一酸，温和道："滟嫔请起。"

她定一定神，一双狭长幽深的眸子只幽幽瞧着我，一言不发。我会意，落轿行至她身边，清婉道：“秋色正好，浀嫔可愿陪本宫走走？”

她轻轻摇头，鬓角垂落的一带发丝松松落在肩上，须臾，又被风拂至面上吹乱。她恭顺的神情与眼中深刻的凛冽迥然不符，她淡淡道：“多谢娘娘垂爱，嫔妾还有事先行一步。”

我瞧她神色如常，以为她已放下了对玄清的伤心，心下稍稍安慰，嘱咐道：“斯人已逝，你多多保重自己。”

她原本沉静着面容，闻言不觉粲然一笑，露出细白如贝的牙齿，光艳四射：“这个自然，嫔妾是皇上的人，这条命金贵保重，自是大有用处。”她倦倦打了个哈欠，呵气如兰，“长久没去狮虎苑走走了，也不知嫔妾从前养的那几只豹子多大了。”

我颔首道：“你既有事，先去也好。”

她停一停：“方才嫔妾从仪元殿来，皇上道深秋合欢落尽惹人厌烦，已下旨将镂月开云馆上所有合欢尽数砍去。”

我心里狠狠震了一下，忧虑与悲凉齐齐涌上来，似十二月冰水漫过全身，终究，只是喟然一声叹息：“皇上连这些合欢都不肯留了！”

她轻轻一嗤，如烟眉宇间暗含迷茫与愁思：“那些合欢是王爷满十五岁时先帝所赐，意在要王爷年年如意，岁岁合欢。”

那是玄清最当盛时的岁月，亦映照着玄凌的落寞与寡欢，是不被父亲所珍视的岁月，大约是玄凌一生都不愿去触碰的回忆。

“皇上的旨意很对，人都不在了，何来岁岁合欢，砍了也好。”她不在意我微微惊愕的面容，目光轻轻在我面上一剜，不觉讥诮一笑，“嫔妾晓得娘娘说不出口，也不能说，所以替娘娘说了。”

我心中一松，依旧是娴静姿态：“说什么？”

她靠近我，语不传六耳：“那些合欢是你册淑妃那日他送你的贺礼，是不是？为免你夜夜为此心痛，嫔妾便道自己夜不安寐，要留合欢烹煮疗病。”她抚一抚心口，“还好。皇上同意了，要人把那些合欢移栽到嫔妾宫中。”

我深深凝眸，心底生出如水的温静安慰：“多谢你。”

她冷哼一声，别过头去，曲水发簪上的银流苏打在她光洁的额边，有清冷曲折的光泽：“嫔妾是不舍得那些合欢花。”她潋滟眉眼在我面上含嗔带怨一扫，倏然化作冷毒的利刃，缓缓吐出几个字，“别轻易放过他。”

我问：“谁？”

她漫不经心一笑，旋即有柔和的光艳轻盈漫上面颊：“嫔妾是说，胡蕴蓉只被降为才人，未免太便宜了她。”

我悠然一笑，深深颔首，目送她慢步而去，直到她一脉青绿消失于深宫永巷枯叶委地的转角。偌大的紫奥城，繁华堆砌红颜天地，只余她一身凄寒孤影。

贰肆 長恨

乾元二十八年三月初九，是玄凌四十一岁的“天长节”。宫中皇帝生辰称“天长节”，皇后生辰为“千秋节”，太后生辰为“圣寿节”。自皇后圈禁，我被立为皇贵妃之后，我的生辰亦许称“千秋节”。而今年恰逢玄凌四十一岁圣寿，虽有亲王薨逝一事，但在群臣奏请之下，天长节依旧是极尽奢靡之能事。

三月初九之日，玄凌宴百官于前朝紫宸殿下，大陈歌乐，倾城纵观。后宫的饮宴设在“明苑”。自紫奥城至明苑，一路彩坊接连不断，皆是用彩绸结成的“万寿无疆”“天子万年”等大字。京城内外，金碧相辉，锦绮相错，华灯宝烛，霏雾氤氲，弥漫周匝；紫奥城及明苑，绣帷相连，笙歌互起，金石千声，云霞万色。明苑中教坊艺人歌舞不绝，唱踏歌，奏慢曲子，做百戏，跳贺寿舞。

歌舞弥漫至黄昏时分，众人已由最初的欢欣渐渐变得疲惫而倦怠，连玄凌也不觉哈欠连连。叶澜依以泥金合欢团扇掩面，轻俏一笑：“皇上若是乏了，不如想个新鲜玩意儿。”

玄凌伸一伸手臂，笑道：“滟嫔有何妙想？”

她妩然一笑：“臣妾得蒙皇上宠爱，虽起自微末，却也享尽荣华。今日来到明苑，臣妾想起从前在狮虎苑驯兽旧事。皇上天长万寿，臣妾想以旧日技艺博皇上一笑。”

玄凌思忖片刻，摇头道：“不好，虎兽凶猛，万一伤了你……”

滟嫔螓首微摇，似笑非笑地望着玄凌：“皇上忘了臣妾自幼便与虎豹为伍么，还是以为臣妾耽于安乐，不复往日矫健了？”她忽地一笑，明眸如水，娇慵道，“臣妾所有，不过是取自皇上，今日只是想为皇上一尽心意，皇上不肯成全么？”

琫嫔巧笑倩兮，看着玄凌道：“听闻滟嫔姐姐驯兽时最为美艳，才使皇上怦然心动，臣妾无福，一直无缘得见。今天滟嫔姐姐自己肯，倒是饱了咱们的眼福呢。”

玄凌见她执意，也不觉起了兴头，便笑道：“好。你去吧。”

叶澜依眸光深深如静潭，翩然起身出去更衣。

她再入场时已换了一身明丽的青碧色薄纱花裙，那颜色隐隐有些透明，依稀可见是镂空刺绣的银线花纹，绣成一朵朵盛放到极致的合欢花，衬着明灿阳光，银线便亮莹莹地泛起炫目光泽。她满头青丝皆披散着如瀑布一般，只用新鲜的粉红花朵和着碎碎的雪色小珠花编成花环戴在额上。她赤着足，足上束着一串赤金足环，行动时微有玲玲声，与手腕上十数只细金镯遥相呼应。一双雪白晶莹的脚，远远望去颜色与她发上雪白珠花并无相异，十个脚趾的趾甲都描作鲜艳夺目的玫瑰红色，像十朵小小蔷薇乍然绽放在雪白足上。

京都三月尚有料峭春寒，众妃见她穿得如此单薄冶艳，已有惊异之色。然而看到她身下坐骑，所有惊异目光与窃窃私语皆安静了下来，化成了惊惧与好奇。

那是一只成年的金钱豹，头圆、耳短，胸脯宽阔结实，四肢强健有力，全身毛色棕黄鲜亮，油光水滑，浑身均匀洒布浑圆黝黑的古钱状斑纹，在阳光下泛起油润光泽。一双暗绿色的眼睛宛如嵌在墨玉里的琉璃珠，幽幽散着冷冽寒光，让人不寒而栗。

那一刻，几乎全场噤声，虽然叶澜依与那豹子在殿外，相距甚远，可观景殿上仍有不少胆小的嫔妃吓得花容失色，直往后躲。

叶澜依孤意在眉，深情在睫，烟视媚行，极天然妩媚。她见众人害怕，不觉轻蔑一笑，骑着金钱豹驱使它步入精铁围成的笼中。说话时，有两名兽苑内监端了肉来，上好的牛肉盛在铜盆中，叶澜依接过铜盆，随手取了两条扔在豹子面前，温柔抚摩着豹首，低低呢喃着什么。那豹子似乎知道没人跟它抢，极悠闲地走过去，慢条斯理地撕咬。雪白微龇的牙和粉红的舌头相互碰触，一块肉便消失在唇齿间。它见叶澜依不再喂，便懒懒地在原地卧着，一动不动，很是乖驯，好似一只温顺的大猫一般。

见猛兽在叶澜依安抚下如此温驯，玄凌不觉喝了一声彩，一时间观景殿内掌声雷动，人人赞服。德妃一壁笑一壁叹，向我道："从来美人见得不少，但这样的真未见过。一直以为滟嫔冷傲，不承想有这样动人心处，我若是皇上，当日也会把她带入宫中。"

此时的叶澜依，似在做着一件最熟稔惬意的事，悠悠然如一朵出云丹芝，在一瞬间照亮所有人的眼眸。

她从铜盆中取出一条鲜红牛肉擎在半空含笑晃了两晃，那豹子便前肢发力，仅靠后肢站了起来去舔舐，完全模仿人一般站立。叶澜依含笑连连颔首，一步步缓缓向后退着，豹子便步步跟进。

众人连连惊呼，赞叹不已。叶澜依安抚好豹子伏下，忽地旋身步出铁栏，招手唤过侍女，奉上一件金钱豹皮所制裘衣，轻软厚密，十分温暖。她柔媚地半跪在殿外，恰恰挡住豹子的视线。她声线婉转清亮："这件裘衣是用金钱豹的整张皮所制，冬日御寒最佳，臣妾亲手制成，还望皇上笑纳。"她眉眼盈盈，言语间耳上镶了大颗琥珀的金流苏耳坠映得她容颜无比娇娆，"皇上此刻穿上豹裘观豹戏，岂不更妙！"

玄凌十分喜悦，即刻披在身上，果然有不怒自威之气，神采焕然。

叶澜依微仰着头，薄薄的双唇有清冷而疏离的弧度，含着一缕安宁微笑，神色恬静如湖水。她转身的一刻，我迅疾捕捉到她唇下一抹决绝之色，心中一震，看她随手掩上铁栅大门，疾步跃上金钱豹的背脊，驱使着金钱豹背对观景殿缓缓离去。那铁栅栏所圈的场地极开阔，玄凌看她骑着豹子越走越远，只是没有动静，不觉有些着急，披衣向观景殿外走去。

贞一夫人秀眉微蹙，温婉劝道："皇上不宜出去，太接近猛兽实在危险。"

玄凌草草点头，回首笑道："无妨。那畜生跑不出栅栏，且有滟嫔的好驯术。"

众人兴致勃勃，见玄凌步出，亦大了胆子跟随，期待叶澜依带来更让人兴奋的表演。欣妃亦欲起身，我按住她手，笑吟吟道："姐姐身份尊贵，别跟着那些位分低的宫嫔出去看热闹，平白失了身份。我瞧那豹子骇人得很，别伤着了才好。"

欣妃本想去看，听我这般说，只好坐下。

一声响亮的呼哨突起，只是一瞬间，那慵懒的豹子猛然回头，一见身着豹皮裘衣的玄凌，幽绿眼中陡然冒出两条金线，赫然描出吊睛铜目、满口森森利齿，正是一只猛兽的形状！只听得那豹子狂啸一声，冲破铁门，直向观景殿扑来。

谁也没有发现原来叶澜依入铁栅时只是虚掩铁门，并未锁上，那金钱豹极其凶猛，轻而易举便扑出，只闻得有猛兽的腥风阵阵扑面，那狂怒的豹子转瞬即至。

贞一夫人凄厉地呼了一声，正要往外奔去，她的裙裾却不知何时已被宴桌压住，一挣之下反而跌在地上。

众人不防变故突生，吓得魂飞魄散，手足无力，又见叶澜依依旧稳稳伏在豹子身上，面容既艳且冷，容光说不出地炫目迷人，众人一时间都怔住。

她纤纤玉指稳稳指向玄凌方向。那豹子来势汹汹，身姿矫健，姿势灵活，几扑几纵，殿前侍卫根本拦它不住，举了箭也不知该往哪里射。

几乎就在那豹子的腥气可以扑到玄凌身前的一瞬，玄凌蓦地反应过来，随手横拖过躲在近旁的侍卫往前一挡，侍卫惊呼一声，立时吓得晕了，那豹子毫不犹豫，伸出利爪一撕，几乎把侍卫整个人撕成两半。

浓烈的血腥气在观景殿前迅速弥漫开来，有些胆小的妃嫔吓得连声惊呼，晕厥过去。观景殿前原本不大，因着有节庆之物繁多，更显狭小，几乎无处可逃。御苑圈养的兽类本少伤人，那豹子陡然闻得人血气，也不觉怔了一怔，低头去舔已然死去的侍卫身上的鲜血。叶澜依见豹子贪恋舔那人血，怒喝一声，一把揪住豹子颈中皮毛。那豹子吃痛，越发生了兽性，怒吼一声，张牙舞爪地向前扑来。

电光石火间，玄凌已扯过瑃嫔挡在身前，瑃嫔又惊又惧，厉声高呼，两手乱挥，倒震得那豹子不解其意，盯着她看了两眼，随即伸出一爪拍在她肩头，将她整条臂膀扯落下来。那豹子并不罢休，另一爪已扫到玄凌跟前。

不过是转眼的空隙，近身的羽林军早顾不得豹子背上的滟嫔，齐齐持弓箭对准那豹子。无数利箭同时发出，好似一阵乱雨，密密麻麻直射向那金钱豹身上，箭无虚发，立时中的，那豹子垂死挣扎，利爪从玄凌的脖颈到胸口无力划过，裘衣底下的龙袍亦随之一起破裂，有鲜红的血液漫出。豹子被射得像只刺猬一般，狂吼数声，声动云霄，终于渐渐无力，抽搐几下，气绝而亡。

叶澜依身负数箭，银白箭头锐利洞穿她的身躯，使她奄奄一息。死亡的迫近使她面容平静而深沉，她皱眉，声音清楚而断续：“真遗憾，杀不得你！”

玄凌伸手抚上疼痛欲裂的胸口，随即引回手，看看满是鲜血的手心，痛楚之下惊怒难当。他挥开急欲扶住他的我与德妃，厉声道：“朕待你不薄，你为何要谋害朕！”

“六王这样好的人，你也要赶尽杀绝，还要伪饰兄弟情深，当真连畜生也不如！”她恨恨吐出口中不断涌出的血沫，“自王爷暴毙，我早存杀你之心。你这样的人连手足之情也不顾，只配我使唤畜生来杀你。”

玄凌伤势不轻，他伸手捂住胸口，一手指她，怒不可遏：“放肆，你竟敢对他有私情，竟敢为他谋逆行刺朕！”

她难掩眸中鄙夷神色：“不妨告诉你，在你身边每一刻，与你每一次接触，都让我无比恶心，厌恶难当。”有婉约的笑意在她清丽的面庞浮起，她幽幽一笑，仿佛一朵昙花收拢洁白花瓣，“这世上唯有他真心对我好。他一死，我再无可恋。”

玄凌伤后动怒，鲜血不断从他指缝中涌出，面上愈加苍白无人色，他咳喘连连，终于身子一仰，不知人事。

妃嫔们乱作一团，一壁呼太医前来，一壁忙着扶玄凌入内。

我端正神色，镇静地吩咐宫人入内服侍重伤的玄凌，又命人抬走侍卫尸首，照料已经失去一臂痛昏过去的瑃嫔，随后疾步入内室看顾玄凌。

疾步的瞬间，我忍不住心底哀楚，回首去看垂死的叶澜依。

她倒在汉白玉阶上，仿佛一片随时会被稀薄阳光化去的春雪，轻飘飘失去生气。唇角含着最后一缕柔和浅笑，眼波痴恋地投向殿外一株迎风萧萧的合欢树，似透过那郁郁葱葱的碧叶青枝看到昔年明和三春中含笑伸手救助于她的玄清。天空如旧寂静，偶然有鸽子扑棱着翅膀飞上蓝天，她无尽向往地微笑着，清亮双眸缓缓注目于我，终于停止了最后一丝气息。

眼前悄然弥漫出一层水雾，我再不回顾。辽远碧空和着云影下她最后的注目融入我记忆深处。

碧海蓝天的自由，那是我与她毕生都不能到达的地方。

玄凌的千秋节因此事而仓促停止。因着他的重伤未醒，阖宫惊慌，妃嫔愁眉相对，唯有垂泣不止。宫中愁云惨雾，持续十数日不绝。

终于在回宫后第十六天的黎明时分，玄凌身边的宫女来报玄凌伤口的出血已经止住，伤势亦有可救之象，性命终究是无碍的了。

而惨死的澜依虽然已经被埋葬并且尸身开始腐坏，仍被清醒后依旧暴怒的玄凌下旨碎尸万段，弃尸荒野之中。而被玄凌拉来挡在身前的琫嫔则因所谓的“护驾有功”而被追赠为妃，只是失去一臂，形同废人，别宫安置，并封赏她父兄族人。

铜镜昏黄的镜面在清晨熹微的晨光下泛着幽幽的光晕，镜中的一切光景都显得虚幻如一个飘浮的梦，教人失去一切存在的真实感。

我随手抓住一把杨木篦子狠狠攥在手心，细密的篦尖密密麻麻硌在肌肤上，让我在痛楚中生出冰寒般的清醒。

春暖时节，晨时的天色明净透彻如一方通透琉璃，被缀满新绿的枝丫隔离成碎碎的数片，庭中有缠绵的风卷过，带下枝头点点轻絮如白雪，顺势漫天飞舞。长窗洞开，有些柳絮飘落在镂刻精致的妆台上，我随手拈起几点，眯着眼于光线下细看：“澜依已经做得够多了，槿汐，我们也不能袖手旁观。”我浮出一点渺茫如春寒烟云的笑意，绽出一丝冰冷如刀锋的妩媚，“皇上重伤，嫔妃们都该去探望，连禁足的胡才人也不应例外。”

槿汐会意，垂首道：“奴婢这就去办。”

上林苑春色新绽，到处都是深红浅绿，又被数日前春雨的湿润一染，便带了蒙蒙水色，愈加柔美鲜艳。

自永巷阴暗破旧宫室中疾奔而来的才人胡蕴蓉面有惊惶悲戚之色，大约是闻讯后匆忙赶来，她只着一身颜色略显黯淡的杏色宫锦，满头青丝也未梳理成鬟，只是以一支镂花金簪松松绾住。

我含着一缕冷笑看她奔近，方自丛丛盛开的花树后缓缓步出。我的骤然出现使她在仓促中停下，在一怔之后，她看清是我，不由得勃然大怒：“贱人！你还敢在我面前出现！”

樱紫色宫装在湛蓝天光下有流云般轻浅的姿态，我悠然望着树梢敷云凝霞道：“为何不可？说起来胡才人尚未贺喜本宫解除禁足呢。”

她被怒火烧得满面赤红，狠狠盯着我道：“我从未用厌胜之术诅咒你，也从未埋下那些木偶，你为何要污蔑于我？”

我泰然注视着她，不觉失笑：“当时我已在你怂恿之下被皇上禁足，险险被废，怎还会有时间心力来设你圈套，才人未免多心了！”

她怒目向我，连连冷笑：“你为了与我争夺皇后之位，有什么事做不出来！那些木偶一定是你早早指使人埋在我宫中，时机一到便可诬陷我，你的心思好毒！”

我慢条斯理拨弄着手腕上鲜艳夺目的珊瑚手钏，笑吟吟道：“那可要怪你了，自己的燕禧殿中被我弄进木偶去也许久不知。”

她怒不可遏，两眼喷射出冷厉光芒，直欲弑人：“你终于承认了么！”她一把抓住我的手腕便往前拖，“你跟我去见表哥，我要表哥知道，我是被冤枉的！”

胡蕴蓉力气极大，长长十根指甲狠狠抠进我手腕肉里，旋即沁出十点血丝。我用力一把推开她，喝道：“你冤枉？你若冤枉，就不会多年前就费尽苦心伪造玉璧！你若冤枉，也不会处心积虑拉拢季惟生以天象之说陷害我！你若冤枉，清亦不会枉死！清也是你的表哥，你怎能为夺后位设计害他！”

她微微一怔，旋即不可遏制地大笑起来，指着我长久说不出话来。她的笑声太凄厉，如鬼魅一般凄微而振奋，直震得枝头繁花簌簌掉落，如下着一场缤纷花雨，轻扬在我与她之间。

良久，她止了笑，指着我厉声道：“你终于承认了，玉璧之事是你设计，季惟生也是被你利用安排到我身边，你费尽心机陷害我，不只是为了后位，你是为了玄清！”她冷笑不止，傲然道，“果然！你果然与他有私情！我拿着书信劝告皇上，你若与他无私，他怎会戍边两年每封家书都要向你妹妹问起你的安好，哼哼！他是摆夷女子的儿子，身上有一半摆夷贱奴的血，怎配做我表哥。我是堂堂大长公主的孙女，晋康翁主的女儿，我才不屑他位列亲王，与我成为中表之亲！”她骤然拍手，“你终于承认了，奸夫淫妇，我一定要去告诉表哥，要他杀了你！”

我好整以暇地整理被她扯乱的衣衫，从容道："你以为，皇上会见一个蒙蔽欺骗他多年的女子么？"

她惊怒交加，仿佛不可置信一般："不是表哥宣召我侍疾么？"

我浅淡一笑："宫人口误罢了，是本宫想与你同赏杨花柳絮，你瞧，春天到了呢。一别上林苑数月，你也不想好好细赏春光么。"

她直直盯着我，姣好而高傲的面庞上逐渐露出惊恐的神色："你说什么？"

宽广的衣袖被春风柔软拂起如张开的硕大蝶翼，翩翩舞动："听说哮喘这种病，最忌疾奔、大怒、情绪反复，你已犯下三种忌讳，要自己保重才是。"我伸出素白双手，轻笑道，"你瞧这春日柳絮，像不像冬日新雪。"

她面孔变得雪白，惊惶之下慌乱去摸带在身边的薄荷香囊。因着胸口剧烈起伏，她双手发颤，一抖之下香囊竟从手中掉落。

她迫不及待弯腰去拾，我足上的锦绣双色芙蓉鞋轻轻点在香囊上，轻巧将香囊踢入近旁太液池中。只听极轻微的"扑通"一声，香囊落入水中，被涌起的太液湖波越卷越远。浪涛轻卷，将绝望之色覆盖上胡蕴蓉娇美的容颜。

我转身，再不看她。

我轻扬的袖间飞出无数藏掩其间的柳絮，飞絮蒙蒙如香雾轻卷，很快笼罩了蕴蓉惊惧的面容。我转身拈过一片柳絮，轻叹道："人道柳絮无根，不过是嫁与东风，好则上青云，差则委芳尘，其实做人若如柳絮该多好，至少自由自在，无须为名利荣宠所束缚。反倒是人呢，总是想不开。"

我背对着她，一径自语，刻意忽略她在我身后沉重而急促的呼吸像汹涌的潮水般一波又一波袭来，她痛苦呻吟，不断挣扎，口中犹对我不绝咒骂。

渐渐，她的声音低下去了，呼吸之声也再不能闻。

周遭一切平静如旧，依然是花艳叶翠，莺燕啼啭，一派春和景明。

我缓缓转身，但见胡蕴蓉双目含有血丝暴出，瞳孔散大，嘴唇青紫微张，手指蜷曲向天，似在申诉自己满心不甘与愤恨。嘴角鼻端，犹有几缕粉白柳絮驻留，风吹不去。

我唤来候在近处的卫临，冷淡道：“告知内务府，胡才人不慎吸入柳絮，哮症发作，薨。”

卫临垂首答应了。我眸光流转，看着他道：“皇上经此重伤，龙体不安，以后怕是不会有皇子了吧。”

卫临一惊，旋即明白：“娘娘圣断，必然是这样的。”

我微微颔首，方露了一丝笑意：“胡才人与滟嫔相继过世，瑃妃断臂后也不宜服侍皇上，宫中必定会准备选秀充实掖庭。皇上年过四十，你是太医院之首，该好好拿出你的本事，不要让皇上在新宠旧欢之间觉得力不从心。”

他低眉顺目：“此中法子多的是，娘娘放心。”

槿汐唤过几个内监带走胡蕴蓉尚且温热的尸体，温言向我道：“娘娘该去看望皇上了，皇上仍在病中，不宜知晓此噩耗。”

我颔首：“这个自然。”

云鬓花颜金步摇，我含着如常的娴静笑意从容离开，双目一瞬不瞬地直视前方，任和暖的春风吹拂去我心间澎湃的哀痛与快意。一切与以前或以后的任何一天没有区别，我依旧是端庄华贵的皇贵妃，不再是为一个妙音娘子之死而惊梦慌乱的甄嬛。

太液清波烟水茫茫，乱红如雨，我在依稀的怔忡间，只身向前，早已不记来时路。

时光如一匹上好的绸缎，染着紫奥城幽深的光影与艳丽的姿容，交错出纷繁夺目的光泽，日复一日徐徐展开。半年后玄凌伤势逐渐恢复，只是他受伤后健康大不如前，难免生了懈怠之意；又因宫中连连损了好几位妃嫔，选秀之事隆而重之，选入宫中的年轻宫嫔如雨后鲜亮的花朵一丛一丛在他面前盛开，炫了他的眼，他的心，他的精力也逐渐衰退下来。一应政事奏折，皆由我先过目，再挑出要紧的读与他听。朝政之事我已烂熟于心，却仍事无巨细问他意思，直到他自己也觉厌烦，只叫我自己相宜处置。更甚至，在他御体不适的日子，立于御座垂帘之后，替他细听朝臣奏谏，再在适当时转述与他听。

时光弹指一挥，已到了乾元三十年，因着他的体衰，朝中立太子的呼声此起彼伏，愈演愈烈。

此时紫奥城中，唯有我位分最尊，因而借“子凭母贵”之说请立赵王予涵之声最高。此外，亦有不少老臣以为“主少国疑”，提议立长，以皇长子为太子。朝中顿时分为两派，争执不休。主张立贵者以为“齐王平庸，且齐王妃出身不高，不可母仪天下”；立长者则认为“主少而母壮，皇贵妃一旦借此成为太后，必然把持朝政，牝鸡司晨，且皇贵妃曾被废黜离宫，其子不可说子凭母贵”。

立太子之事纷争连续年余，玄凌亦不堪烦扰。然而他身体日衰，国本之事必须尽快有定夺，才能安稳国中人心。

这一日，他依旧命我立于御座珠帘之后，沉默倾听。

烨烨朝堂之上，百官肃立如泥胎木偶，唯有司空苏遂信眉发皆张，面色赤红：“臣以为主少而母壮，比如吕后、武氏一流祸乱朝纲，且皇贵妃甄氏本非善类，否则何以被废黜离宫？”

玄凌挥一挥手，道：“朕已说过，皇贵妃是离宫祈福，祝祷国运，并非废黜。”

司空毫不退让：“国有定例，妃嫔离宫祈福，皇上应当加以尊奉，甄氏却被废黜，显然是她德行有亏！”

玄凌一时语塞，司空仍不放过，扬声道：“赵王年幼，皇上若执意立他为太子，请效法汉武帝未雨绸缪！”

玄凌目露疑惑之色：“什么未雨绸缪？”

司空道：“汉武帝晚年欲立幼子刘弗陵为太子，又恐弗陵生母钩弋夫人正当壮龄，会效仿吕后故事生出人彘惨祸，更至牝鸡司晨，祸乱朝政。

因此借故赐死钩弋夫人，才立弗陵为太子。”他上前一步，大声道，“臣以为，汉武帝决断于前，英明过人！”

玄凌一惊，声音已含了怒气：“你要朕赐死皇贵妃？”

司空毫无惧色，大声道：“是。”

忍无可忍！

御座之后，我霍然掀开珠帘款步而出，沉声道：“司空在圣驾面前口不择言意欲屠杀后宫，皇上何不扑杀此等不知上下之人，以正朝廷风气！”

众臣见我不觉惊呼出声。玄凌见我出来，不觉蹙眉：“朕不是嘱咐你在帘后听着便好，朝堂之上你怎能贸然出来？”

司空气得发怔，连连上奏：“皇上，皇贵妃祸乱朝纲，断断不能相容。”

我含了极有分寸的笑意，端然道：“臣妾再不出来，恐怕此身再不得分明了。臣妾也希望国本归正，还望皇上恕罪，也请听臣妾一言。”

玄凌侧身，低声道：“你有什么话，回后宫再告诉朕。”

“皇上请听臣妾一言。”我并不妥协，只是一味坚持。

玄凌无奈，亦不便避开朝堂诸臣灼灼目光：“皇贵妃，你说吧。”

我盈然拜倒，真红蹙金双绣海棠锦春长衣拂开如云岫般的华彩，紫金飞凤玉翅宝冠垂下银丝珠络遮住我的容颜。我正声道：“皇上，予涵资质平庸，臣妾无德无能不能教导，所以予涵不宜被立为太子。”

一语既出，满座皆惊，连司空也不由得愕然。我郑重拜倒，请求道：“皇四子予润资质聪慧，生母惠仪贵妃出身名门，敏慧冲怀，贤良淑德，生前最得昭成太后钟爱赏识。皇四子最堪继位大统。”

国本所争，不过是在立长还是立贵。予漓太过平庸，予沛本就默默，予涵因我而受非议，却连玄凌都未曾在意，还有一个幼子予润。无论生母出身、德行还是本人资质，予润都是当之无愧最合适的太子人选。甚至连我也能被顾及，我是予润养母，不能执理朝务垂帘听政，却能被善待终老。

避开所有人的锋芒所指，这是最妥善的选择。

群臣再无可争，纷纷赞同，玄凌亦无异议。

皇四子予润册立为皇太子，由皇贵妃抚育。

冠上垂下的银丝珍珠络子恰到好处地蔽住了我此时盛妆后的容颜，以及唇边一缕痛快的笑意。

贰伍 病中情

乾元三十年的春天姗姗来迟，在玄凌昭告天下立四皇子为太子后，他的身体病痛日多，终于在仲春时节卧床不起。为了让玄凌安心静养，寝殿便移至宫中最清静的显阳殿，除了几位德高望重的妃子，其余宠妃无诏皆不可随意入内。

这一日我批阅完奏折仍觉神清气爽，又往德妃处叙话半日，便去显阳殿看望玄凌。轿辇尚未至百步外，内侍听闻我来，早早迎了过来，毕恭毕敬趋前打开显阳殿的正门。显阳殿高阔而古远，位置又清静，是养病的最好所在。

丈高的朱漆刻金殿门“咿呀”一声徐徐打开，似一个垂暮老人嘶哑而悠长的叹息。殿中垂着一层又一层赤色绣飞龙在天的绣缎帷幕，大殿深处本就光线幽暗，被密不透风的帷幕一挡，更是幽深诡异。

一瞬间，仿佛有剪剪风灌入大殿，风吹过无数重幽寂垂地的帷幕，像有只无形的大手，一路汹涌直逼向前，直吹得重重锦绣飘飘欲飞。

我转过十二扇嵌寿字镜心屏风，绕到玄凌养病的床前。玄凌似沉沉睡着，难得睡得这样安稳。却见一个素纱宫装的女子坐在榻下的香炉边，隐隐似在抽泣，却终究只是幽幽一脉，不敢惊动了人。

我遥遥驻足，极轻地咳了一声。听得声音，那宫装女子转身过来，却是贞一夫人。

她见我，忙立起身来拭去眼泪，静静道："皇贵妃金安。"

我忙客客气气扶她起身："妹妹不必多礼。"

贞一夫人入宫十余年，对玄凌最是情深。她性子又是难得地温婉安静，素日里一心只在照拂二皇子上，闲时吟诗作画打发辰光。这次玄凌重病，除却在通明殿祈福与必要的休息外，她无时无刻不服侍在玄凌身侧。

贞一夫人自产后便落下病根，身子孱弱，本不必这样辛劳。看她这些日子殷勤谨慎侍奉汤药下来，人早已瘦了一圈，眼睛红肿着似桃子一般，似乎哭过，眼下更各有一片半圆的鸦青，一张脸黄黄的，十分憔悴。

虽然皇帝从前教她受了那样多的委屈，也并不十分宠爱她，但是这深宫里天长日久的岁月，撇开皇帝是后妃们的终身所靠，她对他，亦是十分有情。

我心下不忍，道："妹妹辛苦了。"又问，"皇上好些了么？"

她泫然欲泣，又实在不愿在人前落泪，只得苦笑道："哪里能好，不坏也就罢了。太医才来瞧过，叫服了药，刚睡着。"她微微摇一摇头，道，"姐姐言重了。姐姐要辅佐朝政批阅奏章，又要照料三殿下与太子殿下，已经十分劳累。嫔妾忝居夫人之位，自然要侍奉在侧。"她柔声关怀道，"这两天时气不大好，忽晴忽雨的，姐姐腿上的旧疾只怕又要犯，听品儿说姐姐昨夜腿伤又发作，疼得半夜没睡好，姐姐自己也要珍重才是。如今，一切都要依仗姐姐费心。"

我点一点头，扶着她手臂道："已经是旧疾了，惯了也就不打紧了。妹妹关心皇上是情理之中的事，可是自己身子也要紧，况且还要照顾二殿下呢。"又笑，"我要专心打理朝政，妹妹亲自照料着皇上，后宫琐事都劳烦着德妃姐姐和端贵妃姐姐，她们也都辛苦了。不过，眼下皇上病着，是该我们姐妹齐心协力的时候。”

贞一夫人看一眼床上闭目沉睡的玄凌，轻轻道：“姐姐说得是。有什么辛苦不辛苦的，咱们都是为了皇上。”她见我只是站着，忙让道，“姐姐坐吧，咱们一起等着皇上醒来。我已经吩咐小厨房里炖了参汤给皇上提神，睡醒了喝是最好不过的。”她忧色满面，深深叹息，“皇上的身子是虚透了，我总以为没了赤芍，皇上会好些，谁知……”她欲言又止，终究不肯再说下去。

她的话是有所指的，年余来玄凌宠幸新人，常常欢娱至天明，又屡屡向太医院索取房中丹药，我与德妃、端贵妃常常劝他善自保养，他每每只一笑置之，收敛几日又故态复萌。为此，贞一夫人不知流了多少眼泪。

我从德妃处来，心里有话要单独对玄凌说，于是笑吟吟道：“妹妹连日照料皇上也辛苦了，不如好好去歇一歇，二殿下也到下学的时候了，一定盼着妹妹多陪陪他。”

贞一夫人看向皇帝，似有眷眷之意。她不舍得离开玄凌，又惦念爱子，略略思量片刻，屈一屈膝告辞道：“那么，等下皇上若醒了，请姐姐着人知会我一声。”

我含笑看着她：“这个自然，妹妹放心就是。”

贞一夫人起身走了两步，又驻足回头向我道：“等下小厨房的参汤炖好了奴才们会送来，请姐姐叮嘱皇上喝了。”她方欲转身，想一想又道，“皇上醒来若嘴里发苦，床头有新制的枣泥山药糕，是皇上素日喜欢吃的。”

我见她如此，不觉失笑道：“请妹妹放心。若再不放心，只能等皇上醒来时请旨让皇上去妹妹的空翠殿安养了。”

贞一夫人微觉失态，十分不好意思，红了脸道：“姐姐说笑了。有姐姐在这里，我自然是安心的。”

然而她还是有些迟疑，眉心微微蹙了起来，似光洁丝绸上微曲的折痕。她犹豫片刻，问道：“孙才人的事，姐姐打算如何处置？”

我见她问起，沉吟片刻，肃然道："我与德妃商量过，这样的事，不是咱们能做主的，终究得请皇上示下。"

她稍显踌躇："那件事……还是先不要告诉皇上吧，皇上这身子，只怕经不起生气……"

我愁眉深锁，忧然道："我何尝不是这样想，只是孙才人的事未免太出格，宫中风言风语不断，若再不请皇上下旨，只怕宫人们口中那些污秽的话传到皇上耳中，更惹皇上生气。"

她想了想终究无可奈何，只得道："流言难平，还是姐姐告诉皇上吧。"她恳切道，"还请姐姐缓缓告诉皇上，勿让皇上太动气。"

我微微颔首，长长的珍珠宝塔耳坠沙沙打在肩上，我含着融融笑意回应她的话："妹妹的心思便是我此时的心思。只是有些事，必定得皇上来拿主意才好，我们姐妹终究也做不得主。我会选个合适的时机缓缓告诉皇上。"

她满腹忧虑，幽幽叹了口气："那皇贵妃做主便是。"

我唤来她的贴身侍女："桔梗，竹茹，好生扶着你家娘娘回去歇息，若本宫下次见到夫人还是这样憔悴，一定拿你们是问。"

我亲自送了贞一夫人至显阳殿外，眼见她走了，品儿轻声在我耳边道："贞一夫人真是可怜见的，陪伴皇上这些日子，又添了这许多伤心难受，可怜她那身子。"

我只觉得胸口有些窒闷，随口吩咐品儿："叫人去把那绣花厚锦帷幕都钩起来，换上鲛绡的，这样闷的天气，还用这样厚的帘子，益发气闷了。"

品儿应了声"是"，便吩咐人去动手。李长小心翼翼插嘴道："太医说了，皇上要少吹风才好，所以才用的绣花的厚锦帷幕。"

我看他一眼，缓缓道："本宫怎会不知？只是太医说了要防风是一理，可是病人的病气重，要适当换换新鲜空气也是要紧的。再说好好的一个人，这样闷着也闷坏了，何况皇上身子这样不爽。"

李长诺诺应了，不敢再多问。我微笑道：“本宫近些年冷眼瞧着，李公公仿佛是不大敢和本宫说话了。”

李长忙道：“不敢不敢。娘娘雍容华贵，又日理万机，哪里有奴才随口说话的份。奴才是十分敬重娘娘的。”

雍容华贵？我“哧”一声笑出来。曾几何时，这话是我用来形容昔日的华妃慕容世兰的。今时今日，在旁人眼中，我这个皇贵妃也如当日的华妃一般凛冽犀利了么？

李长不晓得我在笑什么，愈加有些惴惴。我挽一挽臂上的真珠臂纱，又以红宝九连赤金环拢住，近乎漫不经心道：“敬重就好，敬畏就不必了——你自然懂得分辨这里边的分寸。而且，你这些年对本宫的好处，本宫自然记在心里。”

李长脸上几乎要沁出冷汗来了，眼觑着周围无人注意，走近一步，压低了声音道：“奴才有件事要私下禀告。方才邵太医来为皇上请脉，说了好一会子话，连贞一夫人也被请了出来，这是从没有的事，竟像是在密谈些什么。”他见我只是抿了嘴听着，不敢停滞，又道，“奴才不放心皇上，私下里听着，似乎是涉及娘娘与三殿下，邵太医走后，皇上的神气便不大好，只吩咐说从此不用卫太医来诊脉了，只用邵太医瞧，如此喝了药方睡下的。”

我“嗯”一声，似笑非笑着看他道：“很好，你很忠心于本宫，只是怎么这会子才来告诉？”

李长抬袖擦一擦脸上汗水，急忙道：“奴才本要遣人来报，一是听闻娘娘在德妃娘娘处，不方便回禀，再者估摸着娘娘今日要来，所以一直静候在此。”

我淡淡笑道：“知道了。你把人都带下去，本宫静静陪着皇上就好。”我想了想，再嘱咐一句，“吩咐下去，今日本宫在这里，无论是谁，都不许来打扰。”

李长躬身答应了，忙打发人下去。殿中无人，越发空旷寂寥。我徐步进去，三尺长的芙柔缎裙裾绚烂曳于寸厚的红绒织金毯上，盈盈地扫过无声。

一颗心更加空落了，几乎要冷到深处去。

自温实初看守惠仪贵妃陵前，卫临便深得玄凌宠幸，一步步当上太医院正，成为太医院之首。卫临医术高明，向来为皇帝所倚重，且又是我的心腹，皇帝也知道，因此更加信任。现在忽然弃之不用，未必是不信卫临，只怕是对我起了什么疑心了。

语涉三殿下，是关于予涵那孩子的。

玄凌疑心日重，一旦被挑起，就不是轻易能弹压得下去的。

我的心一寸一寸冷下去，似乎被千年玄冰紧紧压着。寒冷，透不过气来。

这么些年，我已经很久很久没有这样的感觉了，这种冰冷而无所依靠的感觉。

我缓缓走到玄凌榻前，地下青铜九螭百合大鼎里透出洋洋淡白烟缕，皇帝所用的龙涎香珍贵而芬芳。我打开鼎盖，慢慢注了一把龙涎香进去，又注了一把，殿中的香气愈浓。透过毛孔几乎能渗进人的骨髓深处，整个人都想懒懒地舒展开来，不愿动弹。

可是此时此刻，我不能放松，不能不动弹。只要一个疏忽，一个差池，我今日的一切，他用性命保护我换来的一切，都要灰飞烟灭了。不只是我死，多少人又要因为我而死。

不！我不能再冒险！这些年来的辛苦，几番心死，我已经撑到了今天，再不能倒下去。

我迅速合上鼎盖，步到窗前。沁凉的风随着错金虬龙雕花长窗的推开涌上我妆饰得精致的脸颊，涌进我被龙涎香熏得有些眩晕的头脑。风拂在脸上，亦吹起我散在髻后的长发，点缀着浅紫新鲜兰花的数尺青丝，飘飘飞举在风中。我忽然觉得恍惚，仿佛自己还年轻，还在甘露寺的那些岁月，青丝常常就是这样散着的，散落如云，无拘无束。

我心口盘思着端贵妃与德妃对我说的玄凌病情反复的话，卫临的叮嘱也萦绕在耳边——“这两年宫中新人辈出，皇上流连不已，又进了好些虎狼之药，这身子早就是淘得差不多了。只是毕竟是九五至尊，自幼的底子在那里，太医院用药又勤，也未必是没得救了。只看娘娘是什么打算。”

天色阴阴欲沉，似乎是酿着一场极大的雨。腿上的旧伤又开始隐隐作痛，好像一把小钢刀“沙沙”地贴着骨头刮过来刮过去，无休无止。

我能有什么打算？又能是什么打算！

我只深垂螓首，食指上留着寸许长的莹白指甲，以凤仙花染得通红欲滴，一点一点狠狠抠着那窗棂上细长雕花的缝隙，只听“咯”一声脆响，那水葱似的长指甲生生折断了，自己只浑然不觉。须臾，我冷冷把断了的指甲抛出窗外。

那一年，死在我怀中的那个人。他的血，这样一口一口呕在我的衣襟上。那么鲜艳的血色，洇在我雪白的襟上，我的心也因着他的血碎成齑粉，漫天漫地地四散开去，再回不成原形。

我下意识地按住自己的心口，腿上的旧伤疼得更厉害。每到这样的天气，我的腿伤就开始疼痛，似乎是在提醒着我，我再也不能跳《惊鸿舞》了。

也好，他死了，我还跳什么《惊鸿舞》呢，再不用跳了。

我微微冷笑出来，笑意似雪白犀利的电光，慢慢延上眼角。

我缓缓、缓缓地松出一口气。

我安静坐到玄凌榻前，心里只盘算着怎样才能把孙才人的事说得最好。大鼎兽口中散出香料迷蒙的轻烟，殿中光线被重重鲛绡帷幕照得稍稍亮堂些，错金虬龙雕花长窗里漏进的淡薄天光透过明黄挑雨过天青色云纹的帐幔淡淡落在玄凌睡中的脸上。他似乎睡得不安稳，眉心皱着，两颊深深地陷了进去，蜡黄蜡黄的，似干瘪萎败了的两朵菊花。

我轻而无声地笑了笑，自榻前的屉中取出一把小银剪子慢慢修剪方才折断了的指甲，静静等着玄凌醒来。

过了许久，也不知是多久，天色始终是阴沉沉的。玄凌侧一侧身，醒了过来。他眼睛微眯着，仿佛被强光照耀了双眼，半天才认出是我。

他似乎是在笑，声音也有了些力气，轻轻叫我："皇贵妃。"

自我册封皇贵妃以来，他已经很少叫我的名字"嬛嬛"了。哪怕是私下里唯有两人相对时，玄凌，他亦是叫我"皇贵妃"。

皇贵妃，这个貌似尊荣天下无匹的称呼。

我只是如常一般，含了柔顺的笑意，上前扶他起来靠在枕上。他点点头："你来了。来了多久？"

"臣妾来时皇上刚刚入睡。"

他淡淡"哦"一声，咳了两声，又问："燕宜呢？"

我替玄凌卷起袖子，亲自服侍他浣了手，又取了绸巾来拭干，方微笑道："燕宜妹妹连日陪伴皇上不免辛苦，臣妾让她先回自己宫里去歇息了。"

他"哦"了一声，道："燕宜回去也好。朕瞧她背地里伤心，只是不敢在朕面前流露，朕看了也难受。朕寻思着要唤几个人来，碍着她服侍殷勤，也不大好开口。"

我微微一笑："皇上可是记挂着几位年轻的妹妹了？"

他见我服侍妥帖，看着我道："你是大周的皇贵妃，这些事何必你来做，打发奴才伺候就成了。"

我笑道："皇上这会子可嫌臣妾粗手笨脚，服侍不周了么？"我盈盈望着他，"皇贵妃身份再尊贵也是服侍皇上的人。臣妾纵然忝居后宫之首，统理后宫，那也是皇上给的尊荣。臣妾所有，一切皆为皇上所赐，所以臣妾心里一刻也不曾忘怀，唯有尽心尽力侍奉皇上，才能报得万一。"

他的嘴角轻轻扬起，似想要笑。片刻，沉吟道："心里一刻也不曾忘怀？"

我定定看着他，沉声恭谨道："是。"

他歪在枕上，那股似笑非笑的意味更加浓了。他伸出手，示意我靠近。我心中有些惊惧，然而依旧是面不改色，微微侧身靠近于他。他的手有些枯槁，身上有浓烈的药气和病人特有的衰弱腐朽的气味，以及隐约的，一丝脂粉的浓香。

我心底暗暗冷笑出来。虽然连日来都是贞一夫人在旁服侍，但是贞一夫人素来不用这样气味浓绮的脂粉，必然又是哪个宠妃留下的。

我不动声色，暗暗屏住呼吸，排斥他身上散发出的令人厌恶的气味。

他伸手，却是慢慢抚上了我的发髻，慢慢地，一点点抚摩着。我心里翻江倒海，直要呕吐出来。我极力忍耐着，他在我耳边说："皇贵妃，从前你从不说这样冠冕堂皇的话。"

我偏一偏头，不动声色地稍稍远离他的身体，轻笑道："从前，皇上也从不唤臣妾'皇贵妃'。"

他笑一笑，身上的明黄绣金龙寝衣的衣结散在我脸颊上，手势停在我鬓边，道："是啊。从前朕都不这样唤你。从前……"

皇贵妃，我永远不会忘记，我为何会得到这份尊贵荣宠。每每听到别人这样称呼我，心头似被利刃凌乱地戳着，终生引以为恨。

皇贵妃，别人眼中的无上荣宠，于我，却是终生的致命大痛。

良久，我觉得胸口都要透不过气来了，他才缓缓松开手，凝视着我道："本来想摸一摸你的头发，却只碰到满头冰凉华丽的珠翠。"

我强压住有些凌乱的心跳，口中似是玩笑："是啊。皇上本还想摸一摸臣妾的脸，却不想摸到一脸厚厚的脂粉，真当是腻味也腻味坏了。"

玄凌的目光有些深沉得捉摸不定，又有些惘然的飘忽："是啊。如今你是这宫里最尊贵的女人了，自然要打扮得华贵些才好镇得住后宫里那些人。"他静静地思索了一晌，眼底有了一抹难言的温柔，"朕想起那些年，朕与你在太平行宫消暑，傍晚闲来无事一同乘凉，你的头发就这样散开，无一点珠饰。你这样伏在朕膝上，青丝逶迤如云，当真是极美的。"

他这样突兀地提起往事，提起曾经的旖旎时光，语气温柔缥缈得似山顶最绮丽的一抹朝霞，几乎要溺死人。

我的神思一个恍惚，魂魄几乎要荡出了这个紫奥城。仿佛还在许多年前，甘露寺的钟声悠悠回荡在遥远的天际，甘露寺下的浩浩长河中，他与我泛舟湖上。满天繁星明亮如碎钻倾倒在河中，青青水草摇曳水中，桨停舟止，如泛舟璀璨银河之间。他牢牢执着我的手，我伏于他膝上。因是带发修行，长长的头发随意散着，半点妆饰也无。他的青衣与柔软伏帖的亲切质感，他的声音是三月檐间的风铃，闻风玲玲轻响。他轻轻道：“宿昔不梳头，丝发披两肩。”我婉转接口：“婉伸郎膝上，何处不可怜？”他轻声笑，拢我于他怀中，手指轻轻穿过我的如云青丝。他怀里，永远是这样清洁芬芳的气息，似衿缨中淡淡的杜若清新。

那些年，才是枯寂人生里最最快乐的时光。

可惜，那样短暂。我眼中酸涩，几乎要泛出泪来，连忙轻轻别过头去。我正一正衣裳，正对着玄凌，缓缓除下发髻上的金丝八宝攒珠钗、银镶猫睛顶簪、金崐点翠梅鬓花，并最后一支九展昆仑凤翅金步摇。梳理端正的发髻松开的瞬间，青丝如瀑布飞泻。我轻轻问他，亦是在问自己：“是这个模样的吧？”

玄凌的眉间闪过一瞬的喜色：“皇贵妃，你的容颜和从前没有半分分别。”

是么？容颜如旧，那个人，也已经再看不见了吧。

空自红颜依旧如花，若不是真心待你的那个人来看，又有什么意义呢？不过是寂寞开放寂寞萎谢罢了。

想到这般，我的心境骤然一紧，温和道：“多谢皇上称赞。”

余恨 贰陆

于是，便无话了。我默然，他亦不作声，仿佛就这样可以一直沉默下去。殿外隐约起了一两声闷雷声，潮湿的意味更甚。最后还是玄凌先开了口，仿佛是淡淡一句闲话：“才春天里，这天气真是闷热。”这样无关痛痒的一句。

我于是含笑起身道：“对了，方才燕宜妹妹让小厨房炖了上好的参汤来进上，臣妾服侍皇上尝一尝吧，提神补气是最好不过的。”

于是取小银匙试了试温度，方送至他嘴边。

玄凌喝了参汤，精神略好些，便倚在枕上与我闲话，拣要紧的政事问了两句，他颔首道：“你处理得甚好。”

我依旧恭恭谨谨垂首，温婉道：“臣妾愚昧，跟随皇上看了几年折子，聆听圣训，才稍稍懂得些皮毛，还是离不开皇上的圣明。”

他似乎是夸赞：“你的聪明慧黠，是不消说的。否则朕再怎么扶持你，你也走不到今天。”

手腕上的金缕石榴石手镯在羊脂白玉腕上映出艳丽的莹然光辉，一摇一转。我道："臣妾应对之间力不从心，一切大事还要皇上来做主的。所以请皇上一定要保重龙体，尽快康复。"

他微微笑着，目光似乎胶凝在我身上："一定。不只是为了你，也为了咱们的涵儿。"他转了转头，问，"涵儿没跟你过来请安么？朕也有两日没见他了。"

我心头一震，慢慢舀着参汤道："早起就过来请安了，只是皇上睡着，就没敢进来打搅。"我笑吟吟道，"这个时辰该跟着师父在习字呢，男孩子家难得肯静下心来好好写几笔。涵儿也天天念叨着，要多见一见父皇呢，臣妾等下就让人打发他过来。"

玄凌颔首道："难得他有这份孝心。只是习字读书上也不能马虎了，你要好好督促着。咱们父子情分，也不在这一时片刻上。"

玄凌刻意在"父子情分"四字上咬重了音，目光有意无意扫到我脸上。

我启唇笑道："是啊！父子俩的心性是最相像了。听师父说起，涵儿也和皇上一样喜欢读《楚辞》呢。"

这样敷衍过去，我似想起一件极难开口的事，踌躇道："有件事臣妾十分为难，与端贵妃、德妃几番商议不下，还请皇上拿个主意。"

他"嗯"了一声，懒洋洋道："有你也拿不准的事情么？说来听听。"

我叹了一口气，蹙眉道："端贵妃与德妃久在深宫，见多识广，本也不难办，只是这件事事关皇家体面，臣妾不得不请皇上的旨意。本来皇上抱恙，这件事是不该说的。"

我如此欲言又止，玄凌自然被我问得疑心上来。他皱了皱眉，道："你说。"

"景昌宫的孙才人与侍卫私通，已经被德妃扣在她自己宫里禁足，如今只等皇上的旨意，看怎么处置。"

我说得并不委婉。话音干脆利落，不带一丝感情，刀劈斧削一般灌入他耳中。

玄凌脸色骤然大变，仿佛不可置信一般，声音瞬间嘶哑了："你说什么？"

这几年新进的妃嫔之中，孙才人机敏俏丽，颇得恩宠。只是玄凌这几月都在病中，自然无暇顾及了。

皇帝才一病，平日里的宠妃就迫不及待与人私通，分明是把他当个将死的人不放在眼里了。身为九五至尊，玄凌如何能不勃然大怒，激愤不已？

我声气平平道："孙才人与人私通，请皇上示下看如何处置。"

玄凌几乎暴怒起来，脸色铁青，如暴雨骤来，他的手突然用力一挥，打到我手中的汤碗上，洋洋泼了一地，我顾不得去擦淋漓的汤汁，慌忙跪下道："皇上息怒。"

他极力平息着胸中的怒气，克制着道："你起来，不关你的事。"

我泫泫欲泣："是臣妾不好，不该告诉皇上的。"

他的手用力拍在榻上，可惜身子发虚，拍得并不响，怒道："什么不该告诉！是什么时候的事？你给朕一五一十说来。"

我极力抚着玄凌的背脊劝他息怒，一边娓娓道来："那人本是孙才人在闺阁时就相识的，想必是两情相悦——不，是早有苟且。孙才人入宫之后，那人必是贼心不死，才想方设法混入宫中当了名侍卫，以期得会与孙才人。他们素日如何来往臣妾并不知晓，只是前日夜间，德妃与欣妃向皇上请过安后已经极晚，于是各自回自己宫中去，不想经过孙才人的景昌宫时，听闻墙内花丛中似有异声——孙才人的景昌宫本就偏僻，本来那个时辰是不会有人经过的。只是欣妃要送德妃回去才偶然择了那条路走，也是合该事发。原本以为是哪个宫的内监宫女不检点，德妃协理六宫，自然是要整肃宫闱，容不得这样的事。于是两人带了宫女进去，不料在紫荆花丛下，衣衫不整的竟是孙才人与那个狂徒，二人正颠鸾倒凤，不知天地为何物……德妃当时就惊住了，忙扣下了人，遣了欣妃赶至臣妾宫中禀告。"我看一眼玄凌愈加恼怒的神色，小心翼翼继续道，"臣妾自掌管六宫以来从未遇见过这样的事，更是闻所未闻。匆忙赶去时两人还被扣在紫荆花丛下大汗淋漓，孙才人的赤色鸳鸯兜肚还挂在那狂徒的腰带上——千真万确是抵赖不得了。只得让人先把孙才人禁足，把那狂徒押进了暴室。”

孙才人的赤色鸳鸯肚兜还挂在那狂徒的腰带上——这是何等香艳的场面，果然玄凌听到我说这几句时，脸色越来越难看，几乎要破裂一般。

我越尽责说得详细，于玄凌来看，更是细致入微如同耳闻亲见，历历在目，教他一闭上眼，脑中都是我所述情景，不得安宁。

透明至几近纯白的鲛绡帷幕被风吹得纠缠在一起，直欲飞卷。外头的雷声更大了，窗台上一盆细翠的文竹被灌进的风晃得摇摇欲坠。我起身去关上长窗，雷声隐隐被隔在殿外，气氛更是压抑。

玄凌久久不语，胸口气息激荡，起伏不定，他恨声道：“那个狂徒——是什么人？”

我依依道：“这样的狂徒不值一提，免得污了皇上的耳朵。”

玄凌只简短吐了一字：“说。”

我仿佛极难启齿的样子，偷偷觑着他的神色道：“是个侍卫，其貌不扬，很是不堪的样子。听说家境也不好，是个市井之徒，并无官爵。”

若是清秀潇洒的翩翩少年，或是才子英雄，只怕玄凌还好过些。绿云盖顶本是男人最难堪的事情。偏偏君王宠妃，却与个不能和他比上分毫，极猥琐卑贱极不如他的男人私通，不知此时玄凌心中是如何激怒欲狂。

我察言观色，知他已经怒到了极点，轻轻道：“此事如今闹得尽人皆知，臣妾与端贵妃、德妃都不敢擅作主张，只能请皇上示下。”我又追问一句，“皇上可要下手谕？”

“尽人皆知？”玄凌怒不可遏，额上青筋暴起，“如此不知羞耻的两个贱人，如此污秽之事，简直玷污了朕的手谕！你去传朕的口谕——”他眼中闪过一丝雪亮的凶光，干干脆脆道，“杀！五马分尸！”

他这样顾及颜面的人怎么肯下手谕明白宣诏自己的耻辱，于是我只恭敬着道：“臣妾领旨，自会处理得当。皇上好好歇息吧。”我满面自责，委屈着道，“都是臣妾的不是，没能为皇上打理好后宫之事，才会有今日之乱，让皇上着恼了。都是臣妾无用。”

玄凌抬一抬手：“爱妃起来。你要为朕批阅奏章处理朝政，又要照顾膝下四个孩子，已是自顾不暇。”他愤道，“端贵妃、德妃与贞一夫人也是无用之辈，三个人也看不住后宫，白白居这么高的位分。”

我不免为三人抱屈，说道：“皇上这话可错怪了三位娘娘。端贵妃向来身子孱弱，只一心在通明殿为皇上主持祈福，尽心竭力；又贞一夫人本就是不好事的，自皇上病来，接连几日在显阳殿照顾皇上龙体，不可谓不辛劳；德妃既要照顾几位帝姬皇子又要料理后宫的千头万绪，也极是费神。毕竟后宫虽是琐事，但件件都要亲力亲为，哪里防得住小人添乱呢？臣妾回去，必定好好训导她们，严肃宫纪。”

玄凌闻言也颇有些怜惜，缓缓道：“也难为你们了，朕一病下，都要你们几个弱女子操持担待，皇子们又小。”

我温言道：“为了皇上，什么都是应该的。只盼皇上的身体尽快好起来，臣妾们也就安心了。”

如此几句，我重又斟了茶，正好言好语安抚玄凌躺下。忽听得殿外有喧哗声，我不由得微微蹙眉，柔声道：“不知外头什么事，臣妾去瞧一瞧。”

他只有点头的力气，道：“去吧。”

我正一正妆容，开门出去，正色道：“什么事？”

却是康嫔在外急着要请安，因有我的吩咐，李长便不肯放她进来。她见是我出来，手忙脚乱屈膝下去规规矩矩行了个大礼，道：“皇贵妃娘娘如意金安。”

我刚入宫时，康嫔史氏尚是美人，早早就失宠了。只是与我几月的同住之谊，后来玄凌晋封诸妃，也给了她一个“康贵人”的名位，十余年下来，她在宫中也是个老人了，虽早已没了皇帝的恩眷，但资历却在，慢慢也熬到了嫔位。

我素来不太喜欢她，又在烦心中，于是神气便不大好，只淡淡道："你怎么来了？"

她的神色有些急切，却也喜滋滋的，似有什么天大的好消息。见我问上来，忙欢欢喜喜道："启禀皇贵妃，嫔妾一是来向皇上请安，二是来向皇上和娘娘贺喜的。与嫔妾同住宫中的汪贵人有喜了。"

我的眼皮突地一跳，惊道："什么？"

汪贵人，亦是玄凌这两年所宠爱的。

乾元后几年选秀频频，玄凌身边的宠妃越来越多，且家世门第各有参差。唯一相同的是，她们进宫时的位分都极低，多为最末品的更衣、采女，要往上晋封本就艰难。且她们都美貌，年轻。每个人身上，都带了一点点昔日纯元皇后的影子，当然，也就那么一点点。

这么多的莺莺燕燕、青春貌美，玄凌自然是迷入花丛了。

我身为皇贵妃掌理后宫，不仅要为玄凌主持选秀，也要为他管束妃嫔。于是风谕下来："若无身孕，不得晋位贵人以上，亦不予赐号。"

所以即便得宠的贵人、常在或是娘子，也均以姓为号。

只是除了我和卫临，谁也不知道玄凌其实已经不能生育。在我的因势利导下，后宫各个年资久远又位分贵重的妃子对新人们极力压抑。无子的妃嫔，名位又不高，且各个争宠内斗不已，自然不会危及我的地位了。

康嫔脸上的喜色愈浓，道："是汪贵人，她有三个月的身孕了呢。"以她的性子，自然以为这样来报喜是能沾点荣光的，毕竟是与她同住一宫的妃嫔呢。万一皇帝来探望，她也能得见天颜了。

"三个月？"我在唇齿间回味着这个数字，心里冷笑起来，玄凌病了也有四个月了吧。只是不晓得这几个月召幸过汪贵人没有。无论是几个月，都不会是玄凌的孩子。

我还有些把握不准，只说要想一想，把李长叫到一边，问："这四个月来，汪贵人有没有侍寝？"

李长低头想一想，道："似乎没有。自皇上病来，是任娘子、李选侍和大小刘美人侍寝最多。”

我微微颔首，不是玄凌的孩子又怎样呢？

我是在报复。

我转一转头，望向大殿深处的玄凌，很快拿定了一个主意。我的笑意浮上脸颊，和颜悦色道：“这是好事啊！皇上才刚醒了，随我进去请安吧，顺便好好贺一贺皇上。”

康嫔摸一摸鬓边的珠花，理一理衣襟，悄声问我：“娘娘，嫔妾的装束不失仪吧。”

我笑吟吟道：“很好。你看我呢？”此时我长发几乎委地，因刚才要出来，才随意绾着，她奉承着赔笑：“娘娘怎样装扮也是天姿国色。”

我将她带至玄凌面前。康嫔久未面圣，不免有些紧张且拘束。玄凌打量她几眼，疑惑地看着我，问：“她是谁？”

此言一出，康嫔的神情明显一滞，张口结舌。我忙笑着圆场道：“皇上政务繁忙，如今又龙体欠安，难免精神短些。这是万春宫的康嫔，特意来向皇上请安的。”

玄凌“哦哦”两声，忽然道：“从前有个史美人……”

康嫔喜出望外道：“正是臣妾，不想皇上还记得。从前皇上最喜爱臣妾的鼻子了。”

玄凌想一想道：“是么？似乎有些不太像了。”又问，“你来请安么？朕有些乏了，你先跪安吧。”

我见玄凌厌倦得很，又有打发康嫔的意思，忙道：“康嫔许久未见圣上了，磕一磕头吧。”

康嫔见机，忙跪下磕头道：“臣妾恭请皇上圣体安康，恭喜皇上。”

玄凌方才生了大气，犹在气头上，忽然听得康嫔贸然道喜，难免不豫，道：“朕何喜之有？”

康嫔见问，忙含笑答道：“恭喜皇上。臣妾宫中的汪贵人怀有龙胎已经三个月了。这两日害喜害得厉害，太医刚刚诊脉确定了。”

这样一说，玄凌自然欢喜，一时间神色大好，一连声笑道："赏！赏！传旨下去，汪贵人晋从五品良娣，康嫔晋从四品顺仪，再赏万春宫所有宫人三月的俸禄。"

玄凌喜不自禁，连连向我道："宫中数年未得子嗣的消息了，不想还有今日！"

我含笑道："贺喜皇上，有子嗣的喜讯，可见皇上的身体就要万安了。宫中已有数年不闻新生儿啼哭，待来日小皇子出生，一定要好好晋封汪良娣，再大赏六宫才是。"

玄凌大喜，即刻就要撑着身体披衣起身去万春宫看望汪良娣。我忙拦下道："皇上要去看汪良娣，什么日子不成呢？偏要挑在这时候。不如好好将养着，待身子好些再去。"我指一指窗外，"可要下雨了呢。"

玄凌拍一拍手道："爱妃笑话，瞧朕欢喜过头了。"

我含笑提醒道："皇上别欢喜得忘了，嫔妃怀有子嗣，该在彤史上好好注上一笔才是呢，这可是要紧的事。"

玄凌拉我的手笑道："多亏皇贵妃这位贤内助提醒，这是自然的。叫李长取彤史来。朕也看一看，是哪一日宠幸的汪良娣。"

不过一炷香工夫，李长捧了彤史来，玄凌喜滋滋道："朕亲自来添这一笔。"

我冷眼瞧着他欢喜的神情，便也赔着微笑。

只见玄凌飞快翻了几页，手势越来越凝滞，几乎要僵在了那里，心里霎时雪亮透彻。果然，他的神情渐渐冷寂下去，冷寂到和方才一样了，一个字一个字问向新封的史顺仪道："你说——她怀了多久的身孕？"

史顺仪见玄凌骤然变色，尚不明白是怎么一回事，那笑容僵在唇边，只得带了喜悦的声音道："回禀皇上，汪良娣有孕三个月了。"

"三个月？"玄凌的声音中似包含了万钧雷霆之怒，"哗啦"一声把彤史劈头盖脸砸到史顺仪脸上，喝道，"你说她怀孕三月，可是朕足足有四个月不曾召幸她了！你说！她这孩子是从哪里来的？"

长远的天际深处传来轰隆的雷声，寒凉的雨水从檐间“哗哗”抽落，似无数把利刃直插大地之腹，仿佛也在宣泄着无尽的愤恨，无尽的帝王之怒。

我唇角的笑意越来越浓，适可而止地化作一声惊呼：“皇上——”

玄凌铁青到失去人色的脸上泛起妖艳而凄厉的酡红，似一点如血欲泣的残阳，艳到可怖。

我从未见过他这样可惊可怖的神情，李长吓得跪下磕头如捣蒜。玄凌迅疾披衣起身，疾冲向前一个耳光扫到史顺仪尚显光滑的脸颊上，史顺仪的脸颊立即肿胀出血，她吓得瑟瑟发抖如狂风中一片枯叶，连哭也不敢了。

玄凌冲到长窗下，奋力推开窗扇，眼光如同要杀人一般凌厉狠辣，几乎要喷出火来，燃尽这天地间倾盆而下的大雨。

我忙不迭冲到他身前，一把拽住他寝衣一角跪下哭诉道：“请皇上千万珍重龙体，可不能这样淋雨啊！”

大雨从窗间洒落，有清冷而萧疏的意味，和我的头脑一样冷静而清醒。我且哭且诉，史顺仪早已被这突然的变故吓得呆若木鸡，李长慌忙膝行上前劝道：“皇上别为了一介女子伤了身体，那个汪氏要杀要剐皇上做主就是，只要皇上能消气就是。皇上——皇上——您可不能淋雨啊！”

玄凌的大半个身子已经被窗外的暴雨淋得湿透，明黄的寝衣成了焦土一样颓败的颜色，紧紧贴附在他羸弱的身体上。几个焦雷堪堪自显阳殿的殿顶上滚过去，轰得人的耳朵“嗡嗡”乱响，头晕目眩不已。

玄凌的力气极大，一把把我自地上拉起，把我身上的半件外衫都从肩上扯脱，露出白底绣绯红莲花的锦缎裹胸。我一迭声惊呼道：“皇上——您怎么了？”

玄凌的眼神如痴如狂，恍恍惚惚喃喃叙述着：“也是这样的雷雨天，朕躲在帐帷后面，母妃被王叔牢牢地抱着，王叔的手在母妃的衣襟里。父皇——他是天子啊！”他骤然狂叫起来，那声音在刹那盖过殿外的电闪雷鸣，“朕也是天子！你们为什么要背叛朕——为什么都要背叛朕？！”

几乎是同时，他的鲜血从喉头涌出，喷在我雪白绣绯红莲花的裹胸上，那红，艳过了莲花的颜色。

那血、那血——那一日，那一口滚烫的鲜血，他的血，也是这样喷到我胸前。我失控地尖叫起来：“太医——太医——在哪里？”

後宫 贰柒

待我从显阳殿出来，已是夜半时分了。

大雨已停，空气中丝丝清凉之意，我的步履，几乎似粘在地上一样沉重。虽然心事重重压迫胸臆，却也做好了所有的盘算。

殿外挤挤挨挨跪满了各宫的妃嫔宫人，乌压压的，教人心慌意乱。几个年轻得宠的妃嫔已经呜咽着哭出了声来。我心里烦躁，放锐了目色冷冷一眼扫过去，见领头哭着的正是玄凌从前的韵贵嫔，心头立刻腻烦起来。我扬一扬脸，示意小允子上前，目光定定落在韵贵嫔身上，声音里陡然透出清冷来："掌韵贵嫔的嘴。"

韵贵嫔猛地抬起头，瞪住我道："皇上病得这样重，嫔妾服侍皇上一场，连哭也不许哭一声么？"

我并不理会她，小允子走近一步，问："请皇贵妃的意，打多少？"

我拢紧挽臂纱，道："打到她不能哭为止。"

我的声音并不大，语气也不狠辣，但语中森冷的意味已经昭然若揭了。韵贵嫔正要争辩，小允子哪里还能容她再开口，早就一掌重重扇在了她嘴上。显阳殿前悬着无数盏绢制的水红灯笼，盏盏如斗大，映着金黄灿烂的流苏，照得地上光影离合，明亮里的暗影子有些红到惨淡的凄凄意味。

夜静静的，四面里的微风扑到人脸上，也并无寒冷的感觉。端贵妃领着诸位妃嫔一同跪着，偶然冒出一两声极力压抑着的抽泣，像水池里浮起的粉白泡沫，也迅速淹没了下去。

小允子的手拍到韵贵嫔保养光洁却花容失色的脸蛋上，清脆的"噼噼啪啪"声像年节时放的一连串鞭炮，炸出一点点干脆而激烈的声响，在暗夜里和着回声听来分外有震慑人心的效果。

我微微一动，珍珠密刺兰花的挽臂纱便窸窸窣窣地擦出一点细微的声响，我不疾不徐道："皇上还没宾天呢，你们就这样着急着哭么？给本宫牢牢听着，一个都不许在这里哭，全回自己宫里去！"

到底是德妃、端贵妃几个胆大，悄悄上前，焦急问道："皇上到底怎么样？又为了什么事冲撞了皇上，发作得这样厉害？贞一夫人一听见消息，还没迈出空翠殿就晕过去了，到现在还没有醒。这可怎么是好？"端贵妃被吉祥稳稳扶持着，虽然神色还镇静，却也不免有焦虑之色。我看她一眼，叹息道："皇上还没有要醒的样子。究竟是为什么，一时三刻也说不清楚。日子还长得很，要是现在就撑不住，以后有我们哭的时候。快回去吧，这里有太医照顾着，哭哭啼啼的像什么样子。"

德妃关心情切，道："那么留谁在这里服侍着好？还是位分高的妃子们轮流照顾着？"

我思虑片刻，已经有了主意："谁在这里也不好。咱们女人家本来就心意软弱，一急起来只会哭，一则皇上醒来若听见了难免刺心；二则我们在，太医们诊治起来反而掣肘，倒不如各自安心待在自己宫里守着消息。一旦皇上醒来，想见谁自然会传召的。”

端贵妃眼中大有担忧之色，见我亦是忧心忡忡的样子，终究没有再说话。

我转身面向众人，严正了口气道：“皇上重病昏迷，太医嘱咐了要静静安养。自今日起，谁也不许来显阳殿吵扰。无论哪一宫的妃嫔宫人来请安，都得先面见本宫，问过了太医才能晋见。各宫妃嫔更要看好自己的帝姬与皇子，稚子年幼，若惊扰了皇上，这个罪责可不是由本宫来担当！”

我见李长趋奉在身边，猛地想起一事，吩咐道：“为皇上主治的邵太医，不仅不尽心竭力，还使皇上处处劳心，使得皇上病情延误至此。李长，即刻命侍卫去把他杀了，以儆效尤。”

李长身子一凛，哪敢延迟片刻，立即着人去办了。不过一盏茶工夫，回来回禀道：“已经处置了。”

韵贵嫔挨打时还有嫔妃敢抽噎一两声，等听到邵太医的死讯，早一个个都鸦雀无声了。我见原本如花似玉的嫔妃们一脸惊弓之鸟的模样，缓和了语气道：“如今事事以皇上的龙体为先，谁要妨害到了皇上的圣体康健，别怪本宫不顾平日里姐妹的情分！姓邵的太医就是个例！”

众人无奈，然而留下也无济于事，只得诺诺答应着散了。

了结了邵太医，我心底暗暗松了一口气。前头的急风暴雨、起承转合再多，也只能按下心来一件一件应付。甄嬛啊甄嬛，已经逼到了这一步，就只能向前，再不能回头了。

我横一横心，坐上舆轿，冷然道：“回宫。”

回到宫中已近三更时分了。先去侧殿看了灵犀、予涵、予润与雪魄，他们到底年幼没有心事，早睡得香甜酣熟。我一见他们的纯真面容，一直提着的一颗心才缓缓落到了实处。

我想一想，转首吩咐小允子：“去唤卫太医来。”

因是我的急召，卫临一阵风似的便赶来了。我也不与他寒暄，只由着槿汐为我浸手。宫中保养，素来爱用上好的淘澄净了的新鲜花瓣挤了汁子浸润双手，为的就是让双手细腻白嫩。卫临又别出心裁把我每日浸手用的玫瑰花汁子烧热，兑上细细研磨了的珍珠粉，将手搁在花汁里浸泡，等热水变温渐凉，再换热过的花汁再次浸泡，就这样换水三次，把手背、手指的关节都泡得温暖了，最是白里透红、细嫩柔软。

我也不理会他，只是换了两次水亦不与他多话，他本还静静候着，如此良久，不觉耳后渐渐沁出汗来。

我头也不抬，只安静道："卫临，本宫很欣赏你弄这些伺候人的功夫，的确心思精巧。只是本宫用人从来不在意是否只有这些小巧，而是看他有没有大处着眼的功夫。"

他愈加面红耳赤，恭声答道："是。"

我不觉莞尔："卫临，会答应的人多的是，本宫实在只稀罕会做事的。有些事你若做不好，本宫大可不交给你去办。"

他深深低头，额头的汗珠在烛光摇曳下倒是晶莹可爱："微臣一定尽心竭力。"

我语气温和："温实初与你，其实你更明白时至今日本宫更倚重谁。"我微微沉吟，"如今你也是太医院之首了……"

卫临急忙跪下："微臣知道皇贵妃器重，邵太医的事是微臣失职了。"

我微微一笑，示意槿汐扶他起来，扬一扬脸道："坐吧，品儿去把今年新贡的雨前龙井冲一壶给卫太医。"

卫临方才坐下，听得这一句，忙站起来道："微臣不敢。"

我笑："冲着你素日的忠心，一杯雨前龙井也不值什么。本宫器重你，不仅是你医术高明，重要的是你比温实初懂得谋算，懂得如何管着整个太医院的嘴。"我话锋一转，微藏凛冽之意，"只是本宫深叹自己不如皇后罢了，昔年她为贵妃时能掌得住整个太医院的嘴不让泄露纯元皇后之事，本宫却由得一个姓邵的兴风作浪，可知本宫是不如皇后多了。也不知是本宫对用医之道不如皇后，还是用人之道远远不如？"

卫临稍稍平缓的气息一下又急促起来，险险打翻手中茶盏，他沉吟片刻，面色肃然：“并非娘娘不如皇后，而是当年皇上因摄政王之事不信太医院诸人，只信朱氏与纯元皇后姐妹情深，朱氏才能压制太医院悠悠之口。现在皇上有意培植自己的亲信，邵太医闻风而动，是微臣没有及时留意。微臣保证以后再不会有邵太医之事。”

我微微颔首：“但愿你的承诺有用，否则死的不只是本宫，你也是。”

卫临躬身道：“微臣虽然不才，却也知道尽忠职守，娘娘放心，微臣已经留意过，皇上只是命邵太医查证三殿下之事，并未察觉其他。”

我淡然一笑，看着静伏在胭红花汁中的纤白双手似尽染鲜血一般：“若是发觉其他，你以为本宫和你还能活到此刻么？只是皇上既然已经疑心，那么……那服药应当是最后几服了吧？”

卫临神色一凛：“一切由得娘娘，娘娘要皇上多调理几日也可，只饮一服也可。”

我望着窗外深沉夜色，重重叠叠的宫墙将人困得似在深井中一般，我以手支颐，不觉微露疲态，轻叹一声：“夜长梦又多，本宫要先安歇了。”

卫临微微一笑，俯首道：“微臣先告退了。”

我见他离去，坐在妆台前任由品儿带着侍女们服侍我卸了晚妆，只由心事起伏。

见品儿为我拆了发髻梳理，不由得向槿汐道：“今日有件事做得矫情，自己想想也要好笑了。”

槿汐微笑道：“什么？”

品儿蘸了桃花水慢慢梳理我的委地长发。铜镜中我的发丝柔顺垂着，闪烁着一点莹润的光泽。我轻轻道：“今天皇上说起我从前爱散着头发的往事，又感慨我如今打扮得华贵，满头金珠。我竟当着皇上的面把发饰一一摘了，见康嫔的时候都散着头发。”我似是唏嘘，“可笑的是，皇上说的是往事，我心里头想起来的，却是别的事。两人同是感慨往事，却各有往事。”

槿汐默然片刻，道："随他去吧。"

我心中一阵酸楚，低低道："我也晓得是白想。只是，想一想也好，就当做了个美梦罢了。"

槿汐见我伤感，开口道："娘娘嘱咐奴婢查汪贵人的事，奴婢现下已经查明了。"

我倒也不诧异，槿汐在这宫里快活成了人精，要查什么底细自然是不费事的。于是只淡淡说："这么快？"

槿汐从从容容道："是。"一一把来历说得清楚，"贵人汪氏，羊城知府嫡女。乾元二十九年四月入侍，初为选侍，晋娘子、美人，三十年春晋贵人。向来在几位新人中也算是得皇上恩宠的。册贵人一月后，皇上渐渐将心思转向新晋的大小刘娘子诸人，已有几月未曾得幸了。"

"那么她的身孕……"

"从前得宠时，汪贵人便日日服食可以帮助怀孕的药物，只盼能生下一位皇子来终身有靠。如今没了恩宠，皇上又病了，自然十分焦急，于是就出了这个计策，蓄意攀登高位。她家中又阔，又肯撒开手使钱，眼下几月的门禁又不似从前那般严谨，于是买了外头的男人装在运水的车子里混进来，如此有了身孕。"

我连连冷笑："康嫔也糊涂，一个宫里住着，竟神不知鬼不觉，真是笑话。"我又问，"万春宫的主位是谁？"

"是韵贵嫔。"

我想起旧事，又兼着韵贵嫔今晚在显阳殿前当众顶撞于我，于是道："果然是个外强中干的东西。当着我的面就在显阳殿前逞强，回了宫里却什么都被蒙在鼓里。"

槿汐道："正是。"又道，"汪贵人的事人证物证俱在，娘娘打算如何处置？"

"可怜了她那一心攀高爬低的心。"我道，"那就怪不得我了。本来若是和孙才人一样有苦衷，我便罢了，可是蓄意争宠且到了要借种的地步，我就断断容不得了。”

“汪贵人、康嫔、韵贵嫔……”我慢慢抚摩着下巴沉吟着，“一个一个处置倒也不方便，眼下事本就多，就更显得扎眼了。且汪贵人的事也不宜张扬。”我眼中精光一闪，微笑道，“封宫吧。”

槿汐微微凝神，好看的眉头已经舒展开来：“封宫的法子只在先帝隆庆帝时用过一次。当时为迎舒贵妃入宫一事，承光宫祝修仪率一宫宫嫔带头跪在仪元殿前哭谏，先帝勃然大怒，下旨封宫。直到舒贵妃的清河王满五岁那年才放出来。那几年，封了的承光宫简直如冷宫一般凄凉，只是宫中诸人名位还在而已。目下皇上病重的原因自康嫔而起，韵贵嫔身为主位也难逃干系，倒也抵得过了。”

“话说回来，”我微微含笑道，“自这两年新人不断进宫，我特意不在门户上特别留心，为的就是好生出些事端来闹一闹他的心。不想这些进宫的新人一个比一个会闹腾，我只漏了一个口子，她们却个个各显神通起来。”

槿汐沉默片刻：“皇上多年来耽于枕席，身子本就虚了。这些年多少新贵人围在身边，还强用虎狼之药，再生出这些事来，实实是禁不住的。如今可就应验了。”

镜中，我的神色冷寂了片刻：“他怎能算到我会这样待他。人人都只道我贤德……”

槿汐截口下去，恭顺地接过一把热毛巾为我敷脸：“娘娘的确是贤良淑德，为皇上广开子嗣之门，才多选淑女充实后宫。”

讽刺的笑意慢慢延上我的眼角，似细细的一道裂纹，凛冽而锐利：“只可惜……皇上早就不能生育了。”

我缓缓道：“我在门户上宽松本是为了方便孙才人之事，没承想倒被汪贵人也占了便宜。”

槿汐道：“汪贵人的性子本来就是有便宜就占，深恨不能拔尖的。也是咱们疏忽了。”

我取下脸上的毛巾，随手撂进银盆里，又拿了一块干净的换上。整张脸闷在滚热的毛巾里，声音也是闷闷的，像沉坠的雷声：“我这些日子的确是精神不济，看顾着前朝，几个孩子也疏忽不得；端贵妃本就身子弱，是个不管事的；德妃虽好，但是从前她只是有个协理后宫的名头，温裕皇后最精明不过，怎肯放她在大事上出力？所以历练得也不多。现在整个后宫的事都撂在她手里，难免不能面面俱到。”

槿汐接口道：“奴婢瞧娘娘素日留心着，眼瞧欣妃与贞一夫人都还可靠。”

我叹口气道：“欣妃的资历自然是不用说的，是宫里的老人了。贞一夫人又生有二皇子，是莫大的功劳。只可惜呢，欣妃心直口快藏不住话，贞一夫人又是最怕事不过的，从来事情找上门也只有躲三分的，叫我怎么放心把事情交到她们手里。”

槿汐微微蹙了眉头，道：“娘娘说得是，除开这几位，那些不是一同经历过来的还真不放心叫她们做事。只是辛苦娘娘了。”

我忽然取下毛巾抛下，想一想道：“我的胧月也有十来岁了吧？”

槿汐眸中一亮，嘴角已经蕴上了笑意：“是呀。一般普通人家的姑娘，这个年纪也该跟着母亲学着掌事了。只是若放在大家豪门里，只怕这也还是孩子的年纪呢。”

我若有所思道：“咱们这宫里比不得不用心事的豪门千金。胧月自小机敏有决断，是该她历练的时候了。何况就在德妃宫里住着，最最近水楼台了。淑和已经下降，温宜性子柔弱，胧月是最合适不过的人选了。”

槿汐连连笑道：“是是是。想从前胧月帝姬帮娘娘对付朱宜修的情形，怎么也想不出是个七八岁孩子的主意。咱们帝姬从小心思最沉静细密，又与娘娘母女连心，当真是再好不过了。”

我霍地站起，屏退了众人，紧紧握住槿汐的手，郑重道：“槿汐，自我入宫以来，几番沉浮，都是你不离不弃陪在我身旁。你和我相处的时日，比皇上与清都多。说句实在话，只怕你比他们都晓得我在想什么，要做什么。”

槿汐亦稳稳握住我的手，道：“娘娘言重，娘娘待奴婢亦不只是主仆的情分。”

我道：“如今我把我的胧月托付给你。自明日起，德妃每日料理后宫事宜，你都要陪胧月去听着，回来叫她一一告诉我。事无巨细都要她仔细听仔细学。你要陪着她，就像陪着我一样，提点她，嘱咐她。不要把胧月当帝姬，就当是你的晚辈，好好教导她。”我的喉咙里冒起热切的酸辣，“槿汐，你明白么？”

槿汐稳稳跪了下去：“奴婢定当尽心竭力，辅助帝姬——不，奴婢不会把帝姬当一位普通的未来公主来辅佐，而是当作将来的镇国公主，或是一位国母来辅佐。”

我眼中几乎要沁出热泪来，沉声道：“好，你明白就好，好好去吧。”

槿汐的手很热，也很坚定。她的掌心厚实，且有凛冽深刻的掌纹，这教我安心。“娘娘放心，咱们盼了那么多年，苦了那么多年，娘娘说不出来的苦奴婢都明白。娘娘且放心吧。”

我心下感激不已，一时间什么话都说不出来。千言万语，种种辛酸苦楚，历历都似在眼前，彼此都十分明了。

贰捌 天子崩

心头装着沉甸甸的心事，兼之显阳殿的小内监们每隔一个时辰便来报玄凌的病情。几番下来，睡下时晚，睡眠便十分轻浅了。

正躺着，却是有人来叩门，品儿奇道：“这个时候还早，会是谁来？”

开门进来，却是德妃身边的心腹掌事宫女含珠，行了礼十分客气道：“给皇贵妃请安。我们娘娘担心娘娘昨日辛劳，又放心不下皇上，定是没睡好，所以特意遣了奴婢来问安。”

我起身挥手命品儿下去，只留了槿汐在旁，才笑道：“劳你们娘娘这样时刻记挂着，回去告诉她本宫精神还好。”

含珠见人出去，方悄声问：“我们娘娘心里头不放心，所以也睡不安稳，特特遣了奴婢来问一句，皇上突然病重可是为了孙才人的事？”

我一边捻着手上的碧玺串，一边道：“回去告诉你家娘娘，不是为这件事，让她放心。”我闭眼想了一会儿，道，“这件事皇上也给了准话。”

含珠不动声色，屈膝下去道：“领旨。”

我思索着慢慢说了出来："孙氏夺去位分，降为庶人，发落冷宫。那个侍卫，也扣在暴室，不要用刑——皇上的意思是先这样办着，日后圣体好些再做打算。"

含珠低眉顺眼道："皇上仁厚。"她思量片刻，又道，"德妃娘娘还有件事要请皇贵妃示下。"

"你说。"

"皇上病前下了道晋封万春宫康嫔和汪贵人的口谕，我家主子的意思是要请示娘娘，这道旨意作不作得数？"

我想起槿汐睡前的禀报，便道："循例晋封都要有旨意的，只是口谕，自然作不得数。"

含珠应了"是"，欲言又止，只看着自己的脚尖。我知道她是德妃的心腹，这个样子自然是有话要说，于是道："你有什么话一并说了吧。"

"我们娘娘偶然听见一句半句风言风语，说汪贵人未曾被召幸就有了身孕，康嫔贸然去报喜才激得皇上病发……"

我锐利地扫她一眼，忽而微笑道："德妃的耳报神真是灵通无比。只是这宫里不中听的闲话也能听到耳朵里去么，你也说了是风言风语，那就当一阵风刮过就是了。"

含珠会意："这件事，连端贵妃也不知，旁人更无从知晓。"

我和悦微笑："那就好。你听着，康嫔在御前言语无礼，顶撞皇上，实属不敬，亦属万春宫主位韵贵嫔管教无方。即刻起，万春宫封宫，任何人不得出入。汪贵人的身孕么……那是从来没有的事。"

含珠何等聪明，立即屈膝道："皇贵妃的意思奴婢明白了，奴婢的主子更加明白。一切事宜，我家娘娘自会打点清楚，不妥之处还请皇贵妃指点。"

我笑笑："很好，你很明白。跟德妃一样，见识清楚，可见什么样的主子就能调教出什么样的奴才。"我的微笑自然而得体，"所以当年本宫离宫，只会把胧月帝姬交到你家娘娘手中抚养。"

含珠恭谨告退。槿汐送她离去，折回身来，轻声道："以皇上的性子，对孙才人的发落，实在是太仁厚了。"

我知道槿汐起疑，便也不瞒她："皇上的原话是——五马分尸。"

槿汐悚然一惊，问："那娘娘您……"

我转头，牢牢看住她的眼睛，心头迸发出一丝犀利的狠意。"皇上，快不行了。"我点一点头，道，"哪怕皇上龙体康健，我也会想方设法保这两个人的性命。宫中的苦命鸳鸯那么多，少作些孽罢了。"

槿汐的双手按在我肩头，我知道，我的身体有些发抖。孙才人的情夫再丑陋卑贱，那也是她真心喜爱的人。有情人不得终成眷属也是难为，何苦要赔上性命。况且她不嫌弃他粗陋，他也不介怀她的身份，想必是真正喜欢的。

槿汐幽幽叹了一声："娘娘感同身受，所以不忍心罢了。"

我双手交握着，不免触动心肠，道："皇上昨日大喜大悲，几度刺激心神，又兼之淋了雨，只怕是难见好。如今皇上病重，我特意把孙才人和那侍卫分别打发去了冷宫和暴室，过两日趁乱把他们送出去就是了，也算他们能得个自在。"

"奴婢知道该怎么做了。"槿汐道，"汪贵人没有身孕……娘娘的意思德妃想必十分明白，必定会让汪贵人落胎免除后患。至于封宫之后，万春宫就和冷宫没什么区别了。"

我笑笑："那就好，这个节骨眼上，事端越少越好。"

两日后午夜时分，玄凌缓缓醒来。

我闻得消息即刻赶去，玄凌甫醒过来，面色苍黄憔悴，似一片残叶，孤零零悬在冷寂枝头，正就着小内监的手喝下一碗人参乌鸡汤。

见我进来，他不耐烦地挥一挥手示意小内监出去，声音略显嘶哑："你来了。"

我如常请安，微笑道："皇上气色倒好些了。"

他盯我一眼，问道："邵太医呢？"

我不言，只捧过李长送进来的汤药，温婉道："皇上，该喝药了。"

他恍若未闻，抖心抖肺地咳嗽了两声，问："邵太医呢？"

莲纹白玉盏中的药汁乌黑沉沉，似一块上好的墨玉，只泛着氤氲的白色药气。我和静微笑："邵太医身为太医却不能医治好皇上龙体，反而使得皇上忧心，臣妾已经替皇上处置他了。"

他面上浮起一个苍凉而了然的笑，含着隐隐怒气："你杀了他？"

我恬然颔首："皇上一向教导臣妾，无用的人不必留着。"

"你倒是很擅长权术了。"他泛紫的嘴唇因隐忍的怒气而干涸，"就像你杀了蕴蓉一样，还能在朕面前若无其事。"

"皇上病重难免多心，胡氏的的确确是死于哮喘，皇上亲自命人查过的。"

他的唇角扬起冷冽的弧度："皇贵妃一向聪慧，自然有办法让蕴蓉哮喘发作。"

我含着宁静如秋水的淡薄笑意："胎里坐下的毛病，好比自己作的孽，臣妾是无计可施的。"

他微微一叹，语意萧索："你果然是知道了。"

微酸的药气扑进我的口鼻，我只淡然笑道："皇上圣明庇佑，臣妾只须倚赖皇上，其余什么都不用知道。"我用小银匙将乌沉沉的汤药喂到他唇边，"皇上服药吧。"

他本能地一避，露出几分抵拒神色，我清幽一笑："皇上怕烫，臣妾先喝一口尝尝吧。"

他目不转睛地盯着我。我只是如常般神色平静，徐徐吞了两口汤药，不觉蹙眉："好苦！"我转而愉悦地笑，"只不过良药苦口，皇上放心饮下就是了。"

他神色微微释然，然而还是别过头："既然苦，就先搁着吧。"

我眉目低垂，十分温顺，道："好。"

远处，似乎有呜呜咽咽的女子的啼哭声传来，在幽凉的夜里听来像清明时节时断时续的雨，格外悲凉哀戚。玄凌侧耳片刻，缓缓道："是朕的妃嫔们在哭么？她们也知道朕不久于人世了吧。"

"皇上说话怎一点忌讳也无？"我徐徐舀着盏中汤药，声线清和，"宫中人人都道皇上快驾崩了呢，提早哭一哭，不是哭皇上，是哭自己。"

"是么？朕一向喜欢你的坦诚。"玄凌面颊上浮出一个黯淡灰败的笑容，直直盯住我的双眼，似有无限不甘，终于，他道，"朕有件事要问你。"

我半跪在榻前，柔声道："臣妾必定知无不言。"

他略略迟疑，终究问了出口："他……究竟是不是朕的孩子？"

我抬头，看着他因紧张而散发异彩的浑浊的目，无声无息地温柔一笑，恭谨道："当然。天下万民都是皇上您的子民。"

玄凌不料我这样答，一时愣住，良久才怆然长笑出声："不错！不错！"目光如利刃锋芒直迫向我，"这天下都是朕的，不过很快就是你的了。"

九展凤翅金步摇微微一晃，珠光金芒绚烂如粼粼星光，玄凌颓败的容颜在这绚烂里越发模糊不清，仿佛隔得那样远，远得教我想不起他的样子。我唇际泛起凄楚微笑："是。这天下很快就是臣妾的了，只是……"我低低道，"臣妾要这天下来做什么，臣妾要的始终都没有得到。"

玄凌若有所思，帐幔轻垂逶迤于地，静静隔开我和他。他苦笑："朕这一生所求或许曾经得到，然而如流沙逝于掌心，终于也都没有了。"他的胸口起伏着，似一浪一浪狂潮，"嬛嬛，你已经很久没叫过朕四郎了，你，再叫朕一次，好么？"

我摇一摇头，低柔婉转："皇上累了，好好歇一歇吧。臣妾先告退了。"

他的眼光中有软弱的乞求："嬛嬛，你再像从前那样叫我一次四郎，就像你刚进宫时那样。"

我微微含了笑意，那笑却是最远的隔膜与距离。"皇上，臣妾三十有余，已经不是当初了。"我口中衔了一丝恨意与怅惘，"刚进宫的那个嬛嬛已经死了，皇上忘记了么？是您亲手杀了她的，臣妾是皇贵妃甄氏。"

他的眼光一点点冷下来，像燃尽了的余灰，冷到死，冷成灰烬，湮灭与尘土无异。他茫然而空洞地看着华丽奢靡的七宝攒金丝帐帘，无力道：“是啊！已经回不到从前了……那时候，朕与嬛嬛……与宛宛……那时候，我们多年轻……再回不去了。”

我的喉中溢出一丝酸楚：“皇上，您的路和臣妾的路一样，只能往前走，再不能回头了。”

他的神色亦如被乌云遮住的月色，黯淡而凄惶：“其实朕病着的这些日子，总是想起你刚进宫的样子。嬛嬛，其实当年朕也不愿意误解你，朕也想护着你，护着宛宛。可是朕是天下的寡人，朕从一个皇子走到今日的帝王之位，朕的辛苦，你不明白。”

我冷然道：“皇上的辛苦，臣妾都明白。可是臣妾的辛苦，都是拜皇上所赐。”

玄凌低低道：“朕站在大周的最高处，可是朕最寂寞，最辛苦。嬛嬛，朕的辛苦最无奈，最没人懂得。”他的声音低沉而孤寂，“朕何尝不想娇妻美妾，儿女成群。可是世兰是朕的政敌，当年她有了朕的孩子，她那样高兴，可是她的孩子落地，朝政或许便再不能在朕掌控之中。朕决定除去世兰的孩子时，你知道朕的心有多痛？还有你的孩子，你的孩子因为世兰没了，朕那样自责。朕以为你能明白，可是你都不明白。朕以为皇后是朕的表姐，是宛宛的亲姐姐，可是她害死了朕最爱的宛宛。朕的儿子不孝不义。朕有自己的亲兄弟，却连亲兄弟都不得不防。朕生在这皇家，却不得不做这世间最孤独冷清的孤家寡人。”他喘息片刻，注目于我，“为了老六，你恨毒了朕，是不是？”

我恬静微笑，似五月青翠枝蔓间悄悄绽出的一朵红色蔷薇：“皇上圣明。只是皇上不知滟嫔才是恨毒了您，否则，您以为她为什么要您死呢？”金镶玉护甲敲在青花碗盏上玎玲作响，“不过您放心，臣妾再恨毒了您，也会好好抚育太子。眉姐姐若知道是她与温实初的孩子登上御座，九泉之下应该也会很高兴吧！”

他听得面容被惊愕吞覆，整个人似被冻凝了一般，僵在那里。然而也不过是一瞬，他倏然暴起，似是不能相信一般，两只眼睛在瘦削的面孔上暴突而出，直欲噬人，他已是被酒色疾病噬空了的人，怎经得起这样一下暴起，尚未坐稳，整个人便如摧枯拉朽一般倒了下去，半伏在榻上连连喘着粗气道："你这个毒妇，朕要杀了你——"

"比起皇上残杀手足之毒，臣妾甘拜下风。以彼之道还施彼身，臣妾尚觉得还得不及皇上十中之一呢！"我冷毒地望着他，含着一缕明艳笑意，只闲闲拨弄着耳垂上的虎睛石银线坠子。

他满额青筋暴出，手臂抖索着只举不起来，他犹不甘心，狠命拍着床榻道："来人——"

他是久病虚透了的人，再狠命拍着，那声音不过闷闷的，软弱无力，如他嘶哑的声音一般。

"来人？"我轻笑出声，恍若初入宫闱时的天真与婉顺，"臣妾就在这里，皇上吩咐便是。"

暗红苏绣织金锦被因他的激烈而翻涌似急潮，我退开数丈远，冷眼看他暴怒而惊骇，只是如常地语意温和："皇上刚服过参汤，动怒无益于龙体安泰。"

他见我缓缓退远，愈加怒不可遏，身子向前一扑，伸手欲捉住我。

窗外唯有风声簌簌，如泣如诉。空阔的大殿，重重帘帷深重，他虚弱的声音并不能为被我遣开的侍卫宫人所闻。

他挣扎着，挣扎着，渐渐，再不动弹，一切又归于深海般的平静。

我缓缓移步，靠近他，想再看清他最后的容颜。他双目圆睁，似有无限不甘，力竭而死。

恍惚中，还是在初入宫的仲春，杏花飞扬如轻红的雨雾，他穿花渡柳而来，长身玉立，丰神朗朗，只目光炯炯地打量我，道："我是……清河王。"

原来，一开始，便是错的。

只是记忆苍凉的碎片间，那一场春遇终究被后来的刀光剑影、腥风血雨清洗去了最初天真而明净的粉红光华，只余暗黄的残影，提醒曾经的美好已荡然无存。

我伸手抿去眼角即将漫出的泪水，轻轻合上他的眼皮，端然起身。

一切情仇，皆可放下了么？

我缓缓行至殿门前，霍然打开殿门，月光清冷似霜，遍被深宫华林，和乾元二十七年五月十七日那夜，没有任何区别。

心中空洞得似被蚕食过一般，再无依凭，我的悲泣响彻九霄："皇上驾崩——"

贰玖 一梦浮生

乾元三十年七月十一，玄凌崩于显阳殿，年四十三，谥曰圣神章武孝皇帝，庙号宪宗。

皇太子于灵前继位，登基大典便安排在太极殿举行。登基大典的当日亦是册封太后的盛典。为避兄弟名讳，润儿更名为纾润，眉庄为纾润生母，被追赠为“昭惠懿安太后”。作为纾润的养母，我顺理成章地成为太后，入主颐宁宫。润儿是孝顺孩子，册封礼极尽隆重，甚至超过了皇帝大婚的规格，普天之下，万民同庆，大周附属及邻近诸国皆派使臣前来纳贡相贺，贺纾润君临天下，贺我母仪垂范，同时为我上徽号“明懿”，时称“明懿皇太后”。新帝年幼，本需太后垂帘听政。我以多病相辞，只以玄汾是至亲皇叔为由，命他秉辅政之责；而我，不过是偶尔于宫苑重重之内轻语一二而已。

凤座高位如能凌云，然而其中冷暖，如人饮水。

镂月开云馆如今已是予涵在宫中的住处，从叶澜依的绿霓居移植回来的合欢开得极好，依旧枝叶葳蕤，密密宛如绿云，蔚成华盖。

暮春时节，已有零星粉色合欢点缀绿云间，涵儿正握了笔饱蘸了浓墨，在窗下一笔一画认真书写："客从远方来，遗我一端绮。相去万余里，故人心尚尔。文彩双鸳鸯，裁为合欢被。著以长相思，缘以结不解。以胶投漆中，谁能别离此。"

绵绵轻薄的日光下枝影寂寥，似淡淡的烙印浮在涵儿白净的小脸上，他似是不解其中意，一边念一边轻轻反复吟哦。有清淡的风从容吹过，落下羽扇样的合欢花，轻轻拂于乌沉沉的紫檀案几上，那样轻绵的落花声声，却似击在心上。

或许许多年前，玄清也是如此，临风窗下，书写他原本应该清隽闲逸、畅然无阻的人生。

心蓦地一痛，终至潸然泪下。

涵儿抬头恰巧瞧见，忙上前拉住我的手，忧色满面："母后为什么哭了？"

我含笑："见风流泪而已，没什么。"

我拈过帕子轻柔擦拭他额角的汗珠，温和嘱咐："若是累了，便歇会儿吧。"

他摇一摇头，道："以胶投漆中，谁能别离此。儿臣还不明白，既然如胶似漆，是否真能不别离？"他抬头，天真的眼眸里满是好奇与追寻，"母后知道么？"

我脉脉垂首，抚着他的额头："母后也不明白。你的几位皇叔里数你六叔学识最渊博，可惜他已不在了。你应多向你六叔学，旨在博学多思才好。"我停一停，爱怜地抚摩他的面颊，"母后要你住在此处，意在如此。"

涵儿极认真地答道："儿臣一定不负母后期望。"

我深深颔首，槿汐轻声道："太后，九王妃在颐宁宫等候。"我抚一抚涵儿："母后先回去。"

他答了"是"。我走远，又忍不住回首，花雨点点，花事如烟中，涵儿的神情气度，越来越像他当年。酸楚的心底漫生出几许温柔，凄凉，却又安慰。

玉娆嫁与玄汾多年，膝下唯有一女，王嗣无继，不免有些不豫。

我欲安慰她，想一想，道：“反正予澈育在平阳王府中多年，自幼以你和王爷为父母，不如就继嗣平阳王府也好。”

玉娆素来极疼爱予澈，不觉含笑，然而她又忧虑：“如此一来，六哥一脉岂非无嗣？”

我温静而笑：“不妨。我已决定让涵儿入嗣清河王一脉，以承香火。”

玉娆一惊，大是意外：“赵王是太后膝下独子，怎可入嗣皇室旁支，断断不妥。”

窗外有和煦的风，秾丽的春色一蓬一蓬盛开在金色艳阳下，绿肥红丰，满目浓艳娇娆。我目光清澈如静湖无澜：“父母之爱子，必为之计深远。润儿并非我亲生，我如今居太后之位，多少人怕我动了私心来日行废立之事废黜润儿。我已推了垂帘之嫌，更要安置好涵儿，以免来日两宫生出嫌隙，伤了母子情分，也可免涵儿卷入帝位之争，毕生不安。只有出嗣旁支，永无继位之可能，才能保住涵儿永生平安。”

玉娆深深懂得，颔首赞同。

午后，我已困倦，在颐宁宫长窗的紫檀榻上轻眠些许，梦见玄清依旧清朗温和的笑容，他轻抚我的额头：“嬛儿，已经没有什么能让你害怕。”

我在梦中惆怅：“如果那一年在甘露寺我们可以远走高飞，我并不稀罕太后之尊。”我停一停，不觉含泪，“你可知道，我终于下旨，让涵儿承继你的血脉。”

他颔首：“我一直视他如子。”

他浅笑离去，飞雨逐花。

我怅然醒转，眼前是颐宁宫陌生而华丽的殿宇，重重珠帘外，有一只燕子轻悄悄飞过，低婉一声。炉中乳白的香烟如一脉游丝幽幽细转，昏黄的斜阳一抹拂过九龙影壁，落进深深庭院。空落落寥无一人，我才惊觉自己已是一朝太后。

我不过三十余，已是一朝太后。

太后？我凄然轻笑，再多荣华富贵，不过是披着华裳的孤魂野鬼一般的女子。

发怔许久，才唤进宫女伺候梳妆。小允子见我醒转，方进来悄悄在我耳边道："太后，凤仪宫的宫女来回话，今日朱氏听得礼乐炮声，问了是否新帝登基。"

我瞧着铜镜里端正的容颜，不觉冷笑："她还惦记这个？"我徐然起身，"哀家有多久没见朱氏了？"

小允子俯首回话："十一年了。"

我盈盈一笑："今日皇上登基普天同庆，哀家也该去问候故人。"

小允子劝道："凤仪宫空落许久，朱氏名分未定……"

我理一理衣上流苏："如何没有定她的名分？"我一笑，"是了。只怕她也惦记着名分未定，所以记挂新帝登基。她还有一丝盼着是齐王登基么？还是想若是晋王身登大宝，或许会赦她出凤仪宫，还是会复她太后名位？"

小允子忙赔笑道："她是痴心妄想！太后留她性命至今已是宽仁无比。"

我静静道："去吧！"

凤辇去得又稳又快，春光如织锦披离，教人情愿沉醉。凤仪宫外四时花卉如新，金栏玉殿沉静伏在翠柳娇花之中，一点也瞧不出里头已是禁闭十一年之地。

时光荏苒若流星，一别经年，不知朱宜修已是如何面貌？

正寻思间，里头的宫女早已得知我要来，朱漆宫门缓缓打开，一溜跪了一地宫女内监。我凭着十余年前的记忆，扶着小允子的手迈进凤仪宫，过了花苑，过了雕花长廊，东侧的偏殿含光殿，西侧的凉风殿，一切如旧。似乎还是昔年景象，我含笑，朱宜修也的确还是昔年的皇后。

逐渐接近曾经熟悉的昭阳殿，“嗖”的一声从地上飞起几只鸽子，扑棱着翅膀飞得远了，洁白的羽逐渐融进深蓝如璧的天空。我问掌事的宫女：“皇后还是像从前一样盯着这些鸽子看么？”

那宫女诚惶诚恐道：“早些年是，如今她眼睛不大好了，便不像从前那样成天望着这些乱飞的鸽子。”她战战兢兢看我一眼，又道，“依太后娘娘的吩咐，这些鸽子老了就再养，总要活蹦乱跳爱飞的那些。”

我赞许地看她一眼：“很好。”

她引我向前：“她就在里头。”说罢为我推开殿门，后退几步。昭阳殿里的光线有些暗，我一时有眼盲的错觉，看了片刻，方借着洞开的光线瞧见朱宜修的身影。

她背对着我坐在窗下，窗早被木板钉得封死了，只留下一个透气的小口子。她依旧梳着端正的凌云髻，那是皇后才许梳的发髻，亦是她往日最爱。明黄朱紫正色的皇后凤衣整齐穿在身上，只是那颜色早已旧得很了，细看下有些仓皇的褶皱，似她这个人一般，每一毛孔气息都透着过时与颓败的潮湿霉气。

她静静道：“是你来了吧？”

我笑言：“你依旧耳聪目明。”

她淡然：“今日是登基大典，除了你，谁还有闲情逸致来看本宫？”想是许久没有开口说话，她的声线有一丝掩藏不住的枯涩嘶哑，“而且你没有成为太后，又怎会再来看本宫？”她转身，面容的颓败让我在一瞬间有难掩的震惊，她已经那样老，头发已经全白了，早已簪不住华丽玲珑的步摇。

她摸一摸脸，自嘲道：“本宫老得已经吓到你了么？外面那些人和泥胎木偶一样，即使本宫浑身是血，他们也不会多看本宫一眼。”

我微微一笑：“不怕，谁都会老。”

她走近我，微眯了眼细细端详我的脸孔：“你还不老，望之如二十许人。和本宫心里一直厌恨的样子没有什么区别。”

我恬和地笑："劳您牵挂多年，哀家亦很荣幸。因怕您忘了哀家的样子，所以不敢老去。"

她的目光陡地凌厉，停驻在我青丝云鬟之上，以迅雷不及掩耳之势伸手拨开我的发髻一捻。她一惊："你已有那么多白发！"她侧首沉思，"本宫记得你不到四十岁。"

我拢一拢发髻，平静看着她："还好，发髻梳得高，品儿手巧会染黑，不细看也瞧不出来。"

她缓缓笑起来，起先只是一缕笑意，渐渐笑容转浓，终于抑制不住笑出声来："甄嬛，看来这些年你的日子也不好过！"

"还好。再不好过，如今也好过了。"

我早已吩咐了人不许跟进来。外头小允子听得动静，终于按捺不住赶了进来，正见朱宜修笑得不止，不由得怒喝道："大胆！竟敢在太后面前失仪，还不跪下！"

朱宜修冷冷瞧他一眼，只那一眼，便尽显皇后应有的高贵风仪："皇帝即位，她是生母便是圣母皇太后。昭成太后懿旨'朱门不可出废后'，皇上未曾废后，本宫依旧是先帝正宫，如今便该是母后皇太后。母后皇太后是东宫，圣母皇太后是西宫，嫡庶有别，过了这些年，还是该她甄嬛拜见哀家才是。"

良久的沉默，她的气势风度一如当年，仿佛还是那个高高凌位于凤座之上的皇后，等我跪拜如仪。

我的笑意似一朵稀薄的花。小允子会意："娘娘好糊涂！先帝生前太后已是皇贵妃，摄六宫事，位同副后。如今登基的四殿下并非太后所生，怎会有圣母皇太后、母后皇太后之别？当今皇上只尊咱们这独一无二的太后。"

皇后浑浊的眸光如利剑般倏地一亮："你说什么？登基的不是皇三子？"她似不可置信，"你竟不让你自己的儿子当皇帝？天下竟有你这样的母亲！"

我轻轻拨开她的手指，曼声道：“当皇上未必是天下第一得意事。先帝生前受了后宫几多算计，连他自己也算不清楚。哀家可怕极了自己的儿子将来娶上您这样的皇后，算计得先帝几乎断子绝孙。”我轻笑看她，“皇后，您息怒。”

她缓缓吸一口气，旋即恢复素日的淡定高远，沉稳道：“无论是哪位皇子登基，哀家都是太后。即便会被你甄嬛困在昭阳殿一生一世，哀家也是太后！名分之数，不是你甄嬛可以改变。”

“您放心。皇帝纯孝仁厚，必定不会不顾您的名分。”我笑吟吟觑着她，“昨日哀家已与新帝商定，依旧尊您是皇后。礼部连徽号都拟定了，便是‘温裕’二字。温裕沉密，最能彰显您的品性了。”

朱宜修素日沉静如石的仪态在一瞬间如潮退去，她厉声喝道：“你好毒的心肠！兄终弟及或弟终兄及才能尊先帝正宫为皇后，哀家为皇帝嫡母，你竟压哀家为皇帝平辈，岂非教世间笑话皇家无法度尊卑可言？”

“还有一样您忘了说，若先帝正宫是当今的晚辈，那也只能是尊为皇后另居别宫。所以，您若以为哀家压您为当今的平辈或晚辈都无妨。”我笑颜温婉，“而且世间之人也不会笑话！宫中多年只知哀家而不知皇后，皇后实在不必担心是否有人会耻笑皇后。您只需自己心安即可。”

她惊怒交加，容颜似要破碎的布絮，颤抖而狰狞：“昭成太后要先帝亲口答允‘朱门不可出废后’，先帝尸骨未寒，你竟敢压制正宫如此！他日你与先帝黄泉相见，将以何面目面对先帝与昭成太后！百官竟能容许你如此践踏先帝颜面！”

我端然坐上她素日的凤座，以目光凌驾于她，缓缓道：“哀家这样做正是秉先帝旨意，顾全先帝的颜面。先帝的确答允昭成太后‘朱门不出废后’，所以您还是皇后，以后也一直都会是皇后，连死也不会改变。先帝说过与你‘死生不复相见’，若你成太后，他日必得与先帝同葬陵寝，岂非要先帝食言，魂魄不宁？而且，他日即便到了黄泉，想必先帝也不会与你相见的，所以你实在无须担忧以何面目见先帝，因为在先帝面前你早已无面目可言。所以哀家会按先帝生前所言，先帝与纯元皇后同葬景陵，你死后以贵妃之礼葬入泰陵，与早死的贤妃、德妃做伴。”我以手支颐，漫不经心道，“你是先帝生前最厌弃嫌恨之人，百官绝不会有异议。何况，你长久以来都是有名无实的皇后，顶皇后之名以贵妃礼下葬，也很合宜。”

她怔怔地木立，微干的嘴唇喃喃地张合：“死生不复相见？皇上真的这样说？”

殿外春意迟迟，我的声音格外清冷：“先帝恨毒了你。你害死他毕生最爱的纯元皇后，害死他那么多孩子，他肯保全你皇后的名位已是勉强，怎愿再见你这歹毒面目。”

她的目光如冰锥，似要将我身体戳裂：“到底是先帝恨毒了我，还是你恨毒了我？”

“没有温裕皇后，何来今日的甄嬛。哀家能有今日，全是由皇后您指点历练，自然感恩戴德，尽力保全您此身荣华。”我低低道，“只是哀家已是太后，秉承先帝旨意就得替先帝成全您，他日史书工笔，乾元朝有四位皇后，却只有三位太后得享太庙祭祀。先帝会让您生生世世都是皇后，永不超生。”

她不语，绝望的气息迅速淹没了她。仿佛一息之间，支撑她身体的所有力量被一丝丝抽走，她缓缓走到方才的窗下，软软跌坐下去，再无声息。

我环视昭阳殿，富丽缠绵的雕画显得空洞而死寂，缓缓道：“昭阳殿里恩爱绝，蓬莱宫中日月长。昭阳殿，当真是好地方。”我扶住小允子的手离去，再不回顾。

次日大典，皇帝封端贵妃为端康贵太妃，德妃为和敬德太妃，贞一夫人为贞怡太妃，欣妃为欣恭太妃。我在颐宁宫含笑受礼，亦安排下寿祺、凝寿、长寿等宫予她们居住。礼仪甫过，却见小连子匆匆赶来，我还以为是贞怡太妃不适，便问：“是贞怡太妃又哭晕过去了么？”

德太妃眉间微生悯意，举起绢子点一点眼角，叹息道：“燕宜为了皇上龙驭宾天伤心得水米不进，若弄坏了身子可怎么好？”

欣恭太妃忙笑道：“二殿下已去陪着开解了，贞妹妹顾念儿子，也必会保养身子的。”

二人正议论，小连子附耳低语几句，我微一蹙眉，只道：“知道了。”

德太妃问我：“怎么了？”

我伸手按一按发髻上因素服而佩戴的白银簪子，淡然道：“温裕皇后薨了。”

德太妃手中端着的茶盏一动，几乎洒了出来：“什么时候的事？”

小连子道：“是昨日半夜，心悸而死。宫女发现送进去的早膳不曾动，才发现出了事。”他声音一低，“来报的宫女说温裕皇后的身子都僵了，可是眼睛仍睁得老大，死不瞑目。”

欣恭太妃不掩嫌恶之色：“大好的日子，真是晦气！”

贵太妃眉毛也不抬一下，淡淡道：“该怎么做便怎么做，不必费事。”

德太妃微微一笑：“皇上虽然年纪还小，只是也该考虑着迎几位妃嫔入宫了。当年贵太妃不也是昭成太后早早鞠养在宫中的么。”

我漫然而笑，倦怠地倚在椅上：“是呢。等过些日子也该打算起来了。听闻殷大人家的女儿月镜与皇帝差不多年纪，十分懂事……”

窗下有微风过，引来上林苑弦歌声声，有年轻的歌女轻柔地唱着：

山之高，月出小；月之小，何皎皎！我有所思在远道，一日不见兮，我心悄悄。

采苦采苦，于山之南。忡忡忧心，其何以堪！

汝心金石坚，我操冰雪洁。拟结百岁盟，忽成一朝别。朝云暮雨心去来，千里相思共明月！

我侧耳倾听，信手拨起搁在身边的那具“长相思”，有流畅的琴音缓缓流出若秋水潺湲。

往事茫茫倾覆，我忽然觉得，这阕《山之高》，早已唱破了我的一生。

周遭安静极了，仿佛人人都被这旋律浸染，只是默然倾听。良久，德太妃才轻轻道："先帝驾崩，宫中不宜见乐声的。"

我淡然一笑："无妨。毕竟有新帝登基之喜。"

晨光融融清美，我倦然微笑，已经是正章元年了。

浮生恍若一梦，乾元年间事，皆是旧事，弹指刹那尘烟。

横汾旧路独自渡，空余红颜映残阳。

我转眸，颐宁宫富丽华堂，空庭寂寞，日影渐渐向晚，满壁斜阳空。

尾声

后来，我的予涵被过继入清河王府，再后来，润儿和涵儿都有了自己的孩子。

数十年后，润儿的孩子没有孩子了，涵儿的孩子的孩子，我的曾孙便被迎入宫成为新帝。

只是那时的事，我再不知了。

孩子们自有孩子们的人生。而我的故事，已经完了。

浮生一梦，不过如此。

番外 皇后·夜深沉

良夜深沉。

十六扇朱漆雕花长窗洞然而开，一轮明月雪色光华无遮无拦倾泻而下，真真是空明世界，清透如琉璃。

我倚在窗边，不自觉便带了一抹笑意，轻声问:“绘春，吩咐你折的牡丹折来了么?”

绘春喜滋滋地回道:“回禀皇后娘娘，庭院里早起新开的并蒂牡丹，奴婢早已按娘娘的吩咐折好供起来了。”

我沿着她所指看去，珐琅双耳连理瓶里，一双嫣红牡丹灼然盛放，映着殿中一树树梅鹿衔芝的蜡烛，愈加显得流光艳转。

连理瓶，并蒂花，无一不是成双成对，映衬着今夜的花好月圆。连红罗百子百福纱帐的金帐钩，也被宫女们细心地换成了赤金流苏鸳鸯钩。

我满意地颔首，才发觉绘春换了一色暗粉熟罗深赤纹理的宫人服。我微笑:“怎么换了这样喜气的颜色，本宫记得你早起穿的是暗绿的衣裳。”

绘春抿嘴一笑："娘娘不知，奴婢与剪秋、绣夏、染冬都换了呢，也给咱们宫里多添点儿喜气。"

我拈过绢子算是一笑，华妃盛宠，后起之秀莞嫔风头渐起。后宫的春色大多在她们那里，也难怪，绘春她们想多点儿喜气。

到底，绘春和剪秋，是跟了我多年的人，也能揣摩我的几分心意。

这样让凤仪宫上下欢喜的日子啊。

今夜是十五。

每个月的十五，是帝后必定要一起相处的夜晚。这是大周百年的祖宗规矩了。天知道是哪位祖宗定下的这条规矩，在我初入宫还是娴妃的日子里，我常常嗤笑这条规矩，来日我做了皇后，若是只有每月的十五夜可以和心爱的玄凌一起度过，那是多么可怜与可悲。而且，帝后之间平起平坐，想见便可见到，为何一定要定在某一日，一定要在一起呢？

直到如今，我才明白，定下这条规矩的祖宗是多么睿智。她一定也是一位女杰，或者，是一位位高权重又深宫寂寞的太后，才如此体恤，给了以后的历代皇后这样一个名正言顺的日子。

可彼时的我，只是少不更事的娴妃。宫里的人也远没有那样多，只有我与端妃而已。端妃虽然入宫比我早，出身将门嫡女，一直随侍在太后身边长大，可是，那又如何？玄凌与我相敬如宾，甚至许诺，只要来日我诞下皇子，便册我为后。他一直说，入宫只为嫔妃，是委屈了我。

不不不，我一点也不觉得委屈，因为那时，他待我那样好。皇后之位迟早是我的，我怎会惧怕那一点点时日的等待。

虽然，入宫只为妃子，是因为我庶出的身份。

这重身份，一直是我最大的耻辱。

哪怕到了如今，我已是大周的国母，母仪天下，我胸中依旧隐隐有那难以脱去的一重气闷。是的，即使我已经站到了最高处，人们还是记得，我是庶出的皇后，比不上嫡出的先皇后那么尊贵。

我不能不恨我的母亲，哪怕我是那样爱她，依恋她，与她相依为命，一起在朱门深宅中挨过了十数年寂寞的日子。

我的母亲不够美，这是我在长大后临镜相对时所知的，因为，我也不够美。

其实美与不美，是比较出来的。譬如我与姐姐一同去与年纪相仿的小姐们游乐赏春。初见的时候我若先出来，她们自然也认为我美，可是姐姐一出现，她便是所有的目光与赞美所在，我便生生地成了不够美，成了那一支优雅洁白的百合边毫不起眼的绿叶。

这样的命运，我深深地知道，却不能出声埋怨。

是的，那是源于我母亲的选择。许久许久之前，在她也是少女的时候，她是我父亲青梅竹马长大的邻家姑娘，父亲因为太后朱氏入宫的缘故，渐渐发达，离乡入京。随着太后因产子由普普通通的校书女史而一跃成为琳妃，继而成为太后，母族的兴旺也在情理之中。父亲先后娶了一妻一妾，然后在偶尔回乡祭祖时，发现了我依旧云英未嫁的母亲，知道了母亲一直等候他的心情。或许是因为年少相识的一点情谊，或许是出于对一个痴心于己的女子的怜悯，父亲便纳了母亲为妾室。

我一直觉得父亲纳母亲，更多的是因为后者的原因。因为在许诺纳母亲入门之后，他又赶着将一个受他恩宠已久的通房丫头纳为第二房妾室。当然，这是出于大夫人的授意，也是在后来被我认定是打压我母亲的一条证据。因为母亲虽然是乡间的小姐，在朱府的地位，却生生低于了一个通房丫鬟，成为父亲的第三房妾室。

这样的际遇，注定了母亲在朱府并不太得宠的地位。所以她终身所出，不过一女，就是我。而庆幸的是，那位自一开始便打压母亲的正室夫人，也不过只有一女，便是早我两个时辰出生的姐姐朱柔则。

谁也不曾想到，出自普通官员人家只不过是姿容中上的大夫人，会生下这样冰肌玉骨、玲珑剔透的女儿。那时的父亲对于两个接连到来的女儿并不甚欢喜，因为太后的母族显然更需要可以入朝为官的男丁，直到姐姐的聪慧美貌逐渐显露，加之嫡出的身份，成为无可争议的宠儿，而姿容略显平庸的我，成了姐姐这颗掌上明珠身边黯淡的鱼目。

对此我不能不介意，可是母亲告诉我，要安分度日。在生育我之后，大夫人日渐发觉母亲并无威胁她地位的能力，所谓的青梅竹马在争宠的日子里丝毫不见优势，于是她安心了，赏我们母女安静度日的可能。

母亲死于生育我的十年后，那次艰难的生产让她的身体越来越羸弱。在一个阳光灿烂的晴好午后，她安静地死去。

我以为她是死于生育我而带来的病症，可是在我打开母亲从家乡带来的一个木皮箱子时，我才发觉，她有多么爱我的父亲。

他们幼时一起在乡间折下的桑条，已经枯萎得只剩下光秃秃的一根枝条，母亲却依然爱惜地保存着。还有他们一起放过的风筝、折好的纸船和母亲的几封信笺。

我相信，那几封信笺，父亲从未见到过。因为里面的内容，分别述说了她在家乡时对父亲的思念、新嫁后的满足、诞育我的幸福和临死前的渴盼。还有，更重要的，父亲曾在年少时许诺过，要娶母亲为妻。

我的眼睛落在这个字上许久不能移动。“妻”，如果这个许诺成真，我就是朱府嫡出的小姐，而不是抬不起头的庶出。当然，这句话早已是空谈，而一切未变的，是母亲对父亲的爱，不管他是乡间普通人家的野小子，还是后来的国舅爷。

我终于明白了，母亲临死之前，为何一直牢牢地盯着门外，虽然那里除了午后寂静的风声和落花，别无他物。

她死于日复一日的失望。

这样深沉的爱，母亲却藏在心中，从不说出来。而父亲，在他偶然来探视我时，看到了那些桑条和风筝，却以为是我从哪里捡来的破烂玩意儿。

是的，一个已经荣华富贵的男人，怎还记得一份微时的爱情？他不肯，也不愿。

我在深深的愕然与悲伤之余，是那么震入心肺地觉得，如果不用心用力争取，再深的爱，也不过是被人无视的一抹云烟。

在那个下午，我在与母亲居住的小院里挂起了白色的布幔，我的母亲，连死也死得那么寂然无声。

因为两天后，太后就要回府省亲。府中不许见哀乐，而要不是我与母亲住在府中最偏僻的角落，可能连挂白幔的资格也会被取消。

太后见到了一身素裹却不悲不恸的我，她在诧异之余问了我几句。她问我："你母亲死了，为什么不哭？"

"哭便是伤心么？真正记得我母亲，哀悼母亲最好的办法，就是我要争气，活得不让她九泉之下不安宁。"

这句我发自内心的回答，得到太后对父亲说："这个女儿，你好好养着吧。"

自此，我才得到与姐姐一同出席的地位。父亲对我另眼相看，而姐姐，也对我很好。当然，她一直是对我很好的，哪怕是大夫人威重的时候，她也是悄悄地对我好。

她是真把我当作妹妹。

她那样出色，那样美好，仿佛世间一切美妙的词语加诸她身上都是多余的。善良、温柔、善《惊鸿舞》、作琵琶语，几乎，没有她不会的。而对于一个女子而言，若是才情多余，那么美丽，是她最大的优点。

当然，她不擅长书法、绘画，甚至对药理和香药一窍不通，可是即便这些我通通擅长，也没人觉得那是我的优点。因为我在这个家中，如一粒无人注视的尘埃。其实我一直暗暗地恨，恨自己虽然和姐姐有一半相同的血缘，却没有那样出尘的容貌。

可是母亲总抚摩着我的额头对我说："你姐姐是春花灿烂，而你沉静如秋叶，也不是不好。"

而这个理由，最终成了太后拒绝大夫人而属意我入宫的理由。

太后说："阿柔虽然貌美，但性子柔和，不足以母仪天下，安定后宫。宜修的性格，更适合在后宫生存。"

大夫人对此十分不忿，她生了这样美的女儿，怎肯不让她入宫？于是她力争：“宜修是庶出，不宜入宫为后。”

这句话，实在是太错了。因为她在情急之中忘记了，太后也是庶出。

这句话，生生得罪了太后，也断送了大夫人所有的希望。我清楚地记得，那日我默默站在角落，听着父亲、大夫人与太后讨论着我未来的命运，那种跌宕起伏的心情。

太后的神情我至今还清晰地记在脑中。彼时的她不过是淡然一笑，斜斜倚靠在座椅上，她的目光还是那般沉稳，可是扫过大夫人的面庞，硬是逼出了大夫人一头一脸的冷汗。

太后淡淡地笑着说：“哀家是庶出，宜修也是庶出。哀家从未做过皇后，那宜修也就和哀家一样，从妃子而起吧。只是来日，哀家没坐过的皇后之位，总要给自家人坐上去的。”

这一句话，便定了我的终身。

那是我初入宫闱的日子，现在想起来，还是带了一层淡淡朦胧的烟雨粉红，那样撩人而甜蜜。

玄凌待我，不是不好的。而我，在得选入宫的狂喜之后，更多的，是对我的夫君的爱慕。他是那样年轻而英挺，他是这个王朝至高无上的男人，他带给我脱离庶出身份带来的耻辱的可能。这样命定的政治婚姻，也可以让我得到这样一个温柔而英俊的夫君。

我入宫的那夜，他含着清澈而柔和的笑意，亲手将一双碧澄澄的玉镯戴到我的手腕上，执过我因为紧张和忐忑而微微潮湿的手，柔声在我耳边道：“朕身边没有亲近的人，有你来，朕便多了一重亲近和信任。小宜，朕与你，愿如此环，朝夕相见。”

从未有人这样亲昵地唤我，“小宜”，这样珍惜的称呼，连母亲都未曾唤过我。虽然在姐姐入宫后，这样温柔的一声“小宜”，也成了寡淡的一句“宜修”。

便是那一瞬间，我的心彻底沦陷。

长至十数岁的女儿家心肠，见惯了冷眼与忽视，谁曾这样温柔待我？

那时节，真的是朝夕相见啊。宫里的人那么少，连飞扬而过的时光都是安静的，笼着一层天青色薄雾，静静地扬起，落下。

端妃虽然入宫早，可玄凌对她不过尔尔，虽常去坐坐，却很少过夜。而她的性子又那样静，那样避世，从不与我争锋芒。玄凌的夜晚，多半是留在我的宫中。连太后，也因为我将宫内上下打理得妥妥帖帖，而对我满意至极。

那时的我，真有片刻的得意，仿佛我生来就是为了入这紫奥城的深宫，做这个王朝最高贵的女人。

所以当我终于有了期盼已久的身孕时，我的荣宠与幸福，便已步至人生的最高点。

我的夫君，他在一个月圆之夜，执着我的手欢喜道："小宜，只要你诞育下皇子，朕就可以名正言顺地立你为皇后了。"

那一夜我的欣喜与安慰，谁可知？我只想着，若母亲还在，她一定会很高兴，很高兴。

彼时的我，只沉浸在初为人母的喜悦之中，怎能料到世事突变，一切幸福会在即将唾手可得之时消弭殆尽？

一切，不过是因为我的姐姐，我善良的好姐姐，偶然的一次入宫探视，探视我与腹中的孩子，便招来我一生的弥天大祸。

世事倾覆，我完美的人生，就在玄凌与她相遇的那一刻，全盘颠覆。

我从前不知，太后为何要防着这对本是亲眷的男女相见，甚至玄凌，也从未见过我艳名远播的姐姐。太后的远见，远非我可知。那一天，我只是本着一腔喜悦，想见见自小事事处处高明于我的姐姐，感受一下终于可以在她面前扬眉吐气的感觉。

而一样不服输的大夫人，居然如此盛装打扮姐姐，让她耀眼地出现在红墙阑干之中。命运，在那一刻放弃了我，转而向姐姐投去青睐的目光。

太后在难以扭转玄凌对姐姐热切的爱情之后，叹息着对我说："宜修，哀家的心血都白费了。阿柔不是不好，可她不适合帝王家。而皇帝，也不应该对一个过分美丽的女子有那样热切的爱情，那会焚毁他自己，更会焚毁身边的一切人。先帝与舒贵妃，便是前车之鉴。”她怜惜地抚摩着我的手，“宜修，哀家一直觉得，皇帝对你的感情，恰恰好。而阿柔……”

末了，太后以一声长叹作为对这对男女无法抗拒的爱情的注脚。

而那样的爱情，除了以立姐姐为皇后之外，根本没有其他可以作为它伟大而残忍的告终。

姐姐死的那一晚，暴雨如注。

她连临死的姿态都是那样美，像一脉纤细的百合，散发出临近枯萎的气息，缓缓伏倒在悲痛的玄凌的怀里。

暴雨倾泻而下，如无数的鞭声“啪啪”捶打着大地，连檐头铁马，都发出惶乱的悲鸣声音。

姐姐乌黑如云的长发披散着，鬓边几抹沾着黏腻的汗水贴在脸上，衬出她气血散尽后雪白的面庞。她的目光已经开始发直了，她身上的素白寝衣浸透了猩红的血，那样浓重的血腥气，不仅宣告了她腹中孩子的死亡，更预示了她不可逆转的生命。

我伏跪在她床前，一脸哀戚，看着她最后一次伏在玄凌怀里。

我哭泣着说：“姐姐，你别伤心，小皇子福薄，一生下来就去了。可是，皇上还在，你们还会有孩子的。”

她在听闻孩子死讯的一瞬，身体剧烈地颤抖了一下。她痛苦地攥着玄凌的衣襟，哀求道：“皇上，让臣妾看看咱们的孩子，让臣妾看一看！孩子……”

玄凌紧紧地拥着她：“宛宛，孩子生下来就是个死胎……看了只会伤心，实在不必了……”他恨声道，“是甘氏和苗氏，她们惹得你心悸动了胎气，朕已经下旨让她们跪在你殿外在暴雨中忏悔，若你再伤了身子……”

姐姐的手指在发抖，已经完全没有力气，她的手虚弱地滑下，拦住了玄凌："是臣妾的错，不该一时动怒，误伤了甘氏的孩子，是臣妾自己作孽。四郎，你别……"

我失声痛哭："姐姐，为什么我们姐妹都这样福薄，我的孩子留不住，你的孩子也留不住。姐姐，姐姐……"

姐姐伏在玄凌膝上，气息奄奄："我命薄，无法与四郎白首偕老，连咱们的孩子也不能保住。我唯有宜修一个妹妹，请四郎日后无论如何都要善待于她，不要废弃她！"

我心头一震，未想到她会说出这样的话来，有片刻的感动从心的最底处蔓延出来。这么些年，她虽然以她的光彩将我遮蔽得黯然如尘芥，可是她，也是对我好的。

这样一想，我心底难免生出了几分愧疚，我迟疑地伸出手，握住她冰凉而潮湿的手。

玄凌捂住她的嘴，眼泪落下："宛宛，朕不许你说这样的话。朕许过你，要与你白头相守，不离不弃。"

我的手在他说完的一瞬变得同样冰冷而潮湿。

为什么？我深深爱着的男人，会这样深深地爱着我的姐姐。她的到来，夺去了朱府所有人的关爱；她的入宫，夺去了我的夫君对我的怜爱与依恋，甚至连太后，也垂爱于她；而她的身孕，更让所有人忘记了我的丧子之痛。

我的孩子，呵，我的孩子。那个会给我带来皇后之位的孩子，那个可以让我给他嫡出的身份，不必如我幼年一般遭人轻视的孩子。在姐姐成为皇后的第三年，我那出生不到三岁的孩子，死于过度的高热，心脉衰竭。枉我通晓医术，却救不回我的孩子。

也是这样的雨夜啊，我抱着我的孩子已经没有气息的身体在滂沱大雨中走了整整一夜，我想求满天神佛拿走我的命吧，我已经不愿活着了，换我的孩子，换他活过来就好。

可是他再也不能睁开眼了。

也许是胎中带来的孱弱影响了他的身体，也许是我怀着他时抑郁难解的心情导致了他的孱弱。我怎能不抑郁难解呢，我的姐姐占据了本该属于我的皇后之位，让我腹中的孩子尚未出世便要接受庶出的卑下命运。虽然因为愧歉，玄凌给了我贵妃之位，后宫中一人之下万人之上的仅次于皇后的地位。可是哪怕是贵妃，差了一步，便是差了整个完整的人生。我注定，只能是姐姐光芒下卑微的蝼蚁。可我还要强颜欢笑，不在人前露出一丝痕迹，对姐姐恭敬有加，处处维护，更要周旋在新入宫的贤妃甘氏和德妃苗氏之间，应付她们对我那只会柔和不懂权谋的姐姐的挑衅。

唯有我自己知道，姐姐入宫后的日日夜夜，我是如何咬碎了牙齿，忍受着椎心泣血般的痛苦。

一开始，我尚且有幻想，以为我生下了大周的第一个皇子，玄凌尚会顾念我，爱惜我，疼爱我们的孩子。可是我清醒不过地发现，他每次到来时对我的敷衍，我连想都不必想，便知道那是我善良的姐姐劝他来看我的。或许我还应该庆幸，这样的机会，我比甘氏和苗氏的确多得多。也难怪，她们是那样恨姐姐。

我那些不能言说的怨恨，只消稍稍挑拨，便能惹起她们对姐姐无休止的诅咒与攻讦。

真好，愚蠢的女人，便只能用来对付一样愚蠢的女人。我便只要站在她们身后，一脸恭谨温和，抱着我的孩子，默默旁观。

可是我连我的孩子也没有了。他已经会笑，会说话，会喊我“母妃”。真的，姐姐来后，宫中的生活是如此无趣而酸涩，可只要一见到我的儿子，见到他那样天真无邪的笑脸，我便什么心酸都可以咀嚼着强咽下去。

我在暴雨中精疲力竭地晕去，醒来时，却是玄凌不可抑制的欣喜若狂：“宜修，你别伤心。老天爷知道你没了孩子，可是宛宛有了身孕，她的孩子，也会是你的孩子。”

我的骨缝里都冒着森森的寒意。

为什么？我没了孩子，姐姐却有了孩子！为什么？她的命逼着我的命，她的孩子一来，便索了我儿子的命？

我实在想不通，只觉得头痛欲裂。那么痛，那么痛，和我的丧子之痛纠缠在一起，生生逼得我再度晕去。

我再次醒来时，已经懂得强迫自己笑，强迫自己把姐姐腹中的胎儿当作自己的胎儿，衣不解带，将姐姐照顾得无微不至。没有一个人不为此动容，连我自己都相信了，我做的一切，都是为了这个孩子。

确切地说，是为了这个孩子和他母亲的死亡。

我终于如愿。外头的雨声那样大，姐姐已经说不出话来，她的嘴唇微微张合着，眼睛直直地勾着我，手上的力气越来越大。

我忽然读懂了她无声的喃喃，她居然是在说——对不住。

她秋水般澄澈的眼睛逐渐失去了光彩，握紧我的手骤然失却了力气。殿外的恸哭声激烈地响起，玄凌亦痛哭流涕。我怔在原地，唯有泪珠自觉地不断落下，烫着我的皮肤。

她居然，是明白的。

我一直以为她善良，单纯，但是蠢钝不堪。她算不清内务府的账本，理不顺嫔妃间的钩心斗角，她简直是不食人间烟火的仙子，出离着尘世生长着。

可是最后，她居然明白我的恨！

同样明白的，应该还有太后。虽然她什么都不曾对我说。

但是姐姐死后的某一日，太后召见我时，脸色却不如平时一般和善。

太后的神色那样冷，恍若一块化不开的坚冰，淡淡道："阿柔死与不死，你都失了得尽丈夫欢心的可能。自然，你要是委屈自己，降低一切姿态去博取皇帝的怜悯，甚至不惜做阿柔的影子，凭着皇帝对阿柔的眷恋，你倒还有几分得宠的希望。现在，你自己想清楚，是要宠妃的里子，还是皇后的面子？"

胸口有细碎而凛冽的痛楚层层渗尽，我深深地吸一口气，平视着太后："朱氏没有其他可以为皇后的女子，千斤重担，太后担着的，臣妾也愿意一起担着。"

太后静静地看了我片刻："记住你今日所言，不要妄想二者兼得。那样，你才能过得很好。"端然起身转入内殿，只余下一句话给我，"哀家没有看错，你果然是皇后最适合的人选。"

可是，我怎能不妄想？皇后之位已然在握，而我的夫君，曾经对我那样温柔的夫君，却再也没有回来。我怎可能，不去追寻，不去争取？

我，也不过是一个女子。

哪怕没有姐姐临终那番话，仅仅因为是她的妹妹，同样出身朱氏，我都是无可争议的皇后的人选。

可是这个皇后，真的没什么滋味。因为姐姐的缘故，这个皇后，离我最初的期待，已经差得太远太远。无论我做什么，人们都会不可避免地将我与姐姐比较。她是皇后，是嫡皇后。而我，只是继后。由贵妃这个妾室的地位被扶正的皇后。

我从未觉得姐姐已经死去。从另一种意义而言，她一直活着，活在一个男人永恒的追念与思慕之中。

我后来才明白，那也许是我一生最大的错误，我不该让一个本就美丽的女人在她最美好的时候逝去，成为男人心里永不凋谢永不老去的定格。

或许岁月，才是消弭姐姐最好的利器。可那时年轻的我，怎么忍得住，忍得住姐姐和我心爱的男人良辰美景，花好月圆？明明，明明我才是先来的那一个啊！

这样的无可忍耐，终究成了我最不可克制的心魔。我忍不住，忍不住玄凌对一个个新来的、后来的女人的宠爱，忍不住她们有了他的孩子，而我，却成了无法生育之身。

我这样忍不住，却偏偏要做出一副大度雍容的姿态，定格成我母仪天下垂爱四方的形象。上自太后，下至皇后冠服，宫人嫔妃的伏拜，无不一一提醒着我——是你自己的选择，是你自己，选择了皇后之位。

我知道我忍不住，哪怕我明知道，那些女人，不过是姐姐的影子，镜花水月中让玄凌得到片刻的安慰。史美人的鼻子，李修容的手指，端妃的琵琶，敬妃的温婉，安陵容的歌喉……实在是太多太多了，还有那个，与姐姐神似的甄嬛。

唯一大不相同的，是华妃，慕容世兰。那个艳烈的女子，以无可匹及的明艳和烈火般的性格，迅速卷走了玄凌的心。

仿佛是在华妃入宫之前，我的夫君，便开始了他另一种不为人知的喜好，嫔妃越来越多，内宠越来越多。正当盛年的他成了风流天子，像不知疲倦的蝴蝶，穿梭后宫繁丽的姹紫嫣红。

华妃的出现，让专宠再度成了一种可能。我从未见过她那样的女子，撒娇撒痴，娇蛮任性，可是玄凌，照样喜欢。见惯了温顺与柔婉，华妃确是一个另类。连我都不得不忌惮，这个越来越凌厉的女子，倚仗着身后的慕容世家和汝南王，日渐嚣张地侵犯着我身为皇后的尊严。

可是太后也不闻不问。我知道，我自己做的因，必须由自己承受这个果。可我不能不怕，万千辛苦得来的皇后之位，怎能轻易为人动摇？可是我没有办法了，哪怕我成了皇后，玄凌依旧那么尊重我，可他，却不再爱我。凤仪宫迎来君恩的日子，越来越少得可怜。

终于那一日，华妃有喜。玄凌却在属于华妃的欢喜日子里，来到我的宫中。当我正诧异他的不安时，他却告诉我，他的畏惧。

经过摄政王之乱后，他比谁都疑心，都害怕。功高震主，何况华妃的背后，是军权在握的汝南王。

我拥住他，默然无声地松了一口气。

这是最好的结盟。

秉承他的心意，我亲手调制了一碗浓浓的红花，交到尚未知情的端妃手中。一斧两损，华妃出身将门，端妃也是，这才是真正的两败俱伤，我才能安稳。

然后，在华妃失去孩儿的痛呼中，我站在风中，静静地衔了一抹笑意。

我再也不怕了。我的母亲，我的孩子。

我坐稳了皇后之位，熟练地拨弄着后宫的女人和她们的孩子们。

你们一定会为我高兴，哪怕我的容颜慢慢在愈加青春的女子们之间失了颜色。至少，至少我还有这十五月圆，每月不会变更的一天，与我的夫君，共度良夜。

这一夜，我不会孤衾难眠，摸着空落落没有温度的另一边枕衾，一夜一夜睁着双眼，望穿秋水。

呵，回想往事，真是让人疲累。我望望天际，圆月西坠，中天的明澈已然暗了几分。我微微揉了揉酸痛的肩，轻声唤道："绘春。"

绘春怯怯上来，已不复方才欢悦神情。我眼尖，一时瞥见踌躇在窗外的剪秋，心里一凉，唤道："剪秋，你回来了。皇上呢？"

剪秋讷讷不敢言，我定了定神："若是在批奏折，或是在华妃那儿，晚点就晚点吧。"

剪秋嘴唇微微发白，片刻，终于说："娘娘，皇上说，今夜要陪伴莞嫔，不能来了！"

我霍然一惊，不可置信地转头："怎么会？皇上从未失约十五月圆。"

剪秋神色忧愦："奴婢也是这样说。娘娘，要不奴婢再去请？"

这是他第一次，第一次连十五之夜都不来。有了第一次，便会有第二次，第三次，直到他再也不来吧。

凤仪宫，已经那么冷，迟早有一天，它会冷透了。

我枯坐着，直至天光转亮，又是新的一天了。

剪秋和绘春陪着我熬了一夜，眼圈都黑了。剪秋终于说："皇后娘娘，天都亮了，皇上是真不能来了。您要不眠一眠，养养神吧。"

我轻轻地挥了挥手，看着镜子中憔悴的自己，眼前渐渐浮现出姐姐，以及那个神似姐姐的名为甄嬛的女子。

我扶着绘春的手起身，镇定道："替本宫梳妆。绘春，去传安氏来吧。"

番外 鸝妃·鸝音聲聲，不如歸去

李长早已走前去打发一切，甄珩跟在一个青衣小内监之后，随着他择的那条静静偏僻的小路默然前行。

隔着丛丛绿柳红花，远远瞧见有几个宫女内监跟在李长后头越走越远，李长口中道：“景春殿上头的瓦头松了，万一掉下来砸着了鹂妃也不好。你们快去拿些琉璃瓦来，等明儿个早上补上去。”却听一个宫女伶伶俐俐道：“还不听公公的话，腿脚快些。”

那宫女想是还年轻，声音清脆如铃，粉红色的宫女袍服的衣角闪在秋绿衰哀之中，别有一番明丽轻俏。他怔怔地想，若她当年没有入选为秀女，或者犯了错成了宫女，即便辛苦些，到了二十五岁也能放出宫去。出了宫，到底是蓝的天，绿的水，不必活得那么辛苦恣睢，辗转压抑。

若不在宫里，恐怕她也早已儿女成群。在这样晴明的秋阳下，她会绣着一幅“鸳鸯蝴蝶”，转头和自己的夫君笑语几句，哄一哄膝下乖巧的稚子。

而此刻，哪怕一个小小的宫女，也比她自在欢畅得多吧。

眼见那一行人渐渐远得瞧不见了，他犹自望着，晌午的太阳本是极暖，他背心里沁出了些微汗粘住小衣，风贴着地面裹上身来，犹带着衰草寒烟的疏疏气味，直叫人觉得寒意侵骨。甄珩正怔怔间，却听那小内监轻声道："公子。"

他笑着道了声："宫里大，走得乏了。"

那小内监赔笑道："是。从前皇上宠爱鹂妃，特意挑了这风景好的宫苑，所以路远些。"再走了一炷香工夫，远远能望见长杨宫的一带赤色宫墙。那是极安静的一处所在，太液柔波，烟柳生翠，秋花闲开，几只金黄色的鸟儿静静栖在枝头，轻轻叫一声，又是一声。只是这一声声鸟啼，更显得四下里静得怕人，就好像眼前这座华丽的长杨宫一般。

前门立着几名侍卫，靠在墙根下打着盹儿，不甚精神的样子。小内监轻轻向他摆了摆手，暗示他不要出声，绕到宫室后一侧小小的角门，摸出钥匙打开了。

他心里有点惴惴，这是他第一次踏进不是自己亲妹妹的妃嫔的宫室。这是她的殿宇，或许此刻这样走进，对茜桃，是一种新的背叛。

然而，真是有许多疑惑要问她。那么多疑问，日日夜夜勒着他的心，勒得他喘不过气来，曾经记忆中清纯羞怯的她与想象中心如蛇蝎的她纷叠在一起撕扯着自己与茜桃，连神志模糊的时候亦不曾将这样的混乱弃下。

甫踏进门，便有粉红的颜色俏生生地扑面而来，那样艳，几乎叫他以为是春深似海时的桃花。小内监在旁善意地提醒："公子当心，这夹竹桃花粉是有毒的。"

他才恍然，跟桃花那样相似的花，原是夹竹桃，艳而毒。

庭院里的芭蕉已经萎尽了，乌黑一株，软塌塌地半斜着，还泌出几滴暗黄的汁液。这样朱栏华庭中的颓败叫他触目惊心，突然心里生了一丝微末的怜悯，不知即将见到的她，该是如何凄凉情状。

他迟疑片刻，还是跨入了那扇朱漆雕花的殿门。景春殿内暗沉沉的，然而那暗并非黯淡深晦的颜色，偶尔有晴丝一闪，却也从暗里折出一丝丝星辉样的光芒。他细看去，才发现那原是殿中铺天垂地落下的半透明纱帷，上面用银线刺着“和合二仙”的图案，那原是庆贺得子的图案。他心里微微一酸，想起嬛儿告知他——安陵容已永不能生育了。

晴丝如缕，银线在光线下荧荧地泛起晶亮的光泽。他好容易适应了殿中的光线，细细留神，殿中的器具皆是上好的珍品，更不乏种种奇珍异宝，只随意漫掷在案几或架上。正中那一架大红纱透绣《洛神赋图》的白玉屏风便值连城之价。他是男子，原不懂得这些，只是听妹妹说起过，魏文帝死，宠妃薛夜来被遣回故乡，有一日读到曹植的《洛神赋》，想起宫中时光，感念故后甄宓的恩德，以甄宓之貌绣下这幅《洛神赋图》，并绘上曹植的《洛神赋》。薛夜来素有“针神”美称，所用针线绣人物花草，无不惟妙惟肖，便是模仿曹植字迹绣出，也是绝似。此屏风世间唯有一架，实在是无价之宝。

见他有疑惑神色，那小内监忙赔笑道：“安氏虽然失宠，可太后吩咐了，一应东西全不要内务府收回，只陪着她一同葬在这里就是。”接着有些嗤之以鼻地摇摇头，用怜悯的口吻道，“安氏真是可怜，伺候的人都没有了，天天只对着一堆死物，活着有什么意思！”

他闻言心口微微一震，也叹不出什么，只看着那架屏风，他不擅品评绣功的好坏，只觉得上头的洛神真有凌波微步之态，仿佛要步下屏风，走到自己面前来。

当时听妹妹随口说起时便留了心，陵容是极擅刺绣的，若她看见，定会喜欢。

只是，这也不过是想想罢了。这样的连城之宝，如同已入深宫承恩婉转的她一样，都只能在午夜梦回的寂静里，如闪电一般迅疾划过脑海——偶尔想想罢了。

却不想，她真已经拥有。可想而知，当年的她是如何集三千宠爱于一身。虽未亲见她的荣宠，然而后宫女子大多出身世家，她是身世寒薄的县丞之女，便这样从次序微末的选侍始，一步一步踏上尊荣之地，临位三妃。

鹂妃一曲清歌绕梁三日，兼惊鸿之姿，轻易摘取紫奥城万千荣华。

只是如今被囚冷宫，这一切繁华如梦，多么像一个笑话！

他轻轻叹了一口气。

叹息的尾音似一缕凉风，还未散，便见屏风后有人影一闪。他等了半日不见人出来，略略踌躇，只好进去。屏风后是极阔朗的一间屋子，那才是待客的地方。她坐在花阑长窗下，纤手微扬，五彩的丝线便在细白的手指和雪白的绷布之间灵动如蝶。她穿着蜜粉色镶银丝小团福苏缎衣衫，底下是更浅一色的素裙。她头发并不梳成发髻，只如未嫁女子一般垂着几缕，风吹过，便柔软扬起，鬓边簪一支简洁的素白银簪，那样娴静的姿态，宛如初见时的好女子。那银簪他见过，素昔在甄府小住，她头上便只簪着这支簪子。连衣裳，也是那时她常穿的颜色，只是并无镶银丝团福图纹这般贵重罢了。

当年的她，美如桃花，是风露清韵一般初开的桃花。

正被回忆撩拨，她抬头浅浅一笑，轻轻唤他："甄公子。"

甄珩略略一愣，心中突突乱跳，连对他的称呼，也似当年。然而，已不是当年了。他稍一转神，已按礼问候："鹂妃娘娘金安。"

她停下手，忽而一笑："我待公子如从前，公子怎么还称我'娘娘'？"她的声音绵软如三月风，"你瞧我是不是老了，和从前还像不像？"

甄珩垂首道："礼制所在，臣不能不遵，绝不敢冒犯娘娘。"

她看住他微笑，软软道："你敢只身前来，已不怕冒犯。何必又再拘谨？"

从前，她哪有这样坦然，若察觉了他的目光，也会含羞低头，粉面生晕。他抬头，须臾才能看清她的容貌，她瘦了许多，脂粉描摹得细腻厚实，却遮不住面颊肿起处道道红痕——听闻是太后日日派人掌嘴所致，更哪堪掩饰眼底的无尽沧桑。"娘娘容颜依旧，装束也似从前，只是心已不是从前单纯的心了。”

她低手绣了几针，他看见她绣的是一双鸳鸯，游弋在一树花开如焚的夹竹桃下。她轻声道：“若还是那颗单纯的心，恐怕早已在宫里死了几百回了。”说罢“哧”地一笑，“既然说礼制所在，那么悄悄地进嫔妃宫殿，算不算是违制？”

甄珩退后一步，道：“是臣失礼。然而，臣应娘娘所请，也是有话要问娘娘。”

她的手边搁着一盘生杏仁，她取了一枚慢慢吃了。她转过脸，姣好的侧脸沐在日光里似一朵半开的白莲。她声如梦呓：“你知道我的刺绣是谁教我的？是我娘。我娘曾经是苏州的一位绣娘，她的手艺很好，绣出的鸟像会飞，绣出的花像有香味儿。她心灵手巧，年轻貌美，我爹很喜欢她。当年，我爹还只是个卖香料的小生意人，好不容易凑了钱娶了我娘，靠我娘卖绣品攒了一笔钱捐了个芝麻小官。我娘为我爹熬坏了眼睛，人也不如年轻时漂亮了，我爹便娶了好几房姨娘，渐渐不喜欢我娘了。我娘虽然是正房，可是眼睛不好，年老色衰又没有心机，所以处处都吃亏，以致我爹连见她一面也不愿意了。每天看几房姨娘争宠，我便知道，女人若心软，迟早自己要吃亏。后来五姨娘跟一个外来的裁缝跑了，还卷走了家里所有的金银细软，几个姨娘看家里破败了，也都各奔东西。爹爹虽是县丞，却不为那一任县令所喜，在官场上委顿无奈，还有什么法子去追五姨娘回来？这时才想起我娘的好来。入宫后，华妃这样凶悍，皇后城府又深，连宫女都敢欺负我。我很怕，我每晚都做梦，我梦见我变成我娘一样，瞎了眼睛受人欺凌，生不如死。”

甄珩心中本恨极了她阴毒，此刻也不由得微微生怜：“我知道宫里的日子难过。只是日子再难过，再要步步为营，也无须伤害身边的人。嬛儿，她一直把你当姐妹。”

“谁天生愿意伤害别人，愿意伤害自己身边的人？”她转首，眼底闪过一丝愤然之色，“我进宫之后每天都害怕，可是再害怕，只要想到一个人，我便好受些。我入宫数月不愿承宠，你知道是为什么？是我不愿意。我知道进宫之后到死都不能再出宫了，宫嫔和宫女不一样，宫女二十五岁还能出宫还乡，我却不能了，我只能活生生老死在这里。可是……”她咬一咬唇，妙目从他面上横过，似怨似嗔，“我情愿这样一辈子想着一个人，聊度此生。”

他隐约知道她口中的“一个人”是谁，他微微抬眼，正对上她望来的灼灼目光，心中突地一跳，不由得脱口道：“谁？”

她眸中漾起晶莹一点，那晶莹里有他的身影。良久的沉默，秋阳落在庭院里那么静那么静。她的眼眸似不能承受这样明媚的光影，热热地痒。心口怦怦跳得厉害，一突一突地仿佛要从腔子里跳出来一般，只觉得自己的喉头又酸又涩。那么多年了，终于要说出这句话了么？她迟疑着，挣扎着，似不能相信一般，这么久这么久，终于可以亲口告诉他了么？她的喉头有些哽咽，目光温柔得能沁出水来，良久，她才低低出声：“我不信你不知道。”

这样含羞带笑，多么像初入甄府时的她。他心下一软，他是知道陵容喜欢自己的，他不止一次察觉她偷偷望向自己的眼神，他是知道的。然而才欲说话，脑海里蓦然一动，忽地想起一个人来——那是茜桃初嫁的时候，那个时候，他待茜桃其实并不算很好，总是淡淡的，淡淡的，比最寻常的夫妻还淡几分。那一日晨起，晨光熹微如画，茜桃坐在镜前梳着头发，她的头发又浓又黑，似一匹黑亮的缎子，他不经意问她：“你几岁了？”自茜桃嫁入甄家，他没有留意过她的一切，连年纪也是含糊的，十七八还是十八九。话一出口他就后悔了。结为夫妇月余，他竟不晓得她的年纪。女儿家小心眼儿，她性子再平和，恐怕一场风波也是免不了了。

谁知茜桃却不恼，只是偏过头粲然一笑：“我不信你不知道，一大早便哄我玩呢。”

甄珩一怔，只得苦笑：“我真不知道。”

茜桃盈盈一笑，露出细白一排贝齿：“十八。你若不记得，我再告诉你就是。”于是，他也笑了。

那时他便知道，茜桃是这样宽厚温暖的女子。所以，他渐渐爱上了这个女子。

眼角，已经有了些微的泪意。陵容心中一动，原来，他还是念着自己，如此在意自己。于是她多了些勇气，轻轻道：“那个人就是……”

“是臣冒失了。”甄珩截断她的话，“臣不该探究娘娘私隐。娘娘想谁都不要紧，只是臣是外人，娘娘不必向臣宣之于口。”

陵容心底一凉，手上的银针一颤，险险刺到自己，一缕哀凉的笑意漫上唇角：“公子以为自己在我心中只是外人？”

他深深吸一口气：“是。娘娘曾与臣的妹妹淑妃情同姐妹，臣只是淑妃的兄长，与娘娘并无相干，怎不算外人？”

指尖怎会出了这许多汗？涩得很，腻得连针都捉不住。听他这样直白回绝，那种感觉，和那日冬雪中亲眼看他与薛氏恩爱离去有何分别？她从未忘记那一刻的感受，如冰锥刺心一般，四肢百骸无不疼痛——她与他是结发恩爱，而自己，始终只是个外人，连远远旁观都会心痛的外人。

可是，自己终究恨他不起来。

心底的哀凉似那一日的大雪纷飞，寒意彻骨：“曾经，我也以为甄嬛是真心待我好。选秀的时候对我出手相救；我困窘的时候接我到甄府居住，对我关怀备至。入宫后，我与她、眉庄相依为命。那时候，我真以为她待我好。她拥有那么多东西，高贵的出身，美丽的容貌，皇上的宠爱，她什么都有。而我，却因出身贫寒饱尝世人冷眼，还要因为她的承恩得宠受华妃的戕害羞辱。这些都不要紧，她是你的妹妹，她待我这样好，为她受些委屈也是应该的。可是，她为什么要来告诉我你要成亲了，成亲的对象是出身世家的豪门千金。从她告诉我那一刻起，我心里所有的期待都破灭了，我不知道我要再怀着什么期待，做什么样的梦才能去抵挡宫里无处不在的寒冷。我不知道！我真的不知道！”陵容的语音爆发出一丝难掩的压抑与哽咽，“可是也在那一刻，我忽然明白，甄嬛是知道的，她早就知道了我对你的心意，只是她从来不说。因为她知道，她只消一句话就能破灭我所有的美梦。从此，我连做梦的权利也没有了。”

她倾吐着久积的委屈，那么多委屈，多少个深夜里，她忍得连牙根都咬酸了。明瑟居的深夜太过寂静，静得连风也只是匆匆停驻，留下远处隐隐的欢笑声便又走了。这样愉悦的笑声会是谁的？温厚大方的眉庄，明艳跋扈的华妃，还是嫣然百媚的甄嬛？

仿佛是谁都不要紧，那些笑语从来与她无关，她只能蜷缩在明瑟居简陋的一角，揣测着那些笑语的来源，思念着那一张俊朗的面孔，冷眼瞧着月光在自己的皮肤上一寸一寸地爬过去，直到晨曦初露。

甄珩心底一震，别过头去，缓缓道：“我是皇上的臣子，你是皇上的妃嫔，我们之间原本就无可能。何况，我与嬛儿身上肩负的不只是自己的未来，更是整个家族的荣耀。你断了心，破了梦，于你、于我、于我们的家族都是好事。”

她的唇际泛起一丝冷笑：“是啊。那时，我还没想到，她断我的念头，不过是要我代替沈眉庄去争宠，以便巩固她在宫中的地位。甄嬛并非不喜欢皇上，却还能亲自为我引荐，其心狠手腕可见一斑。何况沈眉庄未被禁足之前，她的地位未岌岌可危之前，她何曾想过要与我半分荣宠，不过是独享圣恩雨露罢了。一直以来，她对我好对我施以援手处处照顾，不过是施舍而已。”

无宠的日子里，华妃的鄙夷与凌辱已经习以为常，渐渐地，连侍女也敢公然嘲笑她。谁比谁高贵呢？她想着，原想着要为爹娘争一口气，却偏偏事与愿违，渐渐成为宫中人人可以践踏的泥土。少年时的种种不甘，与眼前的种种不堪终于逼起她的好胜之心，然而，只要一想到他的一言一笑，万丈雄心也顿时委顿成柔肠百结，若真一朝承宠，或许，与他之间真的再无缘分了。

那样不堪的日子里，映照着甄嬛的三千宠爱，她无端被比成了夕阳残照里的一缕哀柳，泯灭成无颜色的六宫粉黛之一。

女子若薄命，真如匣中粉黛，轻易随风吹去。

这样的薄命凄凉，连贵为天下之母的皇后也不能幸免，何况自己。那些日子里，除了甄嬛惯性地施予厚待，唯一对她略有关照的，是后宫尊贵如天上明月般的皇后。

受宠若惊之余，她也窥见了皇后无上荣耀的身份之后，那明亮皎洁的月光背后，残缺的暗影——那是宫中人人皆知的秘密，皇后并不受宠。

皇后并非绝色，且不论传言中的纯元皇后如何美若芝兰，眼前珠光华服之下的皇后，容颜甚至不能与甄嬛和华妃相比，连俗之又俗的丽贵嫔和静默温柔的冯淑仪，都比她娇艳三分。

况且，她的韶华正如天边流霞，渐渐黯淡。

不是不叹息心惊的，女子年轻时，哪一个不是如颊边新扑的胭脂，娇艳，芬芳，带着花露清馨，嫣霞如醉；待到渐渐老了，那鲜艳的香云也成了残脂颓粉，似死去僵硬的一缕花魂，多看一眼也觉厌弃，恨不得一手抹得干净。

难怪，年轻明艳如华妃，盛气凌人如华妃，敢在皇后面前如此明显地表现出不屑一顾。

可是不知怎的，她却莫名地对皇后生出想要亲近的好感，恰如明月照寒镜，照见彼此身上的清寒凄冷。皇后的身上，有一丝她熟悉的气息，她说不出是什么，只觉得亲切。或许，那样的熟悉，她自己也有，只是未曾察觉。

于是，她对皇后便有些亲近，能这样忍得住寂寞，气度高华如山巅云，叫她心生倾慕。某一日，她在请安后独自留下，奉上一只自己亲手绣的香囊，那香囊里的香料是她思量了许久才配好的，极雅致的气味，以牡丹和兰花为调，配了沉水香与松针，初闻只是清淡的味道，嗅得久了，牡丹那种雍容的底蕴才会缓缓透出，沁人心脾。连香囊上的绣花图纹，也是精心挑选的，凤穿牡丹，极富丽，又贴合皇后的身份。

皇后自然是喜欢的，轻轻放在鼻端一嗅，赞了她的好绣功，又道气味清雅。正当她满面微红时，皇后忽然话锋一转，道："这香囊极好，只是可惜了，本宫素日是不用香料的。"

宫中女子无不爱用香料，她这才留意到，每每来向皇后请安，她的宫中都只用花卉鲜果的清馨薰然，从未用过任何名贵香料。她不觉面红耳赤，比方才受皇后赞扬时更窘迫难堪，她恨不得扇自己一耳光，怎能这样不细心呢？然而皇后温和的嘱咐及时挽救了她的手足无措："本宫不是不喜欢香料，只是嘱咐你，有些香料用得不当只会伤身，譬如麝香，女子就万万用不得。用之，有孕者会落胎，未孕者则不易受孕。"

这些，她自然是知道的，在以后承宠侍夜的许多日子里，她便用一枚小小的含了一点麝香的香囊，成功地阻止自己怀上那个并不爱的男人的孩子。并且，在看到管文鸳欢天喜地地戴上皇后赐下的所谓"红玛瑙串"时，她便明白，皇后也不希望她有皇帝的孩子。

当然，那是后话了，只是在当时，她是深深感谢皇后的温言体贴的。

皇后微微一笑，看着她道："你懂得配香，自然也晓得这些厉害，本宫不过是多口，白嘱咐你一句罢了。"

这便是皇后的慧黠处了，从一个小小的香囊便得知她对香料的了如指掌。而甄嬛，只是喜欢和她探究古方，配一味难得的百和香而已。

她很清晰地记得，那天是十五的追月之夜，按照惯例，皇帝是要到皇后宫中过夜的。那是每月一次，往往也是唯一一次，皇帝留宿在皇后宫中。

所以，皇后也难得地愿意这样和颜悦色地与她说话。

果然，过了没多久，皇帝身边的小厦子来传旨了，而皇后以欣喜而期待的神色迎接到的，却是"皇上今夜留宿于棠梨宫，请皇后早些歇息"的口谕。那是少有的事，除非是华妃撒娇撒痴得厉害，否则极少这样破例，何况这些时日，甄嬛已接连被宠幸数日，已破了皇帝幸不过三的规矩。她惴惴不安，以为皇后要生气了，谁知却看见皇后更深更从容的笑意："甄氏温柔聪慧，最善体察圣心，皇上多陪陪她是应当的。"

她几乎倒吸了一口凉气。忽然明白皇后与自己的相同之处，原来她们都善于隐忍，喜怒不形于色。

直到后来，她更明白，这种隐忍之后并非无所作为，而是目标更明确的伺机而动。

那一瞬间，她忽然深深地觉得，即便不是甄嬛自己愿意，但是这样夺走别人最心爱最期待的人与事，都是极不应该的。

皇后再度举起那枚香囊细细欣赏，笑道："有牡丹花的气味，也有牡丹的图案，妹妹真是懂得本宫的心。"

她不知哪里生出的勇气，大着胆子道："凤凰是百鸟之主，牡丹是花中之王，配与皇后才相宜。"

皇后幽幽一笑，轻轻将那枚香囊握在手心。

那是一种无言的示好，她明白的。

起初，只是对皇后被夺宠的怜悯。只是，那种被夺走最期待与最心爱的人与事的心痛，她很快便也体会到了，也更明白宫中的宠爱，未必与容貌息息相关。皇后不是绝美，却有屹立不倒的皇后之位。自己则有一副好嗓子，因着歌喉，她一朝飞上枝头，婉转吟唱，只是在某个深夜酒醉醒来的瞬间，望着拥自己入怀而眠的高贵男子，心里骤然闪过某张难以忘怀的脸孔。夜凉的气息和微寒的星光裹在自己身上，她忽然觉得厌倦，萌生退却之意。

一场风寒过后，才发现太医所用的虎狼之药使自己的嗓子一夜之间就破了，沙哑难闻。她忽然想，这样退下来，也是好的吧。只是恩宠的衰退比她想象的更快，恍若潮涨潮落，她已然失宠。望着案几上闪烁耀目的金珠玉器，骤然回归冷清的生活，她有些茫然。

于是尝试着恢复自己的声音，发现有些力不从心，便也懒怠了。彼时，甄嬛刚怀上第一个孩子，荣宠如烈火烹油一般，根本无暇顾及自己。皇后见自己哑了嗓子，便悉心调了药物，又请旧日伺候过纯元皇后的歌姬指点她如何发声，重新唱出惊为天人的歌声。想起自己的父亲，曾无端被牵连几乎丢了性命，惶急无措中，才明白恩宠与地位在宫中的重要，只是盛宠如甄嬛，亦要为自己之事求到皇后门下，可见皇后才是真正可依附之人。所以，当她发觉皇后要自己赠与甄嬛的舒痕胶中，浓郁花香之下潜藏着一缕纯正麝香的气味时，她不动声色，含笑接过。

这已经成为一种默契，就好像，看见皇后抱着松子调教时，她含笑提醒气味会对猫狗有强烈刺激。

无他，女萝生涯，她必须依附皇后，然后使自己心愿得偿。

已经没有爱了，那么，她把恨无限放大，填补自己繁华转身后的空虚与落寞。

甄珩听她语意凉薄，摇头道："嬛儿既早知你牵挂于我而避宠，又怎肯勉强你去？何况若如你所言，三人相依为命，那么眉庄禁足，嬛儿岌岌可危，若不与你携手，也不过是一一为人鱼肉罢了。"

陵容但笑不语，只是低头绣了几针鸳鸯的彩羽，拣几枚杏仁吃了，低低叹道："你是她的兄长，自然事事为她分说，为她担待。我却无这样好命，没有兄长依靠，也无人可信赖，只有我自己一人罢了。"

不是不羡慕甄嬛与眉庄的姐妹情深。只是自己，终究比不得眉庄。她甚至觉得，从头到尾，甄嬛何曾待自己有过真心？不过，是利用罢了。

往事浮沉的瞬间，瞥见甄珩欲言的神情，陵容知道他想说什么，却不愿听，只盈盈看向他道："你素日的牙疼病可好些了？"

甄珩只得答："谢娘娘关怀，已经好多了。

"咬着丁香么，还是用了新方子？"

"娘娘的法子很有用。"他答完，手指下意识地抚上腰间的小小锦袋，里面一向放着几枚丁香花蕾，牙疼时可以取出一枚含着，既可止痛，唇齿亦有芬芳气息。很久以前，他是那样珍惜她的好，而现在……他也未能完全割舍。

"那我便安心了。"她抬首，轻轻嘘一口气，道，"你来见我，必是有话要说，你问就是。"

甄珩沉声道：“你与嬛儿的恩怨我不清楚，但我清楚自己妹妹的禀性。人不犯她，她不犯人。我只恨自己身在宫外，不能在她最需要的时候尽做兄长的心力。眼睁睁地看她失去自己的孩子，看她在宫中被冤受尽委屈，看她被废黜修行，却什么也帮不了她。”

陵容拨一拨垂落的鬓发，拈了四五枚杏仁吃下，幽幽道：“你总是怪你自己。有时候我很羡慕淑妃，宫里那么多女人活得像行尸走肉一般，唯独她能出宫。虽然是被贬黜的废妃，可是有什么要紧。宫外是活的天地，人是活的，心也是活的。可是她却那样蠢，非要回宫，把自己放在这不死不活的地方。”她哀怨地看一眼甄珩，“你言下之意，不过是怨恨我狠毒罢了。那个孩子，根本不是我要他死。这宫里，人人有自己的情非得已，人人有自己的身不由己，我又何尝不是？若不是爹爹被华妃憎恨欲置其死地，我怎知一定要有皇上的恩宠才能立足？不是我容不下你妹妹的孩子，是皇后。”她眉心微蹙，似有不适的感觉，“那件事之后，我心里一直愧疚。即便后来皇后和管氏要置甄氏一族于死地，我也不肯再害甄嬛了。但是我好恨，在宫里的日子我每天都不快乐，可是我不得不笑，不得不争宠。若不是甄嬛推我上这条路，我何必这样郁郁一生？傅如吟入宫后我便一直怕，她长得那么像你妹妹，我不由得怕，更是恨，我把不能对你妹妹做的全发泄在了她身上。对甄嬛，我下不了手赶尽杀绝。我若要她死，她在宫外，随便使人推她下山崖也就是了。可她终究是你的妹妹。我恨你妹妹，恨皇后，恨皇上。我恨，我也怕。我岂不知皇后并非真心帮我？她让我争宠，教我如何将声线模仿得惟妙惟肖，与纯元皇后再生一般——也不过是个影子罢了。”

“你恨你身边的每一个人，将自己置身仇恨之中不能自拔。皇上宠爱你多年，即便不是真心喜爱你，也并不算亏待你。你即便要算计傅如吟，何必用五石散伤害龙体？”

陵容再忍不住，手中的银针狠狠刺入紧绷的白布之中，发出“刺”一声脆响：“他宠爱我么？那么你忘了，他给我的封号是‘鹂妃’？你可曾听说过，哪位妃嫔是以鸟兽为封号？你妹妹想尽法子羞辱我给我‘鹂妃’的封号，那也罢了，她本就恨毒了我，皇上却是欣然应允，可见这么多年，我在他心中不过是只会唱歌的黄鹂鸟。唱得好，他便喜欢；嗓子坏了，便失宠。若不是有这副肖似纯元皇后的嗓音，若非我时时谦卑，若非我费尽心机用香料留住他，恐怕我的下场比现在更凄惨百倍。皇后利用我、防范我，为了管氏不惜压低我；皇上不过是宠我。一想到我连做梦的权利也没有了，只要一想起你就会想到你与别人恩爱成双，我怎能不恨？！我总在想，若没有皇上，便不会有选秀，不会让我离开你；若没有皇上，我不必每日算计着过日子；若没有皇上，我便不会成为皇后的棋子。皇后此生最爱便是后位和皇上，看见傅如吟专宠，她比我还恨。虽然是她吩咐我除去傅如吟，可是我的法子一石二鸟，我哄傅如吟用五石散争宠，使皇上更眷恋她；皇上吃了五石散催命伤身，皇后比自己挨了几刀还要痛。那个时候，我才真痛快！”

连他也觉得，皇帝不是真的宠爱自己么？从得到“鹂妃”的封号起，她便清醒地明白，自己在这位陪伴了多年的九五至尊心目中，不过是一只会唱歌的黄鹂鸟儿。她从来就知道，自己并非绝色，身段亦纤弱，比不得旁人纤秾合度，可以骄傲的，不过是温顺柔婉的性子，温顺到忘了自己还是人，还有自己的心意想法，一言一行婉媚顺从，还有一副酷似纯元皇后的好嗓子。只是一副嗓子，她远远觉得不够。偶尔翻阅古籍，她比谁都清楚，配制一剂媚药，于她而言易如反掌。恩宠于她，已经是穿在身上的华丽衣裳，一旦褪去，就会发现自己其实依旧什么也没有。所以，失去美好嗓音之后，即便知道息肌丸有麝香，她也顾不得了，只能尽数吞下。

没有人明白，其实她有多么恨玄凌！若没有他的一道圣旨，或许自己的人生，会是另一场花开天秾。

诚然，她也恨皇后，即便她在皇后身前，为她除去了那么多她所忌讳的女子。可是看惯了皇后和颜悦色下的杀机手腕，时日越长，她越心惊。而自己是与皇后一样性子的人，皇后如何不忌惮。

胡蕴蓉衣衫一事，皇后从容说出是自己告密时，心口有紧缩的感觉。并非感觉被出卖，她已经习惯出卖与被出卖，像喝水吃饭一样，那是寻常事了。只是忽然惊觉，原来自己也被皇后忌讳，成为可以随时被推出去牺牲的人。

管文鸳死去的那一日，那样大的雨，漫天漫地皆是白茫茫的水汽，冰冷卷上衣袂。她就站在皇后身后，一齐看着管文鸳被大雨冲刷得已经没有温度的尸体被软绵绵地拖在永巷的青苔砖石上，她心里有一缕莫名的快意。一眼瞥见皇后的脸色，淡漠得如同看着一只蚂蚁被捻死。

皇后从不会在意，旧的棋子被弃，随手便拣过一枚新的。

她，始终是云淡风轻布局之人。

有多少次在午夜惊醒，望着昭阳殿浸出一身冷汗。或许有一日，自己也会成为那些粉艳亡魂中的一个。她的孩子，本是不该有的，在佩带了含有麝香的香囊之后，在服食过息肌丸之后。可是皇后明明白白地告诉她："必须有一个孩子，否则你救不了安比槐，更救不了你自己。"

那么久以来，她并不愿怀上皇帝的孩子，看着甄嬛为失子而痛哭沉沦，看着一个个妃嫔为了子嗣痛哭流涕，欢欣失望，她只觉得无趣。真的是无趣，此身已非自己能掌控，如落叶飘零于汤汤河水，何必再添一个孩子，而且是自己并不爱的男人的孩子。何况，一旦有了孩子，有了固宠的资本，皇后第一个便会要了自己的命。自己的生命已经负重累累，不必再百上加斤。

她太懂得，如何不让自己拥有一个生命。

可这是多么可笑，坚持了那么多年，临了她不得不想尽一切办法强行受孕，哪怕明知道自己单薄的身子已经不能给予孩子一个完整的生命。可是皇后已然含笑："届时你的孩子生不下来，也不会是你的错。"

偶尔几次佩带着含有麝香的香囊接近身怀六甲的嫔妃，偶尔几次为皇后伸指细细调弄麝香药物——皇后是不肯轻易亲手沾染这些秽物的，哪怕她明知自己再无生育的转机。

自己的命生来便低贱，不是么？

她含了一缕冷笑，温婉答允。早已经知道，自己腹中孩子的性命自然有旁人来填补。是否冤枉，她已经懒得去在意与计较。所以哪怕知道自己中了甄嬛的算计，知道自己再不能生育，她并无过于悲痛的情绪，只觉得无尽的失望慢慢凝成冷铁般的绝望，灌进身体里每一寸血管。

她恨极了自己，恨极了自己的身不由己，甄嬛也好，皇后也好，自己从来都只是她们手上予取予求的一枚棋子。

她，从不曾真正拥有过自己。

她这样恨，不觉狠狠咬住了下唇，才能迫住心口汹涌的无助与痛恨。甄珩从未见过她如此凄厉的神色，心下又惊又痛，不觉道："宫墙相隔，断了你的梦的人不是别人，是我。所以你无须迁怒别人，更不必迁怒我爱妻幼子！茜桃与致宁又做错了什么！"

陵容的神色似被风雪冰冻，有凄清的寒意："你以为我不想恨？我一直想恨你，恨你为何要找一个与我容貌相似的顾佳仪让我以为你对我尚有余情！恨你编了一个梦给我又亲自打得粉碎！我多想恨你，可是我恨不起来！我只能恨你身边最亲的女子，薛氏存在一日，我便觉得自己更像一个笑话！明明先遇见你的那个人是我！是我！为什么是她与你共效于飞，白头到老！我为了你不愿生下皇上的子嗣，多年来一直用香料避孕，为什么她就能生下你的孩子，拥有你的骨肉！为什么人人要我对你断了心意，你却不能对薛氏和你们的孩子断了心意！你流放之后，皇后早已认定甄氏一族不会东山再起，她笃定得很。我却想知道，你流放了四年，到底有没有忘记薛氏和致宁。所以我特意派人去告诉你他们的死讯，只要你忍得下心肠，我可以即刻想法子让你不必再受流放苦役。可是你竟然为了那个女人疯了！她死了那么多年你还念念不忘！我恨！我恨！为什么薛茜桃什么都有，甄嬛什么都有，而我什么都没有？！我好恨！"陵容的情绪似喷薄而出的焰火，热泪滚滚泼洒。她整个人抖得厉害，伸手抓起剪子用力一扎，雪白的布匹上霍然出现一个极大的裂口。布帛撕裂的声音格外刺耳，一幅即将完工的鸳鸯艳桃图就此毁去。

也不是没有后悔过，当她目睹甄嬛失去第一个孩子后的伤心欲绝，她在快意中生了一丝怜悯，风光如她，也有这样心痛落魄的时候，只是，那是自己占尽荣宠的时候，她顾不上，也晓得已不能回头。

更，当听闻他为了与自己容貌相似的顾佳仪而要与发妻离异，她忽然心软痛悔了，甄嬛是他的妹妹，她害甄嬛失去的，不只是甄嬛的孩子，也是他未出世的外甥。她，怎可如此害他的亲妹妹！那一夜，无人知道，她是怎样默默饮泣，泪，湿尽罗衫。

只是当那么多的泪流尽之后，独自立于茫茫大雪之后，她才明白自己不过是陷阱中自欺欺人的一个，是世间最好笑的一个笑话，白白陪衬出良辰美景，如花美眷。燕双飞的春日永远只是旁人，而自己，只能是萧萧落花，独立寒雪。

薛茜桃与甄嬛的幸福笑颜与显赫家世那么耀眼地照亮了她的自卑与虚空，叫她无处可躲。

没有泪的心可以如此空洞而坚硬，她忽然明白了皇后，也明白了自己。

所以当命人将得了疟疾的病鼠放入牢中咬啮薛茜桃与她的幼子时，她心中唯有可以报得宿仇的热烈期盼与痛快。

可他并不明白，这种痛快，实在是因为自己太在意他。

娇妻幼子的音容笑貌恍若还在眼前。甄珩心底绞痛，脑中似焚着无数烈火："你以为佳仪是我故意找来欺骗你？连我自己也才知道，佳仪是皇后和管氏故意找来入局，为的就是因为她相貌与你相似，她们便可为此离间你，让你一心一意恨我和嬛儿，然后螳螂捕蝉黄雀在后毁了甄氏一族！你总是说'我以为'，你总是以自己的感觉钻牛角尖，何曾心平气和去思量一件事情？凡事心胸狭窄只往坏处揣度的人如何能不活在痛苦仇恨之中！"陵容本泪水涟涟，自伤身世，听到此处，不觉怔怔呆住。甄珩强自压下怒气："我何尝不知道你对我的心意，早在甄府时我便知道！可我一早便为顾及彼此身份与族人装作不知，又怎会在你入宫多年后故意找一个与你相似的女子来招惹你？你怎不肯细想，以致铸成今日大错！”

陵容缓缓落下泪来，无尽的秋光扑到她的脸上，似也晒不干她的清泪成双：“是我，不愿这样去想，不敢这样去想。我情愿以为你对我有情，我情愿这样误会这样去恨别人。宫里的夜那么长那么冷，每一秒怎么熬过来的我都不敢回头去想。若不这样认为，我真会冷得发疯！”

甄珩转过脸，冷冷道：“你再冷，也不该拿别人的血来暖自己。”记忆中恍惚有那么一瞬，在战场上策马厮杀，带着血腥气的烈风扑面袭来，刀刃砍在敌人的骨上会有生硬的阻隔，鲜红的血便喷薄而出蒙住了自己的眼睛。一日的生死交接之后，再刚硬的刀刃都砍得卷了起来。边塞的夜是深沉的墨蓝色，星子的亮是惨白惨白的，风裹着胡沙“呼呼”地吹，马低头啜饮着清冽湖水，看得久了，那清澈的湖水里慢慢会出现陵容的面容。

他其实早已察觉，在甄府里舞剑的时候，那隐在雕花小窗后看他的淡淡粉色身影。这样一留神，他笔直击出的剑锋便偏了几寸。

若不是因为茜桃的温暖开朗，或许他的一生，早已走入一个死结，不复得出。

陵容抬手抹去脸颊残余的冷泪，静静道：“失礼了。大约你从未见过这样的安陵容。或者在你心里，我早就是一个蛇蝎妇人了。”

甄珩轻声道：“我记忆里，你永远都是甄府夹竹桃下粉衫纤纤的女子。”

陵容掩不住眸中的惊喜和沉静：“你还记得？”

甄珩似要隐忍，终于还是颔首：“一直记得。”

陵容微微垂首，唇角泛起轻柔笑意，又取了几枚杏仁吃了：“但愿你一直能记得，只是今日的我你一定要忘记。若以后你还肯想起，一定要是当年的我。”

大约方才情绪太激动，或许是眼泪冲淡了脂粉，陵容的脸色有些透明的苍白。有风吹进来，无数的纱帷被吹得翻飞扬起，似已支离破碎的人生，被命运的手随意拨弄。

陵容看向他的目光有些贪恋，良久，到底还是轻轻道：“你走吧。等下太后午睡醒来，被人发现了可不好。”

甄珩点一点头：“你我之间，言尽于此。”

陵容的唇角泛起一点黯淡的笑意：“我罪孽深重，你万万不要原谅我。”见甄珩一怔，笑意愈深，“你若原谅了我，以后必定不会再想起我。”

他心底有强烈的涩意。她原是这样聪慧的女子，一早把话说尽，她明知自己不会原谅她，明知自己余生会想起她，故意叫他这样两难。他转过脸不去看她：“娘娘自己保重就是。娘娘的错，臣不会原谅，也会尽力不再想起娘娘。”

“尽力？”她粲然一笑，“要尽力做的，势必很难做到。”

“但是，只要尽力，总会好些。我不会原谅娘娘，也不会费力恨娘娘，因为不值得。”

陵容的眼底染上一层荫翳的惧色，指尖捂在胸口微微发颤。她的笑意苍凉而哀伤：“是啊，我这一生，原本就是不值得。”她轻轻侧脸，注目窗外开得如彤云般的夹竹桃，那彤色染上她苍白的面颊，平添了几分和婉的神气，“你瞧这花开得多好，可惜明年就没有了。”

甄珩一时未能明白她为何有此凄凉之语，只当她感怀际遇，也不多言，转身告辞。景春殿久未有人打扫，他的步履带起一点尘风，微微有些呛人。陵容的目光黏着他离去的身影，只觉被他步伐所带起的尘土气也叫人贪恋不已。他会不会，再回头看看自己？然而眼睁睁看他快走到殿门前了，终究，没有再回头看她一眼。如果，他真的不肯再想起自己——她骤然害怕起来，仿佛有无穷无尽的黑暗与恐惧一起吞没了她，连亲眼看着甄嬛体内流出的热血带走她第一个孩子的生命时，她也未曾这样害怕过。或许，欠了他这样多，欠了他妹妹这样多，她也应该偿还一些。

记忆分明的瞬息里，她永远也记得，那一日，她在皇后处学习《惊鸿舞》的步法。午后太困倦，她倚在殿后小轩中打盹儿，日影深深，窗外几株茂密的芭蕉遮住了她，谁也没有发觉。

蒙眬中，听见绣夏向绘春道：“去炖一碗燕窝茯苓羹来，娘娘午睡醒来要饮的。”

绘春笑嘻嘻道：“知道了。”说罢停一停，低声道，“金良媛怕是有了身孕，外头送了些桃仁来，等下磨碎了放进她的杏仁茶里，御膳房送去神不知鬼不觉的，谁叫小蹄子仗着皇上宠爱不长眼呢。”

绣夏冷笑一声，道：“那是她活该！这法子最灵验，你忘了当年纯元皇后么？最万无一失的。”

绘春伴着绣夏笑语连连去了，她惊出了一身冷汗，身子紧紧贴在墙上，仿佛魂灵也不是自己的了。斜阳照进深深庭院，她唯觉深寒彻骨。

那种寒意，在此时此刻迅疾从心底迸发出来。她霍然站起来，大声向着他的背影道：“皇后，杀了皇后——”那是最后残存的气息，她看他猛然回首，有震惊的神色，忽然生了一缕哀凉的微笑，“请将此话转告甄嬛。”

他颔首，旋即转首离去。

她望着他最后的背影，勉力微微一笑，柔婉地低下头去。人之将死，其言也善。只是他能不能懂得，甄嬛能不能懂得？

她不愿去想了，唯一甜蜜的一瞬——他最终，还肯回首一顾。

窒息的感觉如海浪汹涌拍上她的胸口，她已经说不出话来，身子倚着墙壁软软地滑落下去。她苦笑，这条命，这口气，从来由不得自己。如今，终于可以由自己做主一回了。有冰凉的泪水再度从眼中滑落，泪眼蒙眬中，仿佛还是初见那一日，他温暖的手安抚住自己慌乱窘迫的神情：“安小姐别怕，我是甄嬛的兄长，甄珩。”

那是他与她的初见。若，人生能永远停留在那一刻，便永远不会有今日的分崩离析，泾渭分明。

那时的他，笑容清澈而甘醇，并无今日的沧桑之色。他的幸福，他的安稳人生，终究是被自己亲手毁了。而她一手毁去的，何止是他的人生。自己的，甄嬛的，眉庄的，无一不是支离破碎。

若有来世，她愿用自己的生生世世来补偿她自己所亏欠的。

她困倦地想着，那样倦，终于不愿再想了。风吹过，庭中夹竹桃乱红纷飞如雨，漫天漫地都是这香艳有毒的飞花，如梦似幻，如蛊似惑地拂上她的身体，蒙住了她的呼吸。

乾元二十三年十月初一，鹂妃安氏自裁于景春殿，年二十六。

番外 眉莊·安能展眉如初

一开始，我就是志得意满的。我的人生，从乾元十二年农历八月二十的那场选秀开始，便是鲜花着锦的姿态。而之后长达数年的寂寞清静，亦是源于我自己的选择。

可是今时今日，怕这清静就要完了吧。

因为数年未曾踏足棠梨宫的玄凌，居然来了。是因为对当年禁足我之事心有愧歉，还是因为要敷衍太后，遵从母命，抑或，是看在嬛儿的分儿上。总之，多年未承宠的我，居然被告知，今夜要奉驾侍寝。

而我，亦在今晨，被太后严命，不许再这样放任沉寂，由得自己失宠于后宫。她以温和而不容置疑的口气告诉我，她已经翻阅过彤史，这几日，是我最适合伴驾侍寝的日子。

太后对我的期望，一直是做一个贤妃，辅佐皇上。

我嗤笑，我就那么适合做一位贤妃吗？幼承庭训，百般教诲，我生来，被训练成一位淑女，三从四德，《女训》《女诫》，我无一不熟知。选秀入宫，为贤妃名留青史，那是父母族人对我的希冀，亦是我的宏愿。

可是如今看来，这样的宏愿，真是可笑又无知。

我所痴心期盼的，早已背叛了儒家的教导、道德的规限。这算不算一个巨大的讽刺？

不容我再出神，玄凌已经唤我“眉儿”。

这些年来，我真的习惯了，他称呼我的名位，“惠贵嫔”。不带任何感情，我只是一个位分的象征，默默生活在宫闱之中，活得如棠梨宫一般，花开花落，寂然无声。

真的，我不喜欢这个男人对我有任何的感情，就如我对他一般。

保持距离，是我与他最好的相处方式。

可是，太后已经不容许了。被我倚为靠山的太后，我敬之如母的太后，她见不得安陵容与叶澜依得宠。她要这样被她视为品德贤良的女子，去分宠，去争夺。

所以今夜他来，红烛高张，酒菜齐全，我梳成家常的松散发髻，半披着青丝，换上铁锈红银线绣木香菊的常服，与他对坐，听他唤我多年前的旧称，眉儿。

他端详着我，眉目被烛光染得多了几分温情。唉，这个人，我曾经也是爱慕过的。只可惜，都是曾经了。

我微微避开他的视线：“皇上怎么这样看着臣妾？”

他说：“朕许久没见你了。现在仔细看你，总觉得你和刚入宫时有些不同了。”

不同，那当然是有的。我慢慢答：“年岁渐长，容颜改变，也是有的。”

玄凌凝视着我，很是唏嘘：“以前总觉得你大方端和，经过了这些事，才知道你是个有傲气的。朕知道，这些年你心里总怨着朕。”

我如一个寻常妃子该有的敬畏一般起身：“臣妾不敢。”

他倒是通透：“你口中说不敢。朕问你一句真心话，嬛儿离宫后，你一直住在棠梨宫，不也是为了避开朕么？”

我无言以对，因为他说得对。我不比旁人，在失望之后还会对同一个男人再度幻想。我曾经对他的柔情，恰如他对我的离绝，再难回转。

伤了你的心，再哄一哄，劝一劝，就能回头了么？多少世间女子便是这般看不穿，才会永远限于男子的牢笼，不能自拔。却不知道，能伤你一次的人，便能再伤你许多次。最好的办法，是不看，不理，敬而远之。

我们彼此冷了许多年，此刻他来对我说："朕知道这些年总是委屈了你。可朕是皇帝，有些事不得不为了保全大局而委屈你，朕自己又何尝不委屈呢？"

我能说什么呢？我的性子实在是婉转不来，只好说："您是皇上，臣妾不敢委屈。皇上……您也有您的难处。好在，嬛儿也已经回来了。"

是的，嬛儿已经回来了。不管她是否还如从前一般恋慕你，我却没有了。

玄凌伸手扶住我的肩头，他的身体渐渐靠近，连衣襟间熏过的一缕龙涎香都清晰可闻。我下意识地屏住呼吸，抵制这种气味的靠近，不自觉地缩了缩自己。他的动作停住了，显然，他发觉了我的勉强。

他的手挪了开去，我悄悄地松了一口气。

他叹了口气："朕今天跟你说的，是掏心窝子的话。你冷了朕多年，朕也冷了你多年。其实有时候想想，若没有当年华妃的事，或者朕现在对你，也和对嬛儿一样。"

我想起旧事，其实昔年，我未尝没有得偿所愿过，存菊堂的菊花在那个秋天开也开不败，完全是因为他的宠爱。

可是，已经没有存菊堂了。现在的我，是棠梨宫的主人。

气氛有些凝滞，玄凌默默喝了一口酒，伸过手，待我替他满上。我的手握在青玉酒壶的柄上，腻腻地生出一层潮湿。这杯酒一满上，是不是会让他以为，我已原谅？

正沉默着，孙姑姑捧着酒进来，一脸欢喜的模样。我没来由地一阵紧张，难道太后这样不放心，一定要让孙姑姑来看看，我是否肯乖乖听话，婉转承恩?

孙姑姑给我们请过安，笑吟吟道:“太后听说皇上来看望惠贵嫔，心中高兴，特赐酒一壶。”

玄凌含笑相问:“母后这么晚还想到赐酒?是什么酒?”

孙姑姑微笑:“皇上与惠贵嫔娘娘两情相悦，这酒当然是成全花好月圆的欢喜酒。”

玄凌凝神一想已然明白，他站起身来:“有劳母后费心。”

孙姑姑放下酒含笑告退，临走时，她悄悄望了我一眼，那一眼，真是有无限期许。我想，她是为我高兴的，希望我能留住玄凌，留住一个宠妃应有的一切。

可是，我并不高兴。因为就连太后都知道，我不愿意，所以，她才要送来这壶酒。或许她老人家以为，有了这壶酒，我和玄凌便可以都没有了自己，尽情失去理智。我几乎想落泪，那样屈辱，真是可悲。

玄凌望了我一眼，轻轻抚了抚我的手背，道:“真到两情相悦时，也不必费这酒了。咱们的日子还长，还是先吃今日你备下的酒菜吧。说来，朕真是想念你做点心的手艺了。”

有瞬间的感动，他还是肯体恤我。于是，我足足敬了他九大杯。这是上好的花螺青，酒劲极大，原是我想用来醉了自己的。

玄凌尽数喝下，却许我，只喝那么一点点。

我知道的。他是在由我选择。我可以醉，也可以不醉。

最后，他大醉酣眠。我将他挪去了暖阁，嘱咐了宫人们不必伺候，独自回到寝殿。

看着太后送来的酒，我拿起白色的酒壶，打开壶盖，顿觉有股奇异的甜香叫人欲醉。我不觉苦笑，人都死了心，说再多掏心窝子的话又如何?当年纵然是华妃冤枉了我，可玄凌你的所作所为才让人寒心。

这样浓的酒香，与我清淡自若的生活并不相宜。可是太后，您一定要我喝是不是?我便如您所愿，喝了这一杯，因为连您都知道，要有这杯酒，才能成全我和玄凌。只要有这酒，太后您就认定了我会服侍玄凌。那么，我没有自己的感情么？我到底算什么？

酒入喉舌，十分顺滑，甜蜜而黏稠的触感，让我禁不住又喝了一杯。我的感情？谁知道呢？哪怕是他，他知道了，心里也不会有我的吧？

人人都云我已活得如端妃、敬妃一般通达。不，才不是，端妃有放不下的恨，敬妃有胧月这个永远的牵挂，而我，是因为嬛儿，还有，他。

我的泪，缓缓落下，那样烫，如他的名字，镌刻在我的心上。

实初，他的名字是温实初。在我最落魄的时候，在我生死一线的时候，是他在我身边，照顾我，安慰我。

有时候，人的感情并不需要多么惊心动魄，而是细水长流，日渐深刻。

也许是我病重醒来的第一眼，看见的是他；也许是我失去信念的时候，是他告诉我，活着，要活着。

或许他的种种，只是因为，我是嬛儿的姐妹。而他，一直那样钟情于嬛儿。于是我便克制，克制着自己的情意，哪怕它在我的心里，早已疯长蔓延。

采月听见动静进来，伸手来夺我手里的酒杯，我紧紧握着不放。她便急了，含了哭腔道："小姐，您醉了……您别喝那么多，别喝了。"

整天活得清醒克制又怎么样？我就不能醉么？太后，您想让我成全您的心意的，不，我宁可成全我自己。这个念头在脑海中凌厉一转，便不肯走了。

"温实初……"我不能自抑地唤他的名字。

采月愣了片刻："奴婢立刻着人请温太医来为小姐醒酒。"

她匆匆离去，我凄然想，醒？不，我才不愿。醒来，除了能看见这冰凉得让人透不过气的围城，看见无止境的杀戮和阴谋，还能看见什么？

我情愿，沉醉这一晌。

温实初赶来时，我只觉得心口突突地跳得厉害。他来得很快，将醒酒药交给采月："采月，这服醒酒药你去煮开，端来后分别给皇上和惠贵嫔服下。记着，要熬得浓浓的。"采月出去之后他便道："采月来告诉我皇上醉了要醒酒。这样晚了，要被后宫的人知道皇上在你这里大醉，明天又有多少是非。还好采月乖觉，并没惊动人。我刚在外头暖阁看过皇上，怎么皇上醉得那么厉害，你也成了这样？"

我摸着滚烫的脸，笑着说："从来不醉的人偶然放纵一次，吓着你了？"

他一边扶住我，一边说："娘娘，您怎么喝得那样醉？"

实初的语气一贯那样温和："娘娘到了这时节总是不思饮食，微臣正在为您调配消暑开胃的药，您却这样不爱惜自己的身体。"

我凝神细想："我记得，我并未告诉你我这几日不思饮食。"

他从容一笑："照顾娘娘身体多年，这些难道还不记得么？"我心头突地一跳，仿佛有什么温软的东西，一下逸了出来，还不及细细分辨，他已然道，"醉酒伤身，娘娘何苦为难自己？"

我盯着他："娘娘？难道我没有名字？还是在你眼里，我也不过是个娘娘，和后宫那些女人没什么两样？整天看着皇上的脸色哭，看着皇上的脸色笑。没有自己，从来没有自己？"

温实初被我的神情吓到了，他急忙劝："娘娘……眉庄……你别这样。"

他第一次这样叫我，我的名字。

我仔细地辨，感受他的声音卷过我的闺名时那种婉转悠扬的音调。真好听，真的，我喜欢我的名字，在他唇齿间响起。甚至有那么一瞬的错觉，他唤我时，有那么一丝温柔，还有他，忽然红了的面庞。

我终于静了些，扶着桌子坐下："难得，你不把我当娘娘看。你坐吧。太后赐了一壶美酒，你也喝一口。"

他谨守着臣子的本分，退开道："微臣不敢。微臣已经把药交给采月，也该早点回太医院，夜深不便，还请娘娘见谅。"

他待我，总是这个样子。似乎很关心，却又遥不可及。今夜，反正我是醉了，何必要维持那些虚伪的规矩？我凄然道："原来……我连找个能说话喝酒的人也没有。后宫啊，那么大，人那么多，可是我却连一个可以说说话的人都没有。”

他轻声说：“娘娘，您还有莞妃娘娘。”

我失落，轻声呢喃：“是。我还有嬛儿。”

可有些话，连嬛儿也不能说，不能知。

他看我的神情带了些许心疼，迟疑片刻，终于坐下来，接过我手里的酒壶，取了一个茶盏倒了喝。

他看看桌上的菜色和一对空杯：“皇上……他又让你伤心了？”

我笑：“伤心？别人总说喝醉了高兴，可是我喝醉了还是觉得孤零零的。这个宫里，夫君不像夫君，皇上太像皇上。除了嬛儿……我还是孤零零一个人。”

他的语气有些艰难：“眉庄，你……别这样说。我知道你难过，你大可说给我听，我都听着。”

我又喝了一口酒，微笑道：“其实酒真好，喝了身上暖和。人一暖和啊，好像心里的冷也没那么冷了。”

温实初的酒量不差，一茶盏的酒，他尽数陪我喝完，我又替他斟了一杯，他温言道：“酒能暖身，也能伤身。为贪图一时畅快而伤了自己，何必呢？”

我挑了挑眉毛：“你不是这样的人么？为了保全想保全的人而伤了自己，我和你……都是一样的人。”

他点头，凝睇着我，柔声说：“其实我并不想你这样。眉庄，我希望你能展眉如初，过得高兴些。”

“展眉如初？”我细细念来，欢喜道，“这个愿望真好，有你和我的名字。”

他的脸越发红了，再饮一杯，恳切道：“我是真心所愿。你视我如知己，我都知道的。”他的眼神那样温柔，如清澈的湖泊，让人想落进去，畅快地沉溺。

我的心温柔得难以言喻。他都知道，那么，他还知道什么？

他的额头有细密而晶莹的汗珠，他低低地说："你总是喜欢铁锈红的衣裳。"

我的脸热热的，如我的话语一般："那你知道，我为什么喜欢么？"

他欲言又止，却似乎有些眩晕，扶住了额头。

我伸手想要扶他，口中道："实初，你怎么了？"

酒后的力气那样小，我身子一晃，落在了他的怀中。他的心跳沉沉的，缓缓的，一下一下，声声入耳。

他的心，跳跃着，是在说什么？

我仰起脸，想要看清他的脸，他的心，他的一切，是否君心，一如我心？可是，我来不及看清了。是什么，越来越低，吻上了我的唇。

我没有任何抗拒。这一生，我总得成全自己一回。

一个月后，我才再次见到他。上次之后，他再未出现在棠梨宫。清晨的日光亮起的时候，玄凌从宿醉中醒来，看到了穿着寝衣守候一侧神色温柔的我。一切，又宛如常日了。

于是今日，在我执意传唤下，温实初还是来了。因为，他不能不来了。

他伫立在门边，迟疑着不敢进来。

我看着他，语气平缓："怎么不进来？怕我吃了你么？"

他走进坐下，疏离着不敢看我的眼，行礼如仪："微臣不敢。"

我微微心酸："瞧你的样子，仿佛和我成了冤家。"

温实初正色："娘娘急着叫微臣来，到底所为何事？是否身体有恙？"

我伸出手腕向他："我心里有个疑问，你搭了脉告诉我究竟。"

温实初迟疑着伸出手，不过片刻，他脸色全变，目瞪口呆，失声唤道："娘娘！"

我叹口气，欣慰地闭上眼睛："我的梦竟成真了。"

温实初连嘴唇都白了："难道，是那一夜……"

我微微点头:“是,那一整夜。”

温实初全然怔住。片刻,他刚要张嘴说什么,我制止了他。

我的话语如同梦呓般轻微,却是那样清醒。是的,我这一生,从未这样清醒过:“别跟我说这是灭九族的罪。我要保住这个孩子,用我的性命保他平平安安活下来。实初,帮帮我。千万别让它成为噩梦。”

番外

玉娆·豬蹄傳說

甄玉娆入宫那年，不过十七八。

十七八是个含糊的年龄，不过是为着她月份小，十月初八的生日，虚岁十八，实则十七。女孩子家哪有不爱娇俏的，生怕自己老了，偏偏喜欢小一岁的。

十七岁，正是芳华如秾的年纪，仿佛春日上林苑枝头开得如醉如雾的樱花，却已经晓得害怕老了。

十七岁，她托腮坐在永宝堂雕“和合六春”的朱栏长窗下，望着一轮明月清光濯濯如环，忽然想起月下长姐那如玉容颜。

这是甄玉娆的十七岁，她芳华正当盛年，长姐已经二十五岁，早已是三子之母，却还是容色倾城，凌绝后宫。

长姐的十七岁呢？那时长姐已是入宫两年的莞贵嫔，宠冠后宫也好，失子失宠也好，长姐早已在后宫如烟的渺茫中沉浮了两轮，脱去一身筋骨皮，焕然若重生。

彼时玉娆还年幼，不晓得这重生是什么意思，只偶尔闻得长姐在冰寒雪地中蝶舞获幸，再度站在荣宠之巅，直逼盛宠多年家世显赫性格跋扈容色美艳的华妃。

盛名之下，她倒没见过华妃，那么多的形容词，不过是辗转从母亲或是旁的女眷口中听来的，有几分炫耀，有几分担忧，更多的是几分欣慰。

甄家的女儿一朝得志，成为众多女眷口中艳羡的对象，如何不叫人羡慕。

她静静地站在廊下，看着差不多年纪的女孩子们蹦蹦跳跳，招呼她一同跳皮筋去。她兴高采烈地加入，娘给她梳的多宝辫子随着一蹦一跳稀里索罗地响，珠玉玲珑和女孩子们的拍手欢呼中，她极投入，心底却隐隐翻着一个念头，原来一个女人的幸福，是要凭一个男人的爱才能获得。

她摇了摇头，看见水月游廊下微含笑意的母亲，偶然听见表姑母一句不无得意的奉承："表嫂长相这般美，和当年纯元皇后如此神似，生下的女儿自然是花容月貌，聪慧伶俐，如何会不得皇上的宠爱呢？"表姑母一扬手中的松花洒金绢子，如粲然撒开的一朵烟花，极鲜艳地，霍地开放了。

母亲却依旧淡淡地含着那种波澜不惊的笑意，明眸宛然："说笑了，我这把年纪的人了，如何能与先皇后相较，实在是僭越了。"

淡淡的一句话，聒噪如表姑母也不觉噤了声，当今皇帝爱重先后，尽人皆知，如何担得起这僭越之罪。如此，更多也许会为姐姐招来祸患的话，也被堵住了。

最后，表姑母讪讪笑道："表嫂今日这衣衫真美，衬得容色愈加好看了，难怪表哥这么喜欢嫂子，多年来都不肯纳妾。最后即便纳了如花似玉的年轻小妾，也不过是做个摆设罢了，看都不肯多看一眼。"

母亲莞尔一笑，也不肯多言。目光缱绻处，却见是父亲来了，父亲伸手扶住母亲的手，极自然地，道："虽是春日里了，不见日头的地方风还是大，仔细扑着了回去又头疼。"

母亲的笑意极暖，映着檐下一树开得蓬天盈地的粉色桃花，愈加明丽：“好。夫君自己也仔细着身子，等下别多饮酒。”

她是佩服的，敬佩母亲的聪慧与淡然，比之她珍重容颜，更胜百倍。

她想一想，有了梦寐以求的容颜，是否就算是拥有长驻不移的春光？

抑或，父母这般举案齐眉，长姐如凤凰涅槃一般浴火重生再度获宠，是否就算是拥有最完满的春天？

她不晓得，只是偶然随母亲入宫探望长姐时，看见长姐年轻娇美的容颜上，已经覆上一层薄薄的忧伤与深沉。只是那忧伤与深沉那样薄，淡得几乎透明，如一层蝉翼覆上面颊，除了她与母亲以外，旁人几乎不能察觉。

棠梨宫里的海棠开得那样红，如长姐的盛宠映出满天红霞，映照着紫奥城万千宫宇，重门叠户。那光影照不见的黑暗处，是否就是不能得宠的满腹哀怨的失落女子，比对着长姐三千宠爱在一身，兀自黯然失色。

她置身于华美的宫宇之中，“椒房”温暖的浓香熏人欲醉，仿若神仙洞府一般。她望着一袭紫色华服、玉颜云鬓金步摇的长姐，赫然想起十五岁入宫前的姐姐，无忧无虑的天真笑意。

那时她还小，隐约记得太医院最年轻的院士温实初总爱往甄府走动，那是个极温厚的男子，像他随身带的药匣里最常见的一味中药——厚朴、温和、敦厚，踏实得叫人心生无趣。

那个时候，总以为长姐是要嫁给温实初的，哪怕温实初一眼看去便不甚配得上长姐，他太在乎长姐，以致唯唯诺诺，可是他对长姐的痴情，谁看不出来？连最淳厚温柔的二姐也会笑语：“真是个痴情呆子！”

可惜长姐那样性子的人，怎会喜欢这样的男子。

犹记得长姐在闺中的豪言壮语——我甄嬛，必要嫁与这世间最好的男子。

时光如飞鸿的羽毛一扬，轻飘飘便过去了，可是姐姐，再无那种纯稚心境。

盛装之下的长姐更添几分华贵雍容，远望之下，美艳得竟不似从小看着自己长大的女子。她半倚在贵妃榻上，手边一盏新贡的“雪顶含翠”袅袅泛起茶香，倾人欲醉。传闻此茶极为难得，因长在山顶新雪中，又要得每日三个时辰的光照，保得住阳光保不住雪化，一向极难生长，采摘更是不易，所以向来能做贡品的每年也不过二三十斤，除去贡奉帝后的，嫔妃一见都难得，而长姐宫中竟可随意泡来任它凉在那里。长姐脚上着的新鞋，乃是极名贵的蜀锦制成，华美无匹，更让她咋舌的是，竟以整块无瑕之玉做底，另缀珠宝无数，华光灿烂。而那些长姐用来缀鞋的珠宝，连身为侍婢的浣碧的梳妆匣里都有满满一盒子，可见盛宠之下的棠梨宫如何风光得意！

可是长姐，风光之后，仍是难掩郁郁。她斜倚着，如一卷被风拂倦了的带露杨枝，笑容倦怠：“外人看着我这样风光无限，可是，易求无价宝，难得有情人……”

母亲忙去捂长姐的嘴——其实四下里并无外人，唯有金架子上一只白羽鹦哥兀自含情聆听，偶尔扑棱一下翅膀，脚上的金链子便有细碎泠泠的响声。

母亲还是那样淡然的笑容，伸手指一指架上鹦鹉：“含情欲说宫中事，鹦鹉前头不敢言。”

长姐略为解颐，不觉笑道：“娘亲这样谨慎……”

母亲按一按长姐的手：“哪怕是寻常夫妻间也少不得‘谨慎’二字来保全恩爱，何况是帝王家，你与皇上还有君臣之分。”

长姐略一思忖，已然明白，不觉颔首。

窗外花荫曳地，无数灿烂明艳堆积的花枝间，一袭碧色身影垂首侍立在外，似一泓碧潭静水，默然无声。隔着茜纱窗重重叠叠的流光，依然看得清浣碧衣衫的料子是上用的宫锦，等闲连寻常的常在、贵人都穿不上，更不论她鬓间压发的翠玉缠枝明珠花钿，更显得她娇俏可人。

母亲凝望一晌，默然摇头：“我知你心疼浣碧，但你身边的侍女如此装束，实在也逾制了，恐怕招人侧目非议。”

长姐沉静片刻，终究笑道：“浣碧与流朱和我一起长大，情同姐妹。”

母亲爱怜地抚一抚长姐被冰凉珠翠相叠的鬓角，温和道：“情同姐妹，毕竟也不是亲姐妹。”她一指立在案前好奇翻阅书籍的玉娆，笑意愈盛，“这才是你亲妹妹。”

玉娆犹自仰起头灿烂一笑，长姐便满目爱怜，笑靥如花，不觉叹息道：“宫门一入深似海，我也罢了，给玉娆指个好人家吧，平平安安便好。”

母亲笑道：“阿娆性子最像你，恐怕难呢。”

笑语片刻，母亲便要回去，长姐略略有些急：“娘亲不多陪陪我？”

母亲爱怜地拢一拢长姐的脖子，为她整好衣衫：“来得久了宫中不便，也免得人说你恃宠而骄，老让娘家人进宫来。”母亲略略思忖，叹道，“我儿，别怪为娘狠心，你小月时也不常来探你。娘劝不得你振作，万事，唯有靠你自己。”

母亲虽为亲眷，长姐又是皇帝身边最得宠的妃子，可是母亲并不愿意常常入宫陪伴长姐，多半也是打发了哥哥去。父亲是赞同母亲这样谨慎的，有时父亲亲自上大门前接了母亲回家，总要低低叹一句：“外戚——”便又欲言又止。

母亲深以为然，颔首道：“夫君安心，我晓得的。”

父亲略略安心，一扬首，身边打扮得娇美温雅的姨娘便恭恭敬敬接上手来，扶着母亲的手进去，等闲连头也不敢轻易抬。

家里规矩大，女眷行走时轻易不得有动静，连裙角曳地的声音也微不可闻。这一日风大，姨娘鬓边簪着的一朵翡翠珠花便有轻微的玲珑声。父亲微一回首，目光并不被姨娘娇花样的容颜所吸引，只是在怔然间为她鬓发上那一抹翠色所吸引。

惘然地，父亲便长长地叹息了一句，母亲微有黯然神伤之色，旋即便笑道：“今日在宫中看到流朱和浣碧，出落得越发好了，可见嬛儿是真疼她们两个。我想着，凭这两个孩子的样子，流朱是定能指个御前侍卫的。

浣碧更出色些，不能委屈了她。若能指上个皇上跟前的侍臣，或是指了一个外放的官员，即便年轻些，只要人好，那都是极好的。”

父亲微微一笑，只说：“厨房里炖了一日的老鸭火方，多加了你喜欢的笋丝，这会儿恐怕已经好了。”说罢，再不顾姨娘。

她心中一动，望一眼姨娘，原来容颜再美，不喜欢的，偏偏还是不喜欢。

而父亲与母亲，仿佛是相敬如宾的，可是每每谈到浣碧，那如宾客般的客气便显出来了，仿佛他俩各自是要掩饰着什么，不肯说破一般。

她忽然怅然地、长长地叹了一口气。身边的丫鬟婆子们都笑了起来：“小小姐那么小，居然会叹气了。”

她瞪了那些婆子一眼，她们便不敢笑了。庭院里一树红茶开得如火如荼，仿若在空阔天地里撒了一大把殷红如火的红宝珠子，亮得迷人的眼睛。

长姐的容颜，也是这样地美吧。她想起方才在宫中，趁母亲不留神便拉住长姐的手摇啊摇，笑着问：“长姐，你在宫里高不高兴，姐夫待你好不好？”

长姐微红了脸：“姐夫？——皇上待我是极好的，可是有时候见了他老得想着说什么话好，说什么他才高兴，也极累的。”

于是她皱眉：“所以长姐瘦了。”

长姐便笑得眉眼弯弯：“是啊，我可瘦了啊！”说罢爱怜地刮刮她的鼻子，“正月里吃多了，又胖了一圈。”

她还想说什么，母亲便已过来了，她只得急急忙忙道：“长姐，你可要高兴啊。”

其实她甚少看见长姐很高兴的神气，在家中长姐是长女，要帮着母亲分担家事；在宫中是宠妃，更不能轻苟言笑失了分寸；唯有和眉姐姐一块儿时，长姐才真正高兴，永远无忧无虑。

接下来的日子，她没能再进宫，母亲也没有。长姐很快失宠了，连带着甄府的败落。

所谓的鲜花着锦，烈火烹油，不过是彩云易散，霁月蒙尘。仿佛厅堂里那盏琉璃水晶大花灯，霍然砸了下来，“哐啷”一声碎晶满地，满目荣华便成了不堪入目。

颠簸蜀中的日子里，二姐只是止不住地哭泣，那哭声绵延在难于上青天的蜀道，映着漫山遍野开得粉光明艳的杜鹃花，愈加触目伤情。

她没有哭，虽然年幼害怕，却知道哭也无用。被逐出京华时衣裳带得不多，她只觉得冷，脑仁里渐渐一片麻木的空白，只盘旋着长姐在家时教她念的一个句子：

初离蜀道心将碎，离恨绵绵，春日如年，马上时时闻杜鹃。

果真是春日如年。

她有什么好哭的，比之长姐，生下帝姬还被逐出宫闱，废居甘露寺修行，自己的命运还有甚好感叹！

长姐！她心里像是骤然被长针狠狠刺了一下似的，长姐正当锦绣年华，这一辈子就只能青灯古佛，了此一生了么？

正难过时，却觉得脸上有凉凉一滴水珠溅落。她抬头，却见母亲满面清泪，犹自淌个不止，却连哭泣也是无声无息的。她瞥一眼一旁因行途困倦而勉强睡去的父亲，忽然紧紧拥住了母亲。

蜀中的日子仿佛被拉长的藕丝一般，格外格外长。她于二姐的伤心绝望中终于窥得了甄氏败落的一点蛛丝马迹。她吃惊之余，却不肯迁怒二姐，只是尽着做甄氏女儿的本分，照料双亲，扶持家计。

虽然还是为官，可是家中已经困顿到请不起仆妇了，差不多的活计都要母亲与自己亲手做。还记得到蜀中的第一日，母亲环视破旧不堪的住处，二话不说，卷起衣袖端过清水，便利索地打扫起来。

终日养尊处优，她没想到母亲还有这样一面，连父亲亦动容不已。蜀中岁月，她才渐渐发现，父亲与母亲相亲相爱，再不如宾。

或许，不幸中之幸事，甄府这一场滔天祸事，也算真正成全了父母半生姻缘吧。

那一日，原是到了蜀中四年多后的日子，随着母亲去集市采买丝线，正逢长街上车马喧闹，喜乐震天，无比煊赫。她一时好奇不免多看了几眼，旁人的话便这样生生落进了耳朵——是皇帝面前最得意的管溪管大人呢，隋家的女儿好福气，被大人瞧中娶了做第六房的新姨娘！啧啧，管家是什么人家，能进他们家做个丫鬟也是好的，何况是姨娘呢。

她脑中“轰”地一响，骤然想起可怜的二姐，终日以泪洗面的二姐，只觉得心头恼恨至极，几乎要沁出血来。

车马鼓乐喧嚣而去，唯余尘气莽莽，扑入口鼻，她呛得难受，母亲狠狠握住她的手，低声嘱咐道：“动气无用，须得忍耐！”

那是劝她，也是自勉。

果然回到家中，母女俩再不提此事。唯有玉娆自己记得，身上洗不尽的尘土气味，是那样深入骨髓。她临窗一下一下梳着自己的如云青丝，暗暗发狠，这一世，甄家的冤屈，甄家的眼泪，都要管家一一偿还。

帘外春意阑珊，二姐的房中隐约有木鱼“笃笃”声传来，一下一下格外凄怆。她想起长姐，甘露寺的生涯，她是否更加寂寞凄凉……映着铜镜中自己渐渐长成的容颜，玉娆蓦然苍凉了心意，男女情爱，盛宠如长姐，曾经满心甜蜜与憧憬如二姐，都不过是苍凉到底，仿佛一朵萎在了枝头的香花，姿态枯冷。

再看见长姐时，她已是产下双生子，临位四妃，被朝中言官蔑之为祸水的女子。

她冷笑，若是祸水也好，一场大水淹了大周王朝，淹尽这世间污浊不堪，金迷烂醉。

凭着帝王的旧情未了，凭着一双子女，凭着一颗慧心，长姐成为大周朝第一个自废妃而回宫的女子，再度站在六宫的荣宠之巅，能不让六宫女子满朝官员骇然失色？

因着长姐的炙手可热，连远在蜀地的她和二姐也被想起，许以恩宠留在紫奥城陪着长姐。不过短短数月，她已经目睹那么多可怕的钩心斗角，刀光剑影。她简直不敢想象，长姐是如何熬过这朝朝暮暮！镜里朱颜不辞，可是人的心境，却生生被勒得面目全非，一日日老去……

柔仪殿无疑比当年略显局促的棠梨宫奢豪百倍。有时步入长姐的柔仪殿，看着金玉如尘土，才知"天家富贵"四字的分量。这是无数后宫女子可望而不可即的荣宠，可是她只为长姐感到心酸不已。

富贵荣宠如何？贵为淑妃又如何？不过是如履薄冰，战战兢兢。

玉娆一直不明白长姐为何要回宫。那不是一个聪明的选择，至少明智如长姐，断然不会这样做。可是她偏偏这样做了，或许是因为现实，或许是因为孩子，或许是因为复仇？实在，她瞧不出那贵为帝王的男子有何可值得眷恋的。

她不自觉地打了个冷战。然而细想想，这宫里未必没有一丝温暖，比如眉姐姐，比如那个会送姐姐满园合欢养生的六王。

还有……她不自禁地蹙起了眉，暗暗啐道：那个狠心短命的……

念头还未转完，忙忙按住了自己的口，连连合掌：阿弥陀佛，我甄玉娆年幼无知，随口说说，不能当真的！

才许完愿，只觉得耳根后发烫，烧得整张脸都红得透明了。

这一生，最苦便是嫁与帝王家，她再不愿和长姐一样，一生没入深宫，花开花落，只赖那一位东君主。

其实一开始，玉娆是很不喜欢他的。好不好的，他偏偏是那一位东君主的弟弟。

她一直记得自己初遇时与他说的那一番傲骨铮铮的话："怎么唯有皇室公卿的男子才是好的么？还是天下女子都要入了皇族之门才能安心乐意！莫说帝王将相，清河王好大的名头，我甄玉娆也未必放在心上。来日若有我看得上眼的，便是和尚乞丐也嫁；只是唯有一样，朱门酒肉臭，宫门宦海里见不得人的多了去了，我情愿嫁与匹夫草草一生，也断不入宫门王府半步！”

回来时浣碧拼命埋怨她：“三小姐的孤拐性子又上来了，好不好地说上那一篇话，得罪了九王。”浣碧忍了又忍，终于忍不住道，“好好儿的，还把六王也扯上了。要知道六王……要知道……”她连连说了两个“要知道”，却实在说不出要玉娆知道什么。玉娆剪水秋瞳在她面上好奇地晃了两晃，浣碧红了脸，跺一跺足道：“太妃这样疼三小姐，九王便是太妃的养子。”

养子？她倒生了几分好奇，问：“太妃是先帝的嫔妃，他是先帝的幼子，怎么会是太妃的养子？”

浣碧的话说起来便是莺莺呖呖一大篇，玉娆总算理清楚了：他原是先帝的幼子，先帝最疼的却不是这个老来幼子，而是出身蛮夷的舒贵妃之子，行六的清河王。何况他生母出身极卑微，生子也无宠，连带着他这个皇子也自小不被人重视。因而，他反而更有气性。

气性？玉娆想一想，也未必见得。方才自己那样得罪他，他却半点儿生气的影子也没有。这样的人？哼！不是心机太深，便是太无赖！

她气咻咻地想着，胧月却在近旁朝她扮鬼脸笑：“小姨想什么这样入神哪，成了个呆雁儿啦！”

瞧瞧，因着他还被胧月这小娃儿取笑，叫她一口气怎么咽得下去！下回见了他，她一定要……算了，反正也没下回了，谁爱见他呢！

可是谁知下回见到他，却是在那样九天风雷的场景。

昭阳殿幽深静远，一步跨进去便如跨进了幽冥地狱般，四周人影幢幢，再美的女子被那幽暗烛火一映，便也成了凄艳的鬼。

可是玉娆什么都顾不得了，长姐进了昭阳殿就没再出来，风声闹得这样大，铺天盖地，连着温实初也被牵连进去。她是死都不信姐姐会和温实初有何暧昧的。说句不好听的，若真有暧昧，长姐也不会入宫！她气得咬牙切齿，皇帝当真是薄幸，更兼是个傻子！她跟在偶遇的叶澜依身后，急急进来:“长姐，你那么晚还不回宫，我可急死了!”

玉娆奔得太快，足下踢到铺地金砖，一个趔趄，几乎要摔倒。谁承想，自己正对皇族众人咬牙切齿，却是他——皇帝的幼弟玄汾用力扶住了自己，淡淡道:“小心些。”

玉娆耳根一红，更不欲理会他，奋力甩脱他的手，奔至甄嬛身前，满面忧色:“长姐没有事吧?”

甄嬛轻轻吐出三字:“没有事。”

玉娆心底一酸，想起自幼家中长姐担当，遇上什么为难的事，她都是这样淡淡一句，“没有事”。

这样的泼天大祸，名节之耻，怎是一句“没有事”抵挡得了的?

长姐清淡的容颜下，该有多少委屈!

深恨嫁与帝王家!

这么多年的委屈，甄氏的羞辱，都是拜眼前这个男人一手所赐!她终于没有再忍耐，脱口而出道:“皇上废了我长姐一次，还要再废第二次么?!”

她晓得自己有些像皇帝从前的宠妃傅如吟，那是一个太后亲自下令绞杀的女子。皇帝其实也不待见，更不牵念傅如吟。所以长姐千叮万嘱，不可张扬的。可是此刻，她咬得牙关发酸，再不能够忍耐了!

就这样，生生招了皇帝的眉眼。

皇帝有一瞬间的怔然，恍惚失了常态，幸得皇后三两言语拨回，又重新关注起姐姐的案子。

真委屈，是替长姐。贵为淑妃，三子之母，被人凌迟一般一点一点琐碎地剥开肌理羞辱，哪怕平了冤屈，可是夫妻间连这点信任也无，叫长姐以后如何在宫中立足，更如何见人?

她心底生出寒意来，君臣，不过是君臣而已，何来夫妻情分呢。

帝王家的情爱，如斯凉薄。

混乱的殿宇中，她懵然惊觉的一瞬，竟是被女人们的厉声呼叫惊醒自己的沉思！那是太血腥可怖的一幕，听旁人的尖叫声如何凄厉便可知道！

玉娆惊惶地转过身，不知道该如何抵挡那鲜血淋漓的一幕！不过一瞬，玄汾已经闪在她身前，一手捂在她眼前，低喝道："闭眼，不要看！"

玉娆慌得心神不定，被他一声低呼，像是溺水之人终于抓到了一根稻草，紧紧闭上眼去。

是长姐的声音，百忙中仍谢他："有劳王爷看顾小妹。"

他没有说话，只是她感觉到，他很用力地点了一下头。

良久，身边纷乱的喧嚣缓缓安静了下去，玉娆才敢睁开眼来。凝神间，他的手掌离自己眉心不及半寸远，却未碰触到她的肌肤。她心下不知为何就是那样轻轻一动，暗想，原来王孙帝裔，倒也不都是无耻无礼之辈！

一瞬间，玉娆安下心来。宫闱离乱，再怎样混乱，到底有他一手为自己遮住，避开这生死血腥、无尽苦楚。

她怔在当地，心中恐慌犹未完全解去，只冷冷看着他的手，细长的手指，有浅浅透明的纹理，仿佛山川河流，缓缓蔓延开去。

会蔓延到哪里去呢？

她顾不得想，只是轻轻嗔道："你的手不酸么？"

玄汾才醒觉过来，若无其事道："没事。"她却瞧见他轻轻把手藏在身后，连连晃了几下。

再接着，温实初自残，小皇子出生，眉姐姐血崩而死，宫中一片大乱。

谁也顾不上她了。连玉娆自己也不晓得是怎样走出那阴气沉沉的昭阳殿的。仿佛是一直跟在玄汾身后，一步一挪，一步一挪，这一晚发生的事情太多太多，她一时转圜不过来，一副快哭出来的表情，仿若那一年家中巨变，断送一生平安，她以为自己以后都不怕了，不怕了，谁知还是这样懦弱！

红尘里翻覆焦灼，原来长姐经历过的一切，自己只触皮毛便已惊动如斯！

末了，是他伴她走到未央宫外，花影深深如雾，遮住满天云月，他没有别的话说，只有一句："别害怕。"他停一停，"怕便告诉我。"

她不由自主便"嗯"一声，迷迷糊糊进了未央宫，转眼瞥见他依然伫立身后的身影，倦极的心头忽然松懈下来，进了永宝堂倒头睡去。

再次见到他，是在次日清晨时分，她睡了两个时辰便醒了。宫中主持着惠妃的丧仪，连累玄汾暂时也不能出宫。

她见着他，便是在惠妃的丧礼上，因是皇子生母，太后垂爱，丧礼格外隆重，哭哀了一天，她跪得膝盖发软，长姐犹自在前头恸哭不已，她心酸难禁，强自忍了又要流出的泪，走了出去。

恰巧见他与六王在棠梨宫外。六王风仪举世无双，恍如云中君。玉娆久闻盛名，却不及细看，只注目于玄汾袖下一点裂痕。一夜忙乱，他连衣裳都来不及换，这衣上裂痕，大约是昨夜混乱中所致，他还未娶亲，太妃年迈，未必发觉。

她心中一动，恍若无意自他身边走过，手指轻轻在他衣物破损处刮了一下，便欠身走开了。

她缓缓走在永巷里，不过片刻，就听见身后有足音跟上。

她驻足，他绕上前来微微一笑："还是你细心。"

她一言不发，只当自己是报答他昨夜的细心照顾，从贴身的荷包里取出针线，示意他抬起手臂，一声不吭低头飞针走线。

说是飞针走线，她的绣活其实并不好，绣完了，针脚还算细腻，就是缝得不直，歪歪扭扭像条小蜈蚣。他几次要说话，都被她挡住了，末了才瞪他一眼，道："缝衣裳的时候不能说话的，否则会娶个凶悍的老婆，天天骂你。"

玄汾闻所未闻，简直瞠目结舌，半天才反应过来："那你还不是说话了？"

玉娆一省悟，又瞪他一眼，再不理他。

其实玉娆的眼睛大，又是极清澈明净的含水明眸，故意装出凶样子来瞪人，反而平添几分可爱。

他于是便老实站着不动，宽大的袖翼被风吹得一晃一晃，仿佛能包裹住眼前玲珑的女子。

等到终于缝完，玉娆自己也叹了口气，赧然道：“我缝得不好，其实我从没给男子缝过衣裳。”她眨眨眼，完全是安慰自己的口吻，“其实比你方才那样破着是好很多的。”

玄汾低头很认真地看了一晌，认真道：“绣得很好啊，是只活灵活现的蜈蚣。”

玉娆一愣，方才回味过来，狠狠白他一眼，自己也掌不住笑了起来。

他收敛了笑意：“从来没有别的女子给我缝过衣衫，只有我母妃。”他略略思量，还是不欲瞒她，“我母妃是顺陈太妃，她原是针功局的……”

玉娆笑生两靥：“你母妃待你真好，她一定一定很疼你。”

她在“一定一定”四个字上咬得极重。玄汾心头松软，偶尔有几根她的长发被风吹拂到面上，仿佛有只小蜈蚣手忙脚乱爬到他面上，霍然落进了心里。

大约这样便熟悉了。

只是这熟悉只有自己觉得，他或许还未知，皇帝却已经赐下一对宫中新制的赤金并蒂海棠花步摇给玉娆，褒奖她夜闯皇后殿护姐的勇气。

这无疑是对柔仪殿的重视，更是对她甄玉娆。她瞥了一眼那步摇便不喜欢，步摇是贵嫔以上的主位才许佩戴的，何况又是并蒂？长姐已是他宠妃，难道他已生了娥皇女英之心？玉娆一想心底便起腻。自入宫来，她心思愈加细腻，望着窗外一壁素白橙花怔了一会儿，吩咐侍女道：“既是皇上赏的，搁进匣子里收着就是。”

素来皇帝垂爱，女子无不欢欣，玉娆却深深厌恶这个男子。仗着天子身份，予取予求。于是面圣时她索性也不扭捏，即便皇帝追问为何不戴那步摇，她也只坦然道：“臣女不仅不喜欢金器首饰，而且那步摇上的海棠花是长姐所钟爱的。长姐喜爱的，臣女不会沾染分毫。”

不卑不亢，完全是因为瞧不入眼。

皇帝倒也不生气，又赐了《秋浦蓉宾图》给她，且笑吟吟解释道：“这幅《秋浦蓉宾图》六弟与九弟都喜欢，老六中意芙蓉，老九喜欢大雁，都跟朕要了好几次，朕也没给。现在朕就赐给你，由得他们眼热去吧。”

她没听清旁的，倒是听见皇帝所说“老九喜欢大雁”，她想起自己方才说过“喜欢大雁这种忠贞之鸟”，不觉两颊微热，寻个由头便出去了。

那《秋浦蓉宾图》是北宋崔白的名作，绘荷叶枯黄，芙蓉展艳，一派秋光旖旎，花间鹡鸰腾跃，两鸿雁振翅凌空，意在千里，笔法极是精到。

玉娆一时兴起，便取了画往太液池去，她记得太液池四月里已有早开的白莲，便想比着画儿去瞧瞧。谁知路上去，远远便瞧见那个人。眼看走得近了，也不好回避，只好微微欠身福了一礼，他便笑：“巧了。”

她感念那个人那一夜纷乱里细心照顾她，却不肯在嘴上谦让，脱口道：“什么巧，是冤家路窄。”

“啊！”他一拍脑门，大笑道，“是了！不是冤家不聚头！”

玉娆听他这话不好，不觉冷了脸，却想这话终究是自己挑起头来的，更觉不好意思。玄汾留意到了，也不好意思：“是玩笑话，不许生气。”

她想一想，终究忍不住笑了一笑。玄汾于是放心，瞧见她手里的画，不觉微有惊色，道：“皇兄把《秋浦蓉宾图》赏了你？”

玉娆是不惯撒谎的人，一转念当着他没说实话：“拿这个来哄长姐高兴的。”

玄汾不自觉地脸上一松，自己还未觉察，身边跟着的近侍却发觉了，忍不住“扑哧”一笑，玄汾瞪了他一眼，自己也忍不住笑了：“我向皇兄求这幅画求了许久，皇兄也不舍得，终究他最看重淑妃。”

玉娆不接口，只问：“你也喜欢这画？”

玄汾点头：“旁的也就罢了，那双大雁最好。渺万里层云——”

她极自然地接下去：“千山暮雪，只影向谁去？”

玄汾颇意外：“你也爱读词？”

玉娆一笑，鬓间一串青玉点珠簪子微微扬出春柳之色：“元好问的好词唯此一阕。”

玄汾怡然：“大雁是忠贞之鸟。”

玉娆这才道：“多谢你那晚为长姐解围。”

玄汾见她明眸如点漆，秋水潋滟，不觉道：“应该的。”他笑，“这一谢可隔了好久，你若真要谢我，不若把这画儿给我细赏，可否？”

玉娆明媚一笑，算是允了。

这幅画，他们看了足足半个时辰，太液池畔清风徐徐，她听他细论崔白笔法如何一改北宋花园浮华奢靡之气，如何精雕琢细观察，力求写实逼真。

她想，原来他倒不是不学无术。

末了，考较起彼此笔法，玉娆绘了上苑满林春色，他却只画一枝含露玉兰，花萼微张，含苞欲放。玉娆吐了吐舌头，于是笑：“这也忒懒了，我画了这许多，你却只画一朵。”

他却不计较她的玩笑，只是端正了神气：“正因你画了春色如许，我才只画一枝玉兰。你的画虽好，却失于繁丽，画着太累。我的却太清减了，若合在一起，却是一幅好画。”

这下连跟着的侍女也好奇了，忙忙问：“是什么好画儿，九王也告诉我们一声儿。”

玄汾一字一字道：“叫作弱水三千，只取一瓢饮。”

宫中的侍女多半不曾读书，于是笑吟吟道：“王爷细细说，奴婢不懂。”

奴婢是不懂，可是她……玄汾浅笑如松下风，看住玉娆的眼睛，道：“她懂。”

她心慌意乱，顾左右而言他：“你为什么画玉兰？”

他仰头看着天边红河日落，霞光如锦，淡淡道：“你自己告诉我的。”说着停一停，“三次见你，皆着玉兰。”

她怔了怔，想起第一次着的鹅黄衫子，上回的粉色衣衫，连着今日的杏子绫裙，皆有工绣的玉兰。

她抬头正撞上他乌沉眼眸，只觉掉进了一片乌沉海波，直直陷落下去。

玉娆只混沌沌想着，他这样高，他怎么这样高呢？自己穿着软底的梅色钉珠缎鞋，仰起头来只到他下颌那里。

她混沌沌地，就轻轻地叹了一口气。

如此，她也不好再见他了。她不想嫁入帝王家，不好蹚这浑水，便也躲开了。虽然听玄汾说起过，隔三日，他就要来向太后和太妃请安的。

二姐依旧是青灯古佛的日子，心如死水。长姐偶尔在窗外凝神看她，也只是一声长叹。玉娆轻轻道："二姐真可怜，年轻轻的，就这样死了心。"

长姐了然地摇摇头，微见悲悯之色："若真死心就不会这样自苦了。她这样关着自己，躲得开人，躲得开心么？"

那一瞬间，玉娆简直如听到混沌天际的一声惊雷，是问二姐，也是问自己："躲得开人，躲得开心么？"

长姐苦笑着叹了一句："这丫头，可是着魔了？"

她没有想到，长长的日子还在后头。那一次明苑射猎，是成全了她，也成全了浣碧。

那张小像一逸而出，浣碧便飞上枝头，成了甄家二小姐玉隐。

款款情深吧，一期这恁多年，她便成了亲王侧妃，贵重至极。

那一夜玉隐即将新嫁，爹爹仿佛落下心口一块重石。家祠里牌位林立，都是先人之位，玉隐的母亲以妾室之位供奉入祠堂，自此永享甄氏香火。

父亲老迈的容色颇有安慰，低喃道："绵绵，玉隐此去你也可安心了。"

母亲踏着月光而入，酒宴归来，尚未来得及褪去一身正式场合才可穿的正红罗衫。月光如霜下，母亲的容颜端正而清丽，低柔道："玉隐是孝女，何绵绵可以含笑九泉了。"

父亲一脸震惊："辛萝，你竟知道绵绵……"

母亲满面平静:“不知，我什么都不知。”

父亲几乎不能相信:“你……”

“你不告诉我，我便是不知，知也不知。”母亲停一停，“这些年，我心里只知道一件事，你愧对她，你心里放不下。可是事到如今，夫君，你可以放下了。”

父亲略有动容之色:“当年你产下嬛儿，是我不能自已，和绵绵有了对不起你的事……绵绵待我情深，我也不肯再教你伤心，所以犹豫间不能答应绵绵进府，才使得绵绵产后抑郁，抱憾而亡。”

母亲十指纤纤，按在父亲唇上:“什么都别说，我什么都不想听。”母亲轻轻一叹，“这些年你对我如何，我有数。绵绵思远道，远道却是愧对绵绵。”

父亲长叹一声，眼角隐约有泪光:“辛萝，是我对不住你，叫你心里难为了这么多年。”

“当日一错，你也难过半生。”母亲温婉一笑，握住父亲的手，“你若真有愧歉之心，便拿你下半辈子慢慢补偿我。”

父亲唇角微生一缕笑意，伸手揽过母亲，再无言语。

那原是父亲守了大半生的秘密，他总以为母亲不知道。而母亲知道，为着怕父亲难堪，一直装不知道。

原是半生枕边人，原是互相为着对方好，何必苦苦相瞒?

玉娆倚在祠堂外的长廊下，“福寿绵延”的雕栏花样硌在背心里像烙着铁一样。她不要，她甄玉娆不要，这样相敬如宾地过了一辈子，恩爱也是硌在心里头的石子，甜蜜里戳着心窝子。

她要的，是一辈子相知坦诚的夫君。

玄汾是相知坦诚，可是这辈子……她心下一酸，玄汾未必成得了她的夫君。

明苑一日，皇帝对她的心思已是昭然若揭。

倾心如玄汾到底也生了嫌隙，因着皇帝题扇的一首《咏玉兰》，便要将那玉凤还她。然而情爱再深，她也得顾及家仇，仗恃着皇帝的垂爱，玉娆与皇帝对坐闲聊，缓缓道出管氏处心积虑，甄家满门冤屈。

甄嬛望着玉娆，十分怜惜："娆儿，委屈你了。"

玉娆螓首微摇："长姐更委屈。"她取出怀襟中一枚白玉鸳鸯佩交与甄嬛，"皇上给我的，我留不得。"

甄嬛点水双眸锐利一缩："玉娆，大约你太像先皇后了。"

像先皇后也好，像傅如吟也好，像姐姐也好，甄玉娆就是甄玉娆，只可独一无二，不能为人替身。

所以她晓得，玄汾待自己的心意。

为着明苑那一日，玉娆原是要与玄汾生分了的。却怎知左避右避，却避不过玉隐出嫁那一日。她是玉隐名义上的四妹，他是清河王实实在在的幼弟。

一嫁一娶，谁也避不过。

酒宴上欢声笑语，她充耳不闻，只顾自己赌气，更不肯去看他。

终究她忍不了这样的尴尬，趁照料新嫁娘走到后苑来。清河王府的后苑极雅致，多种着雪白香花。因着初入夏，满壁满壁开满了盈白如雪的荼蘼花。她脸上被风一扑，心头也逐渐清凉下来。

六月初四的月亮如盈盈一弯眉，月光也是疏离的一层香云纱，花香疏影里，她想起玉隐心愿得偿的甜笑，想起享齐人之福的新郎官却不十分欢喜。大约从此三人行，也是一团困局。于是，她幽幽叹了一声。

那一声没吓着自己，却被他的声音吓着了。也不晓得他是什么时候过来的，立在她身后多久了，她只听见他的声音沉沉在背后响起："我不晓得你存了拒绝皇兄的心思，所以先前鲁莽了。"

红玉点玲珑晶的坠子一下一下扫在一阵热一阵凉的面颊上，她的声音仿佛不是自己的："难不成要我昭告天下么？"她心里骤然生了无限委屈，"我以为你能明白的。"

玄汾的呼吸悠远而绵长，一息，又一息，好像是天边的风，软软贴着自己的耳根子刮过。良久，他才静静道：“我明白的，只是不敢相信你会这样待我。”

他停一停，仿佛是苦笑，那笑声远远地寥落：“我是最不得志的亲王，你跟着我会吃苦。”

玉娆不敢回头，生怕一回头自己再也说不出话来：“我是罪臣之女，自幼颠沛蜀中，不识大体，你跟着我会吃苦。”

背后那人“哧”地笑了一声，月光透过枝枝叶叶也清明起来：“卿须怜我我怜卿。”

她“呀”的一声羞得捂住了脸，他渐渐走近，伸手拢在她肩头。

曾经年少困顿，身为皇子也不得父皇钟爱，若无六哥怜惜，只怕未必有他今日。可是此时此刻，有她在身边，玄汾只觉得年少时所受种种委屈与辛苦皆不重要了。

有她就好，有玉娆就好。

默然良久，玉娆微微仰起头，看见满树开着白玉兰，小朵小朵如白玉盏一般，香远益清，直能醉人。

玄汾的手心按在肩头滚烫滚烫的，她不好意思起来，指着那一朵开得最好的白玉兰道：“你去帮我折一枝，好不好？”

玄汾满心甘甜，甚觉欢喜，一扬身子便跃上树折了那一朵下来。那白玉兰树长得虽高，枝条却失柔韧，有风吹过一晃，他未曾调匀气息，险险便要落下来。

玉娆心惊胆战，忙伸手要扶，眼看他稳稳下来，心中舒了一口气，手却犹自伸着。玄汾心中一动，情不自禁握住她的手，将那小小香花放在她手心。

玉娆触手所及处，只觉他十指修长，掌心却微微有些软，不由脱口笑道：“你的手心好多肉，好像猪蹄！”

玄汾一愣，笑得几乎打跌，索性牵住玉娆的手举起：“猪蹄牵猪蹄，好不好？”

玉娆本自悔失言，听他如此说，反而不尴尬了，笑着一甩手：“谁要做猪蹄，起开！”

玄汾手上微微用劲，诚恳道：“我握住了，便一生一世不撒手。”

他靠得那样近，平素冷冽双眼因着柔软情怀如春日饱涨的湖水，如能溺死人。玉娆满心慌乱，微微后退一点，口不择言：“别那么近看我，这两日为了玉隐的婚事跑进跑出，我都变难看了。”

玄汾亦随着她近前一点，故意端详道：“嗯，是难看。”他停一停，悠悠道，“本来就不好看。”

玉娆心下一甜，她知道自己长得美，因着美，所以更怕玄汾重其色而非人。于是她小儿女心怀上来，朝他甜甜一笑：“多谢你不嫌弃。”

那一笑如能醉人，他甘愿此生沉溺不起。

哪怕拼着要被皇兄责罚，哪怕要被降位废俸，都不要紧，不要紧了。

玄汾便那样站着，他一动也不愿动。玉娆便在他身前寸许远。其实玉娆的身量并不娇小，是颀长的美人儿。可是站在玄汾面前，生生就被比得矮了下去，可是玉娆却满心欢喜，她喜欢玄汾这样高，这样高，她抬起头能看清他新刮的下颌，有微青如璧的颜色，叫她安心。

立得久了，风拂过满架荼蘼飞扬如落雪，积得人满身。

玄汾轻轻念了一句：“北风其凉，雨雪其雱。惠而好我，携手同行。”

这是《诗经》里的《北风》，说的是在纷纷大雪中，两个人手拉着手一道走路。北风肆虐，雨雪冰冷，但两人的心中融融洽洽，十分甜美快乐。

她低低吟道：“北风其喈，雨雪其霏。惠而好我，携手同归。”

玄汾心中感念莫名，轻轻吻一吻她光洁的额头，郑重道：“别害怕，即便谁要阻挠，我总是在你身边。”

长姐贵为淑妃却那样辛苦，二姐嫁入王府却三人难行，三姐心如枯井且委屈自己。甄家的女儿都不是美满姻缘。

可是这世间总容得下一对痴情儿女，一段佳偶天成。

哪怕再难，她也不愿放弃。

因着姐姐的指点，因着玄汾的坚决与勇气，仗着皇帝心中对纯元皇后的不断眷念，她终于在皇帝面前吐尽心声，与他终成眷属。

那是佳话。

可是在成婚那一晚，那话并不佳。盖头掀下，合卺酒喝完，新郎官的礼服褪去，里头是她当年给他缝补过的那件明蓝提花方格长衫。

玉娆大惊失色，连连道："哎哎，哪有人大婚之夜穿这个衣服的。"

玄汾一脸无辜："这是我最珍视的娘子为我缝补的蜈蚣衫啊！"

啊！玉娆简直要晕厥过去，起身去抓他的衣服："脱下来！脱下来！一辈子不许再穿这个！"

玄汾动作多快，一下便闪开了，口中还喊："啊！娘子你别急，别急！周公之礼是要行，只是容小生脱个衣裳！"

玉娆何曾听过这样的话，简直又羞又怒，喝道："站住！"

呃——的确是站住了，可是——也不是站住，是新妇玉娆穿着大婚礼裙，一个不利索绊了自己一脚，扑倒在了玄汾身上。

洞房花烛夜，守在外头想听房的人只听见新郎一声苦笑加长叹："猪蹄亲猪蹄，唉——"

新郎很快不说话了，新娘也顾不得喊痛，这个亲亲的猪蹄仿佛比手手的那个猪蹄要软很多很多啊！

（完）

不過是情

在键盘上敲落一个个文字的时候，窗外有大雨过后的清新。站在十二楼的落地玻璃窗前往外看，有大片大片开阔的深绿蔓延。

我喜欢这个有山有水的小城，所以在这样一个烦热的下午，背负着窒闷的心情不顾一切地逃出暂居的城市，来到这里，写完了一个整整写了三年的故事。

终于，写完了《后宫·甄嬛传》的最后一本。甄嬛的故事，最后一个字，是我在初夏的某日坐在师大某个小宾馆的房间里写下的。这个故事，自我在母校时始，又于母校终，像一个有始有终的圆圈，终于完结了。

这是我的第一部长篇小说，现在，自己也轻嘘一口气，居然写了那么长，那么久。

可是完结的那一刻，我心里一点也不快活。因为是我自己，把我喜爱的玄清，把我理想中温润如玉的男子，写到玉碎斑驳。

第五本书写完之后，蓦然觉得倦，那种疲倦的感觉，源自自己，也是源自对甄嬛和玄清未来之路的明晰。《荣极》的一章，甄嬛已经站到权力与荣宠的高峰，风光无限。万人中央，万丈荣光。可是我知，一旦走到巅峰，便再无路可退，只能眼睁睁地看着盛极而衰，一步步失去。

再无退路了。

或许时光停在那一刻也是好的，即便玄清只能在万人之中仰望，他依旧是可以自由地爱着这个女子，依旧有自由的身体和心陪着她，等着她。即便甄嬛再割舍、再放不下，终究不用眼睁睁看着自己的妹妹嫁与自己最心爱的男子，落定三人的悲剧。还有陵容和眉庄，再不幸、再痛苦，终究都还活着。

能等，总是因为心存希望，总胜于断肠声里忆平生，心字已成灰。

所以，暂时停了笔，能这样“结局”，也算好的。

然而，我想写的故事，从不是一个美好的童话，也不是戛然而止暂停的美满。我们的人生里，本就有那么多的错失和不得已，逼得我们一次次哪怕放不下，也得忍心泣血放下。所以，有了后来的文字；所以，每写一字，便离玄清之死、甄嬛之绝更近一步。

最后一本写了很久很久，一直到许多文字成形，却独独空着那玄清与甄嬛的诀别，迟迟下不了笔，甚至不敢去想，不能去想。到最后一刻僵持着写完，心里像下着一场大雨，潮湿微凉，连指尖都是僵硬的。

当时未曾察觉，原来竟不能失去他。

于甄嬛，余生再多的尊荣富贵，这一生一世，不过是一个千古伤心人罢了。

算来，一梦浮生。

能在清冷孤夜里温暖一星回忆的，唯有那个人。

恍惚还是在从前，他以两指夹一夹她鼻尖，笑她“傻丫头”。于他，她从不是心思玲珑、步步城府的深宫宠妃，不过是温柔小女子，相对之间，足慰平生。其实于她，不过也是想一辈子做他的傻丫头。浮华如锦，万丈荣光，何曾抵得过他真心相待。

原来，我写了那么久的故事，不过只是写了一个“情”字，百般勘不破。

原来，问尽天下女心，不过是一句：

愿得一心人，白头不相离。

多美好的愿望，于甄嬛是，于眉庄是，于陵容是，于我们亦是。

一个女子，一生无甚大志，所求所愿不过是所盼望的那个人，真心愿意带给她幸福。

唯此而已。可是常常难得。

想起某位朋友曾经说过，要找一个自己喜欢又喜欢自己的人在一起，又有美好结局，实在太难，叫人不敢期待。

我却始终想说，心底仍存相信，愿意尽力。

明明知道甄嬛有那样多的不得已，可是在掩卷之后，我却深恨她不勇敢。所以，我深爱的，始终是敢爱敢恨的眉庄；所以，在能够爱的时候，一定一定要尽力向他奔去。

便如我大爱的乔峰的一句——虽千万人，吾往矣。

这一个下午，有大雨潇潇，冲刷我烦闷的心情。多谢小来，陪我一起进退；多谢你，关切我烦恼；多谢你们，给我这样一个夜晚，可以小坐凉室，一盏清茶，一席旧话，笑语成欢。

忽然想起一句很俗很俗的话：愿，天下有情人终成眷属。

莫如嬛嬛与玄清，莫如眉庄与实初，莫如宛宛与玄凌。

千万千万，得一个圆满。

人生那样短，总要与倾心之人共度，才不算辜负。

以此良愿，与诸君共勉。

二〇〇九年六月二十日深夜于诸暨

潇潇雨止，凉风微起

再版后记

《甄嬛传》上一回再版的时候是二〇一一年的夏天。

犹记得天气炎热异常。每日清晨醒来，看见窗外天光灼亮，对这一天就失去了勇气。

真是万分不喜欢夏日炎炎。

于是长日漫漫，就一点一点做着《甄嬛传》再版的事宜。从二〇〇六年开始写这本书，二〇〇七年初出版到现在，不觉已是五年。再回头看当时的字字句句，有稚嫩，有仓促，有许多不足。人物过于繁多，往往写着写着，自己也会忘记。

可是不变的，是感情。

甄嬛也好，玄凌也好，玄清也好，不过是一个名字，一个符号，打动人的，是这个名字之后所衍生出来的情感。

最近在慢慢地爬一本新书，一边爬字，一边想，人的情感最是莫名，陌生的人会有一日与之相爱至深，而爱过的人，竟有一日会走到无路可走，彼此机关算尽，恨之入骨。

最美好不过的，是往昔。

我们一直到很后来很后来才知道，原来当初深深爱过的那个男人，并不值得。所谓痴心错付，最是伤人。

有时候，一场深爱，是自己对自己的豪赌。一旦输了，伤身伤心，再难回头。

可是再痛，黯然回首时，也会惊觉，原来当初的相遇，是那样美好盛大。恰如桃花嫣红，烟柳笼翠的时节里，自杏花天雨中漫步而出的玄凌。

盛年盛时，一见倾心。甘愿为了他，从此风刀霜剑，步步惊心。

这次再版写后记，距离上回最后一本结束写的后记，正好两年多一点点。再翻看一次，才觉得两年前的自己真年轻，居然对于爱情，有万夫莫开的勇气。而现在的我，更适应平淡宁和的生活，细水长流。

人真的是会变的，如陵容，如甄嬛，如皇后。一开始，谁不是真心相待，怀着最纯真的期待，盼着未来？连朱宜修，也有过那样甜美宁静的时光。

一路走来，只觉不堪回首，不能回首。生活，生生把自己磨砺成了另外一个人。

所以甄嬛，会那样唏嘘，那样难过。

连自己都知道，失去了就是失去了，一切不可再得。

可不是？对于女子而言，哪怕赢得一切，若失去最爱的人，最珍惜的事，才是至大的讽刺与悲痛。

所以，当年写完最后一本，我自己不忍再多看。

很多读者说我是“后妈”来着，希望我能在再版时给玄清和甄嬛一个美好的结局。

不不不，字字都是情感的不完满，怎能许他们一个美好未来？

就当，是拿他们的伤情，略略衬托，现世里你的情缘完满。

二〇一一年，《甄嬛传》得到再版的机会。五年前下笔匆匆，一开始只在网上发文，未承想会成为白纸黑字的纸上阅读。下笔之时难免有所谬误，此次再版，自己也是尽力校对，以免出错，另外，在为《甄嬛传》征集文中BUG的过程中，非常感谢以下网友的支持和提出的意见与建议。在此，特意感谢以下网友：

幽灵红樱草　风沉若痕　铃兰_杰索　蝶思涵　韵嬛LOVE紫
墨墨然　「绾绾」　Jeyoonyeon　碧玉金丝　拓跋穆依茈
vicdan_yaya　AlbertPark　细绿钻石　涵雨时节　阮阮的翡翠
夏连绮　wendyhm417　郑东篱　淑妃甄氏　颂丫头
雪见_南燕　夏风吹过我　Aikeelove　feiru2112　lylis1990
lovehxy89　紫罗兰的颜色　北京分会__香寒　絵凛晴奈╮缀辉句
抓破猴皮　tsh宝宝　寒棠孤梨　萱右右　泠曳_橘青
爱莱无限　东隅_　伤_心_勒　萱右右　忄菁蛙
赫连北寒　姜小七seven　托图　lovehxy89寒棠孤梨

时光慢慢走到了二〇一九年，《甄嬛传》在作家出版社的支持下又一次得以再版，比之当时心境，更多了平和与感恩。没想到，当年的一时兴起，可以让它有缘以书籍的形式，来到这世上十二年。十二年了，一本书成为文字，得以被人看见，被人喜欢，对于一个作者而言，实在是莫大的欣慰。我是多么高兴，可以看它一直一直这样以文字的形式继续下去。不管此刻，我是一个老师，一个自由职业者，还是什么。纯粹的，以同好文学之心，虔诚执笔，写着一个个我喜欢的故事，就是微小的幸福。

二〇一九年十月

后宫品级次序表

皇后

正一品：贵妃、淑妃、德妃、贤妃

从一品：夫人

正二品：妃

从二品：昭仪、昭媛、昭容、淑仪、淑媛、淑容、修仪、修媛、修容

正三品：贵嫔

从三品：婕妤

正四品：容华

从四品：婉仪、芳仪、芬仪、德仪、顺仪

正五品：嫔

从五品：小仪、小媛、良媛、良娣

正六品：贵人

从六品：才人、美人

正七品：常在、娘子

从七品：选侍

正八品：采女

从八品：更衣

图书在版编目（CIP）数据

甄嬛传．6 / 流潋紫著．-- 北京：作家出版社，2020.1
（2025.10重印）

ISBN 978-7-5212-0846-7

Ⅰ．①甄…　Ⅱ．①流…　Ⅲ．①长篇小说-中国-当代
Ⅳ．①I247.5

中国版本图书馆CIP数据核字（2019）第287587号

甄嬛传．6

作　　者： 流潋紫
书 法 字： 严　忠
责任编辑： 袁艺方　卓尔文
装帧设计： 孙惟静
出版发行： 作家出版社有限公司
社　　址： 北京农展馆南里10号　　**邮　　编：** 100125
电话传真： 86-10-65067186（发行中心及邮购部）
86-10-65004079（总编室）
E-mail: zuojia@zuojia.net.cn
http://www.zuojiachubanshe.com
印　　刷： 中煤（北京）印务有限公司
成品尺寸： 150×218
字　　数： 316千
印　　张： 23.75
版　　次： 2020年8月第1版
印　　次： 2025年10月第9次印刷
ISBN 978-7-5212-0846-7
定　　价： 50.00元
